गोपालगंज से
रायसीना

श्री लालू प्रसाद की आत्मकथा पढ़ने को प्रेरित करती है। यह गहरे संघर्ष, जोखिम और उद्यम से भरे जीवन को दर्शाती है। यूपीए–एक के कार्यकाल के दौरान मुझे श्री लालू प्रसाद को अपने मंत्रिमंडल में शामिल करने का अवसर मिला था। वह एक बहुत सफल रेल मंत्री साबित हुए जिनके काम की सराहना भारत और विदेश में भी हुई। प्रधानमंत्री के रूप में अपनी जिम्मेदारी निभाने में उन्होंने मेरा पूरा समर्थन किया।

—डॉ. मनमोहन सिंह, पूर्व प्रधानमंत्री

मुझे विश्वास है कि जल्द ही लालूजी वापसी करेंगे और हम सब का एक बेहतर कल के लिए मार्ग-दर्शन करेंगे।

—डॉ. फारूख़ अब्दुल्ला, सांसद लोकसभा

उनका पूरा जीवन हमारे समाज के अंतिम व्यक्ति को समर्पित रहा है। छात्र के अपने दिनों से लेकर बिहार के मुख्यमंत्री के रूप में अपने कार्यकाल और फिर केंद्रीय मंत्री के रूप में श्री लालूजी ने सराहनीय काम किया और खुद की उल्लेखनीय छाप छोड़ी है।

—मुलायम सिंह यादव, सांसद लोकसभा

लालूजी की आत्मकथा, भारत के एक सबसे अनुभवी राजनीतिक दिग्गज के प्रभावशाली और बेबाक संस्मरणों को सामने लाती है। यह भारत के समकालीन राजनीतिक इतिहास का भी लेखा–जोखा है।

—ममता बनर्जी, मुख्यमंत्री, पश्चिम बंगाल

लालूजी जननेता हैं। चुनौतियों और विवादों से अप्रभावित रहते हुए उन्होंने बिहार के मुख्यमंत्री पद और केंद्रीय रेल मंत्री तक की जिम्मेदारी सँभाली। अपने उद्यमशील राजनीतिक करियर में उन्होंने अपनी बात निर्भीकता से रखी है और विपक्षियों पर हमले करते हुए उन्हें वह जरा भी नहीं बख्शते। उन्होंने अन्यायी और सामंती वर्ग के खिलाफ और समाज के हाशिए के लोगों और गरीबों के उत्थान के लिए संघर्ष किया।

—शरद पवार, सदस्य राज्यसभा

गोपालगंज से रायसीना

मेरी राजनीतिक यात्रा

लालू प्रसाद यादव

नलिन वर्मा

RUPA

प्रकाशित
रूपा पब्लिकेशंस इंडिया प्राइवेट लिमिटेड 2019
7/16, अंसारी रोड, दरियागंज
नई दिल्ली 110002

सेल्स सेन्टरः
इलाहाबाद बैंगलुरू चेन्नई
हैदराबाद जयपुर काठमाण्डू
कोलकाता मुम्बई

कॉपीराइट © लालू प्रसाद यादव, नलिन वर्मा 2019
फोटो सौजन्यः चिराग बाबू 1–22
नागेंद्र कुमार 23–36

लेखक इस पुस्तक के मूल रचनाकार होने का नैतिक दावा करते हैं।
इस पुस्तक में व्यक्त किए गए सभी विचार, तथ्य और दृष्टिकोण लेखक के अपने हैं
और प्रकाशक किसी भी तौर पर इनके लिए जिम्मेदार नहीं है।

ISBN: 978-93-5333-320-1

प्रथम संस्करण 2019

10 9 8 7 6 5 4 3 2 1

लालू प्रसाद यादव ने अनेक वर्षों तक महत्वपूर्ण जिम्मेदारियाँ सँभाली हैं। वह दो बार बिहार के मुख्यमंत्री रहे, पूर्व केंद्रीय रेल मंत्री, सारन (छपरा) और मधेपुरा से लोकसभा के सांसद रहे और राष्ट्रीय जनता दल (राजद) के राष्ट्रीय अध्यक्ष हैं।

2004 से 2009 के दौरान रेल मंत्री के रूप में उन्होंने भारतीय रेलवे को घाटे से उबारकर करीब 90,000 करोड़ रुपए की बचत में ला दिया था। भारतीय राजनीतिक व्यवस्था के चारों सदनों– लोकसभा, राज्य सभा, विधानसभा और विधान परिषद के सदस्य के रूप में उन्होंने अनूठी उपलब्धि हासिल की। लालू प्रसाद यादव सामाजिक न्याय के योद्धा हैं और उन्होंने समाज के कमजोर तबकों के सशक्तिकरण के लिए अथक संघर्ष किया है।

नलिन वर्मा वरिष्ठ पत्रकार हैं। उन्होंने *द टेलीग्राफ* और *स्टेट्समैन* जैसे अखबारों में वरिष्ठ संपादकीय पदों पर काम किया है। एक पत्रकार के रूप में उन्होंने 1980 के दशक के उतरार्द्ध में *द हिंदुस्तान टाइम्स* से अपने करियर की शुरुआत की थी। तकरीबन तीन दशकों से वह बिहार के समाज, राजनीति और शासन के बारे में गहनता से लिख रहे हैं। कालांतर में वह शिक्षण और शोध कार्य में जुट गए और लवली यूनिवर्सिटी, जालंधर और जन संचार के अनेक संस्थानों में विजिटिंग फैकल्टी हैं। उन्होंने अनेक राष्ट्रीय और अंतरराष्ट्रीय पत्रिकाओं और डिजिटल मीडिया में भी योगदान दिया है।

ऐसे कम ही भारतीय राजनेता होंगे, जिनकी लोगों के बीच लालू प्रसाद यादव जैसी व्यापक स्वीकार्यता हो और जिनका उनके जैसा करिश्मा हो। एक राजनीतिक पार्टी के नेता, बिहार के मुख्यमंत्री और केंद्रीय मंत्री के रूप में उन्होंने लीक से हटकर अपनी राह बनाई और नीरस 'राजनीतिक अभिजात' से अटे पड़े राष्ट्रीय राजनीतिक कथानक को अपनी ठेठ ग्रामीण सहजता और हाजिरजवाबी से प्रभावित किया। हालाँकि अनिवार्यतया वह एक क्षेत्रीय नेता हैं, लेकिन उनका प्रभाव उनके गृह राज्य से भी बाहर है और अकसर उन्होंने केंद्र के महत्वपूर्ण राजनीतिक घटनाक्रमों को प्रभावित किया है।

गोपालगंज से रायसीना भारत के सर्वाधिक मस्तमौला राजनेता की यात्रा है। फुलवरिया गाँव की अपनी बेहद मामूली पृष्ठभूमि से निकलकर भारत के रेल मंत्री बनने तक के उनके उल्लेखनीय सफर के दौरान उन्हें न जाने कितने उतार-चढ़ाव का सामना करना पड़ा। इससे भारत के इतिहास के अन्यथा अनजान रह जाने वाले अनेक पहलू सामने आते हैं: इमरजेंसी, किस तरह से उन्होंने वी. पी. सिंह को मंडल आयोग की विस्फोटक सिफारिशों को लागू करने के लिए राजी किया, रथयात्रा पर निकले भाजपा के वरिष्ठ नेता लालकृष्ण आडवाणी की गिरफ्तारी, सोनिया गांधी का यूपीए सरकार का नेतृत्व नहीं करने का निर्णय, 2004 में प्रधानमंत्री पद के लिए मनमोहन सिंह की उम्मीदवारी का उनका समर्थन और दोस्त से विरोधी बने नीतीश कुमार के साथ उनके नाटकीय संबंध।

गोपालगंज से रायसीना भारत के सर्वाधिक प्रभावशाली राजनेताओं में शामिल एक ऐसे नेता की समृद्ध, स्पष्ट और अंतर्दृष्टि से भरपूर जीवन कथा है, जिनका नाम न केवल हर घर में जाना-पहचाना है, बल्कि जिन्होंने भिन्न तरीकों से राष्ट्रीय राजनीतिक कथानक को निर्णायक आकार दिया है।

विषय सूची

प्रस्तावना

यह पुस्तक भारत के सर्वाधिक मस्तमौला, सम्मोहक और कुछ हद तक विवादास्पद राजनीतिक व्यक्तित्वों में शुमार एक हस्ती के बारे में है। दरअसल ये सारी चीजें मिलकर उनकी इस कहानी को खास और दिलचस्प बनाती हैं। लालू प्रसाद यादव सामाजिक न्याय के लिए लड़ने वाले एक अथक योद्धा रहे हैं और उन्होंने निरंतर समाज के कमजोर वर्गों के कल्याण के लिए लड़ाई लड़ी है। वह हमेशा से बिना कोई समझौते किए भारत की धर्मनिरपेक्ष परंपराओं और धार्मिक बहुलता के मूल्यों के संरक्षण के लिए समर्पित रहे हैं। अत्यंत प्रभावशाली ढंग से संवाद करने की उनकी छवि से हर कोई वाकिफ है, लेकिन अपनी हाजिरजवाबी और विनोदप्रियता से वह अपने राजनीतिक विरोधियों तक के चहेते बने हुए हैं।

यह पुस्तक उनकी जीवन-यात्रा के बारे में है। उनकी यह यात्रा अनेक उतार-चढ़ावों, उपलब्धियों और विफलताओं से भरी रही है, जिसमें उन्हें ढेर सारा प्यार मिला, तो तीखी आलोचनाओं का सामना भी करना पड़ा। यह एक ऐसे व्यक्ति की कहानी है, जो तमाम बाधाओं और चुनौतियों का सामना करते हुए जन नेता बना। बीते कई दशकों में उन्होंने न केवल प्रशंसकों, बल्कि उसी अनुपात में विरोधियों की सेना भी तैयार की है। लेकिन वह बात, जो उनके विरोधियों और समर्थकों को एक पाले में ला खड़ा करती है, इस तथ्य की स्वीकृति है कि उन्हें अनदेखा नहीं किया जा सकता। हमारे सार्वजनिक जीवन में उन्होंने खास जगह बनाई है।

यह कहानी एक ऐसे व्यक्ति के जीवन का दिलचस्प और जानकारीपरक लेखा-जोखा है, जिसने हालिया इतिहास को न केवल जिया है, बल्कि जिसने इसे आकार देने में कई तरह की भूमिकाएँ भी निभाई हैं।

सोनिया गांधी
चेयरपर्सन, कांग्रेस पार्लियामेन्टरी पार्टी
13 सितंबर 2018

परिचय

वो शान सलामत रहती है

मैंने 27 दिसंबर, 2017 को ट्वीट किया था, यदि नेल्सन मंडेला, मार्टिन लूथर किंग जूनियर, बाबासाहेब आंबेडकर अपने प्रयासों में नाकाम हो जाते, तो इतिहास उनके साथ ऐसे पेश आता, मानो वे खलनायक थे। पक्षपाती, नस्लवादी और जातिवादी मानसिकता के लिए वे अब भी खलनायक हैं। किसी अन्य को भी अलग तरह के व्यवहार की अपेक्षा नहीं करनी चाहिए। ताकतवर लोग और ताकतवर वर्ग हमेशा से समाज को शासक और शासित वर्गों में बाँटने में सफल रहा है। और जब कभी निचले पदानुक्रम से किसी ने इस अन्याय को चुनौती दी, उन्होंने उसे जानबूझकर दंडित किया।

इस ट्वीट से हो सकता है कि नई पीढ़ी के नेटिजन अचंभित हो गए हों। जहाँ तक मेरी बात है, तो जिन लोगों ने मेरे राजनीतिक विरोधियों द्वारा भक्त खबरिया चैनलों के जरिए मेरे खिलाफ फैलाए गए दुष्प्रचार के आधार पर अपनी धारणाएँ बनाई होंगी, उन्हें यह सुनना अजीब लग सकता है। लेकिन 70 के दशक में छात्र राजनीति में प्रवेश करने के साथ ही नेल्सन मंडेला, मार्टिन लूथर किंग जूनियर, भीमराव आंबेडकर और महात्मा गांधी मेरी विचार प्रक्रिया और मेरे काम का हिस्सा बन गए। ये मेरे आदर्श हैं और बने रहेंगे।

मेहनतकश लोग और उत्पीड़ित अल्पसंख्यक मेरी विद्रोही प्रकृति और

किसी के आगे नहीं झुकने की मेरी प्रवृत्ति से वाकिफ हैं।

मैंने मानवता के इन महान उद्धारकों के नाम सिर्फ खुद को बौद्धिक दिखाने के लिए नहीं लिए हैं। मंडेला, मार्टिन लूथर किंग, आंबेडकर और गांधी ने अपने विभिन्न सामाजिक-राजनीतिक संदर्भों में भेदभाव और अन्याय के खिलाफ जो कुछ किया था, मैं उस पर अमल करने और उन्हें दोहराने की कोशिश करता हूँ।

आखिर मंडेला का अपराध क्या था, कि उन्हें प्रताड़ित किया गया और परोक्ष रूप से उन्हें आतंकवादी घोषित कर 27 सालों तक जेल में डाल दिया गया था? उन्होंने रंगभेद के खिलाफ लड़ाई लड़ी थी— यह लड़ाई श्वेत वर्चस्व, भेदभाव और अन्याय के खिलाफ थी। उन्होंने अश्वेत लोगों के साथ किए जा रहे नस्लीय भेदभाव के खिलाफ आवाज उठाई, मगर उनके खिलाफ देशद्रोह का आरोप लगाया गया। उन्होंने सारी मुश्किलों का सामना करते हुए अपना संघर्ष जारी रखा और अंततः दक्षिण अफ्रीका में अश्वेतों को श्वेतों के वर्चस्व और नस्लीय भेदभाव की जंजीरों से मुक्त कर दिया।

जरा मार्टिन लूथर किंग पर गौर कीजिए। 1955 में मोंटगोमेरी में एक सिटी बस में एक श्वेत पुरुष को अपनी सीट देने से इनकार करने पर रोजा पार्क नामक महिला को गिरफ्तार कर लिया गया। इस घटना ने किंग जूनियर को विचलित कर दिया, जिसके बाद उन्होंने मोंटगोमेरी बस बहिष्कार आंदोलन शुरू कर दिया, जोकि 385 दिनों तक चला और आखिरकार अमेरिका की एक अदालत को सभी सार्वजनिक बसों में नस्लीय भेदभाव को खत्म करने के लिए आदेश जारी करना पड़ा। नस्लवादियों ने इस सामाजिक कार्यकर्ता के घर पर हमला किया। समाज के दुश्मनों ने 1968 में उनकी हत्या तक कर दी। हालाँकि उनकी हत्या 1968 में कर दी गई थी, मगर उनके जाने के काफी दिनों बाद तक समता और सम्मान के अधिकार के लिए अमेरिका में अश्वेतों का संघर्ष जारी रहा। उनके संघर्ष का फल 2008 में मिला जब असंभव लगने वाली बात हकीकत में बदल गई। एक अश्वेत संयुक्त राज्य अमेरिका का राष्ट्रपति बन गया और लगातार दो कार्यकाल तक उसने यह जिम्मेदारी निभाई। बाबासाहेब आंबेडकर का जन्म महार जाति में हुआ था और ब्राह्मणवादी व्यवस्था और मनुवादी

ताकतों ने उनके साथ अछूत–सा व्यवहार किया। उन्हें और अन्य 'अछूत' छात्रों को स्कूल में पृथक कर दिया गया था और उन्हें अन्य जाति के छात्रों के साथ घुलने–मिलने की इजाजत नहीं थी। उन्हें जब पानी की जरूरत होती थी, तब ऊँची जाति का कोई छात्र ऊँचाई से उनकी हथेलियों में पानी गिराता था, क्योंकि 'अछूतों' को उनके बरतन तक को छूने की इजाजत नहीं थी। लेकिन इस उत्पीड़न और उनकी राह में आने वाली अन्य तरह की बाधाएँ भारत माँ के इस बहादुर बेटे को उच्च शिक्षा के लिए विदेश जाने से नहीं रोक सकीं। उनके संघर्ष, उत्पीड़ितों के प्रति उनकी प्रतिबद्धता और उनकी विलक्षण प्रतिभा के कारण भारतीय राष्ट्रीय कांग्रेस ने उन्हें भारतीय संविधान की मसौदा कमेटी के अध्यक्ष की जिम्मेदारी सौंपी।

स्वतंत्रता प्राप्ति के बाद से उनके मित्र और शत्रु (मनुवादी ताकतें) उन्हें संविधान निर्माता के रूप में सम्मान देते हैं। अपनी मौत के साठ साल बाद आज भी वह अनुसूचित जातियों और अनुसूचित जनजातियों तथा देश के अन्य उत्पीड़ित तबके के लिए प्रेरणा के स्रोत बने हुए हैं। स्थिति यहाँ तक है कि जाति पदानुक्रम को मानने वाली मनुवादी ताकतें तक आज बाबासाहेब की विरासत पर दावा करती हैं। एक पवित्र ग्रंथ के इस अंश को देना यहाँ गलत नहीं होगा, जिसमें जाति की पहेली प्रतिबिंबित होती है:

> ढोल, गँवार, शूद्र, पशु, नारी
> सकल ताड़ना के अधिकारी*

जब देश ब्रिटिश राज से आजादी का जश्न मना रहा था, तब राष्ट्रपिता महात्मा गांधी अकेले विभाजन के बाद शुरू हुई सांप्रदायिक हिंसा के बीच सांप्रदायिक सद्भाव के लिए संघर्ष कर रहे थे। उन्होंने पश्चिम बंगाल के नोआखली में रहना जरूरी समझा था, जहाँ बड़े पैमाने पर हिंसा हुई थी। उन्होंने आमरण अनशन शुरू कर दिया और स्थानीय नेताओं के शांति कायम करने का आश्वासन देने और भाईचारा लौटने

---

*प्रस्तुत पंक्तियाँ तुलसीदास द्वारा रचित 'रामचरितमानस' के सुंदरकाण्ड मे पायी जाती हैं।

के बाद ही अनशन तोड़ा। भारत के कई हिस्सों में सांप्रदायिक हिंसा भड़क उठी थी, मगर इसे नियंत्रित करने के लिए देश के पास संसाधन कम थे। देश के बाकी हिस्सों में सुरक्षा बलों को तैनात किया गया था, जबकि पूर्वी भारत में गांधी ने अकेले ही हालात का सामना किया और सामान्य स्थिति सुनिश्चित करवाई। हिंदुओं और मुस्लिमों के इस मसीहा की एक ऐसे व्यक्ति ने हत्या कर दी, जो सांप्रदायिक घृणा और मनुवादी विचारों को मानता था। महात्मा, बाबासाहेब और स्वतंत्रता संग्राम के अन्य नेताओं की दूरदृष्टि और प्रतिबद्धता के कारण ही पाकिस्तान के विपरीत भारत न केवल एक धर्मनिरपेक्ष गणराज्य बना, बल्कि संविधान के भाग तीन के तहत विशेष मौलिक अधिकारों की गारंटी भी दी गई, जिसमें अल्पसंख्यकों के अधिकारों की रक्षा करने के प्रावधान भी हैं। लेकिन गांधी की हत्या के लिए जिम्मेदार वही फासीवादी ताकतें लगातार संविधान के प्रावधानों का न केवल विरोध करती हैं, बल्कि वास्तव में उन्होंने इस पवित्र दस्तावेज की प्रतियाँ तक जलाई हैं। इन ताकतों ने स्वतंत्रता प्राप्ति के कई दशकों तक अपने मुख्यालय में तिरंगा तक नहीं फहराया था। यही नहीं, उन्होंने अभी तक अनुसूचित जाति या अनुसूचित जनजाति के किसी सदस्य को अपना सर्वोच्च नेता नहीं बनाया है। अब तक जिन लोगों ने भी यह जिम्मेदारी सँभाली है, वे सभी उच्च जाति से रहे हैं। यह महज इत्तफाक नहीं है।

एक निर्भय यात्री

मेरी जीवन यात्रा भी इन महान नेताओं जैसी रही है, लेकिन मैं उनकी महानता के कहीं आसपास होने का दावा नहीं करता, ऐसा करना निरी मूर्खता होगी। अपने पूरे राजनीतिक जीवन में मैंने बिना थके इन महान नेताओं के बताए रास्ते पर चलकर संघर्ष किया और बिना डरे दलितों तथा अन्य पिछड़े वर्गों के साथ ही अल्पसंख्यकों के अधिकारों के लिए लड़ाई लड़ी। मैंने महात्मा गांधी द्वारा दिए गए अहिंसा के आह्वान को बिहार में अपनाया, जिस तरह से मंडेला, किंग और आंबेडकर ने अपने समय में ऐसा किया था।

जैसा कि अपेक्षा थी, मेरा रास्ता काँटों भरा था और मेरी यात्रा आसान नहीं थी। लेकिन मैं उस रास्ते से कभी डिगा नहीं। मैं इस कहावत पर यकीन करता हूँ कि जब राह कठिन हो, तो इरादा मजबूत होना चाहिए। भारत में सामंती और जातिवादी ताकतों की ठीक उसी तरह की मानसिकता है, जैसी अमेरिका, अफ्रीका और पश्चिमी देशों में श्वेत श्रेष्ठता हुआ करती थी। ब्रिटिश शासकों ने सामाजिक गैरबराबरी का फायदा उठाते हुए डोम (दलित जाति) को पैदाइशी अपराधी घोषित कर दिया था और इसके जरिए बाँटो और राज करो की अपनी नीति को आगे बढ़ाया। स्वतंत्रता मिलने के बाद भारत में जाति पदानुक्रम के उच्च स्थान के लोगों ने अपनी सामंती मानसिकता के साथ अपना आधिपत्य जारी रखने के लिए वंचित तबकों को अलग-थलग कर दिया। मैं देखता हूँ कि मानव समाज सिर्फ दो वर्गों में बँटा हुआ है—शासक और शासित। जातिवादी, सामंती और निहित स्वार्थ शासक वर्ग का निर्माण करते हैं, जबकि अपनी पहचान और अपने अस्तित्व के लिए संघर्षरत विशाल वर्ग पर शासन किया जाता है। शासक वर्ग हमेशा कानून और न्यायशास्त्र के साथ छेड़छाड़ कर दबे-कुचले तबके के लोगों को अपराधी घोषित करता है। शासकों ने उत्पीड़ित लोगों की आवाज को दबाने और उन्हें सम्मानजनक ढंग से जीने के अधिकार से वंचित करने के लिए मंडेला, मार्टिन लूथर किंग और आंबेडकर को अपराधी घोषित कर दिया।

इससे शायद ही हैरत हो कि जबसे मैंने सार्वजनिक जीवन में कदम रखा और दलितों, दबे-कुचले लोगों और अल्पसंख्यकों के अधिकारों को लेकर आवाज उठाना शुरू किया तबसे निहित स्वार्थी तत्व मेरे पीछे पड़ गए।

भारत के संदर्भ में देखें, तो राष्ट्रीय स्वयं सेवक संघ (आरएसएस)—और अनेक तथाकथित सामाजिक और सांस्कृतिक संगठन, जिन्हें संघ परिवार के रूप में जाना जाता है—ठीक उन्हीं चीजों का प्रतिनिधित्व करता है, पश्चिमी दुनिया में जिनका प्रतिनिधित्व नस्लीय और सामंती ताकतें करती हैं। आरएसएस और उसके संबद्ध संगठन इस मायने में कहीं अधिक खतरनाक हैं कि वे कट्टरपंथी हिंदुत्व की बात करते हैं और अल्पसंख्यकों में भय पैदा करते हैं। एक बड़ी साजिश के तहत संघ

ने ऐसा माहौल बना दिया है, जिससे मैं अपने लोगों से, जोकि मेरे मालिक हैं, उस तरह संवाद नहीं कर सकता जैसा कि दो दशक पहले मैं अकसर किया करता था। संघ के नेता लोगों से संवाद करने के मेरे तरीके और लोगों के मेरे प्रति प्रेम से बेचैन हो गए। वे मेरे खिलाफ हैं, क्योंकि मैंने बंधनों में रहने वाले संघर्षशील लोगों को आवाज और सम्मान दिया।

संघ को यह मंजूर नहीं है कि दलित, दबे-कुचले लोग और अल्पसंख्यक इतनी ताकत अर्जित कर लें कि वे सत्ता के राष्ट्रीय ढाँचे से निहित स्वार्थों को बेदखल कर दें। उन्होंने मेरी साख को निशाना बनाते हुए मेरे खिलाफ लगातार दुष्प्रचार कर मुझे प्रताड़ित किया है, लेकिन मैं इसकी परवाह नहीं करता। मैं भगवद्गीता और महात्मा गांधी के बताए रास्ते पर अपना कर्म कर रहा हूँ और विश्वास करता हूँ कि अंततः सत्य झूठ को पराजित कर देगा। मैं सामाजिक न्याय और धर्मनिरपेक्षता के रास्ते का एक निडर यात्री हूँ। मुझे कोई धमका नहीं सकता।

यह सब जानते हैं कि महात्मा गांधी की हत्या हिंदुत्व चरमपंथी नाथूराम गोडसे ने की थी, क्योंकि वह अल्पसंख्यकों के जायज अधिकारों के लिए संघर्ष कर रहे थे और उनके प्रति उनकी गहरी सहानुभूति थी। मुझे यह कहते हुए कोई संकोच नहीं हो रहा है कि अल्पसंख्यकों के प्रति मैं उसी तरह से समर्पित हूँ जैसे कि राष्ट्रपिता थे।

संघ परिवार ने 1990 में बिहार में लालकृष्ण आडवाणी की रथयात्रा रोकने और उन्हें गिरफ्तार करने के बाद से मेरे खिलाफ अभियान छेड़ दिया। उन लोगों ने लगातार मेरे खिलाफ झूठा प्रचार किया और अपने नियंत्रण वाले विभिन्न तरह के संस्थानों के जरिए मेरे खिलाफ नकारात्मक धारणा बनाने की कोशिश की। लेकिन मैं उनसे कभी नहीं डरा और न ही उनके साथ मैंने कभी समझौता किया और आगे भी नहीं करूँगा। मैं जब तक जिंदा रहूँगा, उनसे मेरी लड़ाई जारी रहेगी।

मेरा जीवन खुली किताब है। मैं हमेशा लोगों के बीच रहा हूँ। मैं कोई एकांत में रहने वाला व्यक्ति नहीं हूँ। मैंने नौकरशाही की दीवारों या राजनीतिक प्रोटोकाल को उन लोगों से संवाद करने में अड़ंगा नहीं लगाने दिया, जिन्हें मैं अपना मालिक मानता हूँ।

और लोगों के हुजूम को भी मुझे मिलने में किसी तरह की परेशानी नहीं हुई। मैं सत्ता में रहा हूँ या उससे बाहर रहा हूँ, लोगों के लिए हमेशा उपलब्ध रहा हूँ और मैंने उनकी सेवा की है। मैं दबे-कुचले तबकों और व्यथित अल्पसंख्यकों की भाषा में संवाद करता हूँ। मैंने दूरस्थ क्षेत्रों की यात्राएँ की हैं, और मैं खेतों में काम करने वाले मजदूरों या रिक्शा और ठेला चलाने वालों, अन्य तरह के शारीरिक श्रम करने वालों या भीख माँगने वालों, झुग्गियों में रहने वालों या शहरी क्षेत्रों में फुटपाथ पर सोने वालों के साथ भी रहा हूँ।

मैंने अपनी आत्मकथा मेहनतकश लोगों से संवाद कायम करने के लिए लिखी है, निहित स्वार्थों ने साजिश कर जिसे खत्म करने की कोशिश की। मैंने अपने जीवन की व्यथाओं, हताशाओं और खुशियों के पलों को साझा किया है। मैंने अपनी कहानी में आम लोगों को केंद्र में रखा है, क्योंकि उनके बिना मैं कुछ भी नहीं हूँ। यह किताब ऐसी परिस्थिति में लोगों से संवाद करने का अभ्यास है, जिसका मुझे सामना करना पड़ रहा है और जिसके जरिए साजिशकर्ता मुझे लोगों से दूर करने में सफल हुए हैं। यह किताब सिर्फ मेरी कहानी नहीं है। यह उस जीवन का खाता है, जिसका लाखों दबे-कुचले लोगों के साथ साझा है। मेरे शब्दकोश में शायद ही कोई चीज व्यक्तिगत या निजी हो।

मैं इस कहानी के सह लेखक नलिन वर्मा का आभारी हूँ। मैं इसे प्रकाशित करने और लोगों के बीच इसे ले जाने के लिए रूपा प्रकाशन का ऋणी हूँ। मैं मेरे राजनीतिक सहयोगियों, पार्टी के कार्यकर्ताओं, समर्थकों और मुझ पर भरोसा करने और दशकों तक उनके हकों के संघर्ष के लिए मेरे संकल्प को मजबूती देने वाले लाखों लोगों का आभारी हूँ।

कोई भी चीज दोषरहित या पूर्ण नहीं होती। लिहाजा इस किताब की मानवीय त्रुटियों और अशुद्धियों से मुक्त होने का मैं दावा नहीं कर रहा हूँ। पाठकों के सुझावों का मैं स्वागत करता हूँ। मैं आपसे आग्रह कर रहा हूँ कि आप इसे पढ़ें और अपनी प्रतिक्रिया दें। मैं लोकतंत्र और संवाद में पूरा विश्वास करता हूँ और इस नाते मैं यह मानता हूँ कि आपके सुझाव इस किताब की सामग्री और गुणवत्ता

को बेहतर बनाएँगे। मैं आपसे वायदा करता हूँ कि आपके सुझावों को इसके बाद के संस्करणों में शामिल किया जाएगा। मैं मौत के बारे में नहीं सोचता। मैं इस पर विचार करता हूँ कि मैं जीवन के मार्ग पर कैसे चला। चालीस साल पहले पत्रकार, लेखक और कार्यकर्ता कुलदीप नैयर से मैंने फैज अहमद फैज की ये पंक्तियाँ सुनी थीं, जिनसे मुझे हौसला मिलता है:

"जिस धज से कोई मक़्तल में गया
वो शान सलामत रहती है
ये जान तो आनी जानी है
इस जान की कोई बात नहीं।"

अध्याय 1

गरीबी से संघर्ष, भूत का सामना

मेरा जीवन बेहद मामूली ढंग से शुरू हुआ। मेरे आसपास सब कुछ इतना साधारण था कि उससे साधारण कुछ और हो ही नहीं सकता। ऐसा लगता है कि घर में किसी को यह भी पता नहीं था कि मैं पैदा किस दिन हुआ। मेरे स्कूल के प्रमाणपत्र में यह 11 जून, 1948 दर्ज है, और मैं हर साल इस दिन जन्मदिन की बधाई स्वीकार करता हूँ। मुझे पता नहीं कि रिकॉर्ड में यह कैसे दर्ज हुआ, क्योंकि मेरी माँ को इसकी सिर्फ धुँधली-सी याद भर थी। हम छह भाई और हमारी एक बहन उन्हें माई कहते थे। एक बार जब मैंने जोर देकर जानना चाहा कि आखिर मैं पैदा कब हुआ था, तो वह नाराज हो गई थीं। बेरुखी से उन्होंने कहा था कि इससे क्या फर्क पड़ता है? जब मैंने जिद की—यह तब की बात है, जब मैं हाई स्कूल में पढ़ रहा था—तो वह कुछ मायूस हो गईं। वह बोलीं, 'हमरा नाइखे याद, तू अन्हरिया में जन्मला की अंजोरिया में।' अपनी पीढ़ी के दूसरे लोगों की तरह वह महीनों को हिंदू कैलेंडर के हिसाब से याद रखती थीं—चैत, बैसाख, जेठ, असाढ़, सावन, भादो आदि। इसी तरह से अन्हरिया-अंजोरिया (कृष्ण पक्ष और शुक्ल पक्ष)। इसके बाद मैंने फिर कभी यह जानने की कोशिश नहीं की, हालाँकि मैं यह मानता रहा कि यह तारीख गलत है। हालाँकि माई ने मुझे खुश करने के लिए धगरिन (दाई) को बुलवाया, जिसने मेरे पैदा होने के समय मदद की थी।

मेरा जन्म दूरस्थ गाँव फुलवरिया में हुआ और मैं वहीं बड़ा हुआ। तब यह सारन जिले में था। सारन को अब उत्तर-पश्चिम बिहार के तीन जिलों—सारन, सीवान और गोपालगंज में बाँट दिया गया है। फुलवरिया गोपालगंज जिले में है। तब इस गाँव में करीब ढाई सौ घर थे और जहाँ तकरीबन हर जाति और समुदाय के लोग रह रहे थे, जिनमें अहीर (यादव), नोनिया, कोइरी, कुर्मी, कहार बनिया जैसी पिछड़ी जातियाँ; ब्राह्मण, भूमिहार, कायस्थ, राजपूत जैसी उच्च जातियाँ; धोबी और अनुसूचित जातियों के दलित और मुस्लिम चूड़ीहार शामिल थे। अधिकाँश लोग खेती-किसानी करते थे। हम लोग अहीर टोली (यादव मोहल्ला) में रहते थे। यादवों के पास दूसरों से ज्यादा मवेशी होते थे। ऊँची जाति के ग्रामीणों के पास दूसरों की तुलना में ज्यादा जमीनें थीं। भूमिहीन पिछड़े और दलित भूस्वामी किसानों के खेतों में बँटाईदारों के रूप में काम करते थे। हमारे गाँव में एक लोहार परिवार भी रहता था। इसके पुरुष सदस्य अन्य खेतिहरों के लिए हथौड़ा, फावड़ा और हल बनाते थे।

बथुआ बाजार हमारे गाँव के सबसे पास में स्थित बाजार था। अहीर टोली के निवासी मिट्टी के बर्तनों में दही लेकर बाजार जाते थे और सड़कों के किनारे कतारों में लगा देते थे। अहीर दही और दूध बेचते थे, तो सब्जी उगाने वाले कोइरी इसी तरह कतारों में सब्जियाँ बेचते थे। ये सामान अनाज और कई बार नकदी यहाँ तक कि कुछ सिक्कों के बदले खरीदे जाते थे।

हमारा गाँव उत्तर में पकड़ी, दक्षिण में मनिपुर, पूर्व में पकौली और पश्चिम में छतौर से घिरा हुआ था। मनिपुर में ऊँची जाति के भूमिहारों और ब्राह्मणों की बहुतायत आबादी रहती थी। मनिपुर के अनेक युवा चिलम में गाँजा भरकर पीते थे। चिलम पीने के बाद उनमें दही और मलाई खाने की तलब लगती थी। इसलिए वे दही और दूध के लिए हमारे घरों में आते थे। मेरे पिताजी उन्हें सिक्कों के बदले दूध और दही देते थे। अधिकाँश दूसरे लोगों की तरह हमारे घर भी मिट्टी की दीवारों और घास-फूस से बने थे। हमारे दरवाजे के नजदीक ही एक कुआँ था, जिससे मेरी माँ घरेलू जरूरतों के लिए पानी निकालती थी। हमारे घर के पास एक बड़ा-सा पीपल का पेड़ था। उसकी जड़ें हमारे

आँगन तक फैली हुई थीं। वहाँ बहुत-सी गौरैया, कौए, गिलहरियाँ, बिल्ली और कुत्ते मिल-जुलकर रहते थे। हमारे घर में घोंसले, दरारें और बिल थे, जिनमें बिच्छू और साँप रहते थे। माई और घर के बड़े मुझे चिड़ियों और जानवरों के साथ तो खेलने देते थे, लेकिन बिच्छुओं और साँपों से मुझे बचाते भी थे।

यह सब रूमानी लग सकता है, लेकिन हम लगातार इसी भय में जीते थे कि कहीं हमारे सिर के ऊपर की छत कोई तूफान न उड़ा ले जाए या बरसात में उससे पानी न चूने लगे। बचपन में मैंने गाँव के जीवन में मिली आजादी का खूब आनंद उठाया, लेकिन आज पीछे मुड़कर देखता हूँ, तो मुझे एहसास होता है कि ऐसी चुनौतियों के बीच हमें पालना हमारे माता-पिता के लिए कितना मुश्किल रहा होगा। मुझे उन पर गर्व था, लेकिन साथ ही मुझे जल्दी ही समझ आ गया कि गरीबी में चमक-दमक नहीं होती।

कुछ बड़ा होने के साथ ही मैंने खुद को भगई में पाया। यह लँगोट की तरह का छोटा कपड़ा होता है, जिसे मेरी कमर के निचले भाग और टाँगों के बीच से लपेट दिया जाता था। सर्दियों में माई आँगन में कंडे, गन्ने के सूखे पत्तों और फूस में आग जलाकर हम सबको साथ लेकर उसके चारों ओर बैठ जाती थी। धान के पुआल से हमारे लिए बिस्तर बनाया जाता। वह हमारे लिए जूट के बोरे में पुआल, पुराने कपड़े और कपास से भरकर कंबल बनाती थी, ताकि हमें ठंड न लगे। लेकिन इतना काफी नहीं था। रातों में मैं अपनी भगई को गीला कर देता था और रोने लगता था। माई मुझे लेकर अलाव के पास तब तक बैठी रहती, जब तक कि मैं कुछ गरम न हो जाऊँ और मेरी भगई न सूख जाए। इसके बाद वह मुझे कंबल और धान के पुआल के बीच रख देती या कोशिश करती थी कि किसी तरह मुझे आराम मिले। घर में इतने कपड़े ही नहीं थे कि मेरे लिए और मेरे भाइयों और बहन के लिए भगई के दो जोड़े बनाए जाएँ।

मेरे पिता कुंदन राय ग्वाला थे और उनकी मजबूत कद-काठी थी। उनके पास दो गंदे कपड़े थे, जिनमें से एक को वह नीचे की ओर लपेटते थे और दूसरे को कंधे में। वह हमेशा एक लाठी साथ में रखते थे। उनकी आवाज बेहद दमदार थी और जब वह चिल्लाते

थे, तो उसे एक मील दूर तक सुना जा सकता था। वह गरीब जरूर थे, मगर साहसी और स्वाभिमानी थे। उनके पास दो बीघा जमीन और कुछ मवेशी थे। उनकी दुनिया गाय-गोरू के बीच में सिमटी हुई थी। वह उनसे बात करते थे और वे भी उनकी बातें समझते थे। भोर में वह उन्हें सुदूर घास के मैदान में चराने ले जाते थे।

मैं भाइयों में पाँचवें नंबर का था, मंगरू राय सबसे बड़े और सुखदेव सबसे छोटे। मुझसे बड़े भाई महावीर राय और मुझसे एकदम छोटे सुखदेव इस किताब के लिखे जाने के समय जीवित हैं। मेरी अकेली बहन गबोदेरी देवी, जोकि मुझसे बड़ी थीं, उनका जनवरी, 2018 में जब मुझे षड्यंत्र के मामले में राँची जेल ले जाया गया, उसके एक दिन बाद निधन हो गया।

मैं खुद भी बहुत जल्दी अपने मवेशियों के प्रति आकर्षित हो गया था। पिता के साथ मैं भी मवेशियों को चराने ले जाने लगा था। मुझसे एकदम बड़े और छोटे भाई भी अन्य ग्वालों और अपने मवेशियों के साथ हमारे साथ हो लेते थे। मेरे कुछ दोस्त भी अपने बड़ों के साथ वहाँ आते थे। एक बार जब मैं बहुत छोटा था, तब मुझे हाथ से सिली गई बनियान मिली थी। लेकिन मैं न तो रोजाना नहा पाता था और न ही नए कपड़े को धो पाता था, क्योंकि मेरे पास बदलने के लिए कोई और बनियान थी ही नहीं। मेरी मिट्टी से सनी बारहमासी पोशाक में जुएँ तक पड़ गईं। मेरे दोस्तों इनरासन, रामप्रीत, रामप्रवेश, नथुनी और कई अन्य की बनियानों में भी जुएँ पड़ गई थीं। जुएँ पकड़ना हमारे लिए समय काटने का खेल बन गया। हम अकसर बरगद के पेड़ के नीचे या बाँसों के झुरमुट के बीच बैठकर इसका आनंद उठाने लगे। हम अपनी बनियानें उतार लेते थे और फिर जुएँ निकालकर उन्हें नाखूनों से दबाकर मार देते थे, जिसमें हमें बड़ा मजा आता था।

मेरी माँ के पास हमारे लोकेशन को जानने का गजब का इंद्रियबोध था। दिन चढ़ने के साथ ही वह खुद से हमें तलाश लेती थीं और अपने साथ सिकहुती में सतुआ, एक पुड़िया में थोड़ा-सा नमक और एक बालटी में पानी लेकर वहाँ पहुँच जाती थीं, जहाँ हम अपने मवेशियों को चरा रहे होते थे। मुझे पता नहीं कि इन दिनों हमारी लोकेशन जानने के लिए उनका जीपीएस किस तरह काम करता। हम पुआल

के बरतन को पकड़ते थे और हमारे पिता सतुआ में खूब सारा पानी डालकर उसे अच्छी तरह से मसलते थे और घोल बनाते थे। इससे सतुआ की मात्रा बढ़ जाती थी, जिससे उन्हें सबको बाँटने में सहूलियत होती। सुबह का यही हमारा भोजन होता था। इसे चटपटा बनाने के लिए हमारे पास अचार तक नहीं होता था।

माँ के जाने के बाद नमकीन सतुआ हमारी प्यास बढ़ा देता था। हमारे पास पानी तक नहीं होता था। चरागाह में कई कुएँ थे, लेकिन उनमें पानी इतने नीचे होता था कि उसे निकालना मुश्किल था। मेरे कुछ दोस्तों के पास गमछा था। हमने उस कौए की कहानी से सीख ली जिसने मटके में कंकड़ डाला जिससे पानी ऊपर आ गया और उसने अपनी प्यास बुझाई थी। मेरे दोस्त और मैं अपनी बनियानों और गमछों को एक दूसरे से बाँधकर रस्सी जैसा बना देते थे। रस्सी के एक छोर पर शीशम के पत्ते बाँध देते थे और उसमें ईंट के टुकड़े भी रख देते थे। इसके बाद इसे सावधानी के साथ कुएँ में डालते थे और दूसरे छोर को पकड़े रहते थे। शीशम के पत्ते कुएँ से पानी सोख लेते थे और ईंट के टुकड़े के वजन से रस्सी पानी के अंदर तक चली जाती थी। जब यह बंडल पर्याप्त मात्रा में जीवन अमृत को सोख लेता था, तब मैं इसे खींचकर बाहर निकालता था और फिर कपड़ों की इस रस्सी को निचोड़कर पानी निकालता था और मेरे दोस्त एक-एक कर चुल्लू में भरकर पानी पीते थे। हम यह प्रक्रिया तब तक दोहराते थे, जब तक कि सबकी प्यास न बुझ जाए। आखिर आवश्यकता आविष्कार की जननी है! लेकिन बहुत छोटी उम्र से ही मैं यह भी मानने लगा कि यदि आप कठिन प्रयास करें, तो आप आखिर में अपने लक्ष्य तक पहुँच जाएँगे।

माई मकई और दूसरे मोटे अनाज पानी में उबालती थी, जोकि हमारा रात का भोजन होता था। मेरे पिता हमारी भैंस या गाय के थनों से सीधे दूध खींचकर हमारी थाली में डाल देते थे। हम पके खाद्यान्न में दूध मिलाते थे और इस व्यंजन को स्वादिष्ट बना देते थे। कभी-कभी माई कोंहड़ा को कसकर उसमें गुड़ और पानी मिलाकर उबाल देती थी और फिर हमें परोसती थी।

भीषण गरीबी में जीवनयापन करने वाला कोई मैं अकेला व्यक्ति

नहीं था। अनेक अन्य ग्रामीण भी इसी तरह संघर्ष कर रहे थे। बचपन में हमारे पास न तो पहनने के लिए पर्याप्त कपड़े थे और न ही चावल, दाल, रोटी और सब्जियों के रूप में पूरा भोजन होता था। उन दिनों को याद करता हूँ तो आज भी मेरी आँखें भीग जाती हैं, न सिर्फ मेरे अभावों के कारण, बल्कि मेरे जैसे अन्य ग्रामीणों की तकलीफ के कारण।

मेरे पिता लोग तीन भाई थे। उनके एक भाई सूधन राय संन्यासी बन गए थे और शादी नहीं की। वह काली माई और स्थानीय देवता बरम बाबा की पूजा करते थे और लोगों के शरीर में घुस गए भूतों को भगाते थे। हम जब कभी भात और मछली की बात करते थे, तो वह नाराज हो जाते और गालियाँ देने लगते। एक बार मेरा भी भूतों से सामना हो गया। यह गर्मियों की चमकदार पूर्णिमा की रात थी। हमारे घर के पीछे एक बड़े से पीपल के पेड़ के नीचे बरम बाबा का अपना ठिकाना था। गाँव के एक काका सोरठी–बिरिजभार (भोजपुरी लोक प्रेमकथा) गा रहे थे और बरम बाबा के डेरे में रात्रिभोज के बाद घेरे में बैठकर लोग उन्हें सुन रहे थे। श्रोताओं में मैं भी शामिल था। मुझे चैता, बिरहा, होली, सोरठी और अन्य लोक गीत सुनना अच्छा लगता है और मैं आज भी इन्हें सुनता हूँ क्योंकि ये आपको जड़ों से जोड़े रखते हैं। प्रस्तुति के दौरान वहीं बरम बामा के नजदीक गेहूँ के पुआल के ढेर में मेरी नींद लग गई। मुझे पता ही नहीं चला कि कब काका ने गाना बंद कर दिया और अन्य ग्रामीण अपने घरों को चल दिए। अचानक दो लड़कों ने मेरे दोस्तों का स्वाँग भरकर मुझे जगा दिया और अपने साथ आने के लिए उकसाया। मैं उनींदा था और मुझे कुछ समझ नहीं आ रहा था। वे गाँव के बाहर स्थित श्मशान की ओर बढ़ रहे थे और मैं आँखें मलता हुआ उनके पीछे चल रहा था। कुछ दूर चलने के बाद मैं वहीं खेत में लघुशंका के लिए बैठ गया। वे दोनों लड़के मेरे नजदीक खड़े रहे; उनके सिर और चेहरे आधे ढँके हुए थे। मैं जब पेशाब कर ही रहा था, उसी समय हमारे गाँव के एक बुजुर्ग तपेसर बाबा अपनी हथेलियों में खैनी मलते वहाँ से गुजर रहे थे और उन्होंने पूछा, 'कौन है रे?'

मैंने जवाब दिया, 'हम हैं ललुआ।'

'तुम कहाँ जा रहे हो? उठो और घर जाओ।'

जैसे ही तपेसर बाबा ने निर्देश देने के अंदाज में यह कहा, दोनों लड़के वहाँ से भाग गए। मैं घर लौट आया। अगले दिन सुबह मैं उन दोनों दोस्तों के पास गया, जो मुझे श्मशान घाट ले जा रहे थे। उन्होंने दावा किया कि वे तो रात में अपने घरों में सो रहे थे।

यह सुनकर मैं भौचक्का रह गया और तुरंत तपेसर बाबा के घर गया। उन्होंने भी कहा कि रात में जिस जगह पर वह मुझे मिले थे, वहाँ वह नहीं गए थे। उन्होंने कहा, 'मैं तो घर पर सो रहा था।' मेरा तो दिमाग ही चकरा गया। मैंने माँ को सारी बात बताई। वह बोलीं, 'जो लोग तुम्हारे दोस्तों का स्वाँग भरकर आए थे वे भूत थे। बरम बाबा ने तपेसर बाबा का रूप धारण कर तुमको बचाया। मेरे बेटे! बरम बाबा ने तुम्हें भूतों से बचाया, वरना वे तुम्हें श्मशान घाट ले जाकर मार भी सकते थे।' उन्होंने मुझे बाबा बरम की प्रार्थना करने की सलाह दी। आज तक जब कभी मैं अपने गाँव जाता हूँ बरम बाबा के सामने सिर झुकाए बिना आगे नहीं बढ़ता।

मेरे बड़े भाई गुलाब राय को एक अजीब बीमारी हो गई थी। वह अकसर बीमार पड़ जाते थे और 'मर' जाते थे। जैसे ही कफन खरीदकर घर लाया जाता और उनके 'शरीर' को उससे ढककर उन्हें श्मशान ले जाया जाता, वह अचानक जिंदा हो जाते। वह कई बार इसी तरह 'मर' गए और 'जिंदा' हो गए।

बचपन में मैंने बेहद मुश्किलें देखीं और उनका सामना भी किया, लेकिन कुछ अच्छी यादें भी हैं। मैं लोगों का मजाक बनाता था, चुटकुले सुनाता था और लोगों को हँसाता था। मैं जरा शरारती और नटखट था। हकीकत यह है कि मेरे दोस्त और गाँव के दूसरे लोग मेरे मजाक का आनंद उठाते थे और मुझे प्रोत्साहित करते थे। मैं भैंस की पीठ पर सवारी करने में माहिर था। मेरे अधिकाँश दोस्त पीछे से पीठ पर बैठते थे, लेकिन मैं भैंस का सामना सामने से करता था और उसकी सींगों को सावधानी से पकड़कर उस पर चढ़ जाता था। इससे कोई फर्क नहीं पड़ता था। मुझे तब पता नहीं था, मगर यही पहला मौका था, जब मैंने भैंस को उसकी सींग से पकड़ना सीख लिया।

मेरे दोस्त और मैं कई तरह के स्थानीय खेल खेलते थे। हम

अकसर चोर–सिपाही खेलते थे। मेरे दोस्त मुझे अपने से बेहतर भूमिका देते थे और मुझे दारोगा बनाते थे। कुछ दोस्त कांस्टेबल बनते थे, जबकि बाकी लोग चोर। ग्रामीण हमारे इस शौकिया प्रदर्शन का आनंद उठाते थे और गाँव में हम लोग छोटे-मोटे सेलिब्रिटी जैसे हो गए थे। हम लोग चिक्का, गिल्ली डंडा और कबड्डी जैसे स्थानीय खेल भी खेलते थे। हम लोग गोल घेरा बना लेते थे और एक दूसरे के कान पकड़कर गाते थे, 'चुंटा (काली चींटी) हो चुंटा हो! मामा के घइलिया काहे फोड़ला, हो चुंटा।' मुझे इस गाने की उत्पत्ति के बारे में पता नहीं, लेकिन यह मजेदार और शरारती लगता था।

हम लोग हमारे गाँव की काली माई को ढकने वाले विशाल नीम के पेड़ में चढ़कर खेलते थे। हम पेड़ के तनों और डालियों में झूलते थे। हम राम नवमी त्योहार का भारी उत्सुकता से इंतजार करते थे, जब हमारी माँ और गाँव की दूसरी महिलाएँ इकट्ठा होकर तेल से बनाई गई खास तरह की दोहती रोटी और गुड़ के साथ पकाया गया भात रसियाव काली माई को प्रसाद के रूप में चढ़ाती थीं और फिर हमें देती थीं। यह बहुत स्वादिष्ट लगता था, खासकर इसलिए भी कि हमें दूसरे दिनों में शायद ही यह खाने को मिलता था।

एक और अवसर था हम जिसका इंतजार करते थे, वह था–मोहर्रम। हमारे गाँव में इसे 'ताजिया' कहते थे। हम गाँव के बड़े मुस्लिमों को काका या चाचा कहते थे। नबी रसुल चाचा, इस्माइल काका और यीशु काका रंग-बिरंगे ताजिए बनाते थे और हमारी बस्ती से होकर इसे निकालते थे। हम भी जुलूस में शामिल हो जाते और गाँव के आखिरी छोर तक साथ चलते। जुलूस के साथ चलते हुए हम बनेठी खेलते जाते थे, इसमें एक छड़ी होती थी, जिसके दोनों छोरों पर गेंद के आकार के लकड़ी के टुकड़े लगे होते थे। तब हम बच्चों को कभी यह नहीं लगता था कि ताजिया शोक मनाने का त्योहार है।

न तो हमारे मुस्लिम बुजुर्गों ने और न ही हमारे माता-पिता ने कभी हमें ताजिया के महत्व के बारे में बताया। वे हमें जुलूस में खेलने से नहीं रोकते थे। फुलवरिया के मुस्लिम चूड़ीहार (चूड़ी बेचने वाले) थे। उनके घरों की महिलाएँ मेरी माँ के हाथों में चूड़ियाँ पहनाने आती थीं। बदले में माँ उन्हें दूध और अनाज देती थी। उन दिनों सामानों

और सेवाओं के भुगतान के लिए विनिमय व्यवस्था आम थी।

अक्षरों और अंकों की दुनिया में

मैंने अपने गाँव में कनिष्ठ प्राथमिक स्कूल में पढ़ाई की। सूर्यबली मिश्रा हमारे शिक्षक थे। हमें अनुशासित करने के लिए उनके पास बाँस की छड़ी थी और वह इसका इस्तेमाल करने से गुरेज नहीं करते थे। मेरी शरारतों के कारण कई बार उन्होंने मेरे पिछवाड़े और हथेलियों में छड़ी से पिटाई की। लेकिन मैं उन्हें बहुत सम्मान के साथ याद करता हूँ; उन्होंने अक्षरों और अंकों की दुनिया से मेरा परिचय कराया। हमारे पास हिंदी की एक पाठ्यपुस्तक थी, जिससे हमने वर्णमाला सीखी। इसमें गाय, भैंस, गौरेया, तोता और कौवे के चित्र बने थे और उनके नीचे हिंदी में उनके नाम लिखे थे। हमारे शिक्षक ने हमें अंकों के बारे में भी पढ़ाया। वह संगमरमर और पत्थर के टुकड़े इकट्ठा कर लेते थे और हमें उन्हें गिनने के लिए कहते थे।

समय का पता करने के लिए हमारे पास घड़ी नहीं थी। लेकिन स्कूल के प्रशासन ने इस समस्या के निदान का अनूठा तरीका निकाला। हमारे स्कूल के पास निश्चित जगहों पर दो गोलाकार गड्ढे थे। जब सूर्य आकाश में सीधी ऊँचाई पर नजर आता था, तो इसकी किरणें एक गड्ढे के भीतर तक जाती थीं और इसका मतलब था दोपहर। इसके बाद हमारे मास्टर साहब भोजन अवकाश के लिए घंटी बजाते थे। और जब सूर्य कुछ पश्चिम की तरफ चला जाता था और उसकी तिरछी किरणें दूसरे गड्ढे में पड़ती थीं, तो इसका मतलब है कि स्कूल की छुट्टी का समय हो गया और फिर घंटी बज जाती थी। हम छुट्टी की घंटी का इंतजार करते थे।

हमारे स्कूल के पास एक तालाब था। हम अपनी लकड़ी की स्लेट तालाब में धोते थे और इसे एक स्थानीय झाड़ी भेंगरई से घिसकर चमकाते थे। हम तालाब में तैरते थे और नहाते थे और मछली भी पकड़ते थे। बरसात के मौसम में मछलियाँ पकड़ने में मैं माहिर था। मैं बाँस की लकड़ियों से तैयार किए गए पिंजरे में मछलियाँ पकड़ कर रखता था। हम इन मछलियों को वहीं चरागाह में गोबर के कंडे

में सेंकते थे और वहीं खा भी लेते थे। मुझे तालाब में बड़े आकार के पीले रंग के मेढकों को देखना अच्छा लगता था। जब ये मेढक तालाब में उछलकूद करते पेंकू...पेंकू... टर्राते थे, तो मुझे बड़ा मजा आता था। बरसात के मौसम में यह आवाज सुनने के लिए मैं घंटों खड़ा रहता। मौसम के दौरान हम दिनभर गन्ना चूसते रहते थे, ताकि भूख न लगे। मैं और मेरा दोस्त रामप्रवेश पेड़ों पर चढ़ने के मामले में उस्ताद थे, और हम आम, अमरूद और जामुन तोड़ने के लिए पेड़ों पर चढ़ जाते थे। हम ऊपर से नीचे खड़े दोस्तों के लिए भी फल फेंकते थे। कई बार बाग का मालिक हमारा पीछा करता था, लेकिन हम भाग जाते थे और हमें कोई अफसोस नहीं होता था, बल्कि खुशी होती थी। हमारे गाँव के खेतों में गेहूँ, धान, मक्का, बाजरा, मडुआ, साठी, दाल और गन्ने की फसलें होती थीं। हमारे गाँव में आम और जामुन के बड़े-बड़े पेड़ भी थे। फुलवरिया के कनिष्ठ प्राथमिक स्कूल में मेरी पढ़ाई पूरी होने के समय तक मेरे बड़े भाई मुकुंद राय को पटना के वेटर्नरी कॉलेज फार्महाउस में दैनिक वेतन पर काम मिल गया था।

पटना का रुख

जिंदगी बदल गई। एक बार हमारे गाँव में एक हींग बेचने वाला आया। उसने हींग का अपना झोला नजदीक के कुएँ के किनारे पर रख दिया। मैंने शरारतन उसका झोला कुएँ में फेंक दिया। हींग बेचने वाले ने आसमान सिर पर उठा लिया और लोगों को मेरे घर ले आया। गुस्से से उन लोगों ने मेरी माँ से मेरी शिकायत की। उन्हीं दिनों मुकुंद भाई गाँव आए हुए थे। मेरी माँ मेरी शरारतों से तंग आ गई थीं, उन्होंने उनसे कहा कि वह मुझे अपने साथ पटना ले जाएँ और वहाँ मुझे पढ़ाएँ और ठीक करें। मैं खूब रोया। मैं अपना गाँव छोड़कर कहीं नहीं जाना जाता था। मैं अपने दोस्तों और गाय-गोरू को छोड़कर नहीं जाना चाहता था। मैं अपनी माँ से दूर नहीं जाना चाहता था। यह सोचकर मैं दुखी हो गया कि वहाँ नहाने के लिए तालाब नहीं होगा, सवारी करने के लिए भैंसे नहीं होंगी, चूसने के लिए गन्ना नहीं होगा, चोर-सिपाही खेलने के लिए दोस्त नहीं होंगे, आम, अमरूद

और जामुन के पेड़ नहीं होंगे, सोरठा, बिरहा, होली और चैता गाने वाले दोस्त नहीं होंगे। मैंने माँ से गुजारिश की कि मुझे अपने साथ ही रखे और मैंने वादा किया कि आगे मैं उन्हें परेशान नहीं करूँगा। मैंने मुकुंद भाई से भी गुजारिश की, लेकिन उन्होंने इनकार कर दिया। वह मुझे अपने साथ पटना ले गए। मुकुंद भाई रोजाना ग्यारह आना यानी करीब छासठ पैसे कमाते थे। फार्महाउस के नए बछड़ों को दूध पिलाना उनका काम था। वह रोज सुबह शाम बड़े से बरतन में दूध लेकर बछड़ों को पिलाते थे। वह बछड़ों को दूध पिलाने जाते थे और मुझे भी देते थे। उन्होंने मेरे लिए एक पतलून और शर्ट खरीदी और मेरा दाखिला शेखपुरा में एक उच्च प्राथमिक स्कूल में करा दिया। यह वेटर्नरी कॉलेज परिसर में मुकुंद भाई को मिले एक कमरे के चपरासी क्वार्टर से कुछ मीटर की दूरी पर ही स्थित था।

मुझे मेरे दोस्तों, खेतों, मवेशियों, पेड़ों और कुल मिलाकर गाँव के सारे परिवेश की खूब याद आई और मैं कई दिनों तक गुमसुम बना रहा। धीरे-धीरे मैंने खुद को सँभाला और फिर बरतन साफ करना और मेरे भाई और कॉलेज में दैनिक वेतन पर काम करने वाले उनके साथियों के लिए भोजन बनाने लगा।

मुझे माँ सरस्वती का आशीर्वाद प्राप्त था। मैं स्कूल के सारे पाठ बहुत जल्दी कंठस्थ कर जाता था और जल्द ही शिक्षकों और छात्रों के बीच लोकप्रिय हो गया। शेखपुरा स्कूल के मेरे दोस्तों को गाँव के मेरे जीवन की कहानियाँ सुनकर बड़ा मजा आता था। मैंने पटना के स्कूल के छात्रों के बीच चोर-सिपाही और कबड्डी तथा चिक्का जैसे खेलों को लोकप्रिय बना दिया। मेरे स्कूल के दोस्त मुझसे प्यार करते थे और भैंस की सवारी करने और मछली पकड़ने जैसे मेरे कौशल के बारे में सुनते थे। उनके लिए यह सब रहस्य जैसा था। मुकुंद भाई और उनके साथी भी मुझसे प्रेम करते थे, क्योंकि मैंने जल्दी ही खाना बनाना, दूध उबालना और बरतनों को साफ करना सीख लिया था। मुझे इन कामों में आनंद आता था। बाद में मेरे दो और बड़े भाई मंगरू और महावीर भी मुकुंद भाई के साथ वेटर्नरी कॉलेज में दैनिक वेतन पर काम करने लगे।

मेरे गाँव और स्कूल के दिनों की कई ऐसी चीजें हैं, जिन्हें लेकर

मुझे दुख होता है, वहाँ दुष्कर और हताश करने वाली कई तरह की चुनौतियाँ थीं। लेकिन एक बात का मुझे इन दिनों खूब पछतावा होता है: मेरे पास मेरे पिता की तस्वीर नहीं है। 1965 में मेरे मैट्रिक पास करने के बाद उनका निधन हो गया था।

शेखपुरा स्कूल से प्राथमिक शिक्षा की पढ़ाई करने के बाद मेरा दाखिला बिहार मिलिट्री पोलिस (बीएमपी) कैम्पस के सरकारी माध्यमिक स्कूल में कराया गया, जोकि वेटर्नरी कॉलेज कैम्पस के हमारे क्वार्टरों से सटा हुआ था। शंभू बाबू, देवदत्त त्रिपाठी, गोरखनाथ, नरेंद्र नाथ वर्मा और परमानंद बाबू हमारे शिक्षक थे। मैं हमेशा पहली कतार में बैठता था। मैं काफी सक्रिय छात्र था। मिडिल स्कूल में मैं अपनी कक्षा का मॉनिटर था। मैं अपनी क्लास में हिंदी निबंध लेखन और भाषण के मामले सबसे अच्छा था। शिक्षक जब सवाल करते तो मैं पूरे विश्वास के साथ खड़ा होता और उनके जवाब देता। शिक्षक के आने से पहले मैं डस्टर से ब्लैकबोर्ड को साफ कर देता था। परमानंद बाबू हिंदी पढ़ाते हुए और ब्लैकबोर्ड पर लिखते हुए हमेशा अपने दाँतों और निचले होंठ के बीच खैनी दबाए रहते थे।

चौतरफा उभार

मुझे पता नहीं कि मैंने कैसे दूसरों की नकल करने की कला सीखी, लेकिन मैं इसमें माहिर था। मेरे दोस्त और हमारे कुछ शिक्षक मेरे प्रदर्शन का आनंद उठाते थे। गाँव और स्कूल में चोर-सिपाही का खेल करते-करते मैंने अभिनय सीख लिया। हमारे स्कूल में एक बार बीएमपी सभागार में शेक्सपीयर का नाटक 'मर्चेंट ऑफ वेनिस' का प्रदर्शन हुआ। मैंने शायलॉक की भूमिका निभाई। दर्शकों में मौजूद बीएमपी के अधिकारी, स्कूल के शिक्षक और वेटर्नरी कॉलेज के निवासियों ने मेरे प्रदर्शन को काफी सराहा। बीएमपी कमांडेट ब्रजनंदन बाबू ने मुझे सर्वश्रेष्ठ अभिनेता का पुरस्कार दिया। मेरे शिक्षकों, गोरखनाथ जी और नागेंद्र नाथ वर्मा ने मेरी पीठ थपथपाई और मेरा हौसला बढ़ाया। यह उन क्षणों में से था जिन पर मैं गर्व करता हूँ। मुझे एहसास हुआ कि मैं लोगों को हँसा सकता हूँ। जब लोगों को मेरी बात में आनंद

आता, तो मैं खुश होता था। मुझे खुद पर हँसना पसंद था। बाद के वर्षों में सार्वजनिक जीवन में मेरे इस कौशल ने लोगों से जुड़ने में मेरी मदद की और यहाँ तक कि मैं अपने विपक्षियों पर प्रभावी तरीके से हमले कर सका।

उन दिनों आकाशवाणी से प्रसारित होने वाला भोजपुरी धारावाहिक लोहा सिंह भोजपुरी भाषियों के बीच खासा लोकप्रिय था। यह नाटक रामेश्वर सिंह कश्यप ने लिखा था और खुद उन्होंने लोहा सिंह की भूमिका निभाई थी। काल्पनिक चरित्र लोहा सिंह ब्रिटिश जमाने का रिटायर्ड फौजी जवान था, वह इस नाटक का नायक था। वह अपनी पत्नी को खदेरन की मदर कहता और उससे अजीब सवाल करता। उसका यह संवाद, 'अरे ओ खदेरन को मदर, जब हम काबूल का मोरचा में था नू...' लोगों के बीच काफी लोकप्रिय हो गया था। जैसे ही वह अपना संवाद शुरू करता, लोग गोंद की तरह रेडियो से चिपक जाते और हँसते-हँसते लोटपोट हो जाते। (पितृसत्तात्मक समाज कैसे महिलाओं का मजाक बनाता है, यह उसका एक उदाहरण भी है) मैं इस घटनाक्रम का जिक्र हमारे समाज की स्थिति को रेखांकित करने के लिए कर रहा हूँ, जहाँ महिलाओं को कमतर समझा जाता है और इस स्थिति को बदलने की जरूरत है। यहाँ कुछ संवाद हैं, जो लोहा सिंह कहता थाः ओ खदेरन की मदर! जानत बा मेहरारू के मूछ कहेना होला अउर मरद का माथा के बार काहे झर जाला। इसके बाद वह इसका कारण बताने लगताः सुन ला! मेहरारू लोग जबान से काम लेला, इह से मूछ झर जाला और मरद लोग दिमाग से काम लेला इ से कपार के बार झर जाला।

मैंने लोहा सिंह के संवाद याद कर लिए थे और जब भी लोग कहते मैं हूबहू उनकी तरह इन्हें प्रस्तुत करता। लोहा सिंह के संवादों को प्रस्तुत करने की मेरी क्षमता ने मुझे शिक्षकों, बीएमपी अधिकारियों, छात्रों और दोस्तों के बीच सबसे अच्छा मनोरंजन करने वाला बना दिया। रेडियो से शाम के एक निश्चित समय पर लोहा सिंह का प्रसारण होता था। लोग रेडियो चालू करने के लिए उस पल का इंतजार करते थे। लेकिन वे मुझे जब भी देखते, तो मुझसे लोहा सिंह के संवाद बोलने के लिए कहते और मैं भी उन्हें मायूस नहीं करता था।

मैं लोगों को हँसाने के तरीके ईजाद करता रहता था। पटना के मिलर हाईस्कूल में दाखिले में मेरे शैक्षणिक रिकॉर्ड की तुलना में मेरी विनोदपूर्ण प्रवृत्ति, लोगों की नकल करने के कौशल और जमीन से जुड़ी सादगी ने बड़ी भूमिका निभाई। प्राइमरी और मिडिल स्कूल के विपरीत जहाँ दाखिले के लिए मेरे बड़े भाई मुझे वहाँ लेकर गए थे, इस बार मैंने खुद से दाखिला लिया। स्कूल के प्रिंसिपल नंद किशोर सहाय एक महान शिक्षक थे। उन्होंने मेरे प्रमाणपत्र देखे और मुझे मेरी रुचियों और अध्ययनेतर गतिविधियों के बारे में बात की। मैंने उन्हें लोहा सिंह का संवाद सुना दिया। सहाय जी फौरन प्रभावित हो गए और मुझे दाखिला दे दिया। मैंने जब उन्हें बताया कि मैं गरीब परिवार से हूँ और मेरे पास किताबें और स्टेशनरी खरीदने के लिए पैसे नहीं हैं, तो सहाय जी ने निर्धन छात्र कोष से मेरे लिए छात्रवृत्ति मंजूर कर दी। मैं रोजाना चपरासी क्वार्टर से दूसरे छात्रों के साथ पाँच किलोमीटर पैदल चलकर मिलर हाई स्कूल जाता था। मैं देर शाम को घर लौटता, क्योंकि स्कूल के बाद मैं दोस्तों के साथ फुटबॉल खेलता, उन्हें लोहा सिंह के संवाद और किस्से-कहानियाँ सुनाता। मेरे भाई स्कूल से बाहर की मेरी गतिविधियों का समर्थन करते थे। स्कूल में दाखिले के बाद मैं डॉक्टर बनना चाहता था। असल में मेरा एक दोस्त बसंत पढ़ाई में अच्छा था और वह डॉक्टर बनने के लिए समर्पित था। मैंने जब उससे पूछा कि डॉक्टर बनने के लिए कौन-सा कोर्स लेना होगा, तो उसने बताया बॉयोलॉजी। लेकिन जल्द ही मुझे पता चला कि प्रैक्टिकल की परीक्षा के लिए मुझे मेढकों की चीरफाड़ करनी पड़ेगी, जिससे मुझे घृणा थी तो फिर मैंने डॉक्टर बनने का इरादा छोड़ दिया। (इत्तफाक से बसंत एक अच्छा डॉक्टर बन गया) मुझे बीजगणित भी पसंद नहीं था। इस विषय के 2 एक्स, 3 वाई और 4 जेड जैसे अंक याद रखने के लिहाज से मुझे बहुत कठिन लगे।

मैंने पाया कि मैं विज्ञान नहीं पढ़ सकता, क्योंकि उसमें बीजगणित एक अनिवार्य विषय है। मैं कला के विषयों—हिंदी, अंग्रेजी, नागरिक-शास्त्र, इतिहास, भूगोल और साधारण अंकगणित में अच्छा था। घर पर पढ़ाई के मामले में कोई दिशा-निर्देश देने वाला नहीं था। इसलिए मेरी अंग्रेजी हिंदी और दूसरे विषयों की तरह मजबूत नहीं थी। लेकिन परीक्षा में मैं

अंग्रेजी में अपेक्षाकृत अच्छे अंक लाता था। मेरी लिखावट अच्छी नहीं थी, लेकिन मैं शब्दों को और वाक्यों को एकदम स्पष्ट लिखता था।

कला के विषय मुझे इसलिए भी अच्छे लगते थे, क्योंकि ये समाज, कृषि, राजनीति और प्राकृतिक नियमों और कानूनों से जुड़े थे, जो मेरे लिए अनजाने नहीं थे। जब कभी परीक्षा में मुझे कृषि, बाढ़, सिंचाई आदि पर निबंध लिखना पड़ता, तो मुझे काफी अच्छे अंक मिलते। मैं सामाजिक जीवन से इतनी गहराई से जुड़ा हुआ था, कि मुझे इन विषयों के निबंधों के लिए अलग से तैयारी नहीं करनी पड़ती थी।

इस बीच मैं मिलर हाई स्कूल में एक जोशीले फुटबॉल खिलाड़ी के रूप में उभरने लगा। मैं गँवारू और अक्खड़ था। इसलिए रेफरी से मुझे अकसर सर्वाधिक यलो और रेड कॉर्ड मिलता था। असल में जब मैं यह देखता कि मेरी टीम के किसी खिलाड़ी को कोई गलत तरीके से टँगड़ी मार रहा है, तो मैं उस खिलाड़ी का पीछा करते हुए उस पर टूट पड़ता था। मैं किसी तरह अपनी टीम के खिलाड़ियों के साथ फाउल किए जाने का बदला ले लेता था। मैं यह बर्दाश्त नहीं कर सकता था कि मेरी टीम के खिलाड़ियों को विरोधी टीम चोट पहुँचाए। रेफरी मुझे पसंद नहीं करते थे, लेकिन मैं अपनी टीम का चहेता था। मैं कभी अपनी टीम का कप्तान नहीं बना, लेकिन मेरी टीम को मुझ पर भरोसा था और दर्शक मेरा इंतजार करते थे और जब मैं बॉल लेकर आगे बढ़ रहा होता तो मेरा उत्साह बढ़ाते।

इत्तफाक से कई वर्षों बाद जब मैं मुख्यमंत्री बन गया, तब मैंने स्कूल का नाम बदलने का आदेश दिया। मूल नाम के खिलाफ मेरे मन में कोई दुर्भावना नहीं थी, लेकिन मुझे लगा कि बिहार के किसी सम्मानित व्यक्ति के नाम पर यह होना चाहिए। इसलिए मिलर की जगह स्कूल का नाम देवीपद चौधरी के नाम पर हो गया, जोकि एक स्वतंत्रता सेनानी थे और भारत छोड़ो आंदोलन के दौरान मारे गए थे। वह मिलर स्कूल में ही पढ़े थे। पटना में सचिवालय के सामने स्थित सात मूर्ति में अन्य लोगों के साथ चौधरी सहित दो ऐसे स्वतंत्रता सेनानी शामिल हैं, जिन्होंने मिलर स्कूल से पढ़ाई की थी।

मैंने स्कूल में नेशनल कैडेट कोर (एनसीसी) भी ली थी। एनसीसी के प्रति आकर्षण की बड़ी वजह यह थी कि इसमें शर्ट, पतलून और

जूते मिलते थे और कैडेट को नाश्ता भी दिया जाता था। मैं इतना उत्साहित था कि मैंने दिनभर एनसीसी की वर्दी नहीं उतारी। मैंने एनसीसी की भावना को पूरी तरह से आत्मसात कर लिया। मैं परेड में अच्छा था और कुछ महीने के भीतर ही मुझे सर्वश्रेष्ठ कैडेट का पुरस्कार मिला। मेरी योग्यता को देखते हुए हमारे प्रशिक्षक ने मुझे कैडेट्स को कमांड देने की जिम्मेदारी दे दी। कैडेट मेरे रुतबे को पसंद करते थे।

एनसीसी कैंप ने मुझमें अनुशासन और लोगों की निस्स्वार्थ सेवा की भावना स्थापित कर दी। इत्तफाक से एनसीसी कैडेट्स और मेरे दोस्त मुझसे लोहा सिंह के संवाद सुनना पसंद करते थे। एक तरह से कहा जा सकता है कि मैं जिस तरह से बोलता था वह काफी कुछ लोहा सिंह से मिलता था। अपनी ग्रामीण पृष्ठभूमि के कारण मैं भोजपुरी प्रवाह के साथ बोलता था, जिसमें मेरे दोस्तों और शिक्षकों को आनंद आता था। 1965 में मैं अच्छे अंकों से मैट्रिक पास हो गया। मेरे भाई मेरी सफलता से बेहद उत्साहित थे, लेकिन जश्न मनाने के लिए उनके पास कोई साधन नहीं था। मैं अपने परिवार में और फुलवरिया के पास-पड़ोस में पहला सदस्य था, जिसने शिक्षा के इस मील के पत्थर को पार किया था। अब मैं एक आत्मविश्वास और उत्साह से लबालब युवक था और उच्च शिक्षा के लिए तैयार था।

अध्याय 2

लोहिया, जेपी और राबड़ी

स्कूल से निकलने और कॉलेज में जाने के साथ ही मुझे एहसास हुआ कि मैं बदलाव के मुहाने पर खड़ा हूँ। लेकिन वह बदलाव इतना नाटकीय और इतना दूरगामी होगा, यह मैंने अपनी तेज कल्पना शक्ति के बावजूद नहीं सोचा था। कॉलेज के उन दिनों ने मुझे पेशेवर स्तर के साथ-साथ निजी तौर पर भी बदल दिया। चूँकि अपने परिवार और आसपास के इलाकों से भी कॉलेज जाने वाला मैं पहला सदस्य था, इसलिए मैं जल्दी ही विश्वविद्यालय की राजनीति में घुस गया, जो बाद में मेरे सार्वजनिक जीवन में जाने की बुनियाद बना। मैं राबड़ी देवी से मिला और उनसे शादी की, लेकिन इसके बारे में बाद में। जो बात मैं यहाँ स्पष्ट करना चाहता हूँ, वह यह है कि छात्र राजनीति में व्यस्तता के बावजूद मैं नियमित रूप से अपने गाँव फुलवरिया जाने का समय निकाल ही लेता था। इसी तरह अपनी खेती और मवेशियों की देखभाल के प्रति भी मेरी रुचि लगातार बनी रही।

1966 में मैंने पटना विश्वविद्यालय के बी.एन. कॉलेज में दाखिला लिया था। मैं खुश था, क्योंकि यह कॉलेज उच्च शिक्षा के तीन सबसे प्रसिद्ध संस्थानों में से गिना जाता था–शेष दो कॉलेज थे–पटना साइंस कॉलेज और पटना कॉलेज। मेरी एकमात्र समस्या यही थी कि वह वेटर्नरी कॉलेज परिसर से, जहाँ मैं अपने भाई के साथ रहता था, करीब 10 किलोमीटर दूर था। सार्वजनिक परिवहन का इस्तेमाल न

कर पाने के कारण–जो उस दौर में बेहद अनियमित था–मैं वहाँ तक पैदल ही आता-जाता था। भौतिक संसाधनों के अभाव में चुनौतियों का सामना करना मेरे लिए नया नहीं था, बल्कि इसके बावजूद रास्ते में मिलने वाले साथियों की वजह से मैं खुश रहता था; वे सब दानापुर, खगौल, गर्दनीबाग और फुलवारी शरीफ जैसे दूर-दराज के इलाकों के गरीब छात्र थे। जहाँ मैं कॉलेज जाने के लिए मामूली साइकिल तक नहीं ले सकता था, वहीं ऐसे भी छात्र थे, जो मोटर साइकिल से कॉलेज जाते थे–वे समृद्ध और ज्यादातर ऊँची जातियों के परिवारों से थे। उनमें कुछ वैसे भी छात्र थे, जिन्हें बाद में अन्य पिछड़ी जाति (ओबीसी) और अनुसूचित जाति (एससी) के तौर पर जाना गया।

मुझे हर तरह से किफायत बरतनी थी। प्रवेश शुल्क और ट्यूशन फीस तो तुलनात्मक रूप से कम थी, लेकिन किताबें और स्टेशनरीज महँगी थीं। इसके अलावा, कॉलेज में लंबे समय तक रुकने के लिए नाश्ता-पानी की भी जरूरत थी। मेरे भाइयों के लिए पूरे परिवार के दो जून के भोजन का इंतजाम करना ही कठिन था। वे मुझे जेब खर्च देने में कतई सक्षम नहीं थे। फैशनेबल कपड़ों की बात ही छोड़ें, ठीकठाक कपड़ों का इंतजाम करने में भी मुझे संघर्ष करना पड़ता था। अच्छे घरों के लड़के मुझे और मेरे जैसे गरीब छात्रों को चिढ़ाते थे और हम पर हावी होना चाहते थे। जल्दी ही मैंने समझ लिया कि मुझे खुद को साबित करने के लिए कुछ करना होगा। मैं मंच से बोल सकता था, यह कला मैंने स्कूल में सीखी थी। मुझे मंच पर जाने में डर नहीं लगता था, क्योंकि मैं दर्शकों के सामने कई नाटकों और लोकगीतों में अभिनय कर चुका था। मैंने अपनी क्षमता को आजमाने का फैसला किया। एक दिन मैं कॉलेज की दीवार पर खड़ा हो गया और गरीब छात्रों को आने-जाने में होने वाली समस्या पर लगातार बोलता रहा। चूँकि मैं खुद इसका शिकार था, इसलिए मैं क्षुब्ध था, इसलिए मेरी आवाज में दहाड़ थी:

'हम गरीब हैं, लेकिन हम पढ़ना चाहते हैं। इसलिए विश्वविद्यालय प्रशासन और सरकार को हमारी मदद करनी चाहिए। विश्वविद्यालय को उन गरीब छात्रों के लिए बस की व्यवस्था अनिवार्य रूप से करनी चाहिए, जो बहुत दूर से आते हैं, ताकि कॉलेज में उनकी उपस्थिति

सुनिश्चित हो सके। लंबी दूरी पैदल तय करने के बाद हम लोग थक जाते हैं। हम भूख और प्यास को मारते हैं। अपनी बुनियादी जरूरतें हासिल करने के लिए हमें आंदोलन करना होगा, ताकि हम लोग अपनी पढ़ाई जारी रख सकें।'

सार्वजनिक जीवन का पहला अनुभव

मैंने उस दिन एक छोटी-सी भीड़ को संबोधित किया था, लेकिन उसका अनुकूल प्रभाव पड़ा। धीरे-धीरे मेरे अधिक से अधिक साथी मेरे साथ उठने-बैठने लगे। उसके बाद मैं हमेशा 30 से 50 छात्रों के समूह में घिरा होता था। मैं बिना तैयारी के ही भाषण देने लगता था, जिनमें लोहा सिंह के संवाद और ग्रामीण जीवन की लोकोक्तियों और कहावतों का पुट होता था। वह सार्वजनिक जीवन और राजनीति में मेरा पहला पदार्पण था।

कॉलेज के प्राचार्यों, मोइनुल हक और बाद में लाला मुकुंद मुरारी और प्राध्यापक मुझे पहचानने लगे थे; धीरे-धीरे वे मुझे पसंद करने लगे थे। जातियों और समुदायों से अलग हटकर छात्र भी मेरे भाषणों को पसंद करने लगे थे। क्योंकि आवागमन की किफायती व्यवस्था की माँग सभी के हितों से जुड़ी हुई थी। ऐसे ही लोहा सिंह के संवाद भी छात्रों को पसंद आते थे। कई प्राध्यापक और छात्र यह मानते थे कि मैं वे संवाद लोहा सिंह से भी बेहतर ढंग से बोलता था! वह स्मृति आज भी मुझे गुदगुदाती है कि कॉलेज जीवन के शुरुआती दौर से ही मैं लड़कियों के बीच बेहद लोकप्रिय था। ज्यादातर लड़कियाँ समृद्ध और उच्च मध्यवर्गीय परिवारों से थीं—गरीब जातियों के पास न तो अपनी बेटियों को शिक्षा देने के लिए पैसे थे, और न ही उस दौर में अपनी बेटियों को शिक्षित करने में उनकी कोई रुचि थी। ऐसे में, कॉलेज में दलित या पिछड़ी जातियों की किसी छात्रा को ढूँढ़ना गधे के सिर में सींग ढूँढ़ने जैसा था।

लड़कियों का मेरी तरफ झुकाव का मुख्य कारण यह था कि मैं सहज ही उन असामाजिक तत्वों की पहचान कर लेता और उन्हें सबक सिखाता था, जो लड़कियों का पीछा करते, उन पर कटाक्ष करते या

उन्हें परेशान करते थे। मेरी मौजूदगी भर से ही सड़क-छाप रोमियो बुत बन जाते थे। मैं लड़कियों के बीच इतना लोकप्रिय हो गया कि वे लड़कों के खिलाफ शिकायत लेकर मेरे पास पहुँचतीं और लड़कों का नाम भी बतातीं। उन्हें विश्वास था कि मैं कार्रवाई करूँगा। मैं उन्हें कभी निराश नहीं करता था। मैं उन लड़कों को पकड़ता और उन्हें लड़कियों के साथ अच्छा व्यवहार करने की सीख देता। ये 'सबक' बेहद प्रभावी साबित हुए। ऐसे 'रोमियो' की पुलिस या प्रशासन में शिकायत करने में मेरा भरोसा नहीं था; उन उद्दंड लड़कों को सबक सिखाने का मेरा अपना तरीका था। मेरी बहादुरी के कारनामे मेरे कॉलेज से बाहर फैलने लगे। मैं पटना वुमंस कॉलेज और मगध महिला कॉलेज तक में लोकप्रिय हो गया। संभ्रांत छवि वाले पटना वुमंस कॉलेज में लड़कियों की कक्षाओं को संबोधित करने वाला मैं पहला छात्र था।

पटना वुमंस कॉलेज की प्रिंसिपल सिस्टर एम. लिसेरिया अनुशासन के मामले में बेहद सख्त थीं। उनके समय में यह कानून बन गया था कि कॉलेज का मुख्य दरवाजा पुरुषों के लिए हमेशा बंद ही रहता था। लेकिन जब मंजरी जरूहर (जो बाद में आईपीएस अधिकारी बनीं) और वुमंस कॉलेज की दूसरी छात्राओं ने उनकी कक्षाओं को संबोधित करने के लिए मुझे निमंत्रित करने और सम्मानित करने का फैसला लिया, तो प्रिंसिपल मान गईं। जब मैंने वहाँ भाषण देना शुरू किया, तो लड़कियाँ यह कहते हुए एक स्वर में मेरा स्वागत करने लगीं, 'लालू महात्मा आया है, लालू महात्मा आया है।' मैं साधारण कुर्ता-पायजामे में था और मैंने बातचीत की शैली में भाषण दिया। मैं पटना वुमंस कॉलेज और मगध महिला कॉलेज में नियमित भाषण देने लगा और मैंने कुछ छात्राओं की शिकायतों का भी समाधान किया।

लोहिया की विचारधारा से ली प्रेरणा

कई बार कुछ संयोग अनजाने ही मनुष्य के नजरिए को आकार देते हैं, जीवन भर के लिए प्रभाव डालते हैं और अपने कामकाज का ऐसा असर छोड़ते हैं, जिसकी गूँज दशकों तक सुनाई देती है। मेरे कॉलेज जीवन की जब शुरुआत हुई, तब डॉ. राममनोहर लोहिया

बिहार में गरीबों में जागृति लाने का काम कर रहे थे। मैं शिक्षित था और बड़ी अकादमिक डिग्री हासिल करने के लिए उत्सुक था। मैंने अखबारों में लोहिया के बारे में पढ़ा और उसके आधार पर विभिन्न सामाजिक-राजनीतिक घटनाओं को समझने की कोशिश करने लगा। इन मुद्दों पर मैंने अपने साथियों और दोस्तों से चर्चा की, जो मेरे बहुत प्रिय बन चुके थे। उस समय, बिहार सामंती वर्चस्ववाद का केंद्र बिंदु था। ऊँची जातियों के, जो बमुश्किल राज्य की 13 फीसदी आबादी ही थे, निहित स्वार्थ ने जमीन, शिक्षा, राजनीतिक पद और नौकरशाही के ढाँचे—सब कुछ पर अपना एकाधिकार कायम कर रखा था। नीची जातियों के प्रति, जिसकी आबादी राज्य में 60 फीसदी थी, उनमें तीव्र घृणा थी और उनकी गरीबी दूर करने में उनकी कोई रुचि नहीं थी। 60 के दशक के मध्य में बिहार में चार मुख्यमंत्री हुए—श्रीकृष्ण सिन्हा, दीप नारायण सिंह, बिनोदानंद झा और कृष्ण बल्लभ सहाय—ये सभी ऊँची जातियों के और भारतीय राष्ट्रीय कांग्रेस के सदस्य थे। सत्तारूढ़ दल ने सामाजिक-राजनीतिक व्यवस्था में नीची जातियों को कोई जगह नहीं दी, और अगर दी भी, तो वह बहुत थोड़ी थी। गरीबों ने हाशिए पर पड़े रहने को अपनी नियति मान लिया था और वे अपने सामंत प्रभुओं के हुक्मों के अनुसार चलते थे।

लोहिया उच्च शिक्षा के लिए जर्मनी गए थे। वह उत्तर प्रदेश के अकबरपुर के थे और समाजवाद के प्रसार के लिए उन्होंने बिहार को बतौर प्रयोगशाला चुना था, तो उसकी वजह थी। उन्होंने भारतीय संदर्भ में राजनीति और शासन में दशकों से शीर्ष से नीचे तक बरकरार सामंती वर्चस्ववाद के बरक्स पिछड़ी जातियों के सशक्तिकरण का समाजवाद का अपना मॉडल लागू किया। लोहिया का मानना था कि एक कठोर जाति व्यवस्था के कारण समाज में असमानता आई है। इसका नतीजा यह हुआ है कि पिछड़ी जातियों को शिक्षा, समाज, राजनीति और शासन में पिछड़ी जातियों को उनके हक से वंचित किया गया है। उनकी संयुक्त सोशलिस्ट पार्टी (एसएसपी या संसोपा) और उसकी युवा वाहिनी समाजवादी युवजन सभा (एसवाईएस) नीची जातियों को शिक्षा, समाज और शासन आदि में आनुपातिक हिस्सा देना सुनिश्चित करने की माँग के साथ राज्य में आंदोलन करने लगी थीं। वह इन जातियों

में चेतना लाने और इन्हें इनके बराबरी के हक के लिए जगाने का काम करते थे, जिसने पिछड़ी जाति के आंदोलन का स्वरूप ले लिया।

कांग्रेस सरकारें इस आंदोलन का दमन करने की कोशिश करती थीं, कई बार इसके लिए बल प्रयोग भी करती थीं। मुझे 1965 की याद है, तब के.बी. सहाय मुख्यमंत्री थे। बिहार में 20 जगहों पर एसएसपी कार्यकर्ताओं पर पुलिस फायरिंग और लाठीचार्ज के दौरान कुछ मौतें हुई थीं। गरीबों की बेहतरी की माँग करते हुए अनेक समर्थक पुलिस हमले में घायल हुए थे। पुलिस द्वारा पटना के गांधी मैदान में आंदोलनकारियों पर लाठीचार्ज में लोहिया भी घायल हुए थे। कांग्रेस से लोहिया का झगड़ा 1940 के उत्तरार्द्ध का था, जब उन्होंने कांग्रेस की वाम रुझान वाली सोशलिस्ट विंग–कांग्रेस सोशलिस्ट पार्टी छोड़ी थी–और प्रजा सोशलिस्ट पार्टी से जुड़े थे। लेकिन 1950 में उन्होंने प्रजा सोशलिस्ट पार्टी भी छोड़ी और संसोपा का गठन किया।

लोहिया और उनके समर्थकों के साथ हुई ज्यादती ने मुझ पर गहरा असर डाला। जिस पहले नारे ने मुझे प्रभावित किया, वह थाः 'संसोपा ने बाँधी गाँठ, पिछड़े पावे सौ में साठ।' मैं इंटरमीडिएट में आर्ट्स का छात्र था और इस लिहाज से लोहिया के साथ काम करने के मामले में अभी कच्चा था। लेकिन उनके भाषणों में मेरी गहरी रुचि पैदा हुई। मैं पता लगाता रहता कि वह कहाँ भाषण देने वाले हैं, और किसी न किसी तरह वहाँ पहुँच जाता था। एक बार पहुँच जाने पर मैं बहुत मनोयोग से उनका भाषण सुनता। लोहिया अकसर सप्तक्रांति (सात स्तरों वाली क्रांति) की बात करते थे, जिनमें जाति और रंग के आधार पर भेदभाव की समाप्ति, लैंगिक समानता बहाल करने, उपनिवेशवाद के पदचिह्नों को समाप्त करने, पूँजीपतियों द्वारा पैदा की गई असमानता को खत्म करने, विकेंद्रीकरण, निस्शस्त्रीकरण और हिंसक विद्रोह के विरुद्ध सामूहिक सविनय अवज्ञा जैसे कदम होते थे। उनकी यह बात, 'पिछड़ा जब जागेगा, तब समाज और देश बदल जाएगा, असली आजादी आ जाएगी–मेरे कानों में गूँजने लगी। मैं लोहिया की बातों को खुद से जोड़ने लगा। वह कहते थे कि किस तरह ऊँची जातियों का अधिकतर जमीन, स्थानीय निकायों की राजनीति, विधायिका, शिक्षा, नौकरशाही और पुलिस पर नियंत्रण

है। वह कहते थे कि पिछड़े निगाहें नीची करके क्यों रहते हैं! वह कांग्रेस पार्टी की आलोचना करते थे कि उसने सत्ता और शासन के सभी स्तरों पर ऊँची जातियों का वर्चस्व बनाए रखने में मदद की है। वह जोर देते थे कि पिछड़ी जातियों का अपनी आबादी के अनुपात में राजनीति और शासन के सभी स्तरों पर प्रतिनिधित्व होना चाहिए। यहाँ तक कि लोहिया विधायिका और सरकार में संपर्क के माध्यम के तौर पर अंग्रेजी को खत्म करने की भी वकालत करते थे, शायद वह यह महसूस करते थे कि अंग्रेजी भाषा समाज में सुविधाभोगी वर्ग का वर्चस्व बनाए रखने का औजार बन गई है। वह मानते थे कि पिछड़ों में अशिक्षितों की बड़ी आबादी है और अंग्रेजी लोकतांत्रिक संस्थानों के भीतर उन्हें उभरने देने में बड़ी बाधा है। इसलिए वह चाहते थे कि स्थानीय भाषाएँ अंग्रेजी की जगह ले लें।

डॉ. लोहिया के प्रति मेरी बढ़ती दिलचस्पी ने एसवाईएस के एक मित्र शिवानंद तिवारी का ध्यान मेरी ओर खींचा, जो दिग्गज समाजवादी नेता और लोहिया के समर्थक रामानंद तिवारी के बेटे थे। शिवानंद बिहार में युवजन सभा के कन्वेनर (समन्वयक) थे। 1960 के उत्तरार्द्ध में सभा का सदस्य बनाकर शिवानंद ने मुझे युवा राजनीति में आने का पहला मौका दिया। उसके बाद मैं आंदोलनों और जुलूसों में भाग लेने लगा। मुझे याद है, 1969 में मैं उस जुलूस का हिस्सा था, जो वीरचंद पटेल मार्ग से फ्रेजर रोड स्थित अंग्रेजी अखबार 'द इंडियन नेशन' के दफ्तर तक जा रहा था। दरअसल पुरी के शंकराचार्य ने कहा था कि हरिजन जन्म से ही अछूत हैं,* जिसे इस अखबार ने सुर्खियों के साथ छापा था। हम उस अखबार के खिलाफ प्रदर्शन कर रहे थे, जिसने दलितों के खिलाफ इतनी अपमानजनक टिप्पणी छापी थी।

स्वभावगत तौर पर मैं किसी जाति या व्यक्ति के खिलाफ नहीं था। लेकिन मैं सामंती वर्चस्ववाद और उन निहित स्वार्थों के विरोध में था, जो गरीबों का शोषण कर रहे थे। अमीरों के खिलाफ गरीबों की लड़ाई में शामिल होने पर मुझे थोड़ी खुशी मिली। 1967 में डॉ. लोहिया

---

*http://rsdebate.nic.in/rsdebate56/bitstream/123456789/445622/1/PD_89_20081974_21_p105_p150_4.pdf

की मृत्यु हो गई, लेकिन तब तक वह मुझ पर अपनी अमिट छाप छोड़ चुके थे, जिसने बाद के दिनों में मेरे विचारों और कार्यक्रमों को आकार दिया। आखिर वह लोहिया के काम का ही असर था कि उसी साल बिहार में पहली गैर-कांग्रेसी सरकार सत्ता में आई और जनता क्रांति दल के महामाया प्रसाद सिन्हा बिहार के पाँचवें मुख्यमंत्री बने।

छात्र नेता के तौर पर शुरुआत

राजनीति में पहला कदम उठा चुकाने के बाद अब मैं विश्वास करने लगा था कि अब अगले स्तर पर आगे बढ़ने के लिए मैं तैयार हूँ। एसवाईएस हर विश्वविद्यालयों में औपचारिक तौर पर छात्र संघ की स्थापना का दबाव बनाने लगी थी। मैं लिंग और समुदाय से परे छात्रों के बीच बेहद लोकप्रिय था, और मुझमें इतना आत्मविश्वास आ गया था कि 1970-71 में पटना यूनिवर्सिटी स्टुडेंट्स यूनियन (पीयूएसयू) के अध्यक्ष और महासचिव पद के लिए चुनाव कराने की माँग कर सकूँ। पीयूएसयू उस समय सिर्फ कागजों में ही अस्तित्व में था–और विश्वविद्यालय प्रशासन द्वारा नामित की गई छात्रों की एक मंडली का इस पर कब्जा था। इसका कोई व्यापक लोकतांत्रिक चरित्र नहीं था और इसके कर्मचारी शायद ही वे मुद्दे उठाते थे, जो छात्र हितों से जुड़े हों। चर्चित इतिहासकार और पटना विश्वविद्यालय के तब के कुलपति प्रोफेसर के.के. दत्त ने पहली बार इन दो पदों के लिए सीधे चुनाव की माँग मान ली। मैंने महासचिव पद के लिए पर्चा भरा, जबकि मेरे सीनियर राजेश्वर प्रसाद ने, जो पिछड़ी जाति के एक और छात्र नेता थे, अध्यक्ष पद के लिए नामांकन पत्र भरा।

राजेश्वर एक सामान्य और विनम्र छात्र थे, और उनमें आक्रामकता नहीं थी। इसलिए मैंने खुद ही दोनों के लिए पटना विश्वविद्यालय के सभी कॉलेजों–बी.एन. कॉलेज, पटना वुमंस कॉलेज, पटना कॉलेज, पटना साइंस कॉलेज, इंजीनियरिंग कॉलेज और मगध महिला कॉलेज–में आक्रामक अभियान शुरू किया। बी.एन. कॉलेज के परिसर में मतगणना शुरू हुई, तो हमने पाया कि हमारी जोड़ी तेजी से आगे निकल रही है। रुझानों से पता चल रहा था कि लगभग सौ फीसदी छात्राओं ने

हमें वोट दिया है। यह भाँपकर, कि हम शानदार जीत की ओर बढ़ रहे हैं, मुजफ्फरपुर के एक केंद्रीय मंत्री के बेटे ने अपने समर्थकों को इकट्ठा किया, मतगणना केंद्रों में धावा बोलकर बैलट बॉक्स लूट लिए और उन्हें नालियों और कूड़े के ढेर में फेंक दिया। यह देखकर मेरे समर्थक आगबबूला हो गए, और भीषण संघर्ष के हालात बन गए। मैंने अपने समर्थकों को शांत किया और पटना सदर के तत्कालीन एसडीओ नागेंद्र तिवारी से इस बारे में शिकायत की, जो हमारे चुनाव के प्रभारी थे। तिवारी एक ईमानदार अधिकारी थे, जिसने हमें आश्वस्त किया कि—'वह अन्याय कतई नहीं होने देंगे।' वह कुछ पुलिसवालों के साथ मतगणना केंद्र तक गए और और फेंके गए तमाम बैलट बॉक्स इकट्ठा कर लिए। उन्होंने राजेश्वर और मुझे क्रमशः अध्यक्ष और महासचिव निर्वाचित घोषित किया। मैंने तिवारी की स्मृति को बेहद सँजोकर रखा है, वह एक ब्राह्मण थे, जो तब मेरी सहायता के लिए आगे आए, जब मैं लोकतांत्रिक प्रक्रिया में अपने कदम रख ही रहा था।

मैं अब भी मानता हूँ कि वह चुनाव पहली क्रांति थी, जिसे मैंने छात्र नेता के तौर पर अंजाम दिया था। इतिहास में पहली बार पीयूएसयू ने सीधे तौर पर अध्यक्ष और महासचिव चुना था। अध्यक्ष बनने के बाद राजेश्वर ने छात्रों से किया गया वायदा पूरा करने की मुझे खुली छूट दी। मैंने छात्रों से वायदा किया था कि उनके लिए परिवहन का प्रबंध करूँगा। मैंने डॉ. दत्त से मुलाकात की, जो गांधी मैदान के पास (जहाँ अब मौर्या होटल है) वाइस चांसलर आवास में रहते थे, और उन्हें एक विज्ञप्ति दी, जिसमें दूरस्थ इलाकों से विश्वविद्यालय आने वाले छात्रों के लिए 10 से 12 बसों की व्यवस्था करने की माँग थी। डॉ. दत्त ने तुरंत ही सरकार से संपर्क किया, जिसने 10 बसें आवंटित कीं, और बाद में दो और बसें दीं। मैंने उन्हें उन गरीब छात्रों की एक सूची भी सौंपी, जिन्हें आर्थिक मदद की जरूरत थी, उन्होंने 'पूअर बॉयज' फंड से यह राशि आवंटित करने की मंजूरी दे दी। कई बार वह फंड की कमी पर अफसोस जताते हुए छात्रवृत्ति की सूची को और संक्षिप्त करने की बात करते थे, लेकिन ज्यादातर वह मेरी सिफारिशों को मंजूर कर देते थे। वह मुझे पसंद करते थे और मुझे प्रोत्साहित भी करते थे, क्योंकि वह मुझमें गरीब और पिछड़े

वर्ग का उभार देख पा रहे थे।

महासचिव बनने के बाद मेरा जीवन तेजी से बदल गया। मैं विश्वविद्यालय के कॉलेजों के मेस और हॉस्टलों के निरीक्षण के काम में हमेशा व्यस्त रहता था। मुझे बिहार इंजीनियरिंग कॉलेज के हॉस्टल की याद है, जिसे पटेल छात्रावास के नाम से जाना जाता था, और जिसमें ज्यादातर पिछड़ी जातियों के छात्र रहते थे। इन छात्रों की जो शिकायतें थीं, वे मैंने हॉस्टल प्रभारी उपेंद्र सिंह की मदद से दूर कर दीं। जब मैं मुख्यमंत्री बना, तो उन्हें मैंने विधानपरिषद सदस्य (एमएलसी) बनाया। उस दौरान मैं पटना विश्वविद्यालय के सामने की सड़क, के बीच में स्थित एक छोटे मंदिर में रुकता था। तब तक मैं पान खाने लगा था। मंदिर के पास पान की एक दुकान थी, और मैं वहीं से पान खरीदता था।

इस बीच मैंने पॉलिटिकल साइंस में बी.ए. (ऑनर्स) की परीक्षा पास कर ली थी। उसके बाद मैंने पटना लॉ कॉलेज में एलएल.बी. के कोर्स में दाखिला लिया, और वेटर्नरी कॉलेज में क्लर्क की नौकरी भी करने लगा। यह नौकरी मेरे लिए एक बड़ी राहत थी, और अब मैं अपने वेतन से कुछ बचत भी करने लगा था। क्लर्क की नौकरी और लॉ की पढ़ाई के बीच कोई टकराव नहीं था, जिसकी कक्षाएँ शाम को लगती थीं। लेकिन करीब एक साल बाद 1973-74 में मुझे वह नौकरी छोड़ देनी पड़ी, क्योंकि तब मैंने अध्यक्ष पद के लिए चुनाव लड़ा और जीत गया। उसी चुनाव में सुशील कुमार मोदी और रविशंकर प्रसाद, दोनों राष्ट्रीय स्वयंसेवक संघ से संबद्ध अखिल भारतीय विद्यार्थी परिषद (एबीवीपी) के सदस्य थे–क्रमशः महासचिव और सचिव चुने गए। वह एबीवीपी (और व्यापक अर्थ में संघ परिवार) से मेरी राजनीतिक प्रतिद्वंद्विता की शुरुआत थी, जो आज भी जारी है।

जेपीः मशाल और पथप्रदर्शक

दूसरे जिस संयोग ने मेरे जीवन को आकार दिया, वह वस्तुतः जयप्रकाश नारायण का उभार था, जो जेपी के नाम से लोकप्रिय थे। तब तक मैं छात्र राजनीति में अपनी पहचान बना चुका था। जिस समय मैं

पीयूएसयू का अध्यक्ष चुना गया, वह गुजरात समेत पूरे देश में व्याप्त छात्र असंतोष के उभार का दौर था। एल.डी. इंजीनियरिंग कॉलेज, अहमदाबाद के छात्रों ने भोजन और ट्यूशन फीस में वृद्धि के विरोध में आंदोलन शुरू किया था। वह आंदोलन नवनिर्माण आंदोलन के नाम से बहुत तेजी से फैला, और छात्र पूरी शिक्षा व्यवस्था में ही बदलाव की माँग के साथ, ताकि गरीबी, असमानता, भ्रष्टाचार, बेरोजगारी और महँगाई का समाधान किया जा सके, सड़कों पर उतरने लगे। छात्र असंतोष का नतीजा यह हुआ कि आखिरकार 1974 में चिमनभाई पटेल की सरकार गिर गई।

यही वह समय था, जब जेपी ने–जो 1942 के भारत छोड़ो आंदोलन के एक नायक और महात्मा गांधी के बाद दूसरे सबसे बड़े जननेता थे–यूथ फॉर डेमोक्रेसी का गठन किया। यह एक मंच था, जिसके जरिए जेपी ने देश भर के छात्रों से आंदोलन में उतरने का आह्वान किया। वस्तुतः छात्रों के जिस आंदोलन ने चिमनभाई पटेल की सरकार को उखाड़ फेंका, उसने जेपी की पूरी व्यवस्था बदल डालने के आह्वान से ही प्रेरणा ली थी। यद्यपि मैं तब तक पटना विश्वविद्यालय के सबसे लोकप्रिय छात्र नेता के रूप में उभर चुका था, लेकिन 1974 से पहले जेपी से मेरी मुलाकात नहीं हुई थी। बिहार और देश के दूसरे राज्यों के विश्वविद्यालयों के छात्र नेता मेरा नाम सुन चुके थे और वे मुझसे संपर्क कर रहे थे। मैं सिद्धांत या दर्शन पर बात करने के बजाए काम में ज्यादा विश्वास करता था। मैं ज्यादातर समय हॉस्टल की सुविधाओं, फूड बिल, परीक्षा, छात्रों के परिवहन और ट्यूशन, हॉस्टल और मेस फीस जैसे तात्कालिक मुद्दों पर ज्यादा व्यस्त रहता था।

लेकिन जेपी का नजरिया व्यापक था। उन्होंने महसूस किया कि इंदिरा गांधी, जो तब केंद्र सरकार का नेतृत्व कर रही थीं, तानाशाह हो चुकी थीं और सामाजिक व आर्थिक असमानता, भ्रष्टाचार, महँगाई, जातिवाद और सामंतवाद को खत्म करने के लिए कुछ नहीं कर रही थीं। 1970 तक जेपी ने खुद को राजनीति से दूर रखा था और वह सर्वोदय तथा भूदान की धारणा को गति देने तक ही खुद को सीमित रखे हुए थे, जिसके पीछे देश के गरीबों, भूमिहीनों और कमजोर तबकों की स्थिति सुधारने का उद्देश्य था। लेकिन 1973 के किसी समय गांधीवादी

नेता विनोबा भावे के साथ विचार-विमर्श कर उन्होंने यूथ फॉर डेमोक्रेसी का गठन किया। 9 दिसंबर, 1973 को वर्धा, महाराष्ट्र में उन्होंने इसके कार्यकर्ताओं को संबोधित करते हुए कहा, 'देश के लोगों को वास्तविक आजादी दिलाने के लिए देश को दूसरी क्रांति की जरूरत है। यह क्रांति तभी सफल होगी, जब नौजवान सामने आएँगे और निर्णायक भूमिका निभाएँगे।' उन्होंने संप्रेषण के माध्यम के तौर पर भारतीय भाषाओं के महत्व के बारे में बताया और ऐसे विषयों पर जोर देने के लिए कहा, जिनसे छात्र भारत के सामाजिक और आर्थिक ढाँचे, लोकतंत्र, बहुलतावाद और विविधता को समझ सकें। उन्होंने ऐसी शिक्षा के बारे में कहा, जिससे लोकतंत्र, समानता और न्याय जैसे जीवन मूल्यों से ताकत पाकर छात्र वास्तविक आजादी का एहसास कर सकें। उन्होंने निर्वाचित जनप्रतिनिधियों को वापस बुलाने के अधिकार के बारे में भी सुझाया, जिस पर आज बहुत चर्चा हो रही है। हालाँकि अब तक मैं जेपी से नहीं मिला था, लेकिन उनके विचार मुझे बेहद प्रेरित करते थे और मैं उनके फोरम का हिस्सा बनना चाहता था। पीछे मुड़कर आज मैं यह कह सकता हूँ कि यदि अगर मैंने अपनी विचारधारा लोहिया से ली, तो जेपी के रूप में मैंने एक सही गुरु पाया, जो लोकहित में काम करने की प्रशंसा करते थे।

पीयूएसयू के अध्यक्ष के तौर पर मैं जेपी से पहली बार जनवरी, 1974 में कदमकुआँ स्थित उनके आवास में छात्र यूनियन के दूसरे कार्यकर्ताओं के साथ मिला और उनसे आंदोलन में हमें दिशानिर्देश देने का अनुरोध किया। मैंने उन्हें बाबूजी कहकर संबोधित किया, और उसके बाद मेरे लिए वह बाबूजी ही रहे। मैंने उनसे कहा, 'बाबूजी, हम बच्चे हैं। हम लोकतंत्र के लिए चल रहे इस संघर्ष में आपसे कुछ सीखने आए हैं और आपका दिशानिर्देश चाहते हैं। कृपया हमें अपने शिष्य के तौर पर स्वीकार करें। चूँकि हम कच्चे और मूर्ख हैं, इसलिए हमसे गलती हो सकती है, लेकिन अगर हमें आपका दिशानिर्देश मिले, तो हम सही रास्ते पर चल सकते हैं।' मैंने उनसे विश्वविद्यालय के व्हीलर सीनेट हॉल में छात्रों को संबोधित करने का अनुरोध किया। अब तक मैं मुँहफट और अपनी काबिलियत पर सौ फीसदी भरोसा करने वाला व्यक्ति था। लेकिन जेपी से पहली मुलाकात में ही मुझे एक

गुरु की आवश्यकता का एहसास हुआ। जेपी मेरी सादगी से अत्यंत प्रभावित हुए और 22 जनवरी को छात्रों को संबोधित करने पर राजी हो गए। लेकिन उन्होंने एक शर्त रखी—हम हिंसा में नहीं उलझेंगे और आंदोलन को शांतिपूर्ण तरीके से चलाएँगे। उन्होंने हमें चेतावनी भी दी कि अगर हमने हिंसा या अनुशासनहीनता का परिचय दिया, तो वे हमसे कोई रिश्ता नहीं रखेंगे। मैंने हाथ जोड़कर उनसे कहा कि हम आपकी शर्तें मानेंगे।

जेपी ने हमारे परिसर में जिस बैठक को संबोधित किया, मैंने उसकी अध्यक्षता की, और वह अवसर मेरे जीवन में एक नया मोड़ देने वाला अवसर था। मुझे एहसास हुआ कि मैंने एक सच्चा दार्शनिक और गाइड पा लिया है। उन्होंने हमें आगामी लोकसभा चुनाव में सक्रिय भूमिका निभाने के लिए कहा, ताकि तानाशाही और भ्रष्टाचार जैसी बुराइयाँ खत्म हो सकें और आम लोग अपने अधिकार और अपनी स्वतंत्रता का आनंद उठा सकें। जेपी हम लोगों से इतने प्रभावित हुए कि उन्होंने 1 फरवरी को पटना कॉलेज में फिर हमारी बैठक को संबोधित किया और हमें लोकतंत्र, समानता, धर्मनिरपेक्षता और न्याय के जरूरी पाठ सिखाए। 'आपको अपनी पढ़ाई पर ध्यान केंद्रित करना चाहिए। लेकिन छुट्टियों के दौरान घर जाकर अपने माता-पिता और गाँववालों को लोकतंत्र का सही अर्थ बताना चाहिए। आपको लोगों को बताना चाहिए कि आजाद भारत में वही लोकतंत्र के असली मालिक हैं।'

जिस दिन जेपी ने हमारी पहली बैठक को संबोधित किया, उस दिन ज्यादातर वक्त मैं उनके पैरों के पास ही बैठा रहा। जेपी मुझे अपने बेटे की तरह प्यार करते थे। वह मुझसे भोजपुरी में बात करते थे। जब भी मैं उनके घर जाता, वह मुझे पिरकिया (घर में बनने वाली एक मिठाई) खिलाते थे। 'खाओ। यह मेरी ससुराल से आई है। मुझे यह बहुत पसंद है,' वह कहते। वह मेरे और मेरे समुदाय की बेहतरी के प्रति चिंतित रहते थे। जल्दी ही मैं जेपी के साथ उनकी बैठकों में जाने लगा।

अपने पूरे जीवन में मैं जितने लोगों से मिला, जेपी उनमें सबसे महान थे। मैं खुद को भाग्यशाली मानता हूँ कि लोकतंत्र के संघर्ष में मुझे उनसे प्रशिक्षण लेने का मौका मिला। उनकी आवाज में करिश्मा

था और उनके भाषण लोगों को प्रेरित और उत्तेजित कर देते थे। जब वह भाषण देते थे, तब छात्र, किसान, कामगार—सभी तरह के लोग अनायास ही उनके इर्द-गिर्द इकट्ठा हो जाते थे। पटना में हमें संबोधित करने के बाद वह सहरसा के राधोपुर में एक सभा में भाग लेने के लिए गए। दूसरी क्रांति की बात करते हुए जेपी ने कहा, 'ऐसा लगता है कि भारत 1942 जैसे एक आंदोलन के लिए तैयार हो रहा है। एक दूसरी क्रांति की पृष्ठभूमि बन रही है। देश में जन असंतोष है, छात्र हर ओर आंदोलनरत हैं। असंतोष का माहौल है, जो हिंसा में तब्दील हो सकती है। ये सब क्रांति के लक्षण हैं।'

8 फरवरी, 1974 को जेपी ने मुजफ्फरपुर में बिहार राज्य छात्र नेता सम्मेलन के बैनर तले एक बैठक को संबोधित किया। मैंने उस बैठक में हिस्सा लिया, जिसमें बिहार यूनिवर्सिटी, मुजफ्फरपुर और पटना यूनिवर्सिटी के सक्रिय छात्र नेताओं की उपस्थिति थी। उस बैठक के बाद हमने मुनाफाखोरों और जमाखोरों के खिलाफ फ्लाइंग स्कॉड का गठन किया। यह स्पष्ट हो गया कि छात्र अभियान केवल छात्रों तक सीमित नहीं था, बल्कि उन सभी के लिए था, जो सामाजिक जागृति के लिए चिंतित थे। जेपी ने मुजफ्फरपुर के लंगट सिंह कॉलेज और रामदयालु सिंह कॉलेज में बैठकों को संबोधित करते हुए लोकतंत्र की जरूरत पर जोर दिया और छात्रों को असमानता, शोषण, भ्रष्टाचार और शिक्षा प्रणाली में व्याप्त बुराइयों का रचनात्मक समाधान खोजने के लिए कहा। जल्दी ही छात्रों का आंदोलन पूरे बिहार में फैल गया। जगह-जगह मौन जुलूस, प्रदर्शन, धरना और रेल पटरियों का घेराव किया जाने लगा। भागलपुर, मुजफ्फरपुर, पटना, सहरसा, छपरा, गया, राँची और हजारीबाग जैसे शहर अगले कई महीनों तक अस्त-व्यस्त रहे। उस समय राज्य में कांग्रेस की सरकार थी और अब्दुल गफूर मुख्यमंत्री थे। सरकार ने कॉलेजों और विश्वविद्यालयों को बंद करने का आदेश दिया और पुलिस बल के जरिए दमन चक्र चलाने लगी। पुलिस ने गया, पटना सिटी, सहरसा, मुजफ्फरपुर और दूसरे शहरों में आंदोलनरत छात्रों पर लाठीचार्ज किया। अनेक छात्रों को गिरफ्तार कर जेल में डाल दिया गया। इससे डरे बिना हमने पूरे राज्य में आंदोलन चलाने के लिए बिहार राज्य छात्र संघर्ष समिति का गठन

किया। छात्र नेताओं ने मुझे राज्य स्तरीय इस मंच का अध्यक्ष चुना। अब मेरी गतिविधियाँ पटना विश्वविद्यालय परिसर तक ही सीमित नहीं रहीं। मैं पूरे राज्य में आंदोलन के समन्वय का कामकाज देखने के लिए घूमने लगा और बेहद व्यस्त हो गया।

यद्यपि छात्र आंदोलन का केंद्र बिहार था, लेकिन यह आंदोलन पूरे उत्तर भारत और गुजरात तथा महाराष्ट्र में फैल गया। यह वास्तव में एक जन आंदोलन था, जिसके केंद्रबिंदु जेपी थे। उन्होंने इस आंदोलन को आगे बढ़ाने के लिए मुझे अपना मुख्य सहयोगी चुना। जल्दी ही इस आंदोलन ने संपूर्ण क्रांति का रूप ले लिया, जिसकी परिणति 1977 में पहली बार केंद्र से कांग्रेस सरकार की विदाई के रूप में हुई। मेरे लिए, जेपी भगवान थे और महात्मा गांधी के बाद जनता को रास्ता दिखाने वाले दूसरे महान जननेता थे। मैं अब भी उनके बारे में बात करते हुए भावुक हो जाता हूँ। मैं उनके बारे में बहुत कुछ कहना चाहता हूँ, लेकिन जानता हूँ कि किताब की अपनी सीमा है। मैं अपनी सीमित जानकारी के बावजूद जेपी के महान व्यक्तित्व और संपूर्ण क्रांति के बारे में एक अलग किताब लिखूँगा; मैं सर्वशक्तिमान ईश्वर से प्रार्थना करता हूँ कि मुझे यह कर पाने के लिए जीवन और ऊर्जा दें। यहाँ मैं खुद को उस संपूर्ण क्रांति को संक्षेप में बताने तक ही खुद को सीमित रखता हूँ, जिसने भारतीय राजनीति का पाठ बदल दिया और इस प्रक्रिया में मेरे व्यक्तित्व और गतिविधियों को भी बदला।

जेपी ने आंदोलन को आगे बढ़ाने के लिए मुझे राज्य स्तरीय मार्गदर्शक कमेटी का कन्वेनर बनाया था। मैंने इसे अपना बड़ा सौभाग्य माना और मुझे इतनी बड़ी जिम्मेदारी सौंपने के लिए शुक्रिया अदा करते हुए, अपने साथी छात्रों के अनुमोदन के बाद, उन्हें लोकनायक की उपाधि दी। आज भी जब लोग जेपी का जिक्र करते हुए उन्हें लोकनायक कहते हैं, तो गर्व से मेरी छाती चौड़ी हो जाती है।

18 मार्च, 1974 हमारे छात्र आंदोलन का एक महत्वपूर्ण दिन था। बिहार राज्य छात्र संघर्ष समिति ने अपनी 12 सूत्री माँगों के साथ उस दिन बिहार विधानसभा को घेरने का कार्यक्रम बनाया था। हमारी माँगें थीं कि राज्य के सभी विश्वविद्यालयों में छात्र संघ का गठन करने दिया जाए, शिक्षा व्यवस्था में तत्काल संपूर्ण परिवर्तन लाया जाए,

डिग्रीधारी छात्रों को बैंकों से कर्ज मिले, शिक्षित युवाओं को रोजगार और शिक्षित बेरोजगारों को बेरोजगारी भत्ता दिया जाए, भ्रष्टाचार, जमाखोरी और मुनाफाखोरी पर तुरंत अंकुश लगाया जाए और छात्रों को मिलने वाली छात्रवृत्ति की संख्या बढ़ाई जाए। संयोजक होने के कारण मैं इस आंदोलन की अग्रिम पंक्ति में था।

राबड़ी देवी से मुलाकात

18 मार्च से कुछ दिन पहले मेरी पत्नी राबड़ी देवी फुलवरिया के मेरे घर में गौना के बाद आईं। हालाँकि हमारी शादी 1973 में बसंत पंचमी के दिन हुई थी, लेकिन शादी के तुरंत बाद हम एक साथ नहीं रह सकते थे। हमारे यहाँ प्रथा है कि शादी होने के बावजूद पति-पत्नी गौना होने के बाद ही एक दूसरे से मिल सकते हैं और साथ रह सकते हैं–गौना अमूमन शादी होने के एक साल बाद होता है, जिसमें पत्नी को पति के घर भेजा जाता है। (गौने की यह प्रथा उत्तर भारत के ज्यादातर गाँवों में आज भी प्रचलित है) हालाँकि गौने की अवधि को कम कर दिया गया है, ताकि शादी के बाद पति-पत्नी ज्यादा दिनों तक एक दूसरे से दूर न रहें। इस तरह मार्च, 1974 में हमारे घर में आने से पहले मैंने राबड़ी देवी को नहीं देखा था। जब मैंने उसे पहली बार देखा, तो वह एक साधारण साड़ी पहने हुए थी और शर्म और भय से भरी थी। उसके पास जाकर मैंने कहा, 'बिहार में जो विराट आंदोलन चल रहा है, मैं उसका एक नेता हूँ। जयप्रकाश नारायण हमारा नेतृत्व कर रहे हैं। मुझे 18 मार्च से पहले पटना पहुँचना ही होगा। अगर मैं समय पर नहीं पहुँच पाया, तो मुझे भगोड़ा या बिकाऊ घोषित कर दिया जाएगा। कुछ भी हो सकता है...। मुझे गिरफ्तार कर जेल भेज दिया जा सकता है। मैं तुम्हारा सहयोग चाहता हूँ।' राबड़ी ने कुछ नहीं कहा। मैंने पहली बार उससे बात की थी, इसलिए वह स्वाभाविक तौर पर चुप थी। मैं अपने कार्यकर्ता साथियों के साथ खड़े होने के लिए पटना के लिए निकल गया। पटना पहुँचने के बाद मैंने मेरे छोटे भाई सुखदेव को सुझाया कि वेटर्नरी कॉलेज के इस चपरासी क्वार्टर में राबड़ी को भी हमारे साथ होना चाहिए। मेरे लिए राहत

की बात थी कि वह मान गए और इस तरह राबड़ी पटना आ गई।

हमारी शादी परिवार वालों ने तय की थी। मेरे गाँव के एक ब्राह्मण पुजारी ने मेरे माता-पिता को संभावित दुल्हन और उसके परिवार के बारे में बताया था। राबड़ी का परिवार नजदीक के सालारकला गाँव का था और उनकी आर्थिक स्थिति हमसे अच्छी थी। मेरे परिवार को इस रिश्ते के लिए राजी कराने के बाद पुजारी ने यह सूचना राबड़ी के परिवार वालों को दी। कुछ दिनों के बाद उसके परिवार के कुछ लोग हमारे घर आए और मुझे देखने के बाद उन्होंने रिश्ते के लिए हाँ कर दी। जैसी कि प्रथा होती है, उन्होंने हमारे रहन-सहन, मवेशी, खेत आदि भी देखे, क्योंकि उनकी बेटी हमारे घर में आ रही थी। मुझे अच्छी तरह याद है कि जब उन्होंने मुझे पहली बार देखा, तब मैं लुंगी और बनियान में था। ससुराल वालों को प्रभावित करने के लिहाज से वह अच्छा पहनावा तो नहीं था, इसके बावजूद राबड़ी के परिवार वाले मेरी सरलता और विनम्रता से प्रभावित हुए। उनके कानों तक भी यह बात पहुँच चुकी थी कि मैं छात्र आंदोलन से जुड़ी छोटी-मोटी शख्सियत बन चुका था। इस कारण मेरे प्रति उनका सम्मान और बढ़ गया।

मुझे देखने के बाद वे संतुष्ट होकर लौटे। लेकिन मेरी होने वाली पत्नी को देख पाने का कोई उपाय मेरे पास नहीं था। उस दौर में लड़के को लड़की दिखाने का चलन नहीं था, बातचीत की तो बात ही छोड़ दें। मैंने एक बढ़िया तरीका यह निकाला कि मेरे एक विश्वसनीय दोस्त को राबड़ी के घर पर उसे देखकर आने के लिए भेजा। उसने लौटकर मुझे जानकारी दी, वह आश्वस्त करने वाली थी। तथ्य यह है कि नई दुल्हन के रूप में ससुराल आने पर उसे पारंपरिक पारिवारिक जीवन की कीमत पर अपने पति की व्यापक समाजवाद मुहिम के प्रति प्रतिबद्धता के दर्शन हुए। लेकिन मैं इतना जरूर कहना चाहूँगा कि समय बीतने के साथ राबड़ी देवी मेरे जीवन की धुरी बन गई, जिसके इर्द-गिर्द मेरा पूरा परिवार घूमता था। उसने मेरी राजनीतिक प्रतिबद्धता को समझा, उसकी तारीफ की, और यह भी सुनिश्चित किया कि घर-परिवार से जुड़े मुद्दे हल हो जाएँगे, उसके लिए मुझे परेशान होने की जरूरत नहीं है। पत्नी, मां, और अब एक नानी के तौर पर

राबड़ी देवी रिश्तों के हर पैमाने पर इस तरह खरी उतरी हैं, जिसकी मैंने कल्पना भी नहीं की।

18 मार्च बेहद तनाव भरा दिन था। बिहार के विभिन्न हिस्से से हजारों छात्र पटना में जमा हुए थे। प्रशासन ने शहर में धारा 144 लागू कर दी थी। निषेधाज्ञा का उल्लंघन करते हुए हम विधानसभा के पास पहुँचे, उसे तीन तरफ से घेर लिया और अपनी माँग के लिए दबाव बनाने लगे। हम हिंसक नहीं थे, लेकिन दृढ़ थे। पुलिस ने आंदोलनकारी छात्रों पर लाठीचार्ज किया, आँसू गैस छोड़े और अंत में गोलीबारी पर उतर गई। पुलिस ने छात्रों का पीछा करना और गोली चलाना जारी रखा, तो आंदोलनकारी इधर-उधर भागने लगे। अनेक छात्र घायल हुए। पुलिस ने अनेक छात्रों का पीछा करके गिरफ्तार किया। इस बीच यह अफवाह फैल गई कि मैं पुलिस फायरिंग में मारा गया हूँ। इस अफवाह से राज्य के बड़े हिस्से में लोगों और छात्रों के बीच असंतोष फैल गया। स्थिति इतनी बिगड़ गई कि कई जगहों से लूटपाट और हिंसा की खबरें आईं। मेरी 'मौत' की खबर ने मुझे गाँव के उस खेल की याद दिला दी, जब मैं बच्चा था और मेरे भाई गुलाब राय मरने का अभिनय करते थे और फिर सही समय पर जीवित हो जाते थे।

विधानसभा के एक कोने में छिपे हुए ही मैंने देखा कि मुकुंद भाई साइकिल से आ रहे हैं। वे रोते हुए मुझे ढूँढ़ रहे थे। चुपके से उनके पास जाकर मैंने कहा, 'परेशान होने की जरूरत नहीं है। देखिए! मैं जिंदा हूँ। घर जाकर राबड़ी से कहिए कि मैं जीवित हूँ। लेकिन दूसरों को इस बारे में मत बताइएगा। मैं आंदोलन का नेतृत्व करने के लिए भूमिगत होने जा रहा हूँ। अगर प्रशासन से जुड़ा कोई व्यक्ति आपसे मेरे बारे में पूछे, तो आप कह दीजिएगा कि मुझे कुछ पता नहीं। उनसे कहिएगा कि उन्हें ढूँढ़कर हमारे पास ला दीजिए।' लेकिन पुलिस मेरे पीछे पड़ी हुई थी। आखिरकार 22 मार्च, 1974 को कई दूसरे छात्रों के साथ मैं गिरफ्तार हो गया। पुलिस ने मुझे मीसा के तहत गिरफ्तार कर बांकीपुर सेंट्रल जेल भेज दिया। मैं वहाँ दो साल से अधिक समय तक रहा।

जेपी पुलिस फायरिंग और छात्रों की गिरफ्तारी से अत्यंत नाराज

थे। उन्होंने एक बयान जारी किया कि उन्होंने इसलिए ब्रिटिश शासन के खिलाफ आजादी की लड़ाई नहीं लड़ी थी, ताकि इस देश के छात्रों को अपने ही पुलिस बल की बर्बरता का शिकार होता देखते। उन्होंने केंद्र और बिहार में कांग्रेस की सत्ता खत्म करने का अपना आह्वान तेज कर दिया। इंदिरा गांधी ने इसके जवाब में जेपी पर आरोप लगाया कि वह पैसे वालों के सहयोग से आंदोलन कर रहे हैं। लेकिन देश की जनता का भरोसा जेपी के प्रति था।

संपूर्ण क्रांति

8 अप्रैल, 1974 को पटना में संपूर्ण क्रांति की शुरुआत हुई, जिसमें जेपी एक मौन जुलूस का नेतृत्व कर रहे थे। पुलिस ने इस जुलूस पर लाठीचार्ज किया।

5 जून, 1974 को जेपी ने पटना के गांधी मैदान में एक विशाल भीड़ को संबोधित किया। गांधी मैदान में इससे पहले इतनी भीड़ कभी नहीं जुटी थी। वहाँ कई लाख लोग जुटे थे।

जेपी ने कहा, 'मित्रो! यह एक क्रांति है। हम यहाँ सिर्फ बिहार विधानसभा को विघटित होते देखने नहीं आए हैं। वह हमारी यात्रा का सिर्फ एक पड़ाव होगा। हमें लंबी दूरी तय करनी है। आजादी के 27 साल बाद देश के लोग इस देश के लोग भूख, महँगाई, भ्रष्टाचार और हर तरह के अन्याय से त्रस्त हैं। हम संपूर्ण क्रांति चाहते हैं, उससे कम कुछ भी मंजूर नहीं है।'

गांधी मैदान की इस सभा में जेपी ने पहली बार संपूर्ण क्रांति शब्द का इस्तेमाल किया।

जून, 1975 में इलाहाबाद उच्च न्यायालय ने इंदिरा गांधी को चुनाव में अनियमितता बरतने का दोषी पाया। जेपी ने इंदिरा गांधी और कांग्रेसी मुख्यमंत्रियों को इस्तीफा देने के लिए कहा। और सेना तथा पुलिस को असांविधानिक और अनैतिक आदेशों का पालन न करने के लिए कहा। उन्होंने सामाजिक रूपांतरण के कार्यक्रम की वकालत भी की।

उसके तुरंत बाद 25 जून की मध्यरात्रि को इंदिरा गांधी ने आपातकाल की घोषणा कर दी। जेपी, विपक्ष के कई नेताओं और

इंदिरा की पार्टी के कई विरोधी नेताओं को उसी दिन गिरफ्तार कर लिया गया।

जेपी ने उस दिन रामलीला मैदान में 1,00,000 लोगों की भीड़ को संबोधित करते हुए हुंकार भरी थी: 'सिंहासन खाली करो कि जनता आती है।' यह विख्यात हिंदी कवि रामधारी सिंह दिनकर की एक लोकप्रिय कविता की पंक्ति थी।

जेपी को चंडीगढ़ में रखा गया, जबकि उन्होंने बाढ़ पीड़ित बिहार में राहत कार्य को गति देने के लिए एक महीने का पैरोल माँगा था। 24 अक्तूबर को उनकी सेहत अचानक बिगड़ गई और 12 नवंबर को उन्हें रिहा कर दिया गया। मुंबई के जसलोक अस्पताल में जाँच के बाद उनके किडनी फेल होने की बात पता चली। अब शेष जीवन उन्हें नियमित तौर पर डायलिसिस कराना था। मधुमेह के असर और दिल की बीमारियों के कारण 8 अक्तूबर, 1979 को पटना में जेपी की मृत्यु हो गई। वह मेरे जीवन का सबसे दुखद दिन था। मेरी रुलाई फूट पड़ी...। मुझे रास्ता दिखाने वाली मशाल और गुरु चला गया था।

देश के नागरिकों पर आपदा

जब इंदिरा गांधी ने आपातकाल की घोषणा की, तब मैं जेल में था। मैंने विभिन्न जेलों में कैद अपने कार्यकर्ता दोस्तों से संपर्क साधा, ताकि लोकतंत्र पर किए गए हमले के खिलाफ आंदोलन को आगे ले जाया जा सके। जेल के अंदर कैदियों के खाने की गुणवत्ता सुधारने की माँग के साथ मैंने कई आंदोलन किए, जैसा कि छात्र नेता रहते हुए मैं मेस और कैंटीन की व्यवस्था सुधारने के लिए करता था। जल्दी ही मैं कैदियों के बीच बहुत लोकप्रिय हो गया। मैं उनसे मजाक करता और उन्हें लोहा सिंह के संवाद सुनाता। मैंने अखबारों में पढ़ा कि पूरे बिहार के लोग मेरी गिरफ्तारी से बेहद नाराज हैं और वे मेरे प्रति सहानुभूति रखते हैं।

आपातकाल देश के लोगों के लिए एक भयंकर विपदा की तरह था। इस देश ने स्वराज के लिए अंग्रेजी शासन के खिलाफ 200 साल तक लड़ाई लड़ी थी। आजादी मिल जाने का मतलब था कि

स्वराज में लोगों को गरिमा के साथ जीने का अधिकार मिल गया है। आपातकाल ने लोगों से उनके वे मौलिक अधिकार छीन लिए थे, जो उन्हें आजादी ने दिए थे। आपातकाल के दौरान जबरन नसबंदी कार्यक्रम ने इंदिरा गांधी सरकार की छवि और खराब कर दी। आपातकाल नसबंदी से भला किस तरह जुड़ गया? इंदिरा गांधी के 20-सूत्री कार्यक्रम में परिवार नियोजन के बारे में एक शब्द नहीं था। लेकिन संजय गांधी ने बेहद निर्ममता से नसबंदी को राष्ट्रीय स्तर पर परिवार नियोजन के इकलौते माध्यम के तौर पर लागू किया। वह चाहते थे कि नसबंदी के सरकार के लक्ष्य को और बढ़ाने के लिए उत्तर प्रदेश, बिहार, हरियाणा, पंजाब और राजस्थान के मुख्यमंत्री उनके आदेश पर अमल करें और जबरन नसबंदी कार्यक्रम को व्यापक तौर पर लागू करें। सरकार ने संजय गांधी के आदेश पर कठोरता से अमल किया। उनके परिवार नियोजन कार्यक्रम ने जनवरी, 1976 में गति पकड़ना शुरू किया। 1975-76 में भी नसबंदी अभियान का असर दिखने लगा थाः एक साल पहले की 13,54,000 नसबंदी की तुलना में इस साल नसबंदी का आँकड़ा 26,69,000 तक पहुँच गया था। एक साल में ही संख्या दोगुनी हो गई थी। 1976-77 में नसबंदी का आँकड़ा बढ़कर अब तक के सर्वाधिक 81 लाख तक पहुँच गया था। यानी फिर एक साल में नसबंदी की संख्या रिकॉर्ड स्तर पर पहुँच गई थी। इस तरह, इतिहास में पहली बार अश्लीलता, क्रूरता और निर्ममता के साथ देश की निर्दोष जनता के साथ शारीरिक अत्याचार हुआ।[*]

18 जनवरी, 1977 को इंदिरा गांधी ने आपातकाल की समाप्ति कर चुनाव की घोषणा की। इंदिरा गांधी के विरोध में तमाम विपक्षी दल जेपी के दिशा-निर्देश में जनता पार्टी के व्यापक प्लेटफॉर्म पर एकत्रित हुए। जनता पार्टी सत्ता में आई और इस तरह पहली बार केंद्र में गैर-कांग्रेसी सरकार का गठन हुआ।

---

*आशीष बोस, 'हाउ डिड द इमरजेंसी गेट मिक्सड विद स्टर्लाइजेशन?' इंडिया टुडे, 7 नवम्बर 2014

एबीवीपी और संघ के साथ प्रतिद्वंद्विता की शुरुआत

एबीवीपी (और वृहत संघ) और मेरे बीच प्रतिद्वंद्विता मेरे लिए जीवन भर के लिए वैचारिकता की लड़ाई बन गई। आरएसएस की छात्रा शाखा एबीवीपी की जेपी आंदोलन में भूमिका संदिग्ध थी। इसके कार्यकर्ताओं ने कभी गरीबों और पिछड़ों, सामाजिक असमानता, अभाव और अन्याय की बात नहीं की। वे अल्पसंख्यक समुदाय के प्रति भेदभाव रखते थे और इस मामले में आरएसएस के दूसरे सरसंघचालक एम.एस. गोलवलकर से प्रेरणा लेते थे। जेपी उन्हें कभी पसंद नहीं करते थे, लेकिन समाज में अपनी स्वीकार्यता बढ़ाने के लिए एबीवीपी-आरएसएस के तत्वों ने संपूर्ण क्रांति की 'गंगा' में नहा लिया। एबीवीपी कार्यकर्ता मुझसे खार खाए रहते थे, क्योंकि छात्रों के बीच मेरी अपार लोकप्रियता थी। वे इसलिए भी मुझसे चिढ़ते थे, क्योंकि मैं जेपी के करीब था। एक बार सुशील कुमार मोदी, रविशंकर प्रसाद और एबीवीपी के कुछ कार्यकर्ताओं ने जेपी के पास जाकर शिकायत की कि लालू शराब पीते हैं और उन्होंने भारी मात्रा में पैसे जमा किए हैं, जिसका कोई हिसाब नहीं है।

जेपी ने अपने घर पर बुलाकर मुझसे स्पष्टीकरण माँगा। वह स्वाभाविक तौर पर मुझसे क्षुब्ध थे। मैंने ईमानदारी के साथ उनसे कहा, 'बाबूजी, मैं कभी-कभी ताड़ी पीता हूँ, क्योंकि मैं ग्रामीण पृष्ठभूमि से आता हूँ, जहाँ ताड़ी पीना आम है।' अपनी स्वीकारोक्ति से उत्साहित होकर और जेपी का ध्यान अपनी ओर से भटकाने के लिए मैंने अपने करीबी सहयोगी को झटका देते हुए जेपी से कहा कि मैंने सुना है शिवानंद तिवारी गाँजा पीते हैं। अलबत्ता मैंने पैसे कमाने वाले आरोप को झूठ बताया, और कहा कि एबीवीपी के सदस्यों ने मुझे बदनाम करने के लिए आपसे सरासर झूठ कहा है। इसके बावजूद अपने आदर्श से आमने-सामने की बातचीत में मैं घबराया हुआ तो था ही। जेपी शांत हो गए और स्नेह भरी टिप्पणी की, 'तुम एक युवा नेता हो। लोग तुम्हारी ओर आशा भरी नजरों से देखते हैं। शराब और सिगरेट पीना तुम्हारे स्वास्थ्य के लिए अच्छा नहीं है।' मैंने उनको आश्वस्त किया कि मैं ये आदतें छोड़ दूँगा।

लेकिन सुशील, रविशंकर और एबीवीपी के दूसरे कार्यकर्ताओं ने

मेरे खिलाफ अभियान चलाना जारी रखा। जेपी ने संघर्ष के लिए 11 सदस्यीय एक मार्गदर्शक कमेटी गठित की थी, जिसका उन्होंने मुझे समन्वयक बनाया। उन्होंने अपने निजी सचिव सच्चिदानंद सिन्हा को मीडिया को बारे में बताने और मुझे सूचित करने का निर्देश दिया। लेकिन सच्चिदा बाबू ने प्रेस के लिए इसे जारी करने से पहले इसकी विषयवस्तु लीक कर दी। अब सुशील मोदी और उनके सहयोगियों ने मेरे खिलाफ षड्यंत्र करते हुए समन्वयक पद से मेरा नाम हटवा दिया। मैंने इस बारे में जेपी को बता दिया। मैं यह देखकर हैरान था कि लोग जेपी के निर्देशों का भी उल्लंघन कर रहे थे। जेपी खुद स्तब्ध थे। उन्होंने सुशील, रविशंकर और एबीवीपी के दूसरे कार्यकर्ताओं को अपने घर पर बुलाया। वहाँ मोदी और एबीवीपी कार्यकर्ता एक स्वर में मेरी शिकायत करने लगे। जेपी थोड़ी देर शांत रहे, फिर उन्होंने अपना आपा खो दिया। उन्होंने कहा, 'यह मेरा घर है...जहाँ हर तरह की निर्मलता है। मैंने लालू को समन्वयक नियुक्त किया था, क्योंकि वह यह जिम्मेदारी निभाने के काबिल है। फिर तुम लोगों की सूची से छेड़छाड़ करने की हिम्मत कैसे हुई?' यह सुनकर सुशील और रविशंकर खामोश हो गए, और फिर चुपके से वहाँ से निकल गए। उसके बाद जेपी ने मार्गदर्शक कमेटी का मसौदा फिर से तैयार किया और उसे प्रेस के लिए भेजा। उन्होंने समन्वयक के तौर पर मुझे बहाल रखा।

एबीवीपी-आरएसएस की चालबाजी की एक और घटना है। आंदोलन के शुरुआती दौर में जेपी ने जेल भरो अभियान शुरू किया और मुझसे बड़ी संख्या में छात्रों को गिरफ्तारी के लिए तैयार करने का निर्देश दिया। आंदोलन अभी शुरुआती दौर में ही था, ऐसे में जेल जाने के लिए कम ही लोग तैयार थे। फिर भी मैंने 17 लोगों को तैयार किया–जिनमें ज्यादातर एबीवीपी-आरएसएस से जुड़े लोग ही ज्यादा थे–और उन्हें यह कहकर पटना ले आया कि मेरे एक दोस्त के घर में पूड़ी-जलेबी का भोज है। मैंने उन्हें एक पुलिस वैन में बिठा दिया, जो उन्हें बक्सर जेल लेकर जाने लगी। लेकिन जैसे ही पुलिस की वह बस बक्सर जेल के पास पहुँची, सभी 17 'कार्यकर्ता' बस से उतरकर फरार हो गए। यह सच है कि मैं उन्हें झूठ बोलकर अपने साथ ले आया था, लेकिन जेल का दरवाजा देखकर वे जिस तरह

भाग गए, वही जेपी के उद्देश्यों के प्रति उनकी खोखली प्रतिबद्धता के बारे में बताता था।

यह खबर पटना पहुँच गई कि आंदोलन से जुड़े 'कार्यकर्ता' डरपोकों की तरह भाग गए। स्वतंत्रता सेनानी और जेपी के सहयोगी आचार्य राममूर्ति ने मुझे तलब किया और उन 17 कार्यकर्ताओं के रवैये पर चिंता जताते हुए मुझे जेपी से मिलने के लिए कहा। मैं घबराया हुआ था। जेपी से मिलकर मैंने कहा, 'बाबूजी, वे कार्यकर्ता दरअसल भागे नहीं। उनको यह जानकारी थी कि 1942 में आपने हजारीबाग जेल से भागकर ब्रिटिश सत्ता के खिलाफ भूमिगत आंदोलन का सफलतापूर्वक निर्वाह किया था। उन्होंने आपका अनुकरण करने की कोशिश की।' जेपी सिर्फ मुस्कुराए। शायद वह मेरा झूठ पकड़ चुके थे। इस तरह एबीवीपी कार्यकर्ताओं की चालबाजी के बावजूद मैंने उनका बचाव किया। इसके बावजूद जब भी अवसर मिला, वे मेरी पीठ में छुरा घोंपने की आदत से बाज नहीं आए।

मीसा का जन्म

जुलाई/अगस्त 1974 जेल में सुविधाएँ बढ़ाने की माँग करते हुए उपवास और आंदोलन के दौरान मैं बीमार पड़ गया और मुझे पटना मेडिकल कॉलेज हॉस्पीटल (पीएमसीएच) के कैदी वार्ड में इलाज के लिए भेज दिया गया। रामबहादुर राय, महामाया प्रसाद सिन्हा, वैद्यनाथ बाबू और संपूर्ण क्रांति के कार्यकर्ताओं ने उस दौर में मेरी भरपूर मदद की। मेरे नजदीकी दोस्त उन दिनों राबड़ी को मेरे पास ले आते थे और कैदी वार्ड में ही हमारे लिए ऐसी व्यवस्था कर देते थे, ताकि हम अकेले में मिलें और बातचीत कर सकें। उन्होंने उन सुरक्षाकर्मियों से दोस्ती गाँठ ली थी, जो मुझ पर हमेशा नजर रखते थे। मेरे उन दोस्तों को पता था कि मुझे और राबड़ी को आम पति-पत्नी की तरह मिलने का अवसर कम ही मिला था, क्योंकि गौने के कुछ दिनों के बाद ही मैं गिरफ्तार हो गया था। मुझे राबड़ी के गर्भवती होने की सूचना जब मिली, तब मैं मीसा के तहत कैद था। 22 मई, 1975 में हमारी पहली संतान का जन्म हुआ। मैं पत्नी से मिलने और नवजात बच्ची को देखने

के लिए कुछ दिनों के लिए पैरोल पर बाहर आया। चूँकि मैं मीसा के तहत गिरफ्तार हुआ था, इसलिए जेपी ने सुझाव दिया कि मैं अपनी नवजात बच्ची को मीसा पुकारूँ–और इस तरह मेरी पहली संतान का नाम मीसा भारती हुआ। हमारे पास वह तस्वीर है, जिसमें जेपी हमारे घर आए थे, राबड़ी और मुझसे मिले थे और मीसा को आशीर्वाद दिया था। वह श्वेत-श्याम तस्वीर हमारे लिए बेशकीमती खजाना है।

एक बार जेपी ने मुझे कदमकुआँ वाले अपने घर पर बुलाया और मेरी आर्थिक स्थिति के बारे में पूछा। मैंने उनसे अपनी आर्थिक विपन्नता के बारे में बताया और उनसे 200 रुपए माँगे। जेपी ने अपनी दराज खोली और तुरंत ही मुझे रुपए दे दिए। मेरी आँखों में आँसू आ गए थे। जेपी ने अपने सचिव सच्चिदानंद को मेरे परिवार की देखरेख करने और मुझे आर्थिक रूप से मदद करने के लिए कहा। वह जानते थे कि मैं एक गरीब आदमी हूँ और आंदोलन के लिए जेल में हूँ, इसलिए मेरे परिवार को आर्थिक सहायता की आवश्यकता है।

एलएल.बी. की फाइनल परीक्षा की जब तिथि घोषित हुई, तब भी मैं जेल में ही था। न्यायिक प्रशासन ने मुझे पीएमसीएच के कैदी वार्ड से ही परीक्षा में बैठने की अनुमति दी। निरीक्षक आए और मुझे प्रश्नपत्र और कॉपी दी। लेकिन मैंने परीक्षा देने से इनकार कर दिया, क्योंकि प्रश्नपत्र अंग्रेजी में था और हम शिक्षा के माध्यम के रूप में अंग्रेजी का विरोध कर रहे थे। विश्वविद्यालय प्रशासन ने बाद में प्रश्नपत्र हिंदी और अंग्रेजी में तैयार किए, और मैंने परीक्षा दी। यह मेरी एक और जीत थी।

अध्याय 3

पूरे देश में बदलाव की हवा

मुझे तब यह एहसास नहीं था, लेकिन 18 जनवरी, 1977 का दिन मेरे जीवन में एक महत्वपूर्ण मोड़ था। अब तक, मैंने छात्र राजनीति में दिलचस्पी लेनी शुरू कर दी थी, लेकिन मैं अब एकाएक राष्ट्रीय राजनीति के केंद्र में लगभग आ चुका था। प्रधानमंत्री इंदिरा गांधी ने उस दिन आपातकाल खत्म कर दिया था और आम चुनाव की घोषणा की थी। देश उन्मादपूर्ण राजनीतिक गतिविधि की जकड़ में था। अब, जब आपातकाल समाप्त हो गया था और चुनाव घोषित किए जा चुके थे, लोग जानना चाहते थे कि विपक्ष कहाँ था, जो कांग्रेस को चुनौती देगा। उस पल तक, इंदिरा का विरोध करने वाले कई संगठन थे, लेकिन किसी के पास कांग्रेस की शक्ति को व्यक्तिगत रूप से चुनौती देने की ताकत नहीं थी। इस बात का समाधान निकालने और सुझाव देने के लिए मेरे गुरु और गाइड, जेपी को नियुक्त किया गया था। यह उनकी इच्छाओं के प्रति सम्मान था कि हमने युवा आंदोलन को राजनीति से अलग रखा था। जबकि कई गैर–कांग्रेस पार्टियों ने हमें समर्थन दिया था, उन्हें अपने झंडे या प्रतीकों को प्रदर्शित करने से रोक दिया गया था। जहाँ तक हमारा सवाल था, और कोई नहीं, बल्कि सिर्फ जेपी ही हमारे नेता थे। अब, बदली परिस्थितियों में, उन्हें कांग्रेस के राजनीतिक विकल्प के बारे में गंभीरता से सोचने की जरूरत थी।

इंदिरा गांधी को दरकिनार करने और जनता पार्टी के गठन का

विचार सर्वप्रथम जेपी के मन में ही आया था। उनके इस विचार को कई गैर-कांग्रेसी पार्टियों—भारतीय क्रांति दल (बीकेडी), भारतीय जनसंघ, सोशलिस्ट पार्टी और कांग्रेस (ओ)—ने समर्थन किया था। ये वही पार्टियाँ थीं, जिन्होंने जेपी के नेतृत्व में संपूर्ण क्रांति का समर्थन किया था। जेपी ने 'युवा तुर्क' चंद्रशेखर का जनता पार्टी के राष्ट्रीय अध्यक्ष के रूप में अभिषेक किया। जनता पार्टी के बैनर के तहत चुनाव लड़ने के लिए उम्मीदवारों की सूची को अंतिम रूप देने के लिए जबरदस्त तैयारी चल रही थी। मैं टिकट पाने वाला बिहार से एकमात्र छात्र नेता था। मुझे पुराने सारण जिले के मुख्यालय छपरा से लोकसभा क्षेत्र से लड़ने के लिए कहा गया था, जहाँ से मैं मूल रूप से संबंधित था। यह देखते हुए कि मैं एक व्यापक जनाधार वाला सक्रिय छात्र नेता रहा हूँ, इस फैसले में कोई समस्या नहीं होनी चाहिए थी। लेकिन हैरानी की बात है कि गठबंधन में कुछ अनुभवी नेता थे, जिन्होंने निर्णय का विरोध किया था। शायद वे उलझन में थे कि एक नवागंतुक और युवा को यह जिम्मेदारी दी गई। उन्होंने मेरे राजनीतिक करियर की नैय्या डुबोने के लिए सुझाव दिया कि मुझे बाढ़ से चुनाव लड़ना चाहिए, जो गंगा के दक्षिण में था और जहाँ मेरी कोई पहुँच नहीं थी। जाहिर है, वे मेरी हार की साजिश कर रहे थे। जेपी अभी तक मेरे बचाव में आ चुके थे। उनके व्यक्तिगत हस्तक्षेप ने पार्टी नेतृत्व को मुझे छपरा से टिकट देने के लिए मजबूर किया, जिसकी पुष्टि ठीक तब हुई, जब मेरी एलएल.बी. परीक्षा के नतीजे घोषित हुए थे। इस परीक्षा में पास होने के साथ ही मैंने वकील बनने की पात्रता हासिल कर ली थी। इस दोहरी उपलब्धि से मैं वाकई गदगद था। संयोग से, मैं अब भी जेल में था, जबकि मेरे खिलाफ साजिश जारी थी। मैं मुख्यधारा की राजनीति के व्यवहार, छल-कपट, जोड़-तोड़ से बहुत दूर था।

अंत में, मैं कह सकता हूँ कि मेरा जेल जाना मेरे लिए आशीर्वाद साबित हुआ। मैं अपना नामांकन पत्र हथकड़ी पहने हुए जमा करने गया था। हजारों लोग—बूढ़े, पुरुष और महिलाएँ—मेरी एक झलक पाने के लिए जमा थे। तब मैंने वहाँ मतदाताओं से काफी सहानुभूति हासिल की थी। जब परिणाम घोषित किए गए, तो मैंने छपरा सीट 3.75 लाख से अधिक वोटों के विशाल अंतर से जीती थी। कांग्रेस के मेरे

निकटतम प्रतिद्वंद्वी राम शेखर सिंह को मुश्किल से 85,000 वोट मिले थे। सभी जातियों और समुदायों के लोगों ने मुझे समर्थन दिया था। मैं लगभग 29 साल का था और एक गोल-मटोल छात्र जैसा लग रहा था। मैं तब संसद में सबसे कम उम्र का सांसद था, और छोटा-मोटा राष्ट्रीय नायक बन गया था।

मेरी जीत दो मायने रखती थीः एक तो मैं पिछड़ा वर्ग का उम्मीदवार था जिसने सीट जीती थी। मुझसे पहले, छपरा के लोगों ने 1957 में राजेंद्र सिंह और 1962, 1967 और 1971 में राम शेखर सिंह को निर्वाचित किया था। दूसरा यह कि—जेपी खुद सिताब दियारा गाँव से संबंधित थे, जो बिहार के सारण और बलिया जिलों के बीच गंगा दीरा (नदी क्षेत्र) में फैला हुआ एक गाँव था। जीत के बाद, मैं सीधे जेपी के पास गया और प्रधानमंत्री पद को समर्थन के संदर्भ में सलाह माँगी। चुनाव में जाने के दौरान जनता पार्टी ने प्रधानमंत्री पद के उम्मीदवार के रूप में किसी को आगे नहीं किया था; दरअसल सोच केवल यह थी कि पहले इंदिरा और उनकी पार्टी को पराजित करना है और उसके बाद ही नेतृत्व के मुद्दे को हल करना है। जेपी के साथ, यह विचार प्रतीत होता था कि, वह बेहतर रास्ता दिखाएँगे। मुझे नहीं पता था कि संसदीय और विधायी संस्थाएँ अपने नेताओं का चुनाव कैसे करती हैं। किसी भी मामले में, मेरे लिए मान्यता प्राप्त एकमात्र सर्वोच्च नेता जेपी थे। जेपी ने मुझसे पहले दिल्ली जाने और शपथ लेने के लिए कहा। उन्होंने कहा कि वह भी वहाँ होंगे और भविष्य की गतिविधियों पर हमारा मार्गदर्शन करेंगे। मैं दूसरों के बारे में नहीं जानता था, लेकिन जहाँ तक मेरा संबंध था, उनकी इच्छा ही मेरी आज्ञा थी।

जनता पार्टी का असफल प्रयोग

जेपी, अनुभवी स्वतंत्रता सेनानी और प्रमुख दलित नेता जगजीवन राम को प्रधानमंत्री बनाना चाहते थे। जगजीवन राम कांग्रेस सरकार के नेतृत्व में केंद्र सरकार में कई महत्वपूर्ण पदों पर रह चुके थे। जगजीवन राम घाघ और बुद्धिमान राजनेता थे। जनता पार्टी में उनके

शामिल हो जाने के बाद कांग्रेस और इंदिरा गांधी को विशेष रूप से बड़ा झटका लगा। चूँकि मैं जेपी के करीब था, मुझे पता चला कि उनके दिल और दिमाग में क्या चल रहा था। जेपी देश के प्रधानमंत्री के रूप में दलित वर्ग को केवल प्रतीकात्मक मूल्य ही नहीं मानते थे, बल्कि उनका मानना था कि समाज के वंचित वर्ग का प्रधानमंत्री देश की बड़ी आबादी को राष्ट्र निर्माण के लिए आगे बढ़ाएगा और भारत के राजनीतिक-सामाजिक परिदृश्य के मध्य खाली जगह को भरेगा। इसके अलावा, जगजीवन राम काबिल व्यक्ति थे।

मैं किसी का नाम लूँ, यह उचित नहीं होगा, लेकिन कुछ वरिष्ठ राजनीतिक नेताओं ने लोकनायक की इच्छा के खिलाफ मोरारजी देसाई को प्रधानमंत्री के रूप में नियुक्त करने की साजिश रची थी। मैं यह देखकर चौंक गया कि जेपी के प्रयासों के कारण इन नेताओं ने प्रसिद्धि और शक्ति प्राप्त की थी, अब वे उन्हें ही किनारे कर रहे थे। जेपी के दिल पर गहरी ठेस लगी, जब मोरारजी को उनकी मर्जी के खिलाफ पीएम बनाया गया। मैं केवल अनुमान लगा सकता हूँ कि मोरारजी को क्यों चुना गया था। चूँकि जनता पार्टी विभिन्न पार्टियों और विचारधाराओं का एक संगठन था, इसलिए निहित हितों का मानना था कि वे मोरारजी को अधिक प्रभावी ढंग से 'प्रबंधित' कर सकते थे, जबकि उन्हें जगजीवन राम जैसे अधिक जमीनी नेता के साथ समस्या होती। मोरारजी के पक्ष में जातिगत विचारधाराओं ने भी काम किया।

जब मैं पीछे मुड़कर देखता हूँ, तो ऐसा लगता है कि, प्रधानमंत्री के रूप में मोरारजी देसाई का चयन जेपी की जनता पार्टी के साथ छेड़छाड़ की शुरुआत थी, जिसे उन्होंने बड़ी उम्मीदों और आदर्शवादी उत्साह के साथ स्थापित करने में मदद की थी। उनका दिल टूट गया, और गुर्दे की बीमारी से पीड़ित होकर उन्होंने पार्टी और सरकार से खुद को दूर करना शुरू कर दिया।

एक और नेता जिसके साथ मैं आंदोलन के दौरान भी बहुत करीब था, वे चंद्रशेखर थे। जब भी मैंने उनसे बात की, तो यह युवा तुर्क मुस्कुराते हुए और हँसकर, अकसर मुझे प्रोत्साहन देते हुए पीठ थपथपा दिया करते थे। उन्होंने हमेशा मुझे अपना छोटा भाई माना और मुझे स्नेह दिया था। वह छपरा से मेरे चुनाव से प्रसन्न थे, जिसकी

सीमा उनके लोकसभा निर्वाचन क्षेत्र बलिया से लगी थी। उस समय के राजनीतिक नेताओं में से, चंद्रशेखर जेपी को बहुत सम्मान दिया करते थे। इसी वजह से मैं भी चंद्रशेखर का काफी सम्मान करता था–आखिरकार, जेपी मेरे गुरु और मार्गदर्शक जो रहे थे। कांग्रेस के एक शक्तिशाली नेता, चंद्रशेखर ने 1972 में इंदिरा गांधी के खिलाफ जेपी के नेतृत्व वाले अभियान के साथ खुद को जोड़ने के लिए पार्टी छोड़ दी थी। चंद्रशेखर जेपी के आदर्शों के प्रति इतने प्रतिबद्ध थे कि उन्होंने सिताब दियारा में जेपी के नाम पर एक शानदार स्मारक बनवाया। उन्होंने दान एकत्र किया और स्मारक बनाने के लिए कारसेवा (स्वयं सेवा) की। यद्यपि हम अपने जीवन के बाद के चरणों में अपनी राजनीतिक धारणाओं में मतभेद रखते थे, फिर भी चंद्रशेखर और मैंने अपने पूरे जीवन में एक बहुत ही व्यक्तिगत और प्रेमपूर्ण रिश्ता साझा किया और बनाए रखा।

मैं सबसे कम उम्र का सांसद था, जिसने संसद में अपनी शुरुआत की। पहली बार सांसद के रूप में, मुझे दिल्ली में कई कार्यक्रमों में आमंत्रित किया गया, जिसने मेरी दृष्टि को विस्तारित करने और बिहार पर अपने दृष्टिकोण साझा करने में मदद की। सदन में भी, मेरे साथ सम्मानजनक और कुछ उत्सुकतापूर्ण व्यवहार किया जाता था। मैं संपूर्ण क्रांति का अभिन्न अंग रहा था और जेपी के भी काफी करीब था, इसलिए अन्य सांसदों का मेरे साथ बातचीत करना और आंदोलन की शक्ति को समझना स्वाभाविक था, जिसका मंच बिहार था। इसके अलावा, मेरी बोली और जमीनी जुड़ाव की वजह से भी लोग मेरी ओर ज्यादा आकर्षित हुए, हालाँकि मैंने इसकी कभी कोशिश नहीं की। मैं एक नए भारत का हिस्सा था, जिसने अपनी दूसरी स्वतंत्रता हासिल की थी। उस समय मंत्री बनना या सत्ता के करीब होना मेरे दिमाग में बिल्कुल भी नहीं था। चूँकि मैं अभी भी 'आंदोलन' मोड में था, इसलिए मैंने जनसंघ सदस्यों की 'दोहरी सदस्यता' के मुद्दे को उठाना शुरू किया, जिन्होंने जनता पार्टी के साथ विलय कर लिया था। जेपी ने सुझाव दिया था कि आरएसएस के साथ जुड़े जनसंघ के सदस्यों को अपनी जन्मदाता पार्टी से खुद को पूरी तरह से अलग कर लेना चाहिए और जनता पार्टी को उदार, समाजवादी, धर्मनिरपेक्ष और लोगों से जुड़ाव

रखने वाली पार्टी के तौर पर अपनाना चाहिए। लेकिन जनसंघ ब्लॉक ने आरएसएस के साथ अपना संबंध खत्म करने से इनकार कर दिया। मेरी कई बातचीत के दौरान, मैंने स्पष्ट रूप से जनसंघ नेताओं से कहा, 'या तो आप जेपी के आदर्शों के आधार पर जनता पार्टी में रहें या आरएसएस में रहें। दोहरी सदस्यता नहीं चलेगी।' दोहरी सदस्यता के मुद्दे पर मतभेद बढ़े। मैं एक और समाजवादी नेता राजनारायण के करीब आ गया, जिन्हें चौधरी चरण सिंह का 'हनुमान' कहा जाता था। मुझे राजनारायण पसंद आए थे, क्योंकि वह राम मनोहर लोहिया ब्रांड के एक कट्टर समाजवादी नेता थे और आरएसएस शिविरों में भाग लेने वाले उन जनसंघ सदस्यों का मुखर विरोध किया करते थे, जिनकी गतिविधियाँ अल्पसंख्यकों के प्रति भेद-भाव करती थी। दोहरी सदस्यता के झगड़े ने मोरारजी देसाई के पतन में योगदान दिया और 28 जुलाई, 1979 को मोरारजी देसाई की जगह चरण सिंह प्रधानमंत्री बन गए। आखिरकार चरण सिंह का कार्यकाल भी लंबे समय तक नहीं रहा, यह जनवरी 1980 में ध्वस्त हो गया। इसके साथ ही, पहला जनता प्रयोग विफल हो गया और जेपी के सपने को झटका लगा। जिस व्यक्ति का हमने दिल और आत्मा से विरोध किया था, इंदिरा गांधी और उनकी पार्टी, कांग्रेस ने दिल्ली में सत्ता में नाटकीय वापसी की।

इस बीच, 1977 से बिहार में भी बहुत सारी चीजें हो रही थीं। विधानसभा चुनाव में, जनता गठबंधन की कांग्रेस के खिलाफ जीत हुई थी और कर्पूरी ठाकुर मुख्यमंत्री बने। हालाँकि, केंद्र में व्याप्त गुटों के बीच का विवाद बिहार में भी चल रहा था। रामसुंदर दास ने अप्रैल 1979 में कर्पूरी ठाकुर की जगह ली। लेकिन दास सरकार भी फरवरी 1980 में गिर गई। राष्ट्रपति शासन के संक्षिप्त काल के बाद जगन्नाथ मिश्र जून 1980 में मुख्यमंत्री बने और राज्य में कांग्रेस सत्ता में लौट आई। हम विपक्ष में थे और कर्पूरी ठाकुर हमारे नेता थे। बिहार में क्या हुआ था, यह केंद्र के घटनाक्रम को प्रतिबिंबित करता था। व्यक्तिगत मोर्चे पर, मैंने 1980 के आम चुनावों में छपरा लोकसभा सीट खो दी, लेकिन छपरा लोकसभा निर्वाचन क्षेत्र में आने वाली सोनपुर विधानसभा सीट जीत ली। बाद के वर्षों में मैं चरण सिंह के करीब हो गया। जनता पार्टी से टूटने वाले चरण सिंह गुट को लोकदल (चरण) नाम

दिया गया था। बिहार में कर्पूरी ठाकुर ने लोकदल (कर्पूरी) के रूप में अपना संगठन नामित किया। मैंने लोकदल (चरण) के साथ अपना बहुत कुछ समर्पित किया था।

पहली बार विधायक के रूप में जीवन

1980 से मेरे राजनीतिक करियर की यात्रा एक दुखद मोड़ पर शुरू हुई। जेपी, जोकि मेरे अग्रणी थे, अक्तूबर 1979 में उनकी मृत्यु हो गई थी। मैं अपने गाइड और दार्शनिक के दिखाए मार्ग पर चल रहा था। उनके जाने के बाद मैं राजनीति की दुनिया में खुद को असहाय और विचलित महसूस कर रहा था। मार्गदर्शन या नैतिक समर्थन के लिए, मेरे पास कोई जेपी नहीं था।

अब मुझे स्वयं फैसले लेते हुए आगे बढ़ना था और मैंने अपने तरीके से मुख्यधारा की राजनीति करना प्रारंभ कर दिया। पहली बात जो मुझे बार-बार चोटिल कर रही थी, वह लोकदल के दो गुटों के अस्तित्व की व्यर्थता थी, जबकि इन दोनों समूहों ने एक ही धारा और विचारधारा से प्रेरणा ली। आखिरकार, उत्तर प्रदेश में चरण सिंह का गढ़ था और कर्पूरी ठाकुर बिहार में पिछड़े वर्गों के स्वीकार्य नेता थे, और इसलिए हितों का कोई संघर्ष नहीं होना चाहिए था। न तो लोकदल (चरण) में बिहार में बहुत चुनावी संभावनाएँ थीं और न ही लोकदल (कर्पूरी) की यूपी में वास्तविक उपस्थिति थी। मैंने दोनों गुटों के नेताओं से मुलाकात की और उनके मध्य विलय की बात पर जोर दिया। कर्पूरी जी और चरण सिंह दोनों मेरे प्रस्ताव की सराहना करते हुए आसानी से सहमत हुए। इस प्रकार, दोनों पक्ष एक इकाई में विलय हो गए। इस उपलब्धि को हासिल करने के बाद, वरिष्ठ राजनीतिक नेताओं ने मुझे गंभीरता से लेना शुरू कर दिया। दो प्रमुख विपक्षी दलों का विलय विपक्षी एकता के लिए एक बड़ा कदम था। संयोग से, वर्तमान संदर्भ में, विभिन्न विपक्षी नेताओं को केंद्र में भाजपा की अगुवाई वाली सरकार को हराने के लिए अपने अहंकार को समाप्त करने और हाथ मिलाकर शामिल होने की आवश्यकता है। मुझे उन दिनों की बात याद आती है, जब चरण सिंह और कर्पूरी ठाकुर ने

विपक्ष के व्यापक हित के लिए अपने मतभेदों को दूर कर दिया था।

मेरी पहल ने मुझे विपक्ष के उभरते नेता के रूप में स्थापित कर दिया था। अब, बिहार विधानसभा में लोकदल के संयुक्त विधायक दल के नेता कर्पूरी ठाकुर थे। उन्होंने प्रासंगिक मुद्दों को उठाने और सदन में सरकार की तरफ से जिरह के लिए मेरी तरफ देखा। मैं विधानसभा में सबसे मुखर सदस्य था। यद्यपि सदन के भारतीय कम्युनिस्ट पार्टी (सीपीआई), भाजपा और मार्क्सवादी कम्युनिस्ट पार्टी (सीपीएम) के प्रतिनिधि आपस में बँटे हुए थे, जबकि लोकदल सबसे बड़ा समूह था—'सत्तारूढ़ कांग्रेस' के खिलाफ मेरे हस्तक्षेप का सब आनंद उठाते थे।

वयस्क होने से पहले ही मेरा सार्वजनिक जीवन शुरू हो गया था। अल्पसंख्यकों के लिए लड़ना और उनके साथ मजबूती से खड़े रहना प्रारंभ से ही मेरी आदतों में शुमार था। मैं अपनी राजनीतिक विचारधारा पर दृढ़ था और अपने विरोधियों की कड़ी आलोचना भी किया करता था। लेकिन मैंने संकटग्रस्त लोगों के लिए हमेशा सुलभ रहने की कोशिश की, बेशक वे किसी भी राजनीतिक दल के हों। लोगों की मदद करना, खुशी बाँटना और उदासीनता के माहौल को समाप्त करना, मेरे जीवन और राजनीति के अभिन्न अंग हैं।

एक विधायक के रूप में, मैंने ज्यादातर समय अपने क्षेत्र सोनपुर के गाँवों में बिताया—लोगों के बीच रहना और काम करना मेरी दैनिक जीवनचर्या थी। चूँकि मैंने गाँव में अपने जीवन का एक महत्वपूर्ण हिस्सा बिताया था और एक जमीनी नेता रहा था, इसलिए मैं जनता के साथ अधिक जुड़ा हुआ था। विधानसभा में, मैंने भूख, वंचित, पीने के पानी के संकट और मेरे निर्वाचन क्षेत्र में बाढ़ के मुद्दों को उठाया। गंगा नदी के उत्तरी तट पर फैला, मेरा निर्वाचन क्षेत्र बाढ़ से प्रभावित क्षेत्र था। हर मानसून के दौरान गंगा अनेक गाँवों को बरबाद कर देती थी और जान-माल, मवेशी और फसलों को भारी नुकसान पहुँचाती थी। प्रभावित लोग रेलवे पटरियों और तटबंधों के किनारे रहने को चले जाते थे और बाढ़ के दौरान अस्थायी झोपड़ियों में रहते थे। मैं सिर्फ आपदाग्रस्त स्थल के दौरे करने वाला विधायक नहीं था। मैं बाढ़ के दौरान पीड़ित लोगों के बीच रहना चाहता था। मैं पटना से नाव पर गंगा को पार करते हुए इसके उत्तरी तट सोनपुर जाता था।

मैं सारण जिले में अपेक्षाकृत समृद्ध किसानों के घर जाता था और बाढ़ पीड़ितों को रेलवे पटरियों और तटबंधों के साथ आश्रय देने के लिए अनाज के रूप में मदद के लिए अनुरोध करता था। मुझे कहना होगा कि किसानों ने उदारता से मेरी अपील का जवाब दिया। मैंने प्रभावित लोगों के लिए तारपोलिन, माचिस, केरोसिन तेल और वस्त्र जैसे सामान खरीदने के लिए अपेक्षाकृत बेहतर स्थिति वाले किसानों से मौद्रिक दान प्राप्त किए।

और हाँ, मैं कभी राहत सामग्री वितरित करने के बाद कहीं और नहीं ठहरा। मैं लोगों के साथ रहता था, बाढ़ के समय अपने अस्थायी आश्रय में उनके साथ खाता और सोता था। मैंने उनका मनोरंजन किया और संकट की घड़ी में भी उनके साथ मुस्कुराया। मैंने युवा सदस्यों को अस्थायी आश्रय में प्रेरित किया, और उनके साथ गायन और वादन में शामिल रहा। संकट में उन ग्रामीणों के लिए, मैं "लालू भाई, बेटा, बाबू" था– विधायक जी या विधायक साहिब नहीं।

पीड़ित लोगों को राहत सुनिश्चित करने का मेरा अपना तरीका था। मैंने बाढ़ राहत कार्यों में लगे अधिकारियों के साथ कड़ी मेहनत की, लेकिन उन लोगों का भी आभारी था, जिन्होंने मेहनत और ईमानदारी से काम किया। उन दिनों में ब्लॉक डेवलपमेंट ऑफिसर (बीडीओ) तुरंत मेरी माँगों का जवाब देने के लिए तैयार थे–शायद उन्हें इस बात का डर था कि ऐसा न होने पर मैं उनके खिलाफ लोगों की भीड़ इकट्ठा करूँगा। लोगों की शक्ति का भय एक अच्छी रणनीति थी, जिसे मैंने अपने राजनीतिक करियर के बाद के वर्षों में भी अपनाया था; यह तब काम करता है, जब आपके पास कुछ भी नहीं बचता है। मैंने आश्रय में गर्भवती महिलाओं की देखभाल करने के लिए छपरा से डॉक्टरों और नर्सों को बुलाया। मैंने बुजुर्गों और बच्चों के ऊपर भी विशेष ध्यान दिया।

मुझे मेरी विनम्रता, समर्पण और ईमानदारी का भुगतान मिला। मुझे 1985 के चुनाव में सोनपुर से फिर से निर्वाचित किया गया था, और मैंने पटना के वातानुकूलित कार्यालयों में आराम से समय बिताने के बजाए संघर्षरत लोगों के साथ पहचान जारी रखी। जब मैंने पटना का दौरा किया, तो मैं उसी पुराने चपरासी क्वार्टर में रहा। सोनपुर

के एक विधायक के रूप में मेरी दो कार्रवाइयों ने संभवतया बाद के वर्षों में एक बड़े नेता की पूर्वपीठिका तैयार की थी।

फरवरी 1988 में कर्पूरी ठाकुर की मृत्यु हो जाने पर हमारी पार्टी को बड़ा झटका लगा। उन्होंने मेरी गोद में अपनी आखिरी साँस ली। यह एक संयोग था कि कर्पूरी जी को देशरत्न मार्ग पर अपने आधिकारिक निवास पर जब दिल का दौरा पड़ा, मैं उनके पास ही था। मैंने तत्काल एक जीप बुलाई, जो कि हरियाणा के नेता चौधरी देवी लाल ने हमारी पार्टी को उपहार में दी थी। जब कर्पूरी जी की छाती में एकाएक दर्द उठा, ड्राइवर गायब था। मैंने उसके लिए खोज शुरू की। फिर मैंने कर्पूरी जी को उठाया और जीप में बैठा दिया। मुझे जीप में पार्टी की तरफ से दो पार्टी कार्यकर्ता मिले हुए थे। कर्पूरी जी मेरी गोद में थे और मैंने एक कार्यकर्ता को उनके पैरों को धीरे-धीरे सहलाने के लिए कहा और दूसरे कार्यकर्ता को उनकी छाती को पंप करने के लिए कहा। हम डॉ. ए.के. ठाकुर के हार्ट हॉस्पिटल की ओर बढ़ रहे थे। जब हम अस्पताल पहुँचे, तो डॉ. ठाकुर ने कर्पूरी जी के निधन की घोषणा की। कर्पूरी ठाकुर गरीबों की आवाज रहे थे और उन्होंने अपने जीवन को अपने कर्तव्यों के माध्यम से प्रमाणित किया था। जब पटना में गंगा नदी के किनारे उनका अंतिम संस्कार किया गया था, मैं उनके अंतिम अवशेषों के साथ बिलख रहा था।

कर्पूरी जी के जाने के बाद, विपक्ष के नेता के लिए उत्तराधिकार की लड़ाई ख़त्म हो गई। जेपी आंदोलन के कार्यकर्ताओं में से एक नीतीश कुमार—पहली बार, 1985 में हरनौत विधानसभा सीट से हमारी पार्टी के एक विधायक के रूप में चुने गए थे। दो-तीन पुराने कार्यकर्ता भी थेः अनूप लाल यादव, गजेंद्र हिमांशु और विनायक प्रसाद यादव, जो पद के लिए इच्छुक थे। लेकिन नीतीश और अन्य नई पीढ़ी के नेताओं ने मुझे समर्थन दिया और बिहार विधानसभा में विपक्ष का नेता बनने में मेरी मदद की। जब 1988-89 में केंद्र में कांग्रेस के खिलाफ मंथन की नई लहर शुरू हुई, मैंने राष्ट्रीय स्तर पर विपक्षी दलों को एकजुट करने में महत्वपूर्ण भूमिका निभाई। विश्वनाथ प्रताप (वी.पी.) सिंह ने राजीव गांधी के नेतृत्व वाली कांग्रेस के खिलाफ विद्रोह किया था और 1989 में कांग्रेस शासन को बदलने की यात्रा शुरू की थी।

जनता दल का उद्भव

हरियाणा के तत्कालीन मुख्यमंत्री चौधरी देवी लाल हमारे विचारधारात्मक और राजनीतिक शिविर के वरिष्ठ नेता थे और कांग्रेस के खिलाफ विपक्ष के अभियान की रीढ़ की हड्डी थे। मैंने जनता दल की छतरी के नीचे जनता पार्टी के कई अलग-अलग घटकों को एकजुट करने के लिए अपने व्यक्तिगत प्रभाव का उपयोग किया। मिसाल के तौर पर, चंद्रशेखर, जिन्हें मैं बहुत पसंद करता था, कांग्रेस के खिलाफ संयुक्त अभियान के नेता के रूप में उभरते हुए वी.पी. सिंह का विरोध कर रहे थे। मैंने अपने जेपी आंदोलन के दिन से उनके साथ अपने व्यक्तिगत संबंध का इस्तेमाल किया और वी.पी. सिंह को समग्र नेता मानने के विचार के साथ उन्हें जनता दल के साथ किया। तेज तर्रार 'युवा तुर्क' के साथ मेरे बेहतर समीकरण के बिना, मैं सफल नहीं होता और जनता दल प्रयोग से पहले ही समाप्त हो गया होता। संयोग से, 1977 में चंद्रशेखर ने जनता पार्टी गठबंधन के नेता बनने का अवसर खो दिया था, क्योंकि वरिष्ठ नेताओं ने तब महसूस किया था कि कांग्रेस से आने की वजह से उन्हें एक विश्वसनीय चेहरा नहीं माना जा सकता था।

राज्य और केंद्र में राजनीतिक माहौल में बदलाव 1989 में छपरा के एक सांसद के रूप में मेरे पुनः चुनाव के साथ शुरू हुआ। वी.पी. सिंह की अध्यक्षता में राष्ट्रीय मोर्चा ने आम चुनाव के बाद राजीव गांधी की अगुवाई वाली कांग्रेस को बेदखल कर दिया। देवीलाल राष्ट्रीय मोर्चा सरकार में उप प्रधानमंत्री बने, जिनमें कई पार्टियाँ थीं, और भाजपा और वामपंथी दल उसे बाहर से समर्थन दे रहे थे। यह एक अनूठी राजनीतिक व्यवस्था थी, जिसमें सरकार को समर्थन देने के लिए एक ही सिरे पर वामपंथी और दक्षिणपंथी दोनों थे। हम देवीलाल के शिविर में थे। लेकिन सरकार गठन के तुरंत बाद मतभेद शुरू हुए, देवीलाल ने वी.पी. सिंह के लिए हर समय असहज परिस्थितियाँ पैदा कीं। अंत में, देवीलाल को राजनीतिक व्यवस्था और मीडिया दोनों ने खलनायक की तरह देखा। हालाँकि तथ्य यह है कि देवीलाल ने प्रधानमंत्री बनने की महत्वाकांक्षा के बिना जनता के नेता के रूप में अपनी शुरुआत

की थी। पदों ने उन्हें आकर्षित नहीं किया था। उन्हें यह भी पता था कि वी.पी. सिंह, जिन्होंने भ्रष्टाचार के मुद्दों पर राजीव के खिलाफ विद्रोह किया था और परिणामस्वरूप, एक सार्वजनिक छवि प्राप्त की थे, वही प्रधानमंत्री पद के पसंदीदा उम्मीदवार थे।

लेकिन दिल्ली में बड़े मीडिया के लोगों ने वी.पी. सिंह के खिलाफ उनके कान भरना शुरू किया और बेवजह उनकी भावनाओं को भड़काया। ये अनुभवी और प्रभावशाली पत्रकार और मीडिया हाउस के लोग दिल्ली के हरियाणा भवन में देवीलाल से मिलने के लिए लगातार आ रहे थे, और उन्हें आश्वस्त कर रहे थे कि, भारत मुख्य रूप से कृषि राष्ट्र है, जोकि ग्रामीण पृष्ठभूमि वाले प्रधानमंत्री के लिए उपयुक्त होगा। धीरे-धीरे देवीलाल भी इस खुराफात से प्रभावित होने लगे, और प्रधानमंत्री बनने का सपना देखने लगे। और इस प्रक्रिया में, वह वी.पी. सिंह से काफी दूर चले गए।

देवीलाल को जबरदस्त समर्थन के बावजूद, मैंने प्रधानमंत्री पद के लिए वी.पी. सिंह का समर्थन किया। मैं यहाँ अवश्य कहना चाहूँगा कि, बिहार में पार्टी नेता के रूप में वी.पी. सिंह मेरी उम्मीदवारी का बहुत समर्थन नहीं कर रहे थे, जिससे मेरे मुख्यमंत्री बनने की संभावना बनती। वी.पी. सिंह को लेकर मेरे इस निर्णय के पीछे कुछ ठोस वजह थी। वी.पी. सिंह ऐसा चेहरा था, जिसे देश ने कांग्रेस के खिलाफ स्वीकार कर लिया था। दूसरा, उन्होंने पूर्व प्रधानमंत्री लाल बहादुर शास्त्री के पुत्र सुनील शास्त्री को हराया था। और तीसरा, देवीलाल मुख्य रूप से ग्रामीण नेता के रूप में देखे गए थे और देश भर में स्वीकार्य नहीं थे।

प्रधानमंत्री पद के मुद्दे के समाधान के बाद नीतीश कुमार (बाढ़ नवनिर्वाचित सांसद) और मैंने मंत्री बनने का प्रयास किया। हम अपनी ओर ध्यान खींचने की उम्मीद में प्रधानमंत्री कार्यालय (पीएमओ) के आसपास अपना सबसे अच्छा कुर्ता-पायजामा पहनकर घूमा करते थे। हालाँकि, केंद्रीय मंत्री बनने की यह शुरुआती महत्वाकांक्षा जल्द ही खत्म हो गई। मेरा दिल बिहार में था, और मैंने अपने करियर को अपने गृह राज्य में समर्पित करने का संकल्प लिया, जिसने मुझे इतना कुछ दिया था।

मार्च 1990 में विधानसभा चुनावों में, जनता दल के नेतृत्व वाले गठबंधन ने कांग्रेस को हराकर 324 सदस्यीय बिहार विधानसभा में बहुमत से जीत हासिल की। मैं विधानसभा में विपक्ष का नेता बना और मैंने राष्ट्रीय राजनीति में जाने के विचार को त्याग दिया। मैं मुख्यमंत्री पद के लिए दावा करने के लिए पटना लौट आया। मैंने सोचा था कि, जेपी आंदोलन के लिए और बिहार के लोगों के बीच बेहद लोकप्रिय, मैं स्थिति पर कब्जा करने और बिहार में क्रांतिकारी बदलाव करने के लिए उपयुक्त था, जो पिछड़ेपन, सामंतवाद और वंचितता में फँस गया था। इसके अलावा, विपक्ष के नेता के रूप में, मैंने खुद को जीत के बाद मुख्यमंत्री पद के लिए एक स्वाभाविक दावेदार माना। लेकिन जिस तरह से मैंने सोचा था, यह उतना आसान नहीं था। जनता दल विधायक दल के नेता के पद के लिए एक चुनाव होना था। मार्च 1990 में बिहार पार्टी विधायक दल के नेता के चुनाव में दो दिग्गजों, रामसुंदर दास और रघुनाथ झा को पराजित करने के बाद ही मैं अंततः मुख्यमंत्री बन पाया।

अध्याय 4

लीक तोड़ने वाला मुख्यमंत्री

विधायक दल के नेता के चुनाव में दो वरिष्ठ नेताओं को पराजित कर मैं मुख्यमंत्री चुना गया। मैं 42 वर्ष का था और तब तक समझने लगा था कि राजनीतिक खेल किस तरह खेला जाता है। चुनाव लड़ूँ या न लड़ूँ, मैं यह मानता था कि मुख्यमंत्री पद के लिए मैं ही सबसे काबिल उम्मीदवार हूँ, क्योंकि मेरी विश्वसनीयता सबसे ऊपर थी। आखिर मैं जेपी आंदोलन की अग्रिम पंक्ति में शामिल था; मैंने कर्पूरी ठाकुर के नेतृत्व में शुरू किए गए समाज के उत्पीड़ित तबके के संघर्ष को आगे बढ़ाया था; मैंने 1989 में जनता पार्टी के बिखरे धड़ों को एकजुट किया और उन सबको जनता दल से जोड़ा; मैं तब तक 13 साल के दौरान चार बड़े चुनाव जीत चुका था—1977 में छपरा से लोकसभा चुनाव, 1980 और 1985 में सोनपुर से विधानसभा चुनाव और 1989 में छपरा से लोकसभा का चुनाव। कर्पूरी ठाकुर के निधन के बाद मैं बिहार विधानसभा में प्रतिपक्ष का नेता था और बिहार के राजनीतिक क्षितिज का चमकता सितारा था।

मैं यह उम्मीद कर रहा था कि बुजुर्ग नेता मुझे आशीर्वाद देंगे और बिहार की नियति को बदलने में मेरा मार्गदर्शन करेंगे। लेकिन चीजें इतनी आसान नहीं थीं। उप प्रधानमंत्री देवीलाल का मुझे समर्थन प्राप्त था, तो जनता दल विधायक दल के नेता के चुनाव में पर्यवेक्षक के रूप में आए जॉर्ज फर्नांडीज और कुछ अन्य नेताओं ने कुछ पेच

फँसाने की कोशिश की। वे परदे के पीछे से काम कर रहे थे, लेकिन सामने आकर उन्होंने मेरा विरोध नहीं किया। मगर वे सफल नहीं हो सके। चंद्रशेखर और शरद यादव उन दिनों देवीलाल के करीब थे और उन लोगों ने मेरी दावेदारी का समर्थन किया और मुझे राज्य सरकार के नेतृत्व की कमान सँभालने के लिए चुना गया।

लेकिन इसके बाद एकदम नई और पूरी तरह से अप्रत्याशित समस्या सामने आ गई। पता नहीं किन कारणों से राज्यपाल मोहम्मद यूनुस सलीम मुझे शपथ दिलाने के लिए राजी नहीं थे, जबकि मैं पार्टी विधायक दल का निर्वाचित नेता था। मैं रोजाना कलफदार कुर्ता पाजामा पहनकर उनके पास इस उम्मीद से जाता था कि शुभ अवसर आ गया है, लेकिन वह लगातार देर किए जा रहे थे। यहाँ तक कि वह मुझे मुख्यमंत्री पद की शपथ के लिए आमंत्रित किए बिना ही दिल्ली रवाना हो गए। मैं बेचैन और चिंतित हो रहा था। नेता बनने के बाद मेरे साथी विधायक मजबूती से मेरा साथ दे रहे थे। मैं राज्यपाल की इस देरी को समझने में नाकाम रहा। मैंने उनसे आग्रह किया कि आपके पास मुझे शपथ दिलवाने के कोई और विकल्प नहीं है। सारे तरीके आजमाने के बाद आखिरकार सलीम के पास कोई और विकल्प नहीं बचा, तब उन्होंने 10, मार्च, 1990 का दिन तय किया और मैंने उस दिन मुख्यमंत्री के रूप में काम सँभाला।

मुझे हमेशा लोगों के बीच रहना अच्छा लगता था और खास तरह के परिवेश अजीब लगते। इसलिए मैंने गांधी मैदान में मेरे गाइड, गुरु और फिलॉसफर जेपी की आदमकद प्रतिमा के सामने शपथ लेने का फैसला किया। मुझसे पहले बिहार में 24 मुख्यमंत्रियों ने औपनिवेशिक युग के राज भवन के अहाते में ही शपथ ली थीं। यों तो मैं पच्चीसवाँ मुख्यमंत्री था, लेकिन मैं पहला मुख्यमंत्री था, जिसने उन लोगों के बीच शपथ ली, जो मुझसे प्रेम करते थे। हजारों लोगों ने वहाँ पहुँचकर मेरा हौसला बढ़ाया। वहाँ जनोत्सव का माहौल था, भीड़ से नारे लग रहे थे, 'लालू यादव जिंदाबाद, जयप्रकाश नारायण जिंदाबाद!'

मुख्यमंत्री बनने से पहले मैंने सरकार में कोई और जिम्मेदारी नहीं सँभाली थी। न तो मुझे नौकरशाही के साथ काम करने का अनुभव था और न ही फाइलों के जाल में उलझने वाला मेरा मिजाज था।

पहले ही दिन मैंने इस जड़ता को तोड़ने का फैसला कर लिया। मैं हमेशा लोगों के बीच में ही रहना चाहता था।

गरीबों का मुख्यमंत्री

मैं वहाँ से वेटर्नरी कॉलेज स्थित हमारे चपरासी क्वार्टर्स में लौट आया और वहीं से अपना काम करने का फैसला किया। अधिकारियों ने मेरे शपथ ग्रहण करने के बाद 1 अणे मार्ग स्थित बंगले की शिनाख्त मुख्यमंत्री निवास के रूप में कर ली थी। लेकिन मैं किसी ऐसे विशालकाय बंगले में नहीं रहना चाहता था, जिसमें सुरक्षाकर्मी गश्त लगाते रहें और जो आम लोगों की पहुँच से दूर हो।

वेटर्नरी कॉलेज के परिसर में मैंने एक प्रतीक्षा कक्ष बनवाया, जहाँ लोग इकट्ठा हो सकते थे और मुझसे मिल सकते थे। जहाँ तक मेरी बात है, तो जनता के करीब रहने की मेरी प्रवृत्ति में कुछ बदलाव नहीं आया। बल्कि चपरासी क्वार्टर्स जहाँ मैं स्कूल के दिनों में रहता था, इस लिहाज से अच्छी जगह थी।

स्वतंत्रता प्राप्ति के बाद से ही गरीबों, पिछड़ों और दलितों की सरकारी मशीनरी तक कोई पहुँच नहीं थी। वे उत्पीड़न का शिकार थे। हर स्तर पर ताकतवर लोग गरीबों का उत्पीड़न करते थे। जमीन के मालिक अपने पिछड़े और दलित जाति के हलवाहों से दुर्व्यवहार करते थे। गरीब समुदायों की गर्भवती महिलाओं को सामंतों के खेतों में बगैर किसी पारिश्रमिक के काम करने को मजबूर किया जाता था। खेतिहर मजदूरों के साथ बंधुआ मजदूरों जैसा व्यवहार किया जाता था। यहाँ तक कि उन्हें मताधिकार भी प्राप्त नहीं था। कलेक्टर, पुलिस अधीक्षक या उच्च सरकारी अधिकारी तक उनकी कोई पहुँच नहीं थी। निचली जाति के अनेक लोगों को अपमानजनक जातिसूचक शब्दों से पुकारा जाता थाः अहीर-बिलार, चमार-सियार, कुर्मी-धुर्मी, बनिया-बेकाल, नोनिया-धोनिया। उनके कपड़े एकदम तार-तार हो चुके होते थे और वे उनके साथ होने वाले दुर्व्यवहार के खिलाफ आवाज तक नहीं उठा सकते थे। जमींदार निचली जाति के लोगों को अपमानजनक तरीके से 'रे' कहकर संबोधित करते थे। लेकिन निचली जातियों के लोगों से अपेक्षा की जाती थी कि

वे जमींदारों के लिए 'मालिक, बाबू जी हुजूर' जैसे संबोधन इस्तेमाल में लाएँ। कांग्रेस के मुख्यमंत्रियों ने दशकों तक न तो सामाजिक हलचल की इजाजत दी और न ही दासता और जमीनी स्तर पर होने वाले शोषण की ओर कोई ध्यान दिया। जो भी इस सामंती व्यवस्था के खिलाफ आवाज उठाता था, तो उसे नक्सलवादी और अपराधी करार दिया जाता और या तो मार दिया जाता या जेल में डाल दिया जाता।

मुझे जगदेव प्रसाद की स्मृतियाँ याद आती हैं, जिन्हें बिहार का 'लेनिन' कहा जाता था। जगदेव कोई कम्युनिस्ट नहीं थे। उन्होंने गरीबों और पिछड़े वर्गों के उत्पीड़न के खिलाफ आवाज उठाई और ब्राह्मणवाद को खारिज किया। वह लोहिया के कट्टर समर्थक थे और संसदीय लोकतंत्र में यकीन करते थे। वह गरीबों और दलितों को शोषणकारी ब्राह्मणवादी व्यवस्था को खारिज करने के लिए प्रोत्साहित करते थे। उन्होंने मध्य बिहार में जमींदारों के खिलाफ उत्पीड़ित वर्गों को एकजुट करने में अग्रिम भूमिका निभाई थी। लेकिन सामंती बलों ने 1974 में जहानाबाद जिले के कुर्था में उन्हें मार डाला। उस समय उभरता छात्र नेता था, लेकिन इस घटना से मुझे गहरा दुख हुआ। मैं उसी वर्ग से ताल्लुक रखता हूँ, जिसके सशक्तिकरण के लिए प्रसाद संघर्ष कर रहे थे। सार्वजनिक जीवन में मेरे एक आदर्श वह भी थे। शपथ ग्रहण करने के बाद वेटर्नरी कॉलेज में लोगों से हुई अपनी पहली ही मुलाकात में मैंने कहा, 'वोट का राज मतलब छोट का राज। आप लोग मालिक हो...मालिकों पर अत्याचार नहीं चलेगा।' मुख्यमंत्री के रूप में मैंने तीन फैसले लिए:

- ताड़ी की निकासी और उसकी बिक्री पर कर उस पर लगे उपकर हटा दिए। ताड़ी गरीब पासी जाति के सदस्यों के जीवनयापन का साधन है और उन्हें औपनिवेशिक राज के समय से कर देने को मजबूर होना पड़ता था।
- पूरे राज्य में डेढ़ सौ चरवाहा विद्यालय खुलवाए, ताकि चरवाहे उस समय अध्ययन कर सकें, जब उनके मवेशी चर रहे होते हैं।
- खेतिहर मजदूरों का न्यूनतम पारिश्रमिक 16.50 रुपए से बढ़ाकर 21.50 रुपए हो गया।

शपथ ग्रहण करने के बाद अगले दिन से ही मैंने हेलीकॉप्टर से राज्य के ग्रामीण क्षेत्रों का दौरा शुरू कर दिया। मैं बहुत गरीब वर्ग से आया था और इस तबके से जुड़ना अच्छा लगता था। उनकी तकलीफों के प्रति मेरी सहानुभूति थी। तकरीबन रोज मैं पटना से उड़ान भरता और हेलीकॉप्टर को चरवाहों, ताड़ी इकट्ठा करने वालों, मैला ढोने वालों, खेतिहर मजदूरों, मछुआरों और सुअर तथा मुर्गी पालने वालों के बीच उतारने को कहता था। उस समय इन लोगों के चेहरों पर जो चमक होती थी, उसे कभी नहीं भूला जा सकता। ऐसे मौकों पर मैं तुरंत उन्हें कुछ इस अंदाज में संबोधित करताः

'ए गाय चराने वालो
ए बकरी चराने वालो
ए कपड़ा धोने वालो
ए सुअर पालने वालो
ए मैला ढोने वालो
ए बोझा ढोने वालो
पढ़ना लिखना सीखो'

भाषण देने के लिए मैं पोर्टेबल मेगाफोन साथ रखता था।

मैंने ऐसी बूढ़ी औरतों को गले लगाने से गुरेज नहीं किया, जिनके कपड़े तार-तार थे, जिनकी आँखों में कीचड़ था। उनकी चिपचिपी आँखों को साफ कर मैंने उनसे कहा, मैं आपका बेटा हूँ और आप मेरी माँ हैं....मैं मुख्यमंत्री बन गया हूँ...अब आपका सेवा करूँगा। जब मैंने ऐसी औरतों को अपनी बाँहों में लिया, तो वे रोने लगीं। ये खुशी के आँसू थे। मैंने शायद ही कभी पटना में दोपहर का भोजन किया। बिना किसी सुरक्षा कवच के मैं अकसर गरीब खेतिहरों के बीच पहुँच जाता और उनसे सतुआ, नजदीक के तालाब से मछली और अनाज लाने के लिए कहता। गाँव में यह मजेदार दावत होती। गरीब किसान आग जलाकर भात और मछली पकाते थे और हम सब मिलकर खाते थे। मैं प्रायः सोरठी-बिरिजाभार, चैता, बिरहा और होली गाने वाले लोक गायकों और संगीतकारों को तलाशता और झाँझ और ढोलक के साथ उनकी संगत करता। जब तक मैं गाँव में रहता, वहाँ जश्न का

माहौल बन जाता। मैं उनमें घुलमिल जाता और उन्हें उखड़े हुए नाखून दिखाता। मैं उन्हें बताता कि मैं भी कभी गाय और भैंस चराता था। बाद में कुछ पत्रकारों ने यह कहना शुरू कर दिया कि मैंने गरीबों के साथ उनकी भाषा में संवाद करना सीख लिया है। वे गलत थे। मैं तो खुद ही गरीबों के बीच से आया था और उनसे उनकी भाषा में बात करने के लिए मुझे किसी अतिरिक्त प्रयास की जरूरत नहीं थी।

हेलीकॉप्टर में जगह कम थी। मैं शायद ही कभी अपने साथ अधिकारियों को ले जाता था। लेकिन डिस्ट्रिक्ट मजिस्ट्रेट, एसपी और जिला प्रशासन के अन्य अधिकारी सुरक्षाकर्मियों के साथ हथियारबंद जीपों से वहाँ पहुँचते थे, जहाँ मेरा हेलीकॉप्टर लैंड करता। मैं इन अधिकारियों से कहता कि वे जनता के करीब जाएँ, उनसे घुलें-मिलें और उनकी बातें सुनें। मैंने लोगों के मन से अधिकारियों को लेकर व्याप्त भय को दूर कर दिया। मैं उनसे कहता, 'आप लोग मालिक हैं। ये वोट का राज है। इसका मतलब आप राजा हैं। ऑफिसर लोग पब्लिक सर्वेंट हैं...आपका सर्विस करना इन लोगों का काम है...डरना नहीं है।'

मैं गरीबों को अपना परिवार मानता था और वे भी मुझे अपना मानते थे। मुख्यमंत्री बनने के तीन महीने के भीतर ही शायद ही कोई गाँव ऐसा रहा हो, जहाँ मैं नहीं जा सका। मैं रोजाना चार-पाँच गाँव जाता था। लोग मुझ पर जिस तरह का प्यार उँड़ेल रहे थे, उससे मैं अभिभूत था।

मैंने अपने किसी पूर्ववर्ती मुख्यमंत्री की न तो नकल की, न ही अनुसरण किया और मैंने खुद से मेहनत कर नया रास्ता बनाया। मैं कभी विशालकाय सरकारी बंगले में नहीं रहना चाहता था, ताकि राज्य पर बोझ न बनूँ। मैं कभी सुरक्षाकर्मियों और अधिकारियों से घिरा नहीं रहना चाहता था। मुझे ऐसी चीजें मिलीं, जिनके लिए मैं तरसता था, और अब यह मेरी बारी थी कि मैं लोगों की आवाज बनूँ और उन्हें सम्मानजनक जीवन जीने का उनका अधिकार दिलाऊँ।

आप चाहे कितने भी बड़े नेता बन जाएँ, लेकिन आप हताश और अमानवीय हालात में गुजर-बसर कर रहे समाज में प्रगति की उम्मीद नहीं कर सकते। मेरी सबसे बड़ी चुनौती यही थी कि बेजुबान

लोगों के भीतर भरोसा पैदा कर सकूँ और उन्हें एहसास दिला सकूँ कि मेरे लिए किसी की भी तुलना में उनकी सर्वाधिक अहमियत है। अपनी पिछड़ी पृष्ठभूमि और सार्वजनिक जीवन में दो दशक बिताने–एक दशक छात्र नेता के रूप में और एक दशक राजनीतिक कार्यकर्ता के रूप में–के बाद मुझे एहसास हो गया कि हम एक गैरबराबरी वाले समाज में रहते हैं, जिसमें असमानता, अभाव, पक्षपात और जातिवाद है। ऐसे में मेरा पहला और महत्वपूर्ण दायित्व था कि मैं सामाजिक न्याय सुनिश्चित करूँ। मैं इस बात से संतुष्ट हूँ कि मैंने वंचित तबकों का सशक्तिकरण किया और उन्हें सम्मानजनक जीवन दिया। आज निचली जाति के लोग अपनी बात कह सकते हैं। उन्हें अब कोई दबा नहीं सकता। विपक्ष और मीडिया के मेरे आलोचक जब गरीबों और वंचित तबके के लोगों को उकसाकर उनसे पूछते हैं कि मैंने उनकी जिंदगियों में कौन-सा ऐसा ठोस बदलाव ला दिया, तो उनका जवाब होता कि मैंने उन्हें जुबान दी। मेरे आलोचकों और लोगों के बीच के इस संवाद पर गौर कीजिएः

'क्या लालू ने तुमको रोटी दी?'
'नहीं।'
'क्या उसने तुमको मकान दिया?'
'नहीं।'
'क्या उसने तुमको कपड़ा दिया?'
'नहीं।'
'तो फिर उसने तुम्हारे कल्याण के लिए क्या किया?'
'जीवन में स्वर्ग सब कुछ नहीं होता। उन्होंने हमें स्वर दिया।'

आज नीची जातियों की बात सुनी जा रही है। कोई भी उन्हें अब दबा नहीं सकता। मैं यह देखकर खुश होता हूँ कि बिहार की नीची जातियाँ और दलित चुनाव दर चुनाव मुखर होते जा रहे हैं। जब मेरी लोकप्रियता चरम पर थी, उस समय भी मेरे आलोचक मुझ पर सस्ते हथकंडे अपनाने और प्रशासन पर ध्यान नहीं देने के आरोप लगाते थे। इस पर मेरा जवाब होता थाः यदि आप उन लोगों से आमने-सामने होकर बात नहीं कर सकते, जिनका कल्याण करना आपकी जिम्मेदारी

है, तो फिर मुख्यमंत्री बने रहने का क्या फायदा? आज नीची जातियों को आवाज मिली है और उनकी बातें सुनी जा रही हैं।

जब मैं पटना में होता तो मैं तय परंपराओं से हटकर अपने ढंग से काम करता था। शहर में यात्रा करते हुए मैं अकसर मेगाफोन से ट्रैफिक व्यवस्थित करता। मंत्रिमंडल की बैठक किसी पेड़ के नीचे चौपाल में करता। यहाँ तक कि मैं वरिष्ठ अधिकारियों को वेटर्नरी कॉलेज के परिसर में बुलाकर लोगों की मौजूदगी में अहम मुद्दों पर बात करता, जो जनता से सीधे जुड़े थे। मैं अवैध शराब दुकानों पर छापा मारता, औचक स्कूलों का निरीक्षण करता और गैरहाजिर पाए जाने वाले शिक्षकों को बर्खास्त कर देता। मैं अकसर पटना म्यूजियम, पटना मेडिकल कॉलेज और अन्य सार्वजनिक स्थलों में व्याप्त गंदगी, धूल और अतिक्रमण को हटवाता था। लेकिन अधिकाँश समय मैं ग्रामीण अंचल में होता। काम सँभालने के कुछ महीने बाद मैं अधिकारियों को अपने साथ लेकर लोगों के बीच जाता और उन्हें नहाने, साफ कपड़े पहनने और साफ-सुथरे ढंग से रहने के लिए प्रेरित करता। मैं वंचित परिवारों के लिए अपने साथ साड़ी, चूड़ी, साबुन और पानी के टैंकर लेकर जाता था। मैं उन्हें पैसे भी बाँटता था।

आईएएस अधिकारी और पटना की कलेक्टर राजबाला वर्मा ने इस काम में मेरी काफी मदद की। लोगों को नहाने के लिए राजी करने और दलित बस्तियों की साफ-सफाई के इस अनूठे अभियान में वह मेरे साथ होती थीं। सामंती प्रवृत्ति के लोगों और उच्च मध्य वर्ग के लोगों की वंचितों की धारणा कुछ इस तरह की थीः 'ये तो गंदे रहते हैं, ये महकते हैं।' मैं गरीबों के बारे में इस धारणा को बदलने के अभियान में था। इससे पहले इनमें से अधिकाँश लोगों ने कभी मुख्यमंत्री को अपने बीच नहीं देखा था। मेरा यह गैर पारंपरिक तौर-तरीका उनके लिए किसी सांस्कृतिक झटके से कम नहीं था।

मंडल लहर

नई दिल्ली में राष्ट्रीय मोर्चा की सरकार बनने के कुछ महीने के भीतर ही सत्ता के दो केंद्र बन गए थे–प्रधानमंत्री वी.पी. सिंह और उप

प्रधानमंत्री देवीलाल। इन दोनों नेताओं ने 1989 में राजीव गांधी की अगुआई वाली कांग्रेस सरकार को बेदखल करने के लिए एकजुट होकर काम किया था, लेकिन अब एक दूसरे को लेकर असहज हो गए थे। मैंने पहले ही स्पष्ट किया है कि किस तरह से कुछ स्वार्थी तत्वों ने देवीलाल को वी.पी. सिंह के खिलाफ भड़काया, मानो वे राजीव गांधी की सत्ता के खिलाफ संघर्ष करने वाले साथी न होकर एक दूसरे के प्रतिद्वंद्वी हों। दोनों के बीच जो सौहार्दपूर्ण रिश्ता था, वह धीरे-धीरे खत्म होने लगा। मुझे चिंता होने लगी कि वी.पी. सिंह और देवीलाल के बीच बढ़ते तनाव से राष्ट्रीय मोर्चा की सरकार गिर सकती है और इसका असर बिहार में मेरी सरकार पर भी पड़ सकता है। मेरा यह भय जायज था, क्योंकि पिछले दशक में केंद्र में हुई हर उथल-पुथल का असर पटना तक में महसूस किया गया था। मैंने जनता पार्टी की सरकार को अंदरूनी झगड़े के कारण गिरते देखा था और नहीं चाहता था कि जनता दल का भी ऐसा हश्र हो। अगस्त, 1990 में वी.पी. सिंह की सरकार को बचाने के लिए मैंने एक फॉर्मूला ईजाद किया।

मैंने किसी भी केंद्रीय मंत्री को जरा-सी भी भनक न लगने देकर प्रधानमंत्री से मिलने के लिए समय माँगा और वह इसके लिए सहज तैयार हो गए। मैं दिल्ली पहुँचा। मैं तब तक व्यक्तिगत तौर पर वी.पी. सिंह से मिला नहीं था। प्रधानमंत्री को उनसे मेरी मुलाकात के मकसद के बारे में जरा भी एहसास तक नहीं था। औपचारिकताओं के बाद मैंने उनसे दो टूक कहा, 'आपको देवीलाल के खिलाफ कार्रवाई करनी चाहिए, वरना सरकार गिर जाएगी।' वी.पी. सिंह अवाक रह गए। पहली बात, उन्होंने दूर-दूर तक भी कल्पना नहीं की थी कि मैं ऐसा कर सकता हूँ। इसके अलावा वह जानते थे कि मैं देवीलाल कैंप का आदमी हूँ, लिहाजा मेरी टिप्पणी से उन्हें धक्का लगा। उनका हैरत में पड़ना बहुत स्वाभाविक था कि आखिर मैं क्यों देवीलाल के खिलाफ कार्रवाई करने के लिए कह रहा हूँ, जोकि मेरे हितैषी थे। मगर इसके साथ ही वह खुश हुए होंगे कि देवीलाल का एक कट्टर समर्थक उनके खेमे में आ रहा है।

वी.पी. सिंह तेज दिमाग और अच्छी राजनीतिक सूझबूझ वाले व्यक्ति थे। उन्होंने जवाब दिया, 'देवीलाल जी जाटों और पिछड़ों के नेता हैं।

यदि मैंने उनके खिलाफ कार्रवाई की तो वह देश भर में घूम सकते हैं और प्रचार कर सकते हैं कि मैं पिछड़ा विरोधी और गरीब विरोधी हूँ।' बेशक वह सही थे। लेकिन मैं भी पूरी तरह से तैयार था। मैंने कहा, 'इसका भी एक रास्ता है। मंडल आयोग ने 1983 की अपनी रिपोर्ट दी थी, जिसमें उसने सरकारी नौकरियों में पिछड़ा वर्गों को 27 फीसदी आरक्षण दिए जाने की सिफारिश की थी। उसकी सिफारिश आपके दफ्तर में धूल खा रही है। उसे तत्काल प्रभाव से लागू कीजिए।' मेरा पक्का भरोसा था कि यदि ऐसा कर दिया तो, यह देवीलाल की ओर से वी.पी. सिंह को पिछड़ा विरोधी बताने के लिए किए जाने वाले किसी भी प्रचार को बेअसर कर देगा।

प्रधानमंत्री इसके खिलाफ थे। संभवतया उनको भय था कि इसके फलस्वरूप समाज में बड़े पैमाने पर अशांति फैल सकती है।

मैं अड़ा रहा; मैं इस बात से आश्वस्त था कि वह पूरे देश में गरीब और पिछड़ों के बीच मसीहा बनकर उभरेंगे और गरीब और समाज के वंचित तबके उनकी पूजा करेंगे। मैंने जोर देकर कहा कि मंडल आयोग की रिपोर्ट को लागू करने से उनकी राजनीतिक स्थिति मजबूत होगी और देवीलाल के खिलाफ उन्हें ताकत मिलेगी। मैंने वी.पी. सिंह से आग्रह किया कि वह बिना देर किए मंडल आयोग की रिपोर्ट को लागू करें।

आखिरकार वी.पी. सिंह सहमत लगे। उन्होंने जानना चाहा कि मैं कहाँ ठहरा हूँ। मैंने उन्हें बताया कि मैं चाणक्यपुरी स्थित बिहार भवन में ठहरा हूँ। मैंने उन्हें भरोसा दिलाया कि वह जब भी महसूस करें, मुझे बुलवा सकते हैं। इसके साथ ही मैंने कहा कि वह पहले मंत्रिमंडल की बैठक बुलाए और बिना और सोचे रिपोर्ट को लागू करें।

शरद यादव और राम विलास पासवान जैसे वरिष्ठ नेताओं को प्रधानमंत्री के साथ मेरी मुलाकात के बारे में पता नहीं था। इसके बाद मैंने उन्हें भरोसे में लिया और हैरत में पड़े इन नेताओं को बताया कि वी.पी. सिंह मंडल आयोग की रिपोर्ट को लागू करने के लिए सहमत हो गए हैं। मेरे बिहार भवन के लिए रवाना होने के बाद वी.पी. सिंह ने मंत्रिमंडल की बैठक बुलाई और तय किया गया कि रिपोर्ट लागू की जाएगी। वी.पी. सिंह ने एक विशेष संदेशवाहक के जरिए मेरे पास

अधिसूचना की एक प्रति भिजवाई। मैंने उसे अपने ब्रीफकेस में रखा और पटना के लिए रवाना हो गया।

मेरे मन में यह बहुत साफ था कि लागू होने के बाद मंडल आयोग की रिपोर्ट देश भर में पिछड़ा वर्गों को किस तरह से सक्षम बनाएगी। मैं इस बात से भी वाकिफ था कि इस कदम से व्यापक रूप से अशांति फैल सकती है, क्योंकि विरोधी ताकतें इसका जी-जान से विरोध करेंगी। ऐसा इसलिए, क्योंकि समाजवादी नेता और मेरे पूर्ववर्ती कर्पूरी ठाकुर ने 1978 में बिहार में हिंदुओं और मुस्लिमों की पिछड़ी जातियों को आरक्षण देने वाली मुंगेरीलाल आयोग की रिपोर्ट लागू की थी। अंसारी और चूड़ीदार जैसे पिछड़े मुस्लिमों को भी इसका लाभार्थी बनाया गया था।

मुंगेरीलाल आयोग की सिफारिशों के आधार पर कर्पूरी जी ने जातियों को संलग्नक–एक और संलग्नक–दो के रूप में वर्गीकृत किया था, ताकि उन्हें नौकरियों में आरक्षण दिया जा सके। इससे राज्य में अशांति फैल गई। ऊँची जातियाँ सामाजिक और आर्थिक रूप से पिछड़ी जातियों के खिलाफ हो गईं। लेकिन इस फैसले ने बिहार में वंचितों के सशक्तिकरण की बुनियाद रख दी।

उस समय एक सांसद के रूप में मैंने रिपोर्ट को लागू करने के लिए कर्पूरी जी का पूरी ताकत से समर्थन किया था। वास्तव में प्रधानमंत्री वी.पी. सिंह को मंडल आयोग की रिपोर्ट को लागू करने का सुझाव देने का विचार मुझे कर्पूरी ठाकुर के मुंगेरीलाल कमेटी की रिपोर्ट लागू कर निचले तबके का सशक्तिकरण करने के कदम से मिला था। ठाकुर को सामंती तत्वों और मध्य वर्ग की आबादी की नाराजगी का सामना करना पड़ा था। उस अनुभव से मुझे पक्के तौर पर पता था कि मंडल आयोग की रिपोर्ट के लागू होने पर मुझे भी ऐसे हालात का सामना करना पड़ेगा।

लिहाजा हिंदी पट्टी के राज्यों में भारी सामाजिक उथल-पुथल शुरू हो गई। वी.पी. सिंह सरकार द्वारा ओबीसी (अन्य पिछड़ा वर्ग) को आरक्षण दिए जाने से संबंधित मंडल आयोग की रिपोर्ट की सिफारिश को लागू करने की घोषणा करते ही, उत्तर भारत के कई हिस्सों में भारी उपद्रव शुरू हो गया। यह देखते हुए कि इससे राजनीतिक लाभ

उठाया जा सकता है, शरद यादव और राम विलास पासवान सामने आए और दावा करने लगे कि रिपोर्ट को लागू करने के लिए उन्होंने वी.पी. सिंह को राजी किया! कई गैर–जानकार लोगों ने, जिन्हें असली कहानी पता नहीं थी, उनके दावे पर यकीन कर लिया। कुछ राजनेताओं द्वारा गलत दावे कर उठाए जा रहे लाभ से मैं चिंतित नहीं था। मेरे पास दूसरे और महत्वपूर्ण मुद्दे थे। मसलन कानून व्यवस्था। मैंने तय कर लिया कि यदि असामाजिक और सामंती तत्व द्वारा मंडल आयोग की सिफारिशों के विरोध की आड़ में बिहार में हिंसा फैलाने की कोशिश करेंगे तो उनसे कड़ाई से निपटा जाएगा। इसके साथ ही मुझे इस रिपोर्ट के जरिए पिछड़ों का सशक्तिकरण भी करना था। इस मुद्दे पर अब मैं मजबूती के साथ वी.पी. सिंह खेमे में था। मैंने उनके पक्ष में एक नारा दिया। उस समय तक वी.पी. सिंह मांडा के राजा के तौर पर प्रसिद्ध थे, जिसमें एक तरह का सामंती भाव था। लेकिन मंडल फैसले के बाद यही समय था जब उनकी नई पहचान बनी और यह थीः 'राजा नहीं फकीर है, भारत की तकदीर है।' यह नारा जंगल की आग की तरह न सिर्फ उत्तर भारत, बल्कि पूरे देश में फैल गया। एक रात में वी.पी. सिंह की नई छवि बन गई। सामंती ताकतों ने इस पर तीखी प्रतिक्रिया व्यक्त की और जवाब में एक भड़काऊ नारा दियाः ये रिजर्वेशन कहाँ से आइल, वी.पी. के माई बियाइल, लालू के माई बियाइल (ये रिजर्वेशन कहाँ से आया? यह वी.पी. की माँ के गर्भ से आया; यह लालू की माँ के गर्भ से आया) उनकी कड़वाहट उजागर हो गई थी। हालाँकि मेरे नेतृत्व में पिछड़े वर्ग नई ऊर्जा और उत्साह से भर गए।

उन्हें महसूस हुआ कि ऊँची जातियों ने जो चीज उनसे छीन ली थी, वह वी.पी. सिंह और मैंने उन्हें वापस लौटा दी है। बिहार की आबादी में पिछड़े और दलितों की 70 फीसदी की हिस्सेदारी है। संख्या के मामले में वे हमेशा ऊँची जातियों पर भारी थे, जिनकी आबादी में महज 13 फीसदी की हिस्सेदारी है। लेकिन वे लंबे समय से उत्पीड़ित रहे। दरिद्रता और बेबसी ने उन्हें सामंती ताकतों को अपना आका और भगवान मानने को मजबूर किया। उन्हें जमींदारों का आदर करना पड़ता था। सदियों से ऊँची जाति के भूस्वामियों और नीची जाति के

खेतिहरों के बीच मालिक-रैयत का रिश्ता बना हुआ था। और बिहार में हमेशा से ऊँची जाति के मुख्यमंत्री रहे, जिनकी यथास्थिति को बदलने में कोई दिलचस्पी नहीं थी।

मेरे मुख्यमंत्री बनने के बाद हालात बदलने लगे। मैंने बिहार के सारे डिस्ट्रिक्ट मजिस्ट्रेट और वरिष्ठ पुलिस अधिकारियों को स्पष्ट और कड़ा संदेश दियाः 'सामंती ताकतों के खिलाफ गरीबों की रक्षा करें।' मैंने देहात में जाकर लोगों से कहा, अब पनवरिया, कहार, भार, हज्जाम, अहीर और कोइरी का बेटा दरोगा बनेगा। कोई माई का लाल गरीबों के बेटों को दरोगा बनने से नहीं रोक सकता। मैं यह मानता हूँ कि मेरा यह संदेश सीधे घरों तक गया, क्योंकि यह सच है कि निचले स्तर के पुलिस अधिकारी संपन्न लोगों के उकसावे पर समाज के निचले तबके के लोगों का उत्पीड़न करते थे। मंडल रिपोर्ट की पृष्ठभूमि में मैंने असामाजिक तत्वों से निपटने के लिए बड़े पैमाने पर सुरक्षा बलों की तैनाती की। आखिर सरकारी नौकरियों में आरक्षण हासिल करना पिछड़े वर्गों का सांविधानिक अधिकार था। मोरारजी देसाई की अगुआई वाली जनता पार्टी की सरकार ने 1979 में मंडल आयोग का गठन किया था। आयोग ने 1983 में अपनी रिपोर्ट देते हुए कानून सम्मत ढंग से अपनी सिफारिशें की थीं। वी.पी. सिंह सरकार द्वारा मंडल आयोग की रिपोर्ट लागू किए जाने को कुछ लोगों ने सुप्रीम कोर्ट में चुनौती दी। लेकिन सामाजिक और शैक्षणिक रूप से पिछड़े वर्ग के लिए 27 फीसदी आरक्षण को संवैधानिक करार दिया गया। मंडल आयोग की रिपोर्ट ने इसे औपचारिक रूप से 1991 में लागू किया।

सामंती ताकतों ने राज्य के कई हिस्सों में आगजनी और हिंसा की और पिछड़े वर्ग के साथ संघर्ष कर अपना गुस्सा उतारा। कानून और व्यवस्था पर मैं करीबी नजर रखे हुए थे और मैंने प्रशासनिक अधिकारियों को कानून तोड़ने वालों के खिलाफ कड़ी कार्रवाई करने के निर्देश दिए। मैं गरीब और पिछड़ों के पीछे उनके हक की लड़ाई में चट्टान की तरह खड़ा रहा। लेकिन मैंने पिछड़ी जातियों को ऊँची जातियों के खिलाफ हिंसा करने के लिए कभी भड़काया नहीं।

मैं मजबूती के साथ यकीन करता था कि मंडल आयोग की रिपोर्ट के प्रभावी तरीके से अमल से समाज में सही मायने में समता, बराबरी

और सद्भाव कायम होगा।

लेकिन मंडल आयोग की रिपोर्ट के लागू होने के बाद भी मुझे पिछड़े वर्ग से मुझे वांछित संख्या में आईएएस और आईपीएस अधिकारी नहीं मिल सके। इन अधिकारियों का चयन संघ लोकसेवा आयोग (यूपीएससी) करता है और बिहार से पिछड़ा वर्ग के छात्र उस समय तक पर्याप्त रूप से शिक्षित और सक्षम नहीं थे कि वे मंडल आयोग के तोहफे का लाभ उठा सकें। हालाँकि इसके लागू होने के दो-तीन वर्षों बाद मेरी सरकार ने पिछड़े वर्ग के उम्मीदवारों की बड़ी संख्या में राज्य सेवाओं में नियुक्ति की। मुझे ठीक संख्या तो पता नहीं, लेकिन 1994-95 तक अविभाजित बिहार के सात सौ पुलिस थानों में अधिकाँश दरोगा पिछड़े वर्गों, दलित और अल्पसंख्यक समुदाय से थे। हजारों मिडिल और हाई स्कूलों को पिछड़े वर्गों से शिक्षक मिले। राज्य सचिवालय, जिला और मंडल कार्यालयों को भी पिछड़ा वर्ग के कर्मचारी मिले। मैंने सुनिश्चित किया कि सरकारी नौकरियों के लिए 27 फीसदी आरक्षण में कभी गड़बड़ी न हो।

मेरे राजनीतिक विरोधी मुझ पर मेरी जाति के लोगों यानी यादवों के प्रति नरम रुख रखने का आरोप लगाते थे। लेकिन वह पूरी तरह से गलत थे। बेशक, बिहार में यादव सबसे बड़ा जाति समूह है और आबादी में उनकी हिस्सेदारी 15 फीसदी है और मैं खुद एक यादव हूँ। लेकिन मैंने कभी लोगों में उनकी जाति और संप्रदाय के आधार पर भेदभाव नहीं किया।

कहार, कोइरी, भार, मल्लाह, नोनिया और अन्य पिछड़ी जाति के उम्मीदवारों को मंडल आयोग के 27 फीसदी आरक्षण के अनुरूप पर्याप्त अनुपात में नौकरियाँ मिलीं। सिर्फ नौकरियों में ही नहीं, मैंने विधानसभा और लोकसभा चुनावों के उम्मीदवारों के चयन में भी सारी पिछड़ी जातियों और अल्पसंख्यकों को आनुपातिक प्रतिनिधित्व दिया। इसे आसानी से सत्यापित किया जा सकता है। हमारी पार्टी (राष्ट्रीय जनता दल) चुनावों में अब भी दलितों, पिछड़ों और अल्पसंख्यकों को आनुपातिक प्रतिनिधित्व देती है। समता और बराबरी सुनिश्चित करने वाला सामाजिक न्याय मेरा बुनियादी सिद्धांत है और मैं इस पर कड़ाई से अमल करता हूँ फिर कैसे भी हालात या नतीजे क्यों न पैदा हों!

मुख्यमंत्री बनने के बाद मैं करीब तीन महीने तक चपरासी क्वार्टर में ही रहा। लेकिन विभिन्न विभागों के सचिवों और वरिष्ठ अधिकारियों ने मुझ पर 1 अणे मार्ग, मुख्यमंत्री के सरकारी बंगले में जाने के लिए दबाव बनाया। उन्होंने मुझसे कहा कि वेटर्नरी कॉलेज के चपरासी क्वार्टर से मुख्यमंत्री के कार्यालय का संचालन कितना भयावह और अव्यावहारिक है। उन्होंने आसपास के लोगों को होने वाली तकलीफ की भी जानकारी दी और कहा कि उन्हें मुख्यमंत्री के सुरक्षा घेरे की वजह से कितनी कठिनाइयों का सामना करना पड़ता है। मुझे भी इसका एहसास हुआ और फिर मैं जून, 1990 में राबड़ी देवी और बच्चों के साथ मेरे सरकारी आवास में चला गया।

लेकिन मैंने 1 अणे मार्ग को आम लोगों के लिए खोल दिया था। मैं भोर में बारामदे में या फिर आवासीय परिसर में स्थित आम के पेड़ों की छाँव में नीम का दातुन करते हुए अपनी पार्टी के नेताओं और नागरिकों से बात करता था। सतुआ मेरा प्रिय व्यंजन था ही और आने वाले लोग यदि जरा भी रुचि दिखाते, तो उन्हें भी खिलाने का कोई मौका मैं नहीं छोड़ता था।

कुलीन राज का अंत

मुझे बुरी तरह से गैरबराबरी वाला समाज विरासत में मिला था। आबादी में दलितों और पिछड़ों की हिस्सेदारी 75 से 85 फीसदी है और आँकड़ों की इस ताकत के साथ शासन के सामाजिक पहलू से जुड़े मुद्दों पर उनकी महत्वपूर्ण हिस्सेदारी होनी चाहिए थी। लेकिन वे सामंती कुलीनों के हाथों होने वाले शोषण, उत्पीड़न और भेदभाव का शिकार थे और उनके खिलाफ कुछ बोल नहीं पाते थे। 1960 के दशक में राम मनोहर लोहिया और फिर 1970 और 1980 के दशकों में जगदेव प्रसाद, कर्पूरी ठाकुर, रामानंद तिवारी के नेतृत्व में समाजवादी कार्यकर्ताओं ने कुछ हलचल पैदा की। इससे कुछ वर्षों में विधानसभा में पिछड़े वर्गों का प्रतिनिधित्व कुछ हद तक बढ़ा। लेकिन उत्पीड़ित वर्ग सम्मानजनक जीवनयापन करने से दूर थे। उत्पीड़न करने वाली ताकतें भेदभाव और अन्याय के खिलाफ उठने वाली मामूली आवाज को भी अपराध

और अपनी सत्ता के खिलाफ चुनौती मानते थे। इस अभिजात वर्ग की समाज और शासन की मशीनरी पर मजबूत पकड़ थी। जाति व्यवस्था के ऊपरी पायदान में स्थित महज 12 फीसदी लोगों का जीवन के हर क्षेत्र में दबदबा था, फिर वह राजनीति, शिक्षा, नौकरशाही, पुलिस, अर्थव्यवस्था सामाजिक और मनोरंजन से जुड़े संस्थान ही क्यों न हों। ये निहित स्वार्थी तत्व यहाँ तक कि नैतिकता के मापदंड भी तय करते थे। हालात ऐसे थे कि इन निहित स्वार्थी समूहों के आदतन अपराधियों के साथ पुलिस सम्मान के साथ पेश आती थी और निचले तबके के लोगों को 'जन्मजात' अपराधी मानती थी। नौकरशाही की व्यवस्था को नियंत्रित करने वाले अधिकारियों की नजर में गरीब बदबूदार, गंदे और गँवार थे; कुंद दिमाग के, चोर और अपराधी थे।

मैंने पाया कि मुझे प्रशासन और पुलिस का जो तंत्र विरासत में मिला है वह संविधान के प्रावधान को लागू करने के लिए पर्याप्त नहीं है, जिसमें साफ तौर पर समानता, स्वतंत्रता, सम्मान और न्याय का उल्लेख है। नौकरशाहों और पुलिसकर्मियों की मानसिकता उस समय तक उनके उपनिवेशकाल के समकक्षों जैसी ही थी। मैंने तय किया कि इसमें मैं अपने ढंग से दखल दूँगा। मैंने मंडल आयोग की रिपोर्ट को मशीनी तरह से लागू करने के लिए सिर्फ अधिकारियों पर नहीं छोड़ दिया। मैंने मंडल आयोग की वृहत सिफारिश को निचले तबके का हौसला बढ़ाने में इस्तेमाल किया। सबसे पहले उत्पीड़ित वर्गों को सशक्त बनाना और उन्हें प्रोत्साहित करना जरूरी हो गया, ताकि वे महसूस कर सकें कि वे भी दूसरों की तरह बराबरी के हकदार हैं। इसके बाद सशक्तिकरण के दूसरे रूपों को आगे बढ़ाया जाए।

एक रात मैं पुलिस जीप के साथ पटना के पश्चिमी छोर पर बिहटा मानेर रोड पर स्थित एक ईंट भट्टे में पहुँच गया। जमीनी कार्यकर्ता के रूप में मैं इस बात से वाकिफ था कि सामंती तत्व ईंट बनाने के धंधे की आड़ में ईंट भट्टों में गरीब महिलाओं का शोषण करते हैं। मैंने कुछ दूरी पर सड़क किनारे गाड़ियाँ पार्क करवाईं और हम ईंट भट्टे की ओर पैदल चल पड़े। मेरे साथ दस बंदूकधारी पुलिस जवान थे। जैसे ही मैं ईंट भट्टे के पास पहुँचा तो मैंने देखा कि छह पुरुष एक महिला को पकड़े हुए हैं। वे सब शराब के नशे में थे। मैंने

अचानक टार्च जलाई तो देखा कि महिला के गले में फूलों की माला पड़ी हुई है और पुरुष उसे जबरदस्ती झोपड़ी की ओर ले जाने की कोशिश कर रहे हैं।

रात के अँधेरे में मुझे देखकर ये अपराधी सकते में आ गए। अचानक हुए इस घटनाक्रम से वे घबरा गए। उस समय मैं गोल टोपी पहने हुए था और मेरे हाथ में एक लाठी थी। मैंने पुलिस जवानों से कहा कि वे उन छह लोगों को पकड़ लें और पुलिस जीप में बिठाएँ। इसके बाद मैंने उस भयभीत महिला को अपनी जीप में बिठाया, जोकि एक जनजाति से ताल्लुक रखती थी और फिर उसे अपने सरकारी आवास में लेकर आ गया। मैंने उससे बात की। वह बहुत घबराई हुई थी। वह ईंट भट्ठे में काम कर जैसे-तैसे गुजर-बसर कर रही थी। मैंने पटना के डीएम को बुलवाया और उन्हें निर्देश दिए कि वह उसे कलेक्टर कार्यालय में नौकरी पर रख लें। कुछ हैरत जताने के बाद डीएम ने उसे नौकरी दे दी। इसके बाद मैंने उन छह अपराधियों के खिलाफ मामला दर्ज करवाया; ये सभी ऊँची जाति समूह से संबंधित ब्रह्मर्षि समाज के लोग थे और भाजपा से जुड़े हुए थे और बिहटा के निवासी थे।

इस घटना के बाद मध्य बिहार में ईंट भट्ठों के मालिक सामंती भू-स्वामियों ने मेरे खिलाफ होकर बोलना शुरू कर दिया। गरीब महिलाओं का शोषण छोड़कर वे लोग मुझमें दोष ढूँढ़ने लगे। उनका कहना था कि एक मुख्यमंत्री को अपराधियों को पकड़ने के लिए सड़कों पर नहीं घूमना चाहिए; उन्हें व्यवस्था के साथ खिलवाड़ नहीं करना चाहिए; उन्हें ऊँची जातियों को बदनाम करना बंद करना चाहिए; और उन्हें खाप पंचायत के मुखिया की तरह व्यवहार करना बंद करना चाहिए, इत्यादि। ऐसे बेतुके तर्कों को सुनने के लिए मेरे पास समय नहीं था। चीजों को दुरुस्त करने के लिए रात की गश्त वाला तरीका अच्छा था। लिहाजा, तकरीबन हर रात मैं मध्य बिहार के देहातों की ओर निकल जाता था। मध्य बिहार के भोजपुर, रोहतास, बक्सर और कैमूर जिले सामंतवाद से बुरी तरह प्रभावित थे। मैं दलित बस्तियों में जाता था और दरवाजे खटखटाकर लोगों को जगाता था और लोग मुझे देखकर हैरत में पड़ जाते थे। मैं उनसे कहता था, 'मैं लालू यादव,

आपका मुख्यमंत्री। मैं सिर्फ यह देखने आया हूँ कि आप शांति से तो हैं। आप मुझे बताइए कोई आपको धमकाता तो नहीं है या आपकी महिलाओं के साथ दुर्व्यवहार तो नहीं करता।'

दलित बस्तियाँ आमतौर पर गाँव के बाहरी हिस्से में भूस्वामियों द्वारा बसाई गई थीं। अगले दिन जब भूस्वामियों को पता चलता था कि मैं दलित बस्तियों में आया था, तो उनके हाथ-पाँव फूल जाते थे। वे लोगों में दहशत पैदा करते थे। वे अपने घरों में राजनेताओं और पुलिस अधिकारियों की भारी आवभगत करते थे। वे दलितों को उनके खेतों में बंधुआ मजदूरों के रूप में काम करने को मजबूर करते थे। वे गरीबों को प्रताड़ित करते थे और उनकी महिलाओं का उत्पीड़न करते थे। उन्होंने कभी देखा ही नहीं था कि कोई मुख्यमंत्री उनके घर पर आकर उनका हालचाल और उनकी सुरक्षा के बारे में पूछे। मेरे इस तरह दखल देने से एक ओर तो उत्पीड़न करने वालों में दहशत फैली और दूसरी ओर गरीबों में बराबरी का एहसास जगा। दिन के समय जब मैं अपने काफिले के साथ निकलता था, तो निचले तबके के लोग, अपने फटेहाल कपड़ों में कतार में खड़े हो जाते थे, मुझे पानी देते थे, कुल्हड़ में चाय देते थे और मेरा प्रिय सतुआ देते थे। मैं उनकी आँखों में देखता था और मुझे महसूस होता था कि मैं उनके बीच का हूँ और वे सब मेरे अपने हैं। मेरे समर्थन से प्रोत्साहित होकर उन्होंने अपनी खोई आवाज पाने की कोशिश की और गरिमा के साथ अपने अधिकारों व बेहतर जीवन के लिए उठ खड़े हुए। उनके चेहरे की मायूसी की जगह उम्मीद ने ले ली। अब मामला उलट चुका था और कुलीन वर्ग घबराने लगा। यह सब काफी पहले हो जाना चाहिए था, लेकिन अपनी ज्यादतियों के जरिए वे फल-फूल रहे थे, क्योंकि उन्हें सरकारों और मुख्यमंत्रियों का संरक्षण प्राप्त होता था।

हालाँकि मेरे रात के इन प्रवासों के नतीजे दिखने लगे थे, लेकिन इतना ही पर्याप्त नहीं था; व्यवस्था को बदलने और मानसिकता में बदलाव लाने की जरूरत थी। मैंने राज्य के सारे पुलिस थानों के एसएचओ को निर्देश दिए कि विभिन्न कारणों से पुलिस के पास आने वाले पिछड़ों और दलितों के साथ सम्मान के साथ पेश आना चाहिए। मैंने उन्हें चेतावनी देते हुए कहा, 'पुलिस थाने आने वाले गरीबों को

बैठने के लिए कहें। उनके साथ सम्मान के साथ पेश आएँ। यदि उनकी शिकायत में दम हो तो उस पर कार्रवाई करें। यदि ऐसा न हो तो आप उचित कारण बताकर प्राथमिकी (एफआईआर) दर्ज करने से मना कर सकते हैं। लेकिन उनके साथ दुर्व्यवहार न करें।' इसके साथ ही मैंने कहा कि वे मेरे निर्देश की अनदेखी कर सकते हैं, लेकिन उन्हें इसका भारी खामियाजा भुगतना पड़ सकता है। संदेश काम कर गया। पीढ़ियों से गरीबों को पीटने और उनका उत्पीड़न करने वाले थाना प्रभारियों (एसएचओ) को इससे धक्का लगा, लेकिन धीरे-धीरे वे सब लाइन पर आ गए। प्रशासन को भी मैंने इसी तरह की चेतावनी दी और बीडीओ और सीओ (सर्किल ऑफिसर) को निर्देश दिए कि वे गरीबों के साथ सम्मान के साथ पेश आएँ।

पटना में मैंने प्रशासन के कामकाज में पूरी तरह से बदलाव ला दिया। प्रशासनिक अधिकारी भी पुलिस की तरह पिछड़ों और दलितों के साथ भेदभाव करते थे। सड़कों के किनारे स्थित सिर्फ दलित बस्तियों में छापे मारते थे और उन्हें ध्वस्त कर देते थे। मुख्यमंत्री के रूप में मेरे काम सँभालने से पहले तक मजिस्ट्रेट और पुलिसकर्मी झुग्गियों को गिरवा देते थे और गरीब रिक्शे वालों, ठेले वालों और सड़क किनारे छोटा-मोटा कारोबार करने वालों को परेशान करते थे। वे सड़कों के किनारे स्थित झोपड़ों को उखड़वा देते थे, जिनमें गरीब अपनी गाएँ, बकरियाँ, मुर्गियाँ और सुअरों को रखते थे। प्रशासन की यह कार्रवाई अतिक्रमण हटाने के नाम पर होती थी। लेकिन अतिक्रमण हटाने की ऐसी मुहिम के निशाने पर सिर्फ गरीब होते थे। समाज के निचले तबके के लोग इसके पीड़ित होते थे। संपन्न और ऊँची जाति के लोगों को बख्श दिया जाता था, जबकि वे भी इस तरह की गैरकानूनी गतिविधियों में लिप्त होते थे। इन लोगों का पुलिस और प्रशासन में नीचे से लेकर ऊपर तक दबदबा होता था। मेरी पहल से वे नाराज थे, क्योंकि इससे सरकारी अधिकारियों के साथ सावधानी के साथ बनाई गई उनकी लेन-देन की व्यवस्था ध्वस्त हो रही थी। उनके नजरिए से देखें, तो वह इसलिए परेशान थे, क्योंकि उनकी सामंती सत्ता को चुनौती मिल रही थी।

विशेषाधिकार पर चोट

नगरपालिका के रिकॉर्ड की पड़ताल से पता चला कि ताकतवर लोग ही असली अपराधी थे। राजनीतिक वर्ग, नौकरशाही, न्यायपालिका से जुड़े लोगों के साथ ही होटल और रेस्तराँ मालिकों तथा पेट्रोल पंप मालिकों ने मुख्य सड़कों पर अवैध तरीके से अपने प्रतिष्ठानों का विस्तार कर रखा था। दरअसल अशोक राजपथ, बेली रोड, पटना म्यूजियम रोड, बुद्ध कॉलोनी और कदमकुआँ रोड पर अवैध तरीकों से इमारतों का विस्तार सड़कों पर फैली अराजकता की मुख्य वजह थी। मैंने खुद जाकर अतिक्रमित जमीन पर अवैध निर्माण का मुआयना किया और एलान किया, 'अपना अवैध निर्माण खत्म कीजिए। यदि आप ऐसा नहीं करेंगे, तो मैं उन पर बुलडोजर चलवा दूँगा। मुझे गरीबों और उनके मवेशियों के लिए आश्रय बनवाने हैं...मुझे रिक्शा वालों और ठेला वालों के लिए झोपड़ियाँ बनवानी हैं, जिन्हें खुले में सोने को मजबूर होना पड़ता है। मुझे गरीबों की गायों और भैंसों के लिए झोपड़े बनवाने हैं और मुक्त जमीन पर बूथ बनवाने हैं, जहाँ गरीब दूध, मछली, मुर्गा, मटन, सब्जी और फल बेचने का कारोबार कर सकें और सम्मानजनक तरीके से गुजर-बसर कर सकें।' मैंने बेली रोड, अशोक राजपथ, बुद्ध मार्ग और कदमकुआँ रोड पर रिक्शा वालों, ठेला वालों और दैनिक मजदूरी करने वालों के लिए तीन सौ रैन-बसेरे बनवाए। चारों ओर कहर टूट पड़ा। मेरे फैसलों से अवाक निहित स्वार्थी तत्वों ने अफवाह फैलानी शुरू कर दी कि मैं पटना को मच्छरों और गंदगी से भरे खटाल और झुग्गी में बदल दूँगा, जिसमें राजधानी की मुख्य सड़कों पर बकरियों, गायों और सुअरों को बसाया जाएगा। मैंने एलान किया कि अतिक्रमण विरोधी अभियान मुख्य सड़कों पर और तथाकथित पॉश इलाकों में अवैध तरीके से बनाई गई या फैलाई गई इमारतों को तोड़कर शुरू किया जाएगा।

प्रमुख सड़कों से अतिक्रमण हटवाने के बाद मेरा ध्यान गरीबों की झुग्गियों की ओर गया। मैंने जो वादा किया था, उस पर मैंने काम किया। नौकरशाही, न्यायपालिका और तमाम पार्टियों से जुड़े राजनीतिक वर्ग के अनेक प्रतिनिधियों ने मुझसे निजी तौर पर इस मंशा से मुझसे

मुलाकात की कोशिश की ताकि वे मुझे इस अभियान को रोकने के लिए राजी कर सकें। लेकिन मैंने उनसे मुलाकात नहीं की। मैं लोगों के बीच रहता था और मेरे पास ऐसी निजी बातचीत के लिए समय नहीं था। आमतौर पर मेरे काफिले में प्रशासनिक और पुलिस अधिकारी होते थे, लेकिन मैंने उसमें एक बुलडोजर भी शामिल कर लिया, ताकि यह काम और आसानी से हो! जैसे ही दिन शुरू होता मैं अपनी टोपी पहनकर और एक हाथ में छड़ी लेकर अपने काफिले के साथ ताकतवर लोगों के अवैध निर्माण को ध्वस्त करने के अपने अभियान के लिए निकल पड़ता। मैंने रूपक सिनेमा हॉल, पर्ल सिनेमा हॉल और म्यूजियम तथा पटना मेडिकल कॉलेज हॉस्पिटल के आसपास के अवैध निर्माणों को गिरवाया। कदमकुआँ में हिंदी साहित्य सम्मेलन के नजदीक स्थित एक जज के एक मकान को भी इसी तरह से गिराया गया।

1990 के दशक की शुरुआत में मैं सारे दिन और रात शोषण के बचे–खुचे अवशेषों की सफाई में जुटा रहता था। मैं देर रात लौटता था और रात का भोजन और खैनी खाने के बाद सो जाता था। मेरे पास मेरी पत्नी और बच्चों तक के लिए समय नहीं था। इससे मुझे अच्छा तो नहीं लगता था, लेकिन मैं अपने अभियान को लेकर प्रतिबद्ध था और यह मेरे लिए सबसे ऊपर था। लौटने पर मैं देखता था कि कुछ विधायक और अधिकारी निजी तौर पर मुझसे बात करने के लिए मेरा इंतजार कर रहे होते। लेकिन मैं इतना थका होता कि उनसे बात नहीं करता और सीधे अपने कमरे में चला जाता था। ऐसे में खबर उड़ाई जाती कि मैं निर्वाचित प्रतिनिधियों और वरिष्ठ सरकारी अधिकारियों का अपमान करता हूँ। मुझे अहंकारी और सत्ता के मद में चूर बताया जाने लगा, लेकिन मैंने इसकी परवाह नहीं की। मैं अगले दिन की शुरुआत फिर उसी ढंग से करता था। हो सकता है, कुछ लोग अपने निजी हितों के लिए मुझसे निजी तौर पर मिलना चाहते थे, लेकिन मेरे लिए तो बिहार के लोगों की सेवा सबसे ऊपर थी, क्योंकि वही मेरे मालिक थे। इसके बाद मैंने पटना गोल्फ क्लब पर गौर किया। मुझे पता चला कि 200 एकड़ में फैला गोल्फ क्लब बिहार सरकार की संपत्ति थी, जिसे 1916 में अंग्रेजों के प्रभुत्व वाले जिमखाना क्लब को सौंप दिया गया था। इस क्लब ने उसके बाद वहाँ गोल्फ

क्लब की स्थापना की। अंग्रेज लाट साहब और कुलीन लोग क्लब में गोल्फ खेलते थे और शराब पीते थे। यह बेली रोड पर संजय गांधी बॉयोलॉजिकल पार्क, जिसे पटना जू के नाम से भी जाना जाता है, की बगल में प्रमुख जगह पर स्थित है। लेकिन ब्रिटिश राज के खात्मे के कई दशकों बाद भी इस पर कुछ शहरी कुलीनों का कब्जा था, जोकि ब्रिटिश राज के साहबों से अलग नहीं थे।

राज्यपाल, जज, वरिष्ठ अधिकारी और दिग्गज उद्योगपति इस क्लब में गोल्फ खेलने आते थे, जहाँ 18 होल कोर्स थे। यह क्लब गरीबों की पहुँच से दूर था। इस संस्थान के स्वरूप बदलने का समय आ गया था। मैंने गोल्फ कोर्स के सरकारी अधिग्रहण की प्रक्रिया शुरू की ताकि इसे खुले सफारी में बदला जाए, जिससे पटना जू के पिंजरों में कैद सिंह और बाघ स्वच्छंदता से वहाँ घूम सकें। मेरा विचार था कि जब गरीबों और मेहनतकश लोगों की गोल्फ क्लब तक पहुँच नहीं है, तो फिर इसे सिर्फ कुछ कुलीनों तक ही सीमित क्यों रहना चाहिए? इससे तो अच्छा है कि इसे जू से जोड़ दिया जाए, जहाँ जानवर तो स्वच्छंदता से घूम सकें। मेरे इस फैसले से हड़कंप मच गया, मेरे राजनीतिक विरोधियों और अन्य निहित स्वार्थी तत्वों ने मुझ पर गरीबों को सशक्त बनाने की आड़ में समाज के समृद्ध तबके के खिलाफ बदले की भावना से काम करने का आरोप लगाया। उन्होंने मुझ पर हमले किए कि मैं तानाशाही कर रहा हूँ। उन्होंने कहा कि मैंने बिहार में 'जंगलराज' ला दिया है। इससे मैं विचलित नहीं हुआ और अपने अभियान में जी-जान से जुटा रहा।

इसके बाद मैंने बीरचंद पटेल मार्ग पर स्थित एक और कुलीन संस्थान का मुआयना किया। वहाँ सिर्फ अमीर लोग जाते थे और शराब पीते तथा गपबाजी करते थे। अमीर लोग पटना क्लब में शादी की पार्टियाँ, शादी की सालगिरह की पार्टियाँ और अन्य पारिवारिक कार्यक्रम आयोजित करते थे। मैंने एलान किया, 'सरकार पटना क्लब की 60 फीसदी जगह वंचित तबकों के लिए आरक्षित करेगी। डोम, चमार और उन जैसी जातियों के लोग पटना क्लब में शादी की पार्टियाँ आयोजित कर सकेंगे। वे गरीब हैं इसलिए महँगी शराब या मुर्गा-मटन का खर्च वहन नहीं कर सकते। इसलिए उनको क्लब में अपनी पार्टी में ताड़ी

पीने और सुअर का गोश्त खाने की आजादी होगी।'

मेरी समझ बिलकुल साफ थी। मैंने देखा था कि जब कभी गर्दनीबाग इलाके में स्थित डोमखाना (डोम लोगों की बस्ती) के लोग सड़कों पर अपनी शादियों की पार्टियाँ आयोजित करते थे, तो पुलिस वाले उन्हें पीटते थे और उन्हें हल्ला करने और ट्रैफिक रोकने के नाम पर भगा देते थे। यहाँ तक कि वे निचली जातियों के दूल्हे और दुल्हन के साथ बेरुखी से पेश आने से बाज नहीं आते थे। पुलिस का यह दुर्व्यवहार वंचित लोगों के पवित्र आयोजनों में भी नजर आता था। झुग्गी में रहने वालों के पास शादी की पार्टियाँ करने की जगह तक नहीं थीं। अब पटना क्लब का वे उपयोग कर सकते थे। आखिर सार्वजनिक संपत्तियों पर पहला अधिकार गरीब लोगों का होना चाहिए। जैसे ही मैंने इसका एलान किया, क्लब के सदस्य और मीडिया मुझ पर जानवरों की तरह टूट पड़ा। उन लोगों ने मुझे जंगली और गँवार करार दिया। लेकिन उनके पास मेरे इन सवालों के कोई जवाब नहीं थेः आखिर सार्वजनिक जमीन पर बनाए गए क्लब में गरीबों को उनके उत्सव के लिए जगह क्यों नहीं दी जा सकती? क्या गरीब लोगों को शादी का उत्सव करने का अधिकार नहीं है? क्या उन्हें सार्वजनिक रूप से खुशियाँ मनाने का अधिकार नहीं है? जब अमीर लोग शराब और खाने का आनंद उठा सकते हैं, तो गरीब ताड़ी और पोर्क का आनंद क्यों नहीं उठा सकते? मुझे पता था कि संभ्रांत मीडिया गरीबों के बजाए संपन्न तबके के मुखपत्र की तरह काम करता है और मुझे गलत तरीके से पेश करेगा। लेकिन मैं जो कुछ कर रहा था, उससे निचले तबके के लोग खुश हुए और सशक्त हुए, जिन्हें सदियों से शोषण और अमानवीयता के बीच जीवनयापन करने को मजबूर होना पड़ा था।

बुनियादी चीजों पर जोर

इस बीच, मैंने दो बुनियादी एजेंडे पर ध्यान केंद्रित कियाः दलितों के लिए रहने लायक आवासों का निर्माण और पुलिस, शिक्षा विभाग, सचिवालय और ब्लॉक तथा जिला स्तर के कार्यालयों से संबंधित

सरकारी नौकरियों में पिछड़े वर्गों का मंडल आयोग की रिपोर्ट की सिफारिशों के अनुरूप समुचित प्रतिनिधित्व। ऐसा नहीं था कि कांग्रेस राज में अनुसूचित जातियों के लोगों के लिए आवास नहीं बनाए गए। 1980 के दशक में केंद्र सरकार ने इंदिरा आवास योजना शुरू की थी, जिसके तहत राज्य सरकारों से दलितों के लिए आवास का निर्माण किए जाने की अपेक्षा की गई थी। लेकिन अधिकारियों ने दूरस्थ और ऐसी जगहों पर आवास बनवाए, जहाँ रहा नहीं जा सकता था, सो दलित वहाँ कभी नहीं गए। यह किसी योजना को गलत तरीके से अमल में लाने का उदाहरण है कि किस तरह सिर्फ कागजों में लक्ष्य पूरा कर लिया जाता है। मुझे अपने विश्वसनीय स्त्रोतों से पता चला कि कांग्रेस शासनकाल में अधिकारी अकसर ठेकेदारों के साथ गठजोड़ कर कागजी खानापूर्ति कर फंड की हेराफेरी करते थे, जबकि जमीन पर कुछ भी नजर नहीं आता था। राजनेता इस लूट में शामिल होते थे या वे योजना की ठीक से निगरानी नहीं करते थे।

दूसरी ओर मैंने यह सुनिश्चित किया कि योजना के तहत आवास का निर्माण खुद लाभार्थी द्वारा करवाया जाए, न कि ठेकेदारों द्वारा जैसा कि पहले होता था। इससे भी आगे जाकर मैंने यह भी पक्का किया कि आवासों का निर्माण गाँवों के छोर या दूरस्थ जगहों पर न होकर गाँवों के बीच में करवाया जाए। मैं इस योजना को ग्रामीण क्षेत्र से आगे ले जाकर शहरों और कस्बों के संपन्न इलाकों में भूखंड खरीद कर उनमें दलितों के लिए आवास बनवाए। मसलन मैंने पटना के राजा बाजार, शेखपुर, लोहानीपुर, राजेंद्र नगर और कंकड़बाग जैसे संपन्न इलाकों में दलितों के लिए बहुमंजिला भवन बनवाए। मैंने शहरों के बाहरी हिस्सों–झुग्गियों–में रहने वाले दलित परिवारों की पहचान की और फिर उनमें से प्रत्येक परिवार को दो कमरों का अपार्टमेंट आवंटित किया। मैंने खुद इन आवासों के निर्माण की निगरानी की और ठेकेदारों या अधिकारियों को धन का दुरुपयोग करने नहीं दिया।

केंद्र सरकार की इंदिरा आवास योजना के तहत राज्य सरकार से अपेक्षा की गई थी कि वह हर ब्लॉक में सौ आवासों का निर्माण करवाए। अविभाजित बिहार में छह सौ ब्लॉक थे। मैंने एक साल में ही गरीबों के लिए 60,000 आवासों का निर्माण करवाया। यह प्रक्रिया छह

से सात वर्षों तक जारी रही। मैंने ग्रामीण इलाकों में होने वाले आवासों के निर्माण में विशेष सावधानी बरती। सरकार से यह अपेक्षा की गई थी कि वह गाँवों में रहने लायक आवासों के निर्माण के लिए प्रत्येक परिवार को 14,000 रुपए आवंटित करे। मैंने ऐसे आवासों के निर्माण में ठेकेदारों को शामिल करने की परंपरा को खत्म किया। इसके बजाए मैंने संबंधित बस्तियों के परिवारों को सीधे धन दिया और उनसे कहा कि वह अपनी पसंद और जरूरत के अनुसार आवास का निर्माण करें।

मैंने संथाल परगना और छोटा नागपुर क्षेत्रों में—अब ये झारखंड में हैं—गरीब आदिवासियों के लिए और उत्तरी और मध्य बिहार में अनुसूचित जातियों के लिए जो आवास बनवाए, कोई भी जाकर सर्वे कर मेरे दावों की पुष्टि कर सकता है कि ये खोखले नहीं थे। मैंने गया, मुजफ्फरपुर, भागलपुर, दरभंगा और सहरसा में अनुसूचित जातियों के परिवारों के लिए पक्के मकान बनवाए। मैंने दलितों और अनुसूचित जातियों के नवनिर्मित मकानों में वक्त बिताया और उनके साथ भोजन किया और उनके साथ खुशियाँ मनाईं। बुजुर्ग महिलाएँ मुझे बेटा कहती थीं; बच्चों के लिए मैं चाचा या भैया था। उनके चेहरे पर जो खुशियाँ नजर आती थीं, वही मेरे लिए पुरस्कार था और मुझे इससे अधिक कुछ नहीं चाहिए था। इन इलाकों में रहने वाले शहरी मध्य वर्ग में इसे लेकर तीखी प्रतिक्रिया हो रही थी। वे इस बात से नाराज थे कि दलित परिवार उनके आसपास रहेंगे। उन लोगों ने उनके आसपास 'असभ्य नान्ह जात' के लोगों को बसाने को लेकर अपने ड्राइंग रूम में बैठकर मुझे गालियाँ देनी शुरू कर दीं। दलितों के खिलाफ उनकी ढेरों शिकायत थीं कि वे गाय, सूअर, बकरी और मुर्गी पालते हैं और सड़कों पर गंदगी फैलाते हैं। उनमें फैली मायूसी की हालत यह थी कि उन्होंने शिकायत की कि दलित महिलाएँ कंघी करने के बाद अपने बालों के गुच्छे उनके कुलीन पड़ोसियों की छतों पर फेंक देती हैं! मैं इस पर सिर्फ मुस्कुरा देता था और उनकी ऐसी बेतुकी शिकायतों पर ध्यान नहीं देता था; मैं यह मानता था कि संपन्न आबादी के साथ दलितों को बसाने से वे मुख्यधारा से जुड़ सकेंगे और मध्य वर्ग को भी एहसास होगा कि दलित भी हमारे समाज का हिस्सा हैं और उन्हें भी समृद्ध और संपन्न लोगों के साथ कंधे से कंधा टकराने का

पूरा हक है।

इत्तफाक से मैंने देश में सबसे पहले गरीबों को नकद हस्तांतरण की प्रक्रिया शुरू की। इसके दशकों बाद नरेंद्र मोदी ने इसे शुरू किया और इलेक्ट्रॉनिक, प्रिंट और सोशल मीडिया के जरिए इसे अपनी 'उपलब्धि' बताकर इसका श्रेय ले लिया, जबकि यह काम सबसे पहले मैंने किया था।

मेरे विरोधियों ने आरोप लगाया कि अपने शासन के दौरान मैंने बिहार को पिछड़ेपन के दलदल में धकेल दिया। वे पक्षपाती थे। जबकि मुझे बदहाली विरासत में मिली थी। उत्तर बिहार मॉनसून के हर मौसम में बाढ़ से प्रभावित होता था, क्योंकि नेपाल से बहने वाली नदियाँ इसके बड़े हिस्से में भारी तबाही मचाती थीं और फसलों व जानमाल को नुकसान पहुँचाती थीं। मैंने बार-बार केंद्र सरकार से कहा कि वह नेपाल के साथ बात करे और उसे बड़ा बाँध बनाने के लिए राजी करे, ताकि हिमालय से बिहार के मैदानों में पानी के प्रवाह को रोका जा सके। लेकिन केंद्र ने कभी नहीं सुना। हालात आज भी वैसे ही हैं। गया, जहानाबाद और औरंगाबाद जैसे सूखा प्रभावित जिलों में सिंचाई सुविधाएँ स्थापित करने की जरूरत है। राज्य सरकार अपने सीमित संसाधनों से यह नहीं कर सकी। दुर्भाग्य से गंगा के दक्षिणी क्षेत्र में बहुप्रतीक्षित सिंचाई सुविधाओं की स्थापना में मदद करने के लिए केंद्र कभी आगे नहीं आया।

मुख्यमंत्री के रूप में मेरे तगड़े प्रयासों के बावजूद बिहार के विकास में बाधक दूसरे और भी कारण थे, जिन्हें दूर नहीं किया जा सका। संथाल परगना और छोटा नागपुर क्षेत्र खनिज संसाधनों से संपन्न थे। लेकिन माल ढुलाई नीति ने बिहार के साथ भारी अन्याय किया। महाराष्ट्र, गुजरात और कर्नाटक जैसे तटीय राज्यों को संथाल परगना और छोटा नागपुर से कोयला और लोहा उतने ही दामों में मिल जाता था, जितने में बिहार के उसके अपने दूसरे हिस्से इन्हें खरीदते थे। नतीजतन निवेशक उद्योगों की स्थापना के लिए तटीय राज्यों को तरजीह देते थे, ताकि उन्हें निर्यात और माल बेचने की बेहतर सुविधाएँ मिल सकें।

राज्य के पास सीमित संसाधन थे। मैं याद कर सकता हूँ कि

वाणिज्यिक करों, कोयले की रायल्टी, और केंद्र से मिलने वाले राजस्व के हिस्से के रूप में कुल राजस्व कभी 2,400 करोड़ से 2,500 करोड़ रुपए सालाना से अधिक नहीं हुआ। इसके अलावा बिहार को अपने राजस्व का 75 फीसदी हिस्सा स्थापना व्यय में खर्च हो जाता था। सड़कों और बिजली घरों जैसे आधारभूत ढाँचों के निर्माण के लिए पैसा कहाँ था? इसीलिए जब मेरे विरोधी उन चीजों के लिए मुझे दोषी ठहराते थे, जो मेरे नियंत्रण में नहीं थीं, मैं आहत हो जाता था।

सार्वजनिक आयोजनों में गरीबों के साथ मैं अनूठे ढंग से पेश आता था। अपनी आम सभाओं में मैं अकसर मेहनतकश लोगों को मंच पर बुलवाता था। 1991 में दरभंगा में अपनी एक सभा में मैंने एक ताड़ी इकट्ठा करने वाले को मंच पर बुलवाया और उसे मुख्य वक्ता घोषित किया। उसने अपनी कमर के आसपास एक छोटा-सा कपड़ा भर लपेटा हुआ था। उसके पास दो लबनी (मिट्टी का मटका) थे। वह बर्तन को अपने शरीर से बाँध लेता था और फिर रस्सी के सहारे पाम के पेड़ पर चढ़ता था। रगड़ने के कारण उसकी छाती में चोट के कई निशान बन गए थे। मैंने उससे सबको यह बताने के लिए कहा कि वह किस तरह से पाम के पेड़ पर चढ़कर ताड़ी इकट्ठा करता है। वह सकुचाने लगा। फिर मैंने श्रोताओं को उसकी कहानी बताई जिससे लोगों ने खूब तालियाँ बजाकर उसकी सराहना की। ताड़ी इकट्ठा करने वाले की बगल में ही मंच पर मेरे साथ कुछ सुअर और बकरी पालने वाले और कचरा बीनने वाले लोग भी बैठे थे, जिससे भारी हलचल मच गई। मैंने देखा कि मंच पर बैठे हमारे गठबंधन के सहयोगी और मेहनतकश लोगों के हितों की बात करने वाले सीपीआई के कुछ वरिष्ठ नेता आवेश में मंच से उठकर चले गए। वे इसे तमाशा बता रहे थे और नाराज हो गए। उन्होंने शिकायत की कि मैंने मंच में अव्यवस्था फैला दी है। लेकिन मेरे लिए यह स्वार्थी कुलीन लोगों को सबक सिखाने का एक तरीका था। उत्तर, मध्य और दक्षिण बिहार के दूरस्थ गाँवों में होने वाली मेरी हर जनसभा में अकसर मुख्य वक्ता के रूप में कोई न कोई ताड़ी इकट्ठा करने वाला या कचरा बीनने वाला या पशुपालक या चूहा पकड़ने वाला होता था। उपेक्षित लोगों में नेतृत्व हस्तांतरण करने का यह मेरा तरीका था,

जोकि लोकतंत्र के असली मालिक थे।

वामपंथी पार्टियों–खासतौर से सीपीआई के प्रति मेरे मन में गहरा सम्मान था और आज भी है, जिसका बिहार में मजबूत आधार था। अपने गठन के बाद से सीपीआई संघर्षशील लोगों के हक की लड़ाई लड़ रही है। वह सामंतवाद और सांप्रदायिकता के खिलाफ आवाज उठाती थी। लेकिन यह पार्टी अपना नेतृत्व दलितों और पिछड़ी जातियों को हस्तांतरित करने में नाकाम रही। 1970 के दशक में सीपीआई बिहार विधानसभा में मुख्य विपक्षी पार्टी हुआ करती थी और राज्य में आवाज उठाने वाली बड़ी ताकत थी, लेकिन नेतृत्व के मोर्चे पर यह नाकाम हो गई। इसका वरिष्ठ नेतृत्व व्यापक रूप में ऐसी जातियों में सिमटा रहा, जिनकी पहचान सामंतवादी और उत्पीड़न से जुड़ी है।

मैंने ताड़ी बेचने पर लगने वाले कर और सेस खत्म कर दिए। मैंने पेड़ों पर पुराना मालिकाना अधिकार भी खत्म कर दिया। इससे पहले पाम के पेड़ों के मालिक ताड़ी इकट्ठा करने वालों से धन उगाही करते थे और मुफ्त में ताड़ी भी पीते थे। मैंने एलान किया कि ताड़ी इकट्ठा करने वाले अपने इलाके के पाम के पेड़ों के मालिक होंगे। मैंने उन्हें छूट दी कि वे अपनी सुविधा से कहीं भी जाकर ताड़ी बेच सकते हैं, सिर्फ मंदिरों और मस्जिदों के आसपास नहीं। पहले उन्हें पाम के पेड़ों के नीचे बैठकर ही ताड़ी बेचने के लिए कहा जाता था।

सदियों से उत्पीड़न सहने वाले निचले तबके के लोगों के सशक्तिकरण के प्रति मेरी दृढ़ प्रतिबद्धता और मेरे गैरपारंपरिक तरीकों के कारण मेरे कई दुश्मन भी पैदा हो गए, जिन्होंने मेरा कद कम करने की भी कोशिश की। वे मेरे खिलाफ दुर्भावना से भरी अफवाहें फैलाते थे, मुझे गँवार बताते थे कि मुझे प्रशासन या शासन के बारे में कुछ नहीं पता और मुझे ऊँची जातियों से नफरत करने वाले के तौर पर पेश करते थे। हालाँकि वे मेरी छवि और मेरा काम नहीं बिगाड़ सके। बिहार के लोग मुझसे प्रेम करते थे।

अध्याय 5

मंडल, मंदिर और मस्जिद की राजनीति

मंडल आयोग की रिपोर्ट लागू करने और पिछड़ी जातियों को आरक्षण देने के फैसले ने न केवल व्यापक सामाजिक मंथन को जन्म दिया, बल्कि इससे राजनीतिक उथल-पुथल भी शुरू हुई। संख्याबल के हिसाब से मजबूत पिछड़ी जातियाँ जनता दल के इर्द-गिर्द जमा होने लगीं। पार्टी को पहले से ही अल्पसंख्यक समुदाय का समर्थन प्राप्त था, और अब ऐसा लगने लगा था कि मंडल के घटनाक्रम के असर से अल्पसंख्यक समुदाय का बड़ा हिस्सा भी, हमें समर्थन देने लगा था। लेकिन पार्टी जिस घटनाक्रम से चौंक उठी, वह भाजपा थी, जो प्राथमिक तौर पर हिंदू वोटों पर निर्भर थी और इसी कारण चुनावी राजनीति में संख्याबल के लिहाज से अपनी प्रासंगिकता बनाए रखना चाहती थी। लेकिन हिंदू वोट बैंक में विभाजन इस दक्षिणपंथी राजनीतिक दल को नुकसान पहुँचा सकता था। इसलिए उसने मंडल से उपजे असर का मुकाबला करने का फैसला किया। अपने पितृ संगठन आरएसएस से परामर्श कर भाजपा ने गुजरात के सोमनाथ से उत्तर प्रदेश के अयोध्या तक एक राम रथयात्रा शुरू करने की घोषणा की, ताकि अयोध्या के विवादास्पद स्थल पर राम मंदिर के निर्माण का दबाव बनाया जा सके।

इस यात्रा का नेतृत्व तत्कालीन भाजपा अध्यक्ष लालकृष्ण आडवाणी को करना था। यह भाजपा का चतुर कदम था, ताकि जनभावनाएँ उभार

कर धार्मिक आधार पर हिंदू वोटों का ध्रुवीकरण किया जा सके। इसके पीछे कम से कम हिंदी पट्टी के राज्यों–उत्तर प्रदेश, बिहार, राजस्थान और मध्य प्रदेश–में धर्म के नाम पर हिंदू वोटों को एकजुट करने की मंशा थी। इन राज्यों में लोकसभा की न केवल काफी सीटें थीं, बल्कि यहाँ मंडल आयोग की रिपोर्ट से लाभान्वित होने वाली पिछड़ी जातियों की आबादी भी बहुत अधिक थी। इसके अलावा आडवाणी की इस रथयात्रा से केंद्र की वी.पी. सिंह सरकार को यह संदेश भी दिया जा सकता था कि मंदिर के जरिए मंडल का मुकाबला किया जा सकता है। यह दरअसल जनता दल सरकार पर दबाव बनाने की रणनीति थी, क्योंकि भाजपा सरकार को बाहर से समर्थन दे रही थी।

भाजपा ने खुद को राजनीतिक रूप से मजबूत करने के लिए मजहब का इस्तेमाल किया, इस यात्रा का धार्मिक आस्था से कोई लेना–देना नहीं था। भाजपा के नेताओं ने भगवान का बेजा इस्तेमाल किया इन्हें भगवान से कोई मतलब नहीं है। मैंने उनसे और आरएसएस से पूछाः 'हमें भगवान राम के बारे में भाषण पिलाने वाले आप कौन होते हैं जी?' राम हमारी सभ्यता का बेहद महत्वपूर्ण हिस्सा हैं, लेकिन आरएसएस–भाजपा ने इसे भी राजनीतिक मुद्दा बना लिया। हम हिंदुओं में आखिरी यात्रा के समय कहा जाता है, 'राम नाम सत्य है...।' आरएसएस–भाजपा की जोड़ी ने किसी और की तुलना में हिंदुओं की आस्था का ज्यादा नुकसान किया।

सांप्रदायिक सद्भाव को सीधा और वास्तविक खतरा

रथयात्रा के निर्णय से केंद्र की जनता दल सरकार के गिर जाने का खतरा तो था ही, मेरी चिंता की एक और वजह थी। बहुत मुश्किलों के बाद मैं बिहार में सांप्रदायिक सद्भाव का माहौल बनाए रखने में सफल हुआ था। जबकि पिछली सरकारों की नाकामी से बिहार एक दंगाग्रस्त राज्य बन चुका था। आरएसएस–भाजपा के रामशिला पूजन के जुलूस की वजह से अक्तूबर, 1989 में भागलपुर में हुए दंगे में लगभग 1,500 लोगों की मौत हुई थी। दंगाइयों ने सिल्क सिटी और उसके आसपास के करीब 250 गाँवों को नक्शे से मिटा दिया था, और उनके

शिकार ज्यादातर मुस्लिम जुलाहे थे। बिहार में बिहार शरीफ, सीतामढ़ी, हजारीबाग, जमशेदपुर और राँची (इनमें से आखिरी तीन शहर अब झारखंड में हैं) जैसी और भी जगहें थीं, जो सांप्रदायिक नजरिए से संवेदनशील थीं, और जहाँ 1970 और 1980 के दशकों में सांप्रदायिक हिंसा की घटनाएँ हुई थीं। तब पूरे बिहार में मुस्लिम हमेशा भय के माहौल में रहते थे और इसी कारण राज्य और केंद्र की कांग्रेस सरकारों से उनका मन उखड़ गया था। हिंसा रोक पाने में कांग्रेस सरकार की विफलता से नाराज मुस्लिमों ने 1989 के लोकसभा चुनाव और 1990 के विधानसभा चुनाव में इस उम्मीद में जनता दल को वोट दिया था कि हम सांप्रदायिक सद्भाव कायम कर पाएँगे और साथ ही, उनकी सुरक्षा भी सुनिश्चित कर पाएंगे।

इसलिए मुख्यमंत्री बनने के बाद सांप्रदायिक भाईचारा बनाए रखना मेरी प्राथमिकता होने के साथ-साथ मेरे लिए सबसे बड़ी चुनौती भी थी। इसलिए मुख्यमंत्री बनने के बाद मैंने सबसे पहली घोषणा यह की थी: 'चाहे मेरा राज रहे या जाए, हम दंगाइयों को छोड़ेंगे नहीं।' मेरे मुख्यमंत्री बनने के बाद बिहार में सांप्रदायिक हिंसा की एक भी घटना नहीं हुई थी। मैं हिंदुओं और मुसलमानों के बीच बनी खाई को पाटने के अपने मिशन में लगा हुआ था।

लेकिन अब उस सांप्रदायिक भाईचारे को खतरा था। मेरी समझ से आडवाणी की योजना यह थी कि बिहार को 1989 की तरह सांप्रदायिक आधार पर बाँट दिया जाए। भागलपुर दंगों के घाव अब भी ताजा थे। आडवाणी की राम रथयात्रा को बिहार से होकर अयोध्या जाना था। आडवाणी की रथयात्रा की घोषणा करने के तुरंत बाद मैंने नई दिल्ली में उनसे मुलाकात की। मैंने उनसे बिना लाग-लपेट के कहा, 'आप दंगा फैलाने वाली यात्रा रोक दीजिए। बहुत परिश्रम से हमने बिहार में भाईचारा कायम किया है। अगर आप दंगा यात्रा निकालिएगा, तो हम छोड़ेंगे नहीं।' हालाँकि मैंने बहुत स्पष्ट शब्दों में अपनी बात रखी, लेकिन आमने-सामने की उस बैठक में मैंने उनसे बातचीत शालीनता में ही की। लेकिन आडवाणी, जो बहुत शांत और मीठी बोली बोलने वाले नेता थे, मेरी बात से गुस्सा हो गए। वह कहने लगे, 'देखता हूँ, कौन माई का दूध पिया है, जो मेरी रथयात्रा रोकेगा।' मैंने नहले

पर दहला मारा, 'मैंने माँ और भैंस, दोनों का दूध पिया है...। आइए बिहार में, बताता हूँ।'

इस उक्त तलख संदेश के बाद मैं नई दिल्ली से पटना आ गया। योजना के मुताबिक, आडवाणी ने सितंबर, 1990 में सोमनाथ से अपनी राम रथयात्रा शुरू की। उनकी इस यात्रा के दौरान गुजरात में सांप्रदायिक तनाव पैदा हुआ। सोमनाथ से रथयात्रा निकलते ही उत्तर प्रदेश और बिहार समेत कई राज्यों में सांप्रदायिक तनाव फैल गया। अक्तूबर में उनकी रथयात्रा ने मध्य प्रदेश से होकर जैसे ही बिहार के (अब झारखंड) धनबाद में प्रवेश किया, मैंने आडवाणी को गिरफ्तार करने की मंजूरी लेने के लिए प्रधानमंत्री वी.पी. सिंह को फोन किया। लेकिन दोनों ही मौकों पर प्रधानमंत्री खामोश रहे। शायद वह असमंजस में थे, क्योंकि उनकी सरकार का अस्तित्व भाजपा के समर्थन पर निर्भर था। उसके बाद मैंने धनबाद के डी.सी. और एस.पी. को फोन करके आडवाणी को गिरफ्तार करने का निर्देश दिया। लेकिन दोनों पुलिस अधिकारियों ने यह कहते हुए गिरफ्तारी से इनकार कर दिया कि इससे सांप्रदायिक तनाव फैल जाएगा। मेरे पास अब कोई उपाय नहीं बचा था, इसलिए मैंने उन्हें गिरफ्तार करने की एक योजना बनाई। 9 अक्तूबर को उनकी रथयात्रा समस्तीपुर पहुँचने वाली थी और उसके अगले दिन अयोध्या के लिए प्रस्थान करने वाली थी।

एक कद्दावर नेता की गिरफ्तारी

सच कहूँ, तो किसी ने मुझे इस यात्रा को रोकने या आडवाणी को गिरफ्तार करने के लिए नहीं कहा था। प्रधानमंत्री ने कुछ नहीं कहा। मुफ्ती मोहम्मद सईद ने, जो तब केंद्रीय गृह मंत्री थे, मुझे दिल्ली बुलाकर जानकारी ली कि क्या मैंने आडवाणी को रोकने की योजना बनाई है। जब मैंने इस बारे में साफ-साफ कुछ नहीं कहा, तो वह कहने लगे, 'आप इसे अपने ऊपर क्यों लेना चाहते हैं? यात्रा को जारी रहने दीजिए।' मैंने बेहद सख्त लहजे में उनसे कहा, 'आप सबको सत्ता का नशा चढ़ गया है।' हालाँकि इसी समय प्रधानमंत्री आवास पर व्यस्तताएँ बढ़ गई थीं। वी.पी. सिंह ने अनेक हिंदू धर्मगुरुओं की

अपने यहाँ बैठक बुलाई, और इन लोगों ने उन्हें यही कहा कि यात्रा नहीं रोकी जानी चाहिए। समझौते से संबंधित कई फॉर्मूले भी सामने आए, लेकिन इनमें से किसी पर भी सहमति नहीं बनी। उस बैठक में कोई समाधान नहीं निकला।

इस तनाव भरे माहौल के बीच मैं बिहार शरीफ गया, जहाँ के लोगों ने मुझे एक हरी पगड़ी भेंट की। मैं उसे अपने घर ले आया और खुद से कहा कि यह पगड़ी उस भरोसे का प्रतीक है, जो अल्पसंख्यक समुदाय मुझ पर रखता है। इस देश के धर्मनिरपेक्ष चरित्र को मुझे हर हाल में बचाना ही होगा। उस पगड़ी को मैंने अपने बेडरूम में रखा और यह प्रतिज्ञा की कि राज्य में सांप्रदायिक भाईचारा बरकरार रखने की अपनी जिम्मेदारी से मैं कभी पीछे नहीं हटूँगा। मेरे दिमाग में यह बात साफ थी कि आडवाणी की यात्रा अल्पसंख्यक समुदाय और सांप्रदायिक भाईचारे के लिए सीधा और वास्तविक खतरा थी। सख्त कदम उठाने के बारे में सोच लेने के बाद मैंने राज्य के वरिष्ठ अधिकारियों के साथ बेडरूम में ही एक बैठक की। प्रधान सचिव मुकुंद प्रसाद और दूसरे अधिकारी बैठक में मौजूद थे। मैंने उन सबसे कहा कि यात्रा रोकनी होगी और आडवाणी (और उनके साथ-साथ संघ परिवार के दूसरे नेताओं, जैसे विश्व हिंदू परिषद (विहिप) के दिग्गज अशोक सिंघल (अब दिवंगत) को गिरफ्तार करना पड़ेगा। मेरा इतना कहना था कि कमरे में चुप्पी छा गई। शायद वे भगवान के नाम पर चलने वाली यात्रा के रास्ते में बाधाएँ खड़ी करने की बात सुनते ही असहज हो गए थे।

हमारी शुरुआती योजना यह थी कि आडवाणी को सासाराम में गिरफ्तार किया जाए। वरिष्ठ भाजपा नेता को रोकने और ले आने के लिए एक हेलीकॉप्टर वहाँ भेजा गया। मैंने पायलट को इस बारे में बता दिया। बेडरूम की बैठक में जितने भी अधिकारी मौजूद थे, मैंने उन सभी को हमारी योजना के बारे में पूरी गोपनीयता बरतने के लिए कहा। इसके बावजूद सूचना लीक हो गई और आडवाणी ने अपना रूट बदल लिया। इसके बाद आडवाणी को धनबाद में रोकने की योजना बनी। लेकिन जैसा कि मैंने पहले कहा, प्रशासनिक अधिकारियों ने ऐसा करने से मना कर दिया। उनको लगता था कि इससे कानून-व्यवस्था

की समस्या खड़ी हो जाएगी।

ऐसे में प्लान 'बी' तैयार करना जरूरी था। मैंने एक आईएएस अधिकारी आर.के. सिंह (अब वह आरा से भाजपा के सांसद और नरेंद्र मोदी सरकार में राज्य मंत्री हैं) और डीआईजी रैंक के आईपीएस अधिकारी रामेश्वर ओरांव को 1 अणे मार्ग स्थित अपने आवास पर बुलाया तथा उनसे इस बारे में बात की। उसके बाद मैंने राज्य के मुख्य सचिव, गृह सचिव और दूसरे वरिष्ठ अधिकारियों के नाम रात नौ बजे एक विशेष आदेश तैयार किया, जिसमें आर.के. सिंह और ओरांव को समस्तीपुर में आडवाणी को गिरफ्तार करने का अधिकार दिया गया।

विशेष आदेश पर दस्तखत करने के बाद मैंने मुख्य सचिव, गृह सचिव और दूसरे अधिकारियों को मेरे आवास पर रहने के लिए बुलाया और यह सुनिश्चित किया कि उन्हें टेलीफोन की सुविधा न मिले। मैं दूसरी बार अपनी योजना को लीक होने देने के लिए तैयार नहीं था। मैंने आर.के. सिंह और ओरांव को सीआरपीएफ से एस्कॉर्ट्स लेकर समस्तीपुर के लिए रवाना होने का निर्देश दिया और कहा कि वे 10 अक्तूबर की भोर को ही आडवाणी को वहाँ गिरफ्तार कर लें। मैंने यह भी सुनिश्चित किया कि समस्तीपुर के डीएम और एसपी तक को इस बारे में कुछ भी मालूम नहीं होना चाहिए। मैंने सरकारी पायलट कैप्टन अविनाश को हेलीकॉप्टर समस्तीपुर ले जाने के लिए कहा। सुबह-सुबह आडवाणी को गिरफ्तार करने के पीछे उद्देश्य यह था कि काफी देर तक लोगों को इस बारे में पता नहीं चलेगा और इस बीच उन्हें वहाँ से दूर ले जाया जा सकेगा।

इतनी गोपनीयता के बावजूद आरएसएस-भाजपा के कुछ लोगों को इसका अनुमान लग गया था कि मैं आडवाणी को गिरफ्तार कर सकता हूँ। 9 अक्तूबर की शाम को उन्होंने मुझसे मुलाकात की और पूछा, 'क्या आडवाणी को गिरफ्तार करने की आपकी कोई योजना है?' मैंने जानबूझकर चौंकते हुए कहा, 'हम पागल हैं क्या? हम आडवाणी जी को क्यों गिरफ्तार करेंगे?' वे लौट गए, शराब पी और सो गए। समस्तीपुर में आडवाणी के साथ आए अनेक पत्रकारों ने भी रात में खाना खाया, रससंजन किया और सो गए। मैं पूरी रात नहीं सो पाया। मैंने समस्तीपुर के सरकारी गेस्ट हाउस के लैंडलाइन पर फोन किया।

तब भोर के चार बज रहे थे। एक रसोइए ने फोन उठाया। मैंने उसे अपनी पहचान छिपाते हुए कहा, 'मैं आज अखबार का रिपोर्टर बोल रहा हूँ। आडवाणी जी क्या कर रहे हैं?' उसने कहा, 'वह सो रहे हैं।' मैंने फिर पूछा, 'वह अकेले हैं या उनके साथ और भी लोग हैं?' उसने कहा, 'वह अपने कमरे में अकेले हैं।' मैंने उससे कहा, 'आडवाणी जी को चाय दीजिए और उनके कमरे के टेलीफोन का रिसीवर नीचे कर दीजिए।' उसके कुछ ही मिनट बाद रामेश्वर ओरांव और आर.के.सिंह ने मुझे सूचना दी कि काम हो गया है।

सुबह जब मैं अपने लॉन में बेहद चिंतित होकर इधर-उधर टहल रहा था, तभी मैंने एक हेलीकॉप्टर उड़ते देखा। मुझे लगा कि हमारी योजना फेल हो गई है, क्योंकि हेलीकॉप्टर जिस दिशा से आ रहा था, वह समस्तीपुर नहीं लग रहा था। मैंने पायलट से संपर्क किया और पूछा, 'क्यों अविनाश बाबू, क्या हुआ?' उसने कहा कि ईंधन भरने के कारण उसे चक्कर लगाना पड़ा!

आडवाणी को गिरफ्तार करने के बाद आर.के.सिंह और रामेश्वर ओरांव ने उन्हें हेलीकॉप्टर में बिठाया। मेरी योजना आडवाणी को बिहार-बंगाल सीमा के पास दुमका (अब झारखंड) जिले के मसानजोर के गेस्ट हाउस में नजरबंद रखने की थी। गिरफ्तारी से एक दिन पहले मैंने दुमका के डिप्टी कमिश्नर सुधीर कुमार को फोन करके निर्देश दिया था कि वह गेस्ट हाउस को चाक चौबंद रखें, क्योंकि अगले दिन मैं विजिट के लिए आ सकता हूँ। मैंने उन्हें आडवाणी की गिरफ्तारी की योजना के बारे में नहीं बताया था। जब आडवाणी को गेस्ट हाउस में ले जाया गया, ठीक तभी मैंने सुधीर को दोबारा फोन करके गेस्ट हाउस के गेट पर सुरक्षा की पर्याप्त व्यवस्था रखने के लिए कहा। आडवाणी की गिरफ्तारी की खबर तेजी से टीवी चैनलों पर दिखाई जाने लगी और रेडियो पर भी इसका प्रसारण होने लगा। चूँकि आडवाणी की गिरफ्तारी भोर में हुई थी, और मैंने पुलिस को गिरफ्तारी के दौरान बेहद सख्ती बरतने के निर्देश दिए थे, जिसके तहत बाधा डालने वाले को गोली मारने के आदेश थे, इसलिए उस ऐतिहासिक घटना का कोई गवाह नहीं था। यहाँ तक कि तब मीडिया भी आसपास नहीं था, इसलिए उस गिरफ्तारी की कोई तस्वीर नहीं थी।

एक साहसी फैसले का परिणाम

आडवाणी की गिरफ्तारी के बाद मैंने सभी डीएम और एसपी को राज्य में कानून-व्यवस्था के मोर्चे पर सख्ती बरतने का निर्देश दिया और कहा कि वे कहीं भी लोगों का जमावड़ा न होने दें। मैंने उन्हें खासतौर पर निर्देश दिया कि जहाँ भी समाज-विरोधी तत्व इकट्ठा होकर हिंसक होने की कोशिश करें, तो तत्काल लाठीचार्ज और फायरिंग करें। मैंने निर्देश जारी कर दिया कि सांप्रदायिक भावनाओं को भड़काने की कोशिश के तहत गैरकानूनी ढंग से लोगों के जमावड़े के लिए संबंधित अधिकारी जिम्मेदार होंगे। मैंने डीएम और एसपी को दंगा भड़काने वाले लोगों की गिरफ्तारी की खुली छूट दी। कुछ सांप्रदायिक तत्वों को, जो मंडल कमीशन की रिपोर्ट लागू करने का विरोध कर रहे थे, आडवाणी की गिरफ्तारी के बहाने अपना गुस्सा जताने का मौका मिल गया। मंडल रिपोर्ट को स्वीकारने से जो ऊँची जातियाँ गुस्से में थीं, भाजपा उनका इस्तेमाल कर रही थी। उन्होंने कई जगहों पर गड़बड़ी पैदा करने की कोशिश की। लेकिन उनकी संख्या कम थी और वे सांप्रदायिक भाईचारा बनाए रखने के मेरी सरकार के निर्देश का उल्लंघन करने की ताकत नहीं रखते थे। चूँकि लोग मेरे साथ खड़े थे, इसलिए सांप्रदायिक तत्वों के खिलाफ मैंने बेहद सख्ती बरती। संक्षेप में कहूँ, तो आडवाणी की गिरफ्तारी का बिहार में कोई असर नहीं पड़ा। उनकी गिरफ्तारी के कुछ ही घंटों के बाद मेरे पास मुफ्ती मोहम्मद सईद का फोन आया। उन्होंने राष्ट्रीय मोर्चा सरकार के बने रहने के हक में मुझसे आडवाणी को रिहा करने का अनुरोध किया। मैंने उनसे कहा कि आपको सत्ता का नशा चढ़ गया है। यह कहकर मैंने फोन रख दिया।

गिरफ्तारी के दो दिन बाद मैंने आडवाणी को फोन किया और कहा, 'मैंने आपको गिरफ्तार किया है। लेकिन गेस्ट हाउस हरियाली से घिरा है, और आसपास हरे-भरे पेड़ और पहाड़ हैं। गेस्ट हाउस के आसपास टहलते हुए आपको आनंद आएगा। अपने स्वास्थ्य का ध्यान रखिए और अगर कुछ परेशानी हो, तो मुझे फोन कीजिएगा।'

मैंने दुमका के उपायुक्त (डी.सी.) से सुना था कि आडवाणी बहुत कम खा रहे हैं, क्योंकि जो खाना उन्हें दिया जा रहा है, वह उनकी

पसंद का नहीं है। यह एक समस्या थी और इसके समाधान के लिए कुछ करना जरूरी था। इस बीच मीडिया के एक हिस्से से यह अफवाह उड़ी कि मेरे कहने पर आडवाणी को 'स्लो पॉयजन' दिया जा रहा है, और यह सच्चाई जान लेने के कारण ही आडवाणी भोजन करते हुए सतर्कता बरत रहे हैं। मैं हैरान था कि मीडिया इतना नीचे भी उतर सकता है। लेकिन मीडिया इसी तरह खेल खेलता है। पाठक उस घटना को याद कर सकते हैं, जिसका मैंने पहले जिक्र किया था कि मीडिया के एक हिस्से ने किस तरह देवीलाल को वी.पी. सिंह के खिलाफ विद्रोह करने के लिए भड़का दिया था। इस अफवाह को खत्म करने के लिए मैंने डीएम को आडवाणी की बेटी से संपर्क करने और उन्हें अपने पिता से मिलने आने का अनुरोध करने के लिए कहा। मैंने उसे गेस्ट हाउस तक लाने के लिए सरकारी हेलीकॉप्टर का इंतजाम किया। 'अपना फटफटिया (उत्तर भारत में दोपहिया को कहते हैं, लेकिन मेरे अधिकारी जानते हैं कि मैं हेलीकॉप्टर को फटफटिया कहता हूँ) निकालो, उसे ढूँढ़ो और यहाँ ले आओ,' मैंने आदेश दिया। प्रतिभा उनसे मिलने के लिए आई, जिसके बाद 'जहरीली' अटकलबाजी का हमेशा के लिए अंत हो गया।

नजरबंद रहते हुए आडवाणी ने एक विशेष अनुरोध किया—वह अपनी पत्नी (अब स्वर्गीया) कमला आडवाणी से बात करना चाहते थे। उन्होंने कहा कि वह उन्हें मिस करते हैं और उनसे बातचीत किए बिना बेचैनी महसूस करते हैं। मेरे सामने अजीब दुविधा थी। यह एक राजनीतिक कैदी की—वह कोई अपराधी नहीं थे—मानवीय अनुरोध था। लेकिन यह भी हो सकता था कि वह अपनी पत्नी से कोई राजनीतिक बात साझा करें। अगर वह बात लीक हो जाए, तो उसके नतीजे भयावह हो सकते थे। आडवाणी की एक बात पर उनके समर्थक सड़क पर उतर सकते थे। मेरे सहयोगियों ने मुझे साफ शब्दों में सुझाया कि मैं आडवाणी का यह अनुरोध न मानूँ। लेकिन मैं वरिष्ठ भाजपा नेता के अनुरोध पर पिघल गया। पत्नी से बात करने के लिए जल्दी ही हॉटलाइन की व्यवस्था की गई। आडवाणी दिन में दो बार उनसे बात करते थे। खुद को किसी भी गफलत से बचाने के लिए मैंने सुधीर को निर्देश दिया कि जब वह अपनी पत्नी से बात कर रहे हों, तब

वह कमरे में रहा करें। बाद में मैंने सुना कि पत्नी से बात करते समय सुधीर को कमरे में मौजूद देख आडवाणी ने उन्हें झिड़का था, 'क्या आप या आपके मुख्यमंत्री मुझ पर यकीन नहीं करते?' सुधीर ने बेहद विनम्रता से जवाब दिया कि वह निर्देशों का पालन करते हुए ही कमरे में मौजूद हैं और उन्होंने कभी फोन पर हो रही बातचीत सुनने की कोशिश नहीं की। आडवाणी सुधीर को पसंद करने लगने लगे थे और उन्हें वह 'बेटा' कहते थे।

मैं यह जरूर कहूँगा कि नजरबंद रहते हुए आडवाणी ने संतुलन और भद्रता का परिचय दिया। अपनी बात पर अड़े रहने वाले इस व्यक्ति की अपनी छवि थी। यह खबर किसी तरह लीक हो गई कि नजरबंद आडवाणी दिन में दो बार अपनी पत्नी से बात करते हैं। एक वरिष्ठ पत्रकार ने कमला आडवाणी से अनुरोध किया कि जब वह आडवाणी से बात कर रहे हों, तब वह उनका इंटरव्यू लेना चाहते हैं। एक नियत दिन पर जब पति-पत्नी के बीच हॉटलाइन पर बात हो रही थी, तब उस पत्रकार ने दूसरे छोर से आडवाणी से बात करने की कोशिश की। आडवाणी ने उनसे बातचीत करने से मना कर दिया, क्योंकि यह उस वायदे के खिलाफ होता, जो उन्होंने मुझसे किया था कि वह सिर्फ अपनी पत्नी से बात करेंगे। लेकिन उस पत्रकार ने यह खबर फैला दी कि उन्होंने आडवाणी से बात की है, और भाजपा द्वारा केंद्र सरकार से समर्थन वापस ले लेना अब कुछ समय की ही बात है। यह बात पहले से स्पष्ट थी कि भाजपा वी.पी. सिंह सरकार से समर्थन वापस लेने के लिए तैयार हो रही है, लेकिन यह शातिर पत्रकारिता का नमूना था, जिसमें नजरबंद किए गए नेता से बिना बात किए ही उनसे बातचीत करने का दावा किया जा रहा था। इस खुलासे से मेरी सरकार के साथ-साथ वी.पी. सिंह सरकार की भी काफी बदनामी हुई, और दुमका के डीएम को सस्पेंड कर देने की माँग उठी। जब आडवाणी को यह बात मालूम चली, तो वह बेहद दुखी हुए, और उन्होंने साफ-साफ कहा कि उन्होंने किसी पत्रकार को कोई इंटरव्यू नहीं दिया है। वह चाहते, तो खामोश रहकर इस झूठ को और फैलने दे सकते थे; क्योंकि इससे उस आदमी की ही परेशानी बढ़ती, जिसने उनकी गिरफ्तारी का आदेश दिया था। लेकिन

सच कहकर उन्होंने अपने बड़प्पन का परिचय दिया और एक होनहार अधिकारी का करियर बचा लिया।

दूसरी ओर, आडवाणी की गिरफ्तारी से अल्पसंख्यक समुदाय का भरोसा लौटा। मेरे प्रति उनकी श्रद्धा और बढ़ गई। मुसलमान बिहार में सबसे बड़ा अल्पसंख्यक समुदाय है, जो कुल आबादी के 16 प्रतिशत से अधिक है। उनके प्यार और समर्थन से अभिभूत होकर मैंने लगातार उनको सुरक्षा देने का फैसला किया और अपनी पार्टी के संगठन में मैंने उन्हें उचित प्रतिनिधित्व दिया। मैंने प्रतिज्ञा की कि मैं सांप्रदायिक तत्वों से कभी समझौता नहीं करूँगा–और मैं अपनी प्रतिज्ञा पर कायम रहा। मैं खुश हूँ कि बिहार और पूरे देश के अल्पसंख्यक मुझे प्यार करते हैं और मुझ पर भरोसा करते हैं। इस वजह से आरएसएस-भाजपा के नेता मुझ पर हमले करते हैं, तो मैं इसे बहुत महत्व नहीं देता। मुझ पर हमला करने की उनकी वाजिब वजहें हैं: मैंने उस दौर में उनके सबसे कद्दावर व्यक्ति लालकृष्ण आडवाणी को आगे बढ़ने से रोक दिया था, और इस प्रक्रिया में बिहार में संघ परिवार की महत्वाकांक्षा को रोक दिया था। मैंने बहुत सावधानी के साथ काम करते हुए आडवाणी को गिरफ्तार करवाया था, क्योंकि मैं यह मानता था कि उनकी यात्रा के साथ अतिवादियों की भीड़ चल रही थी, जो बाबरी मस्जिद को ध्वस्त करना चाहती थी। मेरे अधिकारियों ने मुझे बताया था कि ये गुंडे, जो आडवाणी की रथयात्रा की सुरक्षा कर रहे थे, चिल्ला रहे थे, 'एक धक्का और दो, बाबरी मस्जिद तोड़ दो।' मैंने महसूस किया कि आडवाणी को गिरफ्तार करके मैंने बाबरी मस्जिद का विध्वंस रोक दिया है, जो 1990 में ही हो सकता था। मैं अपने आप से आश्वस्त था कि मैंने सही फैसला लिया।

विभाजनकारी ताकतों के बीच एकजुट खड़ा बिहार

जैसा कि तय था, नई दिल्ली में भाजपा ने वी.पी. सिंह सरकार से अपना समर्थन वापस ले लिया, जिससे सरकार गिर गई। कांग्रेस के समर्थन से चंद्रशेखर 10 नवंबर, 1990 को प्रधानमंत्री बने। लेकिन यह सरकार ज्यादा दिन नहीं चली। कांग्रेस ने समर्थन वापस ले लिया

और 1991 में लोकसभा चुनाव हुए, जिसके बाद पी.वी. नरसिंह राव की सरकार बनी, जो पाँच साल तक चली। राव के दौर में ही बाबरी मस्जिद का विध्वंस हुआ। 6 दिसंबर, 1992 को जब कार सेवकों ने बाबरी मस्जिद तोड़ी और लालकृष्ण आडवाणी, मुरली मनोहर जोशी और उमा भारती मूक दर्शक बने देखते रहे तब मुझे दुख और क्षोभ हुआ। अदालत ने उन सभी को मस्जिद विध्वंस का अभियुक्त माना। मैं उम्मीद और प्रार्थना करता हूँ कि इस देश में सबसे जघन्यतम अपराध करने के कारण वे अदालत द्वारा दोषी करार दिए जाएँ। उन्होंने सिर्फ बाबरी मस्जिद नहीं तोड़ी, उन्होंने उस धर्मनिरपेक्ष ताने-बाने को नष्ट कर दिया, जिसके लिए भारत जाना जाता है।

मस्जिद के विध्वंस से पहले प्रधानमंत्री राव ने राष्ट्रीय एकता परिषद (एनआईसी) की बैठक बुलाई थी, जिसमें इस पर विचार-विमर्श होना था कि 6 दिसंबर को अयोध्या में आरएसएस-भाजपा कार्यकर्ताओं को बुलाने की आडवाणी की योजना का उद्देश्य क्या था! मुख्यमंत्री होने के नाते मैं एनआईसी का सदस्य था और मैंने उस बैठक में भाग लिया था; आडवाणी भी उस बैठक में आमंत्रित थे और वह मौजूद थे। आडवाणी ने एनआईसी को आश्वस्त किया था कि यह एक शांतिपूर्ण बैठक होगी, जिसमें हिंसा की कोई गुंजाइश नहीं है। लेकिन आरएसएस के वालंटियर्स ने–जिन्हें आडवाणी और आरएसएस-भाजपा के दूसरे नेता कारसेवक कहते हैं–ऐतिहासिक मस्जिद को ध्वस्त कर दिया, वे इसके लिए पूरी योजना बनाकर ही आए थे। मेरे मन में पहले से ही आशंका थी कि वे मस्जिद को ध्वस्त कर देंगे, दुखद रूप से मेरी वह आशंका सही साबित हुई।

विध्वंस के बाद अतिवादियों ने पूरे देश में अल्पसंख्यकों को डराने और माहौल को सांप्रदायिक बनाने का काम शुरू किया। गुजरात और देश के दूसरे हिस्सों में ऐसा करने में वे सफल भी हुए। लेकिन मैं बिहार में पूरी तरह सतर्क था। लोगों के बीच मेरे जो सूत्र थे, उनसे मुझे पता चला कि राज्य में जो समाज-विरोधी तत्व थे, उन्होंने अयोध्या के विध्वंस में भाग लिया था। और वे लोग जूट के थैलों में ध्वस्त मस्जिद के पत्थर, ईंट और संगमरमर के टुकड़े लेकर आ रहे थे। उनकी योजना थी कि अल्पसंख्यक-बहुल

इलाकों में इन टुकड़ों की ढेरी बनाई जाए, फिर उन्हें अपवित्र कर दिया जाए, ताकि अल्पसंख्यकों में गुस्सा फैले और हिंदू वोटों का ध्रुवीकरण किया जा सके।

मैं उत्तर प्रदेश से आने वाली गाड़ियों की सवारियों की जाँच करने तुरंत दानापुर रेलवे स्टेशन पहुँचा। मेरे सुरक्षा गार्ड तथा फुलवारी शरीफ के थाना इंचार्ज और कुछ कांस्टेबल मेरे साथ थे। जैसे ही गाड़ी रुकी, मैं एक डब्बे में घुसा और पाँच युवकों को पकड़ लिया, जो जूट के थैले में अयोध्या से ईंट और पत्थर के टुकड़े ला रहे थे। सिपाहियों की मदद से मैंने उन पाँचों युवकों को ट्रेन से बाहर खींचा और उन्हें पुलिस की जीप में बिठाया। मैंने पुलिस को फुलवारी शरीफ पुलिस स्टेशन चलने को कहा। लेकिन जैसे ही जीप वहाँ पहुँची, मैंने पाया कि पकड़े गए पाँच युवकों में से सिर्फ दो ही जीप में थे। बाद में मुझे पता चला कि एक सरकारी कर्मचारी ने, जो ललाट पर टीका लगाए हुए था और हमारे काफिले में था, तीन युवकों को रास्ते में चुपचाप भगा दिया था। मैंने उस कर्मचारी को नौकरी से बर्खास्त करवा दिया। पुलिस ने उन दो युवकों को दंगा भड़काने की विविध धाराओं के तहत गिरफ्तार कर लिया और ईंट तथा पत्थरों के टुकड़ों में मालखाने में जमा कर दिया। उसके बाद मैंने उन तत्वों के खिलाफ कार्रवाई करने का आदेश दिया, जो राज्य से अयोध्या मस्जिद विध्वंस के लिए गए थे। ऐसे लोगों की शिनाख्त करने के काम में गरीबों, पिछड़ों, दलितों और अल्पसंख्यकों ने पुलिस और प्रशासन की बड़ी मदद की। माहौल ऐसा बन गया कि सांप्रदायिक तत्व बिहार में डरने लगे तथा दलितों, पिछड़ों और अल्पसंख्यक समुदाय का हौसला बढ़ा।

अयोध्या में बाबरी विध्वंस के बाद भाजपा ने देश के कई राज्यों के चुनावों में राजनीतिक फसल काटी। लेकिन भाजपा के संकीर्ण एजेंडे की बिहार में कोई स्वीकार्यता नहीं थी। पिछड़े, दलित और अल्पसंख्यक संघ परिवार से घृणा करते थे। बेशक भाजपा केंद्र में हमारी सरकार गिराने में सफल रही, लेकिन वह बिहार में हमें नुकसान नहीं पहुँचा सकी। इसके बजाए राज्य में सांप्रदायिक संघ परिवार को अपना एजेंडा फैलाने से रोकने की प्रक्रिया में मेरी ताकत बढ़ती चली गई। मैंने

अशोक सिंघल और प्रवीण तोगड़िया को, जो उस समय अपने उकसाने वाले भाषणों के लिए जाने जाते थे, बिहार में घुसने नहीं दिया।

जब सीतामढ़ी को तबाह किया गया

मेरे मुख्यमंत्री काल में बिहार में सांप्रदायिक सौहार्द लौट आया था, लेकिन इस मामले में सीतामढ़ी अकेला अपवाद था। 1992 के दशहरे में दुर्गा प्रतिमा के विसर्जन को लेकर वहाँ दो समुदायों के बीच झगड़ा हुआ। मेरी पार्टी के स्थानीय एमएलए शाहिद अहमद खान ने फोन करके मुझे सांप्रदायिक विवाद के बारे में बताया। उसका फोन आने के तुरंत बाद मैं हेलीकॉप्टर से सीतामढ़ी के लिए रवाना हुआ। जब हमारा हेलीकॉप्टर सीतामढ़ी के आसमान के ऊपर चक्कर खा रहा था, तभी मैंने देखा कि लोग दाव, फरसा और खेती के औजार लेकर बाहर निकल गए हैं और लूट व हिंसा में शामिल हैं। राज्य सरकार के गेस्ट हाउस में जाने के बाद मैंने एक खुली जीप का इंतजाम कराया, जिसमें लाउडस्पीकर हो। मैंने पाँच और जीप की व्यवस्था करने को कहा, ताकि कांस्टेबल मेरी सुरक्षा में तैनात रहें। मैं चलती जीप में खड़ा था और मेगाफोन से घोषणा कर रहा था कि कर्फ्यू लागू हो गया है। यह सुनकर लोग जल्दी-जल्दी अपने घर की ओर भागे। उस जीप में खड़े-खड़े मैं पूरी ताकत से चिल्ला रहा था, अपने घर के अंदर जाइए। खुले में कोई भी दिख गया, तो पुलिस गोली मार देगी। मैं रिगा, डुमराव, मसूल चौक, मुर्गिया चौक, राम-जानकी मंदिर क्षेत्र तक गया, और पुलिस के जवानों से हवाई फायर करने के लिए कहा। गोलियों की आवाजों ने समाज-विरोधी तत्वों को घर के अंदर जाने पर मजबूर कर दिया। गेस्ट हाउस में लौटते हुए मैंने देखा कि गलियाँ सूनी हैं, लोग घर के अंदर हैं। इस तरह शांति लौट आई।

इसके बाद मैंने वरिष्ठ प्रशासनिक अधिकारियों और पुलिस अधिकारियों को मुझे दंगा प्रभावित इलाकों तक ले जाने के लिए कहा। उस हिंसा में पाँच लोगों की मौत हो गई थी, अनेक घरों में आग लगा दी गई थी, और संपत्ति लूट ली गई थी। मैं गेस्ट हाउस में कई दिनों तक डेरा डाले रहा और राहत व पुनर्वास व्यवस्था का निरीक्षण करता

रहा। दरअसल प्रशासन ने प्रतिमा विसर्जन के जुलूस का रास्ता बदल दिया था, और उसी से दंगा भड़का। बाद में वरिष्ठ नेता और पूर्व प्रधानमंत्री चंद्रशेखर ने दंगाग्रस्त सीतामढ़ी का दौरा किया और कहा, 'मैंने अनेक दंगाग्रस्त इलाकों का दौरा किया है। लेकिन बिहार सरकार जिस तरह स्थिति को नियंत्रण में ले आई और दंगा प्रभावित लोगों के लिए राहत व पुनर्वास की उसने व्यवस्था की, वह अद्भुत है।' स्थिति सामान्य होने के बाद मैंने उस जिले के कई गाँवों में अनेक बैठकों को संबोधित किया, हिंदुओं और मुसलमानों को साथ-साथ रहने के लिए कहा और शांति और भाईचारे के बीच अपना-अपना त्योहार मनाने के लिए कहा। मेरी सरकार अनेक साल तक बिहार में रही, लेकिन सीतामढ़ी के बाद राज्य में और कहीं दंगा नहीं हुआ।

अध्याय 6

स्वर देनेवाला दीर्घकालीन क्षत्रप

वर्ष 1990 समाप्त होने वाला था, दिल्ली के राजनीतिक हलकों में चर्चा थी कि वी.पी. सिंह सरकार गिर जाएगी। भाजपा ने पर्याप्त संकेत दिए थे कि वह सरकार से समर्थन वापस ले लेगी। लालकृष्ण आडवाणी की रथ यात्रा ने साफ तौर पर भाजपा को केंद्र में जनता दल के विरोध में खड़ा कर दिया था। लेकिन इसके बावजूद वी.पी. सिंह बच सकते थे, अगर मैंने आडवाणी को गिरफ्तार नहीं किया होता। जब मैंने वरिष्ठ भाजपा नेता के खिलाफ कार्रवाई करने की मंजूरी माँगी तो वी.पी. सिंह चुप रहे, और गृह मंत्री मुफ्ती मोहम्मद सईद मुझे आडवाणी को गिरफ्तार न करने की सलाह के साथ रथ यात्रा को जारी रहने देने आग्रह कर रहे थे। आज, कई भ्रामक मीडिया रिपोर्टें हैं कि वी.पी. सिंह ने गिरफ्तारी का आदेश दिया था। मैं दोहराता हूँ कि गिरफ्तार करने का निर्णय मेरा और सिर्फ मेरे स्वयं का था। अंततः परिणाम यह हुआ कि, भारतीय जनता पार्टी ने अपने वरिष्ठ नेता की गिरफ्तारी पर वी.पी. सिंह की सरकार से समर्थन वापस ले लिया, जिससे नवंबर 1991 में सरकार गिर गई। मैंने वी.पी. सिंह को मंडल आयोग को लागू करने के लिए सलाह दी, जिससे देवीलाल जैसे नेताओं के आगे उनकी छवि मजबूत होती। लेकिन वह अवसर कभी आया ही नहीं। वी.पी. सिंह सरकार के पतन के बाद देवीलाल, चंद्रशेखर समेत कई नेताओं ने जनता दल को छोड़ दिया। अब वी.पी. सिंह के चले जाने

के बाद जनता दल में शीर्ष नेतृत्व खाली पड़ा था। चंद्रशेखर इस रिक्ति को भरने के विकल्प के रूप में उभरे, और जैसे ही उन्हें कांग्रेस ने बाहर से समर्थन दिया प्रधानमंत्री के रूप में वर्ष 1991 में उनका दावा मजबूत हो गया। छह साल के बाद जब आम चुनाव में कांग्रेस बहुमत हासिल करने में विफल रही, तो संयुक्त मोर्चा ने विभिन्न दलों के सहयोग से सरकार बनाने का अवसर प्राप्त किया और प्रधानमंत्री के रूप में पहली पसंद वी.पी. सिंह ही थे, लेकिन उन्होंने दूसरी बार प्रधानमंत्री बनने से मना कर दिया।

भाजपा के 'दुश्मन नंबर एक' ने लिखी शानदार चुनावी कुशलता की इबारत

वर्ष 1991 में हुए लोकसभा चुनाव में कांग्रेस पार्टी एक राष्ट्रीय पार्टी के रूप में उभरी। मनोबल विहीन विभाजित जनता दल ने खराब प्रदर्शन किया। इस नतीजे से राजनीतिक पर्यवेक्षकों को हैरत नहीं हुई। हालाँकि वी.पी. सिंह के राष्ट्रीय मोर्चा शासन का प्रमुख घटक रहने वाली पार्टी ने बिहार में अपने सहयोगियों के साथ असाधारण रूप से अच्छा प्रदर्शन किया था। जनता दल के नेतृत्व वाले गठबंधन ने बिहार में 54 में से 48 सीटें जीतीं। भारतीय जनता पार्टी के नेता लालकृष्ण आडवाणी के राम मंदिर वाले मुद्दे ने उनकी पार्टी की छवि को राष्ट्रीय स्तर पर स्थापित किया था, लेकिन बिहार में वे असफल थे। यहाँ इसे सिर्फ पाँच लोकसभा सीटों से ही संतोष करना पड़ा, जोकि वर्तमान झारखंड के संथाल परगना और छोटा नागपुर में पड़ती थीं। जनता दल ने अकेले 33 सीटों पर विजय प्राप्त की। हमारे सहयोगी सीपीआई, सीपीएम और झारखंड मुक्ति मोर्चा ने क्रमशः सात, दो, और छह सीटें जीतीं।

यह कैसे हुआ? मैंने अपनी पार्टी को इतनी बड़ी चुनावी पराजय से कैसे निकाला? यह कैसे संभव हुआ कि, जनता दल ने देश के बाकी हिस्सों में खराब प्रदर्शन किया, लेकिन बिहार में विजय प्राप्त की, जहाँ मैं मुख्यमंत्री था? मेरे इस करिश्मे का रहस्य क्या था? अभिजात वर्ग के प्रभुत्व वाले मीडिया के लोग इस परिणाम से चौंक गए। उन्होंने परिणामों का अपने तरीकों से विश्लेषण करना शुरू कर दिया। समाज के उत्पीड़ित वर्गों के

पक्ष में मेरे सकारात्मक प्रयास के लिए मुझे श्रेय देने के बजाए मुझे एक ऐसे जातिवादी राजनेता के रूप में चित्रित किया, जिसने अगड़ी जातियों के विरुद्ध युद्ध में पिछड़े वर्ग और अल्पसंख्यकों को खड़ा कर दिया। जबकि बिहार की जनता ने जनता दल को इतनी सीटों पर जनाधार दिया था।

उन्होंने कहा कि मैंने चुनावी लाभ के लिए समाज का ध्रुवीकरण किया था। उन्होंने दावा किया कि मैं दलितों और मुस्लिमों का समर्थन पाने के लिए काम कर रहा था। उन्होंने आरोप लगाया कि मैं सत्ता में रहने के लिए खतरनाक राजनीतिक खेल खेल रहा था। और उन्होंने मुझे एक जोकर, नमूना, और शासन की थोड़ी समझ रखने वाला देहाती इंसान तक घोषित किया, जो निरक्षर और अशिक्षित लोगों को केवल शब्दों की जादूगरी से मूर्ख बना रहा था।

मेरे लिए, 1991 का परिणाम उत्पीड़ित वर्ग की पहली प्रमुख अभिव्यक्ति थी, जो खुद को चुनावी माहौल के लिए तैयार कर रहे थे। पिछड़े, दलित और अल्पसंख्यक वर्ग ने मुझे खुद का हितैषी माना और जनता दल के पक्ष में वोट देने की मेरी पुकार का सकारात्मक जवाब दिया। कहने की जरूरत नहीं है, बिहार में जनता दल ने मेरे नेतृत्व में जो प्रदर्शन किया था, उससे भाजपा भौचक्की रह गई थी। लोकसभा चुनाव में भाजपा ने देश के अन्य हिस्सों में सीमित सफलता प्राप्त की थी। और अब, मैं अच्छी तरह से भाजपा का 'दुश्मन नंबर एक' बन गया था। भाजपा नेताओं ने कहा कि मैं अराजकता का प्रतीक था। उनका यह गुस्सा राज्य में मंडल आयोग की रिपोर्ट के कार्यान्वयन पर बिहार में कुलीन वर्ग और ऊँची जातियों के क्रोध को प्रतिबिंबित करता था। मैं भौतिक और आत्मिक दोनों रूपों में मंडल आयोग की सिफारिश को लागू करने के लिए दृढ़ संकल्पित था। मैं पूरी तरह आश्वस्त था कि, इसका कार्यान्वयन समाज और बिहार के लिए अच्छे परिणाम लाएगा। मैंने हाशिए पर रहने वाले लोगों का स्वयं पर विश्वास देखा था और मैं उस विश्वास को धोखा देने वाला नहीं था।

सांप्रदायिक राजनीति की लहर पर सवार होकर भगवा पार्टी, चुनाव के चलते बिहार में महत्वाकांक्षी और आत्मविश्वासपूर्ण हो गई थी। ऊपरी जातियों के बीच सामंती तत्व काम करने के मेरे तरीकों के प्रति शत्रुतापूर्ण रवैया रखते हुए धीरे-धीरे कांग्रेस से 'आक्रामक' भाजपा की ओर जाने लगे। इसने भाजपा को यह विश्वास दिलाया कि, यह उनकी पार्टी के लिए

अच्छा ही साबित होगा। अफसोस की बात है कि, भाजपा के लोग इस बात से पूरी तरह से अनजान थे कि, पिछड़े, दलितों और अल्पसंख्यकों के बीच हमारी पहुँच तेजी से बढ़ रही है और वे मुझे समर्थन भी देने लगे।

भले ही मैं अपने लिए उनके (जनता) समर्थन और प्यार के बारे में आश्वस्त था, लेकिन मैं परिणामों से सुखद रूप से आश्चर्यचकित था, क्योंकि मैं निश्चित नहीं था कि उनका प्यार मुझे वोटों के रूप में भी मिलेगा। मैंने राज्य के सबसे दूरस्थ कोनों में भी यात्रा की थी, लोगों से–विशेष रूप से उत्पीड़ित वर्ग से मतदान केंद्रों पर जाने के लिए अनुरोध किया था। लेकिन मुझे अभी भी विश्वास नहीं था कि जो लोग लोकतांत्रिक प्रक्रिया से उदासीन थे या पीढ़ियों से कभी मतदान नहीं किया था, वास्तव में वे वोट डालने के लिए जाएँगे। सामंती तत्वों ने अपनी सारी शक्ति लगा दी थी, चाहे वह भूमि हो, स्थानीय राजनीति, प्रशासन, अनुबंध, या नौकरियाँ आदि हों। असंख्य दलितों और पिछड़ी जातीय समेत कृषि मजदूरों, जो अपने सामंती स्वामी के अधीन थे, उन्होंने या तो वोट नहीं दिया था या उनके वोट सामंती लोगों द्वारा छीन लिए गए थे। उदाहरण के लिए, मान लीजिए कि दो ऊँची जातियों वाले दो गाँव हैं जहाँ–भूमिहार और ब्राह्मण रहते हैं–और इन दो शक्तिशाली जातियों के बीच गैरिया, खेहर, चमार, डोम, मुसहरों सहित कमजोर वर्गों की बस्तियाँ थीं। ऐसी स्थिति में, दो प्रमुख जातियाँ इन कमजोर वर्गों के वोटों को अनुचित मानती थीं। और कमजोर वर्ग "कोउ नृप होय, हमै का हानी। चेरि छांड़ि न त, होबै रानी।।" (अर्थात कोई भी राजा बने, हमें कोई फर्क नहीं पड़ता, क्योंकि हम दास के रूप में जीवन बिताने के लिए अभिशप्त हैं) के मनोविज्ञान में रहता था। उन्हें अपने मालिक (सामंती प्रभु) से डर था और चुनावी प्रक्रिया में भी उनकी कोई रुचि नहीं थी, क्योंकि उनका मानना था कि इसने उनके भाग्य को बदलने के लिए कुछ भी नहीं किया था।

गरीबों तक पहुँचने, उनके साथ रहने और भोजन करने और मुख्यमंत्री के रूप में एक वर्ष से अधिक समय तक दुःख और खुशी को उनके साथ साझा करते हुए, मुझे लगा कि मैंने उन्हें कुछ हद तक जागृत किया था। मैंने उन्हें अवगत कराया था कि मैं उनमें से एक हूँ, और जब वे मेरे लिए वोट देने लगेंगे, तभी वे मुझे अपने मुख्यमंत्री के रूप में अपना पाएँगे। लेकिन मुझे अभी भी पूरी तरह से यकीन नहीं था कि कमजोर वर्ग मेरे लिए मतदान करने के पुराने स्थापित मानदंडों को

खारिज कर देंगे। इन सभी नतीजों ने मेरी धारणा को मजबूत किया कि, समाज काफी हद तक बदल गया है–कमजोर वर्ग बड़े पैमाने पर बदल गए थे और जनता दल और उसके सहयोगियों के लिए मतदान कर रहे थे। एक तरह से, 1991 के लोकसभा के नतीजों ने उत्पीड़ित वर्गों की जनसांख्यिकीय शक्ति और उनके नए आत्मविश्वास से खुद को जोड़ देने के लिए प्रेरित किया। मैं बिहार में इस बदलाव को मजबूती प्रदान करने के लिए उचित रूप से कुछ श्रेय तो ले ही सकता हूँ। और यह एक बदलाव है, जिसे पलटा नहीं जा सकता है।

बिहार की लक्ष्मीनिया की असली कहानी

1991 के लोकसभा चुनाव परिणामों का विश्लेषण करने वाले समाचार पत्रों, पत्रिकाओं और टिप्पणीकारों का नाम लेना मेरे लिए मुश्किल है। उनमें से कुछ ने सही उम्मीदवारों को चुनने और मेरे राजनीतिक प्रयासों के लिए किए गए मेरे 'परिश्रम' को श्रेय दिया। कुछ अन्य लोगों ने चुनावी नतीजों को जनता के साथ सीधे संवाद करने के मेरे कौशल से जोड़ा। ऐसे भी लोग थे जिन्होंने मेरी "चालाक" सोशल इंजीनियरिंग को श्रेय दिया–कि, मैंने मुसलमानों और पिछड़े तबके को एक ब्लाक के रूप में आगे किया। कई अन्य लोगों ने कहा कि मेरी मातृ भाषा और मजाकिया तरीकों ने मेरे पक्ष में जनता का फैसला सुनाया। यह भी दावा किया गया था कि मैंने नौकरशाहों और उच्च जातियों का अपमान करके गरीबों को उकसाया था, और इसी सस्ती लोकप्रियता की बदौलत मुझे व्यापक समर्थन मिला था। हालाँकि मुझे ऐसे विश्लेषणों में ज्यादा गहराई नहीं दिखी।

समाचार पत्रों और पत्रिकाओं की टिप्पणियों को दरकिनार करते हुए, मैंने चुनाव परिणामों का अपना विश्लेषण शुरू किया, जो सत्य के काफी नजदीक जाने पर मिला। मुझे एक घटना के माध्यम से मेरे अवलोकनों को समझाने दें। एक मुसहर (एक चूहा पकड़ने वाली जाति) महिला लक्ष्मीनिया, जोकि बाढ़ लोकसभा निर्वाचन क्षेत्र में पुनपुन के पास एक गाँव में मुझसे मिली थी। यह तेज गर्मी का दिन था। सूरज की रोशनी तेज थी। मैं अपनी पार्टी का प्रचार करने के लिए मुसहरों और अन्य दलितों के निवास

में उस गाँव में गया था। मैंने भीड़ के बीच लक्ष्मीनिया को देखा, फटे हुए कपड़े पहने और उसके गोद में एक छोटा-सा बच्चा था। वह मेरे पास आने के लिए सुरक्षा बलों और पार्टी समर्थकों के नेटवर्क के माध्यम से मेरे पास आने की कोशिश कर रही थी। मैंने सुरक्षा बलों को निर्देश दिया कि उसे आने दें। मेरे अलावा किसी ने भी लक्ष्मीनिया को पहचाना नहीं। वह पसीने से लथपथ और उखड़ी हुई साँसों के साथ मेरे पास आई। मैंने पूछा, "लक्ष्मीनिया कैसी हो? यहाँ पुनपुन में कैसे आई हो?"

उसने कहा, "भैया, मेरी शादी हो गई और मेरे पति यहीं रहते हैं। मैं यहाँ कुछ साल पहले आई थी। जब मैंने सुना कि आप आ रहे हैं, तो मैं आपसे मिलने के लिए यहाँ पहुँची।" मैंने उसकी बहन के बारे में पूछा। उसने कहा कि वह भी विवाह कर चुकी थी और पुनपुन के पास एक दूसरे गाँव में रहती थी। मैंने उससे उसकी बहन को भी किसी दिन आने के लिए कहा। मैंने उसके बच्चे को अपनी बाँहों में ले लिया और उसे प्यार किया। मैंने पार्टी कार्यकर्ता से 200 रुपए देने के लिए कहा। मैंने लक्ष्मीनिया को कहा कि, जब तुम मुझसे मिलना चाहो मिल सकती हो, कोई भी तुम्हें नहीं रोकेगा। लक्ष्मीनिया आँसू में डूब गई... ये खुशी के आँसू थे। मैंने उसे सलाह दी कि, वह अपने बच्चे को स्कूल जरूर भेजे। मेरे पार्टी कार्यकर्ताओं और नेताओं ने उसे मुझसे मिलाने के लिए काफी प्रयास भी किया था और कई बार मेरा ध्यान इस तरफ दिलाया भी था, लेकिन मैंने उन्हें नजरअंदाज कर दिया था।

बाद में, मैंने अपने पार्टी कार्यकर्ताओं और समर्थकों को लक्ष्मीनिया की कहानी सुनाई। मैं पटना में पशु चिकित्सा कॉलेज परिसर में चपरासी क्वार्टर में रहने के दिनों से उसे जानता था। वह क्वार्टर के बाहरी इलाके में मुसहरी (मुसहरों की बस्ती) में अपने माता-पिता के साथ रहती थी। 1980 के दशक में मैं अकसर मुसहरों से मिलता रहता था और सुख-दुख बाँटता था। मैं लक्ष्मीनिया के माता-पिता और अन्य पड़ोसियों को अच्छी तरह से जानता था। उनमें से सभी मेरी मुलाकात से खुश थे।

मैं जब भी वहाँ जाता था, तो कहता था कि मैं उनके छोटे बच्चों, लक्ष्मीनिया, उसकी बहन और अन्य लोगों पर ध्यान दूँगा। मेरी जब भी उनसे मुलाकात होती थी, तो सड़कों पर मिट्टी और पत्थरों में खेल रहे उनके बच्चे मेरे पास आते थे। मैं उन सभी को जो भी मेरे पास पैसे रुपए होते थे, देता था।

जब मैं चुनाव परिणामों के बारे में सोच रहा था, तो लक्ष्मीनिया की झलक मेरे मन में आ गई। मुझे यकीन था कि ऐसी बहुत-सी लक्ष्मीनिया ने मेरी पार्टी को वोट दिया है। बंद कमरों में बैठने वाले विश्लेषकों ने अपनी दृष्टि से जमीनी वास्तविकता के बारे विश्लेषण किया था, उनके पास न बिहार की लक्ष्मीनिया जैसे लोगों को देखने का समय था और न ही किसी प्रकार का झुकाव। मुझे एहसास हुआ कि कमजोर वर्गों ने एक ही झटके में बड़े लोगों को दरकिनार करके मेरे पक्ष में वोट किया है। मैंने लाखों लक्ष्मीनिया को देखा, जो मेरे अंदर अपना बड़ा भाई ढूँढ़ रही थीं। मेरा दिल उनके हित में लगा रहा। अनेक लक्ष्मीनिया ने 1991 में राज्य में मेरी पार्टी की भारी जीत के लिए वोट दिया था। मैं जितना लक्ष्मीनिया के बारे में सोचता तथाकथित राजनीतिक पंडितों के झूठे विश्लेषण को लेकर मेरी राय उतनी ही पक्की होती जाती।

मैंने चुनाव दर चुनाव हमारी पार्टी की जीत में लक्ष्मीनिया अवधारणा को समझाने के लिए 'जिन्न' शब्द का इस्तेमाल किया। मैं चुनावों के बाद एलान करता था, 'बैलेट बॉक्स से जिन्न निकलेंगे और हम जीतेंगे।'

मेरे राजनीतिक विरोधियों ने 'जिन्न' की मेरे पार्टी समर्थकों द्वारा लूटे गए वोटों के रूप में व्याख्या की। यह समझ की कमी थी कि वह बिहार में हमारी जीत का विश्लेषण और उसकी व्याख्या करने में विफल रहे। जबकि उसी समय जनता दल ने देश के बाकी हिस्सों में बुरा प्रदर्शन किया था।

आरएसएस-भाजपा की मानसिकता वाले कई नेताओं ने आरोप लगाया कि, 'लालू ने नान्ह जातियों को सिर पर चढ़ा रखा है, मान बढ़ा दिया है। एक तरह से वे सही थे। लेकिन मैं खुश था कि कमजोर वर्ग सामंती व्यवस्था के खिलाफ बोल रहे थे। मैं सामाजिक परिवर्तन से खुश था। मैंने 1 अणे मार्ग पर चैता, बिरहा, सोरठी-बिरिजाभार और सारंगा-सदाबृज के लोक गायकों को आमंत्रित किया। मैं पूरी रात संगीत का आनंद उठाता था। अब तक, किसी भी मुख्यमंत्री ने इन छोटे-छोटे लोक गायकों को आधिकारिक निवास पर दूरस्थ इलाकों से आमंत्रित नहीं किया था। और इस तरह मैंने वर्षों अपनी चुनावी जीत का जश्न मनाया।

लक्ष्मीनिया अपनी गोद में जिस बच्चे को लिए थी, उसे मैं भूल नहीं पाया था। उत्सव के उस कोलाहल और रंग-रोमांच के उस माहौल में मैंने खुद से पूछाः मैंने लक्ष्मीनिया को अपने बच्चे को स्कूल भेजने के लिए कहा है। लेकिन कौन-सा स्कूल? उसके बेटे के दाखिले के लिए

स्कूल आखिर था ही कहाँ? लक्ष्मीनिया, उसके पति, उसके माता–पिता और पूर्वज तक कभी स्कूल नहीं गए थे। उनका जीवन चूहों को पकड़ने, सूखी पत्तियों और गाय के गोबर के उपलों में उन्हें जलाकर भोजन की व्यवस्था करने तक ही सीमित था। ऐसा नहीं है कि वे पढ़ना नहीं चाहते थे। लेकिन वे ऐसा नहीं कर सके, क्योंकि उनके पास या तो ऐसा करने का कोई साधन नहीं था और या फिर पास के स्कूलों तक उनकी पहुँच नहीं थी। मैंने सोचा कि कमजोर वर्गों को सशक्त बनाने के मेरे प्रयास विफल हो जाएँगे, अगर उनके बच्चों को न्यूनतम बुनियादी शिक्षा नहीं मिली। आखिरकार, मुसहर, पासी, चमार, नोनिया, कहार और दूसरी दलित और पिछड़ी जातियों को केवल 'अस्पृश्य' ही नहीं, बल्कि 'न पढ़ सकने योग्य' भी माना जाता था। कागज पर, सभी को बुनियादी शिक्षा का समान अधिकार है, लेकिन वास्तविकता इससे अलग थी। ज्यादातर स्कूलों में 'नान्ह जात' (निचली जाति में पैदा हुए) बच्चों को अलग रखा जाता था। इस स्थिति को बदलने के लिए कुछ न कुछ किया जाना तो जरूरी था।

मैंने मुसहर समुदाय के बच्चों के लिए 300 विशेष विद्यालय खोलने का निर्णय किया। इनमें से पहला विद्यालय पुनपुन मुसहरी में स्थापित किया गया था, जहाँ लक्ष्मीनिया रहती थी। मैंने वार्षिक राज्य बजट (1993–94) का एक बड़ा हिस्सा प्राथमिक शिक्षा के लिए आवंटित किया। मेरी सरकार ने भी अपने कुल बजट का एक बड़ा हिस्सा प्राथमिक शिक्षा के लिए निर्धारित किया था। दूसरे राज्यों ने अपने बजट में बुनियादी शिक्षा के लिए जो आवंटन किया था, यह उससे कहीं ज्यादा था। शिक्षा से कटे हुए पिछड़े समुदायों की स्कूल तक पहुँच मुहैया कराने के लिए मैंने शुरुआत में जो राह चुनी थी, यह उसी की निरंतरता थी। मिसाल के तौर पर, मैंने उन बच्चों के लिए 150 चरवाहा विद्यालय खोले हैं, जो अपने पशुओं को स्कूलों में जाने के लिए छोड़ नहीं सकते थे। मैंने दलित छात्रों के लिए प्रति माह 100 रुपए भत्ता तय किया। गरीब छात्रों को अपनी गायों, भैंस, बकरियों, सुअरों और मुर्गियों के साथ स्कूलों में जाने की इजाजत थी। जब बच्चे पढ़ रहे होते थे, तब ये जानवर पास के चरागाह में घास चर लेते थे। इन बच्चों को पढ़ने और लिखने में दो घंटे और व्यावसायिक कौशल सीखने में चार घंटे खर्च करने होते थे। मैंने इन स्कूलों में एक मध्याह्न भोजन योजना (मिड डे मील) की शुरुआत की। छात्रों को मुफ्त

किताबें और स्टेशनरी जैसे–नोटबुक, पेंसिल और पेन दिए गए थे। 1991 से 1993 के बीच अनुसूचित जाति और अनुसूचित जनजातियों के 41.5 लाख से ज्यादा छात्रों का स्कूलों में नामांकन हुआ था। यह एक ऐसे परिदृश्य में किसी रिकॉर्ड से कम नहीं था, जहाँ पिछड़े वर्ग के छात्रों को 'न पढ़ सकने योग्य' माना जाता था और पारंपरिक स्कूलों की तरफ से उन्हें किसी तरह का कोई प्रोत्साहन भी नहीं मिलता था।

प्रारंभ मे नौकरशाही की असहजता

मेरे इरादों की तरह मजबूत होने के बावजूद मेरे प्रयास उस तरह से कामयाब नहीं हो सके, जैसा मैं चाहता था। इसकी बहुत–सी वजहें थीं। मीडिया ने कभी भी जमीनी स्तर के मेरे हस्तक्षेपों को या तो ठीक ढंग से प्रचारित नहीं किया या फिर इसे नकारात्मक तरीके से प्रस्तुत किया। बड़े पैमाने पर सामंती ताकतों के प्रभुत्व वाले मीडिया ने मेरे प्रयासों को 'लोकलुभावन' और 'अव्यावहारिक' बताते हुए खारिज कर दिया। शासन तंत्र ने भी मेरे प्रयासों का समर्थन नहीं किया। कुछ आईएएस अधिकारियों को छोड़ दिया जाए, तो मुख्यमंत्री के रूप में मेरे कार्यकाल के शुरुआती चरणों में ज्यादातर नौकरशाह मेरे विचारों के साथ काफी हद तक असहज थे। मेरे पास पर्याप्त संख्या में आईएएस अधिकारी नहीं थे, जो वंचित और आर्थिक और सामाजिक रूप से पिछड़े वर्गों के हितों को लेकर प्रतिबद्ध हों। यह भी एक बड़ी मुश्किल साबित हुई, क्योंकि मेरा मानना था कि समाज के इस वर्ग की जरूरतों के प्रति संवेदनशील अधिकारी मेरी पहल को सक्रिय तौर पर सराहेंगे। माहौल तब और खराब हो गया जब, कई समाचार पत्रों ने आरोप लगाया कि मैं नौकरशाही में अपनी जाति के अधिकारियों को बढ़ावा दे रहा था। यह आरोप पूरी तरह से झूठा था। तब राज्य में हमारे पास केवल दो यादव आईएएस अधिकारी थे। मंडल आयोग की रिपोर्ट अभी लागू ही की गई थी, लेकिन बिहार के पिछड़े वर्ग के छात्रों के पास इस रिपोर्ट का लाभ उठाने के लिए तब पर्याप्त शिक्षा नहीं थी।

बिहार में राज्य प्रशासनिक सेवाओं के कुछ अधिकारी जरूर थे, जो

पिछड़े वर्गों, अल्पसंख्यक और दलितों के उत्थान के लिए प्रतिबद्ध थे। उन्हें आईएएस रैंक में पदोन्नत भी किया गया था। लेकिन वे नौकरशाही और राजनीतिक ताकतों के चलते पहले ही हाशिए पर चले गए थे। मैंने इन अधिकारियों की सेवाओं का बड़े पैमाने पर उपयोग किया। मैंने उन्हें डीएम, उप-मंडल मजिस्ट्रेट (एसडीएम) और अन्य पदों में तैनात किया। मेरे निर्णयों ने नौकरशाहों के एक वर्ग को परेशान भी किया था। 1991-92 की अवधि में 384 प्रत्यक्ष भर्ती वाले आईएएस अधिकारियों में से 144 ने संभवतया मेरी कोशिशों के विरोध में केंद्रीय प्रतिनियुक्ति (सेंट्रल डेपुटेशन) की माँग की थी। उनमें से कुछ ने मीडिया में कहानियाँ गढ़ी कि मैंने पूरे तंत्र को तहस-नहस कर दिया है। लेकिन मेरी सोच स्पष्ट थी। मेरा मानना था कि समाज के हाशिए वाले वर्गों के प्रति संवेदनशील अधिकारी ही बेहतर परिणाम दे सकेंगे। हालाँकि, मैंने कभी गुणवत्ता के साथ समझौता नहीं किया। मैं हमेशा अधिकारियों को तैनात करने की कसौटी योग्यता और उपयुक्तता को ही मानता हूँ।

स्थानीय मीडिया के एक वर्ग ने मुझ पर नियमित रूप से पक्षपातपूर्ण व्यवहार का आरोप लगाया, लेकिन इससे मैं कभी परेशान नहीं हुआ, क्योंकि मैं उनका एजेंडा जानता था। इसके अलावा, मैं ऐसा राजनेता नहीं था, जो दिल्ली में उच्च और शक्तिशाली लोगों के दरवाजे खटखटाता फिरता हो। मैंने नौकरशाही की संरचना का हमेशा सम्मान किया, लेकिन नौकरशाहों द्वारा प्रस्तावित समाधानों पर मैं बहुत अधिक निर्भर नहीं था। मैंने जमीनी स्तर से खुद को मिल रही प्रतिक्रिया के आधार पर काम किया। दस्तावेजों और सर्वेक्षण रिपोर्टों की जाँच के यांत्रिक तरीके को दरकिनार कर, मैंने समाज के कमजोर वर्गों के छात्रों के लिए विशेष विद्यालय खोलने के लिए स्थानों की पहचान करने के लिए अपनी सामान्य समझ का उपयोग ज्यादा किया।

जमीनी स्तर पर शासन

केंद्र सरकार ने अगस्त 1993 में 73वें संवैधानिक संशोधन अधिनियम, जिसे पंचायती राज अधिनियम के रूप में जाना जाता है, को पारित किया। इसमें अनुसूचित जाति, अनुसूचित जनजाति और पंचायती राज निकायों में उनकी आबादी के अनुपात में पिछड़े वर्गों के आरक्षण की

सिफारिश की गई थी। कमजोर वर्गों को और सशक्त बनाने के लिए मैंने इस अधिनियम का उपयोग किया। मैंने कमजोर वर्गों के लिए पंचायत समितियों और जिला परिषदों में पदों को उनकी संबंधित आबादी के अनुपात में आरक्षित किया, और उन्हें प्रशासनिक और न्यायिक शक्तियों के साथ निहित किया। उदाहरण के लिए, मेरी सरकार ने छोटे भूमि विवादों, पति और पत्नी के बीच झगड़े, और दूसरों के क्षेत्रों से चराए जाने वाले मवेशियों से संबंधित मामलों का निपटान करने के लिए सरपंच (पंचायत के निर्वाचित न्यायिक प्रमुख) को सशक्त बनाने के लिए एक परिपत्र जारी किया। मुखिया (पंचायत के निर्वाचित प्रमुख) को ब्लाक विकास अधिकारी (बीडीओ) के परामर्श से गाँव स्तर पर विकास कार्य करने का अधिकार दिया गया था। मैंने प्रशासनिक अधिकारियों को पंचायत निकायों के निर्वाचित प्रमुखों के साथ सहयोग और समन्वय से काम करने का निर्देश दिया।

कुछ संकीर्ण हित वाले लोग इन निर्णयों से बहुत नाराज थे। बिहार के इतिहास में पहली बार यह हुआ था कि कमजोर वर्गों के प्रतिनिधि अब जमीनी स्तर पर शासक बन गए थे। हालाँकि 1970 और 80 के दशक के दौरान पिछड़े वर्ग के आंदोलन ने कुछ मध्यवर्ती जातियों को स्थानीय स्तर की राजनीति में अपनी जगह तलाशने का अवसर दिया था, लेकिन मैंने पहली बार पिछड़े और अनुसूचित जातियों को बड़े पैमाने पर नेतृत्व में शामिल करने के लिए आगे बढ़ाया था। लेकिन स्थानीय स्तर पर सत्ता के संतुलन के स्थानांतरण ने उस अभिजात्य वर्ग को नाराज कर दिया, जिसने अब तक पूरे तंत्र पर एकाधिकार स्थापित किया हुआ था। कमजोर वर्गों के बीच नेता व्यवस्थित ढंग से उभर रहे थे। अब इन वर्गों और इनके निर्वाचित प्रतिनिधियों की बात को पुलिस स्टेशनों और ब्लाक विकास कार्यालयों में सुना जाने लगा था। जाहिर है कि बिहार मेरे कार्यकाल में एक बड़े सामाजिक परिवर्तन के दौर से गुजर रहा था, जिसे अभिजात्य मीडिया या तो समझ नहीं पा रहा था या फिर इसे 'जातिवाद' बताकर खारिज कर रहा था।

एक बार, मैंने अल्पसंख्यक और दलितों समुदायों में से आठ लोगों को विधान परिषद के सदस्य (एमएलसी) के रूप में चुना। मेरे पास विधान परिषद में पासी, मल्लाह, कहार, धोबी, मुसहर, नोनिया और अन्य दलित

और पिछड़ी जातियों के प्रतिनिधि थे। जब मैंने उन्हें बुलाया और नामांकन पत्र दाखिल करने को कहा, तो वे आश्चर्यचकित थे। वे मुख्यमंत्री से इस तरह के प्रस्ताव की उम्मीद नहीं कर रहे थे। मैं सामाजिक परिवर्तन को तेज करने के लिए उत्पीड़ित वर्गों में से ही नेतृत्व के उभरने के लिए काम कर रहा था। स्थानीय स्व-शासन के निकायों के अलावा विधान परिषद इसी तरह का मंच था, जहाँ से ऐसे नेतृत्व का विकास हो सकता था।

मैंने संसदीय चुनावों के लिए भी इन वर्गों और समुदायों के उम्मीदवारों को चुना। भगवती देवी मुसहर समुदाय की एक बड़ी नेता थीं। उन्होंने दिहाड़ी मजदूर के रूप में अपना जीवन शुरू किया। वह गया जिले की पहाड़ियों में पत्थरों की खुदाई करती थीं। वह 1940 के दशक में स्वतंत्रता संग्राम के दौरान राम मनोहर लोहिया और जेपी से जुड़ गई थीं और जेल भी गई थीं। वह 1969 में सोशलिस्ट पार्टी के टिकट पर गया से विधायक चुनी गई थीं। लेकिन बाद के नेताओं ने उन्हें किनारे कर दिया। मैंने उन्हें 1996 में गया लोकसभा निर्वाचन क्षेत्र से टिकट दिया, और वह 11वीं लोक सभा के लिए चुनी गईं। बाद में, उनकी बेटी समता देवी हमारी पार्टी में शामिल हो गईं और गया से विधायक भी चुनी गईं।

ऐसे और भी तमाम लोग हैं, जिन्हें मैंने चुना और आगे बढ़ाया। लेकिन यह सूची इतनी लंबी है कि यहाँ उन सबका नाम लेना मुश्किल होगा। इनमें से कई ऐसे नेता भी हैं, जिन्होंने अपने समुदाय, हमारी पार्टी और व्यक्तिगत रूप से मुझे धोखा भी दिया और भाजपा और उसके सहयोगियों से मिल गए। इनमें से कई ऐसे भी थे, जो फिर वापस पार्टी में लौटे, मैंने उन्हें माफ किया और शरण भी दी। ऐसे मामलों में मैंने हमेशा बड़ा दिल रखा और किसी तरह का कोई पूर्वाग्रह नहीं दिखाया। लेकिन इसके बावजूद अफसोस की बात है कि ये नेता अपनी हरकतों से बाज नहीं आए। नाम तो उनका मैं नहीं लूँगा, लेकिन जब वे ये पंक्तियाँ पढ़ेंगे, तो जान जाएँगे, और शायद अपराधबोध भी महसूस करेंगे।

इस दौरान, इन विश्वासघातों, सामंती अभिजात्य वर्ग की विकास की अवधारणा और अड़चनें पैदा करने वाली नौकरशाही को नजरअंदाज करते हुए मैंने उत्पीड़ित वर्गों के पक्ष में अपने अभियान को और तेज करने का फैसला किया। मैंने कुछ लाख एकड़ सरकारी जमीन भूमि अधिगृहीत की, जिस पर उस वक्त जमीदारों का अवैध कब्जा था। इस जमीन को मैंने लाखों भूमिहीन परिवारों के बीच बँटवा दिया। इनमें से ज्यादातर

परिवार अनुसूचित जाति के और हजारों परिवार अनुसूचित जनजातियों के भी थे। मैंने राज्य के विभिन्न हिस्सों में 35 बड़े जमींदारों की पहचान की, जिन्होंने हजारों एकड़ जमीन हथिया रखी थी। सब हक्के-बक्के, फिर क्या था, उन्होंने अदालतों के दरवाजे पर दस्तक दी, जहाँ से उन्हें कुछ राहत मिली। लेकिन मैं भी पीछे हटने वालों में से नहीं था। फिर मैंने मल्लाह (मछुआरों) समुदाय की आजीविका के स्रोत पर ध्यान देना शुरू किया। कुछ जमींदारों ने भागलपुर से पीरपैंती तक गंगा नदी पर 80 किलोमीटर से ज्यादा क्षेत्र पर अपना दबदबा कायम कर लिया था। उन्होंने गरीब मछुआरों को कुछ 'विशेष कर' देने के बाद ही अपने 'जल एस्टेट' में मछली पकड़ने की अनुमति दी हुई थी। मैंने पहले ही ताड़ी पर कर समाप्त कर दिया था, जोकि बड़ी राहत की बात थी। अब मैंने पानी पर इस अवैध दबदबे को खत्म किया, ताकि मल्लाह समुदाय बिना किसी कर के भुगतान के नदी में मछली पकड़ सकें। मेरे इस निर्णय ने गंगा क्षेत्र में लाखों मछुआरों के परिवारों को फायदा पहुँचाया।

जनता की नब्ज़ पहचानी

लोगों के बीच मेरी पकड़ इस कदर थी कि, शायद ही कभी मैं अपने लोगों के साथ संवाद करने के लिए कुलीन मीडिया पर निर्भर रहा हूँ। मैं लगातार उनके बीच जाया करता था। मैंने लगभग हर साल पटना में बड़ी रैलियों के आयोजन की प्रथा शुरू की। 1991 का चुनाव जीतने के बाद, मैंने अपने लोगों का धन्यवाद करने के लिए 'गरीब रैली' आयोजित की। ज्यादातर पिछड़े वर्गों, दलित समुदाय और अल्पसंख्यकों ने इसमें भाग लिया। हमने इन रैलियों के दिखावटी पहलू पर ज्यादा खर्च नहीं किया। स्वागत मेहराब और बैनर बनाने के लिए फूल, आम पेड़ के पत्ते, केले के टुकड़े और सरसों के फूलों का इस्तेमाल किया गया। इसके बाद, अधिकार रैली, समाज न्याय रैली, गरीब महा रैली, गरीब रैला, लाठी रैली, आदि मेरे शासन काल में लगातार हुईं। इन रैलियों के नाम अलग हो सकते हैं, लेकिन इनका चरित्र कमोबेश समान ही था। उत्पीड़ित और अल्पसंख्यक वर्ग के गरीब लोग हमारी रैलियों में आया करते थे। सबसे महत्वपूर्ण बात यह है कि इन रैलियों में

खेतों में काम करने वाली और दूसरे के घरों में चौका-बरतन करने वाली महिलाओं की बड़ी उपस्थिति होती थी। उनके कपड़े खराब होते थे और वे दिन भर खाने के लिए सतुआ वगैरह लाती थीं। मेरी पार्टी के विधायक और मैं भी रैली के दौरान अपने दरवाजे पर आगंतुकों के लिए चावल, दाल, सब्जी, लिट्टी, चोखा–जैसे साधारण भोजन की व्यवस्था करते थे, ताकि वे स्वयं को बाहर का महसूस न कर सकें। इतना ही नहीं, हम उनके साथ बैठ कर खाते भी थे। अपने क्षेत्र के लोगों के साथ संवाद करने के लिए एक मंच के रूप मैंने इन रैलियों का उपयोग किया और लोगों ने भी पूरे उत्साह के साथ मेरा साथ दिया।

मेरे राजनीतिक विरोधियों, खासकर भाजपा ने सामंती सोच वाले नेताओं का नेतृत्व किया और इसी तरह के सोच के लोगों के साथ, मेरे प्रत्येक कार्यक्रम की आलोचना की। आखिरकार, भाजपा ने भी मेरा विरोध करने के लिए रैलियों का आयोजन शुरू किया। बेशक, इनकी रैलियों की एक बहुत अलग संरचना थी। अच्छी तरह से स्वाँग रचने वाले और नाटकीय लोग इन रैलियों में भाग लिया करते थे। इसका उद्देश्य मुझे परेशान करना था, लेकिन भाजपा के कार्यों ने मुझे चिंता के बजाए खुशी ही दी। मुझे पता था कि विवादित सामंती तत्व उनकी रैलियों में भाग ले रहे हैं। महिलाओं, गरीबों और अल्पसंख्यकों की इन रैलियों में भागीदारी बहुत सीमित थी। महँगी जीपों और बसों में भर कर लोग इन रैलियों में लाए जाते थे। ये संकेत यह समझने के लिए काफी थे कि भाजपा अपने संसाधन और पूरी ताकत झोंक रही थी, सिर्फ एक आदमी से निपटने के लिए, और वह था, मुख्यमंत्री लालू प्रसाद यादव...

मैंने अपनी रैलियों, जनता दरबार और जमीनी स्तर के संवाद के जरिए लोगों के साथ लगातार बातचीत करना जारी रखा। मैंने कृषि श्रमिकों और बढ़ई, कुम्हार और मजदूर जैसे कुशल श्रमिकों की आय बढ़ाने के लिए अपने प्रयास जारी रखे। एक बार, एक खेतिहर मजदूर ठग चौधरी, मेरे जनता दरबार में आए। मैंने उनकी शिकायत पूछी। उन्होंने कहा, 'हम बहत गरीब बानी, हमार गरीबी दूर कई देंइ' (मैं बहुत गरीब हूँ, कृपया मेरी गरीबी खत्म करें)। दरबार में अधिकारियों और कुछ पार्टी कार्यकर्ताओं को उसकी इन बातों से हँसी आ गई। लेकिन मेरी प्रतिक्रिया कुछ अलग थी। वह क्षीणकाय व्यक्ति था और उसके तन पर कपड़े नाममात्र के थे।

मैंने उसे साबुन दिया और उसे 1 अणे मार्ग के परिसर में स्थित तालाब में स्नान करने के लिए कहा। जब वह नहा कर आया और कुछ ठीक दिखने लगा, तो मैंने उसे कुर्ते-पायजामे का एक नया सेट और एक कंबल दिया। मैंने उसे 200 रुपए देकर विदा किया और उसकी गरीबी खत्म करने का वादा भी किया।

उस दिन जनता दरबार की समाप्ति के बाद, मैंने संबंधित अधिकारियों को बुलाया और कृषि मजदूरों की न्यूनतम मजदूरी बढ़ाने के आदेश जारी किए। 1995 तक, प्रतिव्यक्ति औसत कृषि मजदूरी प्रतिदिन 23 रुपए थी, जो कि राष्ट्रीय औसत 21 रुपए से अधिक थी। 1995 के दौरान बिहार में औसत मजदूरी उत्तर प्रदेश, ओडिशा, पश्चिम बंगाल और मध्य प्रदेश की तुलना में भी अधिक थी। जब खेतिहर मजदूरों ने निर्धारित मजदूरी का भुगतान करने के प्रति भूमि मालिकों की अनिच्छा के खिलाफ अपनी आवाज उठाई, तो उन्हें 'अपराधी' के रूप में चिह्नित किया गया, या उन पर अलग ढंग से दबाव बनाया गया। मैं निर्धारित मजदूरी का भुगतान सुनिश्चित करने के लिए नियमित रूप से एसपी और स्थानीय पुलिस स्टेशनों के साथ-साथ संबंधित प्रशासनिक अधिकारियों को भी बुलाता रहता था। पुलिस और प्रशासन को न्यूनतम मजदूरी के भुगतान के संबंध में पीड़ितों की शिकायतों को सुलझाने के लिए सख्ती से निर्देश दिए गए थे। समय के साथ, ऐसे मामलों में सुधार आया और दैनिक मजदूरी पाने वाले श्रमिक का जीवन निश्चित रूप से पहले से थोड़ा बेहतर हो गया। मैंने ठग चौधरी को निराश नहीं किया।

सामंती ताकतों और कुलीन मीडिया ने कभी कृषि मजदूरों के जीवन को बेहतर बनाने के लिए कोई प्रयास नहीं किया, उल्टे उन्होंने मेरी छवि को एक अराजकतावादी और व्यवस्था के दलाल के रूप में पेश की। 90 के दशक में तत्कालीन मुख्य निर्वाचन आयुक्त टी.एन. शेषन, शायद मेरे बारे में इस झूठे प्रचार के झाँसे में आ गए और उन्होंने मान लिया कि मेरी पार्टी चुनावी हिंसा और बूथ कब्जे में शामिल रही होगी।

मतदाताओं की ओर वापसी

भारत के निर्वाचन आयोग ने 8 दिसंबर, 1994 को बिहार में विधानसभा चुनाव की घोषणा की। शेषन ने राज्य का दौरा किया और घोषणा

की कि वह बिहार में स्वतंत्र और निष्पक्ष चुनाव सुनिश्चित करेंगे। शुरुआत में, मैं खुश था। मुझे पता था कि स्वतंत्र और निष्पक्ष चुनाव मतदान केंद्रों पर बड़ी संख्या में मेरी पार्टी के लिए वोट देने के लिए अल्पसंख्यकों को सक्षम करेंगे। 1970 और 1980 के दशक में, मेरे मुख्यमंत्री बनने से काफी पहले, हाशिए पर जीवन बिता रहे वंचित वर्ग के लोगों को शायद ही कभी वोट देने या फिर अपनी पसंद के उम्मीदवार को वोट देने का मौका मिल पाता हो। स्थानीय शक्तिशाली समूह ज्यादातर ऊँची जाति और सामंती पृष्ठभूमि से थे, जो कभी भी वंचित समुदायों को मतदान करने की इजाजत नहीं देते थे। इन कमजोर लोगों को बूथ से खदेड़ दिया जाता था और फिर प्रभावशाली लोगों के गुंडे उनके बदले वोट डालते थे। मुझे विश्वास था कि मैंने उत्पीड़ित वर्गों को वोट देने के अपने अधिकार के प्रति जाग्रत किया था, और वे मेरे पक्ष में मतदान करने के लिए उत्सुक थे।

टी.एन. शेषन पूरे उत्साह से अपने कार्य में लगे थे। उन्होंने एक ऐसे अधिकारी के रूप में अपनी प्रतिष्ठा स्थापित की थी, जो बातें कम और काम ज्यादा करता है। उन्होंने चुनाव की महत्ता को स्थापित किया था और लोगों के बीच यह विश्वास बनाया था कि, चुनाव आयोग पूरी तरह से कानून में विश्वास करता है। मैं शुरुआत में अपने विद्रोहियों के अभियान से थोड़ा सावधान था। मुझे इस बात का डर था कि यह समाज के हाशिए वाले वर्गों को चुनाव प्रक्रिया से दूर कर सकता है। लेकिन उन्होंने राज्य में अर्धसैनिक बलों की 650 कंपनियों को तैनात किया और चुनाव चार चरणों में पूरा किया। चुनाव के दौरान उल्लंघन की मामूली जानकारी पर भी उन्होंने कई निर्वाचन क्षेत्रों में चुनावों को स्थगित कर दिया। उन्होंने पूरे राज्य को लगभग चार महीने तक हिला कर रख दिया था। चुनाव आयोग ने 8 दिसंबर, 1994 को चुनाव की अधिसूचना जारी की, और मतदान का अंतिम दौर 28 मार्च, 1995 को हुआ था। सामंती ताकतों और ऊपरी मध्यम वर्ग, जो मुझसे छुटकारा पाने के लिए परेशान था, उसने स्वतंत्र और निष्पक्ष चुनाव आयोजित कराने के शेषन के उत्साह में आशा की किरण देखी थी।

लेकिन हुआ यह कि शेषन की आक्रामकता ने वास्तव में हमारी मदद की। चुनाव प्रक्रिया की चकाचौंध ने मुझे जनता के बीच प्रचार करने और

अपने लोगों को यह विश्वास दिलाने कि उन्हें सामंती तत्वों के खिलाफ सावधान और दृढ़ रहना चाहिए, जो उनसे सत्ता छीनने की कोशिश कर रहे थे, के लिए ज्यादा समय मिल गया। जब परिणाम निकले, तो जनता दल ने अकेले 324 सीटों में से 164 सीट जीतीं अर्थात स्पष्ट बहुमत। हमारे सहयोगी, जेएमएम, सीपीआई, सीपीआई (एम) और मार्क्सवादी समन्वय समिति (एमसीसी) ने भी अच्छा प्रदर्शन करते हुए एक तरह से हमारी ताकत बढ़ाई। एक तरह से, 1995 के विधानसभा चुनाव के नतीजे बिहार में हमारे 1991 के लोकसभा चुनाव प्रदर्शन की पुनरावृत्ति थे। लेकिन इस बार चुने गए विधायक कुछ अलग थे। दरअसल, हमारे निर्वाचित प्रतिनिधियों में से 80 प्रतिशत से अधिक पिछड़े वर्ग, दलित समुदाय और अल्पसंख्यकों से आए थे। अब विधानसभा सही मायनों में राज्य की जनसांख्यिकी की प्रतिकृति बन गई। कांग्रेस और भाजपा क्रमशः 29 और 41 सीटों पर सिमट गई थीं। तमाम चालों के बावजूद, भाजपा राज्य में उत्पीड़ित वर्ग की बढ़ती आकांक्षाओं को रोकने में नाकाम रही थी। न तो पैसा और न ही बाहुबल ने उनके पक्ष में काम किया था। एक बार फिर सामंतवाद को गहरी चोट लगी थी।

सरकार के मुखिया के तौर पर मेरे पदभार सँभालने से पहले, बिहार के पहले मुख्यमंत्री श्री कृष्ण सिंह के अलावा किसी भी मुख्यमंत्री ने पाँच साल तक का कार्यकाल पूरा नहीं किया था। मैंने न केवल पाँच साल पूरे किए, बल्कि अगले पाँच सालों तक बिहार की सेवा के लिए सार्वजनिक जनादेश भी प्राप्त किया था। मैं उत्पीड़ित और निराश वर्गों से तैयार प्रतिनिधियों का नेतृत्व कर रहा था। मैंने जमीनी स्तर पर एक नए नेतृत्व को प्रोत्साहित किया था। निर्वाचित प्रतिनिधियों में से लगभग 60 प्रतिशत युवा थे, सदन में पहली बार आए थे। हमने मेहमानों के साथ जीत का जश्न मनाया। राज्य के विभिन्न हिस्सों के लोक संगीतकार 1 अणे मार्ग पर बड़ी संख्या में एकत्र हुए। गरीबों ने इसे अपनी जीत की तरह मनाया। मैंने भी गायन और नृत्य में उनका साथ दिया। ड्रम और संगीत की आवाज अगले लगातार दो दिनों तक गुंजायमान रही।

1995 की जीत ने सामंती ताकतों पर गहरा घाव छोड़ा था। मुझे देश भर के राजनीतिक टिप्पणीकार एकाएक क्षेत्रीय क्षत्रप और जनता दल के सबसे कद्दावर नेता के रूप में देखने लगे थे। वही जनता दल, जो राज्य के बाहर अभी भी कोई खास जगह हासिल नहीं कर पाया था।

अध्याय 7

साजिश और सजा

बिहार में मंडल आयोग की सिफारिशों को लागू करने से जहाँ हाशिए पर के लोगों का एक हिस्सा ताकतवर होने लगा, वहीं इस प्रयास से मैं अपने उन विरोधियों और स्वार्थी लोगों के लिए विलेन बन गया, जो दलितों और पिछड़ों को लंबे समय से दबा-दबाकर खुद फल-फूल रहे थे। ये लोग मेरे खिलाफ गलत अफवाहें फैलाने लगे। प्रचार किया गया कि मैं ऊँची जातियों को पसंद नहीं करता, उनकी बेइज्जती करके मुझे मजा आता है, और मैंने जान-बूझकर अभियान चलाया है, ताकि उनको बदनाम किया जा सके। यह भी आरोप लगाया गया कि मैं खासकर ब्राह्मणों से घृणा करता हूँ।

मेरे खिलाफ अफवाह फैलाने वाले लोग राजनीति, मीडिया और नौकरशाही से थे और ये शहरी मध्यवर्ग और कुलीन वर्ग के थे। ये लोग गोलबंद हो गए थे, ताकि आम जनता के बीच मुझे बदनाम कर सकें। यह अलग बात है कि वे जनता को मेरे बारे में बरगला नहीं सके। मेरे बारे में इस हद तक झूठ बोला गया कि मैं आईएएस अफसरों को खैनी बनाने को कहता हूँ और प्रशासन से जुड़े वरिष्ठ अधिकारी और पुलिस अधिकारियों को मेरा पीकदान उठाने के लिए कहता हूँ। मीडिया में मेरे बारे में इस तरह की खबरें थीं कि मैं वरिष्ठ अधिकारियों से गंदी भाषा में बात करता हूँ। मैं ब्राह्मणों और ऊँची जातियों का विरोधी कैसे हो सकता था? मैं परंपरावादी ग्वाला परिवार

में पैदा हुआ था और भारतीय संस्कृति और नियम-कानूनों का पालन करने वाला आदमी था। मैं एक ऐसी जाति से था, जो परंपरागत रूप से गाय की पूजा और उसकी रक्षा करते हैं। मेरी माँ एक धार्मिक महिला थीं, जो विभिन्न तरह के नियमों का श्रद्धा से पालन करती थीं। हमारे परिवार के एक पंडित जी थे, जो हिंदू धर्मग्रंथों के मुताबिक हमारे घर में पूजा-पाठ करवाते थे। जब मैं बीमार पड़ा था, तो घर के बड़े लोग मुझे बरम बाबा और काली माई के पास, जो मेरे गाँव की रक्षा करने वाले देवी-देवता थे, ले गए थे, जिससे कि मैं ठीक हो जाऊँ। मैंने अपने गाँव में काली माई का एक मंदिर बनवाया था। मेरी पत्नी और परिवार के दूसरे लोग पूरी श्रद्धा-भक्ति के साथ छठ और कृष्ण जन्माष्टमी का त्योहार मनाते हैं। मैं छठ का प्रसाद बाँटता हूँ। मैं अपने माथे पर टीका लगाता हूँ और पूरी भक्ति भावना के साथ मंदिरों में माथा टेकता हूँ। मैं दिवाली, होली और हिंदुओं के दूसरे त्योहार मनाता हूँ। हाँ, रमजान के पवित्र महीने में इफ्तार पार्टी में भी शामिल होता हूँ। चूँकि मैं उसी उत्साह से ईद भी मनाता हूँ, इस कारण यह नहीं मान लेना चाहिए कि हिंदू धर्म में मेरी आस्था किसी से कम है।

मैं बचपन से आज तक इसी माहौल में पला-बढ़ा। यह मेरे स्वभाव के अनुकूल है। मैं ब्राह्मणवाद का विरोध करता हूँ, क्योंकि मेरा मानना है कि इसी के कारण सामाजिक भेदभाव बढ़ा है, लेकिन मैं ब्राह्मण-विरोधी कभी नहीं रहा। मैं मनुवाद का विरोध करता आया हूँ, क्योंकि मेरा मानना है कि इस सोच का हमारे समाज पर नकारात्मक असर पड़ा है। लेकिन अपने महान धर्मग्रंथों की कभी मैंने खिल्ली नहीं उड़ाई। मैं सामंतवाद के खिलाफ हूँ, जो किसी एक जाति तक सीमित नहीं है। जब मैं किसी गरीब ब्राह्मण को गलियों में भीख माँगते देखता हूँ, तो मुझे बहुत बुरा लगता है। उतना ही खराब मुझे तब लगता है, जब मैं गाय की रक्षा के नाम पर किसी गरीब मुसलमान को मार देने की खबर सुनता हूँ।

मेरे विरोधी उन चीजों को तो नजरअंदाज कर देते, जो उनके खिलाफ जाती, लेकिन जो चीजें उनके हक में होतीं, उनके आधार पर मुझ पर हमला बोलते। जैसे कि मेरी पार्टी (पहले जनता दल, और

अब राष्ट्रीय जनता दल यानी राजद) हमेशा ऊँची जाति के गरीबों के लिए आरक्षण की माँग करती आई है। मेरी लड़ाई गरीबी, शोषण और दमन के खिलाफ है, किसी जाति या व्यक्ति के खिलाफ नहीं। हाँ, यह जरूर है कि मैं अपने पूरे जीवन में संघ परिवार के खिलाफ बोलता आया हूँ, जिसे सामंतवाद और सांप्रदायिकता से ताकत मिलती है। मैं संघ परिवार के खिलाफ हमेशा बोलता रहूँगा। मैंने मंडल-विरोधी और अल्पसंख्यक-विरोधी ताकतों से न कभी समझौता किया है, न भविष्य में कभी करूँगा। लेकिन मेरे खिलाफ झूठी कहानियाँ फैलाई गईं कि मैं अधिकारियों से गाली-गलौज करता हूँ और ऊँची जातियों के लोगों से बदतमीजी से पेश आता हूँ, ताकि मध्यवर्ग और जनमत तैयार करने वालों के बीच मुझे बदनाम किया जा सके।

भाजपा-आरएसएस द्वारा फैलाया गया गंदा अभियान

90 के दशक तक कांग्रेस कमजोर हो चुकी थी और आरएसएस-भाजपा में महत्वाकांक्षा पैदा होने लगी थी। ये दोनों कई स्तरों पर मेरे खिलाफ अभियान चलाने लगे, और मीडिया के एक हिस्से ने उसका समर्थन किया।

एक दिन सुबह मैंने एक हिंदी अखबार में एक रिपोर्ट पढ़ी, जिसमें मुझे यह कहते हुए दिखाया गया, 'भूराबाल साफ करो।' आगे रिपोर्ट में भूराबाल शब्द का मतलब खोलकर बताया गया था। पाठकों को बताया गया कि भूराबाल शब्द राज्य की चार प्रमुख ऊँची जातियों—भूमिहार, राजपूत, ब्राह्मण और लाला (कायस्थ) के पहले अक्षर को जोड़कर बनाया गया है। रिपोर्ट में आगे बताया गया कि मैं इन चार जातियों को आर्थिक सामाजिक और राजनीतिक रूप से खत्म कर देने की साजिश पर काम कर रहा हूँ। मैं इस आपत्तिजनक रिपोर्ट से हक्का-बक्का था। मुझे बहुत गुस्सा आया। हालाँकि मैं अपने भाषणों में जमीन से जुड़े मुहावरों का इस्तेमाल करना पसंद करता हूँ, लेकिन मेरे दिल में कभी भी किसी जाति के लिए गलत भावना नहीं पैदा हुई। फिर बिहार से ऊँची जातियों के सफाए के लिए मेरा कभी इस तरह की बात करने का तो सवाल ही पैदा नहीं होता था। मैंने जोरदार तरीके से इस

रिपोर्ट का खंडन किया। यह तो कोई रहस्य था ही नहीं कि यह रिपोर्ट आई कहाँ से है—मेरे जो विरोधी चुनावी राजनीति में मुझे नहीं पछाड़ सके, वे एकजुट होकर मुझ पर व्यक्तिगत हमले कर रहे थे—लेकिन मुझे इनका मुकाबला करना था। मेरा भला चाहने वालों और मेरी पार्टी के नेताओं ने मुझे यही कहा। पार्टी नेताओं का कहना था कि मुझे उस अखबार के खिलाफ मानहानि का मुकदमा करना चाहिए। मुझे भी इस हमले के पीछे के शातिर दिमागों के बारे में पता था। ऊँची जातियों और सामंती ताकतों के बीच मेरे लिए घृणा फैलाने के लिए, जिसमें मीडिया का भी सहयोग था, जान-बूझकर साजिश के तहत 'भूराबाल साफ करो' जैसा एक नारा गढ़ा गया और मुझे इससे जोड़ा गया।

यह नहीं भूलना चाहिए कि शाही परिवार से जुड़े एक आदमी, वी.पी. सिंह ने मंडल आयोग की रिपोर्ट को लागू किया था; ऊँची जातियों के अनेक नेताओं ने पिछड़ी जातियों की भलाई के लिए काम किया था; मेरी पार्टी में भी ऊँची जाति के कई नेता थे, जो पिछड़ी जातियों के कल्याण के लिए लोहिया द्वारा शुरू की गई लड़ाई के साथ थे। मेरे पास उस अखबार के खिलाफ कार्रवाई करने का ठोस आधार था, फिर भी मैंने ऐसा न करने का फैसला लिया। मैं इन सब फालतू चीजों में अपना कीमती समय बरबाद नहीं करना चाहता था। सिर्फ एक अखबार का मामला नहीं था; और भी अखबार थे, जो गलत तरीके से मुझे निशाना बना रहे थे। मेरे मन में बदला लेने की भावना कभी नहीं आई। अपने राजनीतिक आकाओं की तरह ये मीडिया समूह भी जमीनी हकीकत से बहुत दूर थे और लगातार समाज में आ रहे उस बदलाव की हकीकत की अनदेखी कर रहे थे, जो बिहार में पिछड़ी जातियों के उभार के कारण संभव हुआ था। मैंने इन पिछड़े समूहों को जगाया और उन्हें ताकत दी, इससे पहले इतनी ताकत उन्हें पहले कभी नहीं मिली थी। आरएसएस-भाजपा के दिग्गज लालकृष्ण आडवाणी को गिरफ्तार कर, आरएसएस के कई जहरीले विचारकों को बिहार में आने से रोककर और इस तरह बिहार में उनके सांप्रदायिक अभियान को रोककर मैंने आरएसएस-भाजपा को भारी नुकसान पहुँचाया था। वे मुझे चुप नहीं करा सकते थे, क्योंकि मेरे पक्ष में पिछड़ों और अल्पसंख्यकों का ठोस समर्थन था।

अंदर से साजिश

दक्षिणपंथी विचारकों और रणनीति तय करने वालों को एहसास हो गया था कि झूठी कहानियाँ फैलाकर और संख्याबल में कमजोर ऊँची जातियों के बीच मेरे खिलाफ घृणा फैलाकर वे मुझे नहीं हरा सकते। इसलिए उन्होंने अपनी रणनीति बदलने का फैसला किया। इसलिए पिछड़ी जातियों के बीच मेरे ठोस जनाधार में दरार पैदा करने के लिए उन्होंने जनता दल के ही कुछ महत्वाकांक्षी नेताओं को खड़ा किया। जॉर्ज फर्नांडीस पहले नेता थे, जो मेरे खिलाफ हुई इस बड़ी साजिश में 1994-95 के आसपास शामिल हुए। बिहार में उनका कोई जनाधार नहीं था, और न ही उन्होंने कभी अपनी जमीन पर सामंतवाद और सांप्रदायिकता के खिलाफ लड़ाई लड़ी थी। साजिश के तहत जॉर्ज ने नीतीश कुमार को—जो राजनीति में लंबे समय से मेरे सहयात्री थे—मेरे खिलाफ विद्रोह करने के लिए कहा। आरएसएस-भाजपा ने नीतीश को आगे लाकर—जो कुर्मी जाति से हैं, और जो एक पिछड़ी जाति है—पिछड़ी जातियों के मेरे जनाधार को नुकसान पहुँचाकर मुझे सत्ता से बाहर करना चाहते थे। बेहद सावधानी से तैयार की गई पटकथा के तहत जॉर्ज और नीतीश ने जनता दल से अलग होकर समता पार्टी बनाई और 1995 के बिहार विधानसभा का चुनाव मेरे खिलाफ लड़ा।

लेकिन समता पार्टी का हश्र बुरा हुआ। उसे 324 सीटों में से मात्र सात सीट मिली। वह अपना कोई प्रभाव पैदा करने में नाकाम रही। हारी हुई समता पार्टी के जख्मों पर मरहम लगाने के लिए भाजपा ने, जो बाबरी मस्जिद विध्वंस के बाद खुद ही राजनीतिक वनवास भोग रही थी, जॉर्ज और नीतीश की पार्टी को अपने सहयोगी के तौर पर स्वीकार किया। जबकि हकीकत यह थी कि आरएसएस-भाजपा को नीतीश से कोई मोहब्बत नहीं थी। नीतीश का चेहरा देखकर भाजपा ने उन्हें अपनी गोद में नहीं बैठाया था। भाजपा ने नीतीश में बैकवर्ड यूनिटी तोड़ने का हथियार पाया। बिहार में मेरी पार्टी को तोड़ने में सफल होने के बाद संघ ने अपना झूठ फैलाना शुरू किया। आरएसएस-भाजपा ने यह दुष्प्रचार करना शुरू किया कि मैंने कुर्मियों से ज्यादा यादवों को महत्व दिया—नीतीश कुमार कुर्मी थे। जबकि यह सरासर गलत आरोप

था। यादव और कुर्मी—यानी ये दोनों पिछड़ी जातियाँ—बाढ़ और नालंदा क्षेत्र में लंबे समय से एक दूसरे के खिलाफ थीं। मैंने ही पिछड़े वर्ग को ताकतवर बनाने के अपने अभियान के तहत इन दोनों जातियों के बीच चट्टानी एकता कायम कराई थी। मेरे ही प्रयासों से 1989, 1990 और 1991 के चुनावों में इन दोनों जातियों ने एकजुट होकर मेरे पक्ष में वोट दिया। लेकिन अब चीजें मेरे खिलाफ होने लगी थीं।

अगर मैं अपनी तरफ से की गई गलतियों को न मानूँ तो वह बेईमानी होगी। दरअसल मैं बेपरवाह हो गया था और अपनी पार्टी के वरिष्ठ नेताओं की सलाहों की अनदेखी करने लगा था। चूँकि मेरा कद बड़ा था, इसलिए सलाह न मानने के बावजूद पार्टी के नेता मेरे मुँह पर मुझे कुछ नहीं कहते थे। दरअसल राजनीति में लगातार सफलता मिलने के कारण मैं अहंकारी हो गया था। अपने राजनीतिक जीवन के शुरू से ही अतिरिक्त प्रयास किए बिना मैं सफल होता जा रहा था। मैं उस पटना यूनिवर्सिटी स्टूडेंट्स यूनियन (पीयूएसयू) का महासचिव, फिर अध्यक्ष हो गया था, जिस पर उच्च मध्यवर्ग का कब्जा था। मैं लगातार लोकसभा और विधानसभा चुनाव जीत रहा था। मैं जेपी आंदोलन का हीरो था। कई पुराने समाजवादियों को पछाड़कर मैं नेता विपक्ष बन गया था। अब मैं आजादी के बाद बिहार का सबसे ताकतवर मुख्यमंत्री था।

जब कोई मेरे पास अपनी तकलीफ लेकर आता और मुझसे कार्रवाई करने के लिए कहता, तो मैं जवाब देता, 'अच्छा जाइए, देखेंगे।' मैं उसके बाद मैं यह मामला भूल जाता था। पार्टी के अनेक लोगों को मेरे व्यवहार से तकलीफ हुई थी, और उनका गुस्सा जायज था। ये असंतुष्ट तत्व आखिरकार आरएसएस-भाजपा में शामिल हो गए। आज पीछे मुड़कर देखने पर एहसास होता है कि मुझे अपने उन पार्टी नेताओं का ख्याल रखना चाहिए था, जो मेरे पास मदद पाने की उम्मीद में आए थे। 2004 में केंद्रीय रेल मंत्री बनने के बाद मैंने सबक से सीखते हुए अपनी गलती सुधार ली थी। यह उसी का नतीजा था कि मेरे मंत्री रहते हुए भारतीय रेल ने शानदार प्रदर्शन किया। उसके बाद से मैं हमेशा सही रास्ते पर चला। अब मैं अपनी पार्टी के लोगों का ज्यादा ख्याल रखता था और उनकी बातें मानता था। आगे बिहार की सत्ता हासिल करने के बाद भी, जो अब केवल समय की बात है,

मैं अपना यह रवैया बरकरार रखूँगा।

जब मैं सत्ता पाने के दिवास्वप्न में डूबा था, तब एक बहुत बड़ी उपलब्धि मुझे हासिल हुई। 1995 के विधानसभा चुनाव में शानदार जीत और लगातार दूसरी बार बिहार का मुख्यमंत्री बनने के बाद जनता दल ने मुझे अपना राष्ट्रीय अध्यक्ष चुना। मीडिया ने मुझे सबसे ताकतवर क्षेत्रीय नेता के रूप में पेश किया। लेकिन इसी समय मेरे विरोधियों और पार्टी के भीतर के कुछ लोगों द्वारा मुझे कमजोर करने की कोशिश शुरू हुई। लेकिन उनकी कोशिशों के बावजूद मैं अपने विराट लक्ष्य पर टिका रहा। मुझे समाज को बेहतर ढंग से बदलने का जनादेश मिला था, और जैसा कि संविधान में बताया गया है, समाज में समानता और न्याय का राज लागू करने की दिशा में काम करना था। मुझे धर्मनिरपेक्षता का पालन करने–जो कि हमारे संविधान की आत्मा है–और सांप्रदायिक तत्वों को दंडित करने का जनादेश मिला था। मुझे शोषित वर्ग को ऊपर उठाने और उन्हें ऊँची जातियों के बराबर आने का जनादेश मिला था।

बिल्कुल शुरुआत से ही मैं इस पर विश्वास करता हूँ कि लोकतंत्र में सत्ता से जुड़े महत्वपूर्ण लोगों को जनादेश के अनुसार नीतियाँ तैयार करनी चाहिए। एक बार यह हो जाने के बाद इन नीतियों के सही तरीके से पालन की जिम्मेदारी नौकरशाही पर छोड़ देनी चाहिए। संक्षेप में कहूँ, तो मैं 'मैनेजमेंट के मामले में बड़ी तस्वीर सामने रखकर चलने वाला' नेता हूँ। नेताओं और नौकरशाही में विवाद तब पैदा होता है, जब नेता नौकरशाही के रोज-रोज के कामकाज में दखल देता है और नौकरशाह जनादेश को ताक पर रख देते हैं। जब मैं केंद्रीय रेल मंत्री बना, तब मैंने यह रणनीति मेहनत से तैयार की, और फिर इसे पूरी तरह लागू भी किया, जबकि बिहार के मुख्यमंत्री के रूप में इस रणनीति में मुझे कम ही सफलता मिली।

चारा चोर या सद्विवेक का कैदी?

आरएसएस-भाजपा जॉर्ज फर्नांडीस और कुछ दूसरे असंतुष्ट नेताओं के साथ मिलकर मुझे बदनाम करने के अभियान में लग गई। उन्हें

छोटानागपुर और संथाल परगना क्षेत्र के कुछ जिलों में पशुपालन विभाग द्वारा बजट आवंटन से ज्यादा धन निकासी से संबंधित रिपोर्ट का सहारा मिल गया। तब के वित्त सचिव वी.एस. दुबे ने इस ओर मेरा ध्यान दिलाया।

मुझ पर चल रहे मुकदमों और अदालत के फैसलों पर मैं कोई टिप्पणी नहीं करना चाहता। सीबीआई ने इस मामले की जाँच की है और निचली अदालतों ने चारा घोटाले से संबंधित चार मामलों में मुझे सजा सुनाई है। अपने जीवन में मैंने अदालत के किसी आदेश की अवमानना नहीं की। जब भी अदालत ने मुझे सम्मन भेजा, मैं या तो वहाँ उपस्थित हुआ या फिर आत्मसमर्पण किया। अदालत के आदेश पर मैं जेल में रहा और उसी के फैसले पर जमानत पर बाहर आया। मुझे न्यायपालिका पर हमेशा भरोसा रहा है और आगे भी रहेगा। मैंने निचली अदालत के फैसले को ऊपरी अदालत में चुनौती दी। राजनीति में करीब पचास साल बिता चुकने के कारण मैं न्यायपालिका की अवमानना की बात सोच भी नहीं सकता, जो हमारी लोकतांत्रिक व्यवस्था का एक महत्वपूर्ण अंग है।

मैं यहाँ सिर्फ उन बातों तक खुद को सीमित रख रहा हूँ जो मुख्यमंत्री रहते हुए मैंने तब किया, जब मेरी जानकारी में यह बात लाई गई कि पिछले 15 साल या उससे भी ज्यादा समय से भ्रष्ट ठेकेदार और सप्लायर भ्रष्ट सरकारी अधिकारियों के साथ साठगाँठ कर सरकारी कोषागार से लगातार अधिक पैसे की निकासी कर रहे हैं। यहाँ जो मैं लिख रहा हूँ, वह पहले से ही सार्वजनिक है। बेहद ईमानदार अफसर के तौर पर प्रसिद्ध वी.एस. दुबे ने मुझे जानकारी दी कि पशुपालन विभाग के कोषागार से फर्जी बिल के आधार पर भारी मात्रा में निकासी हो रही है। यह घोटाला 1977-78 से ही चल रहा था, जब केंद्र और बिहार की सरकारों ने संथाल परगना और छोटानागपुर क्षेत्र के आदिवासियों के कल्याण के लिए आदिवासी उप-योजना और दूसरी योजनाओं की शुरुआत की। इन योजनाओं में पशुपालन क्षेत्र का प्रदर्शन बेहतर करने का एक कार्यक्रम भी शामिल था।

लेकिन, जैसा कि होता है, ठेकेदारों और सप्लायरों ने भ्रष्ट सरकारी

बाबुओं के साथ मिलकर गरीबों के कल्याण के लिए शुरू की योजनाओं का दुरुपयोग करके अपनी जेब गर्म करनी शुरू की। 1981–82 में यह समस्या भयानक हो गई, जब माफिया तत्वों ने छोटानागपुर में बजट आवंटन से भी अधिक कई लाख रुपए निकाले, तब जगन्नाथ मिश्र मुख्यमंत्री थे। 1981–82 के बाद सरकारी कोषागार से पशुपालन विभाग के तहत बजट से अधिक पैसों की निकासी का सिलसिला लगातार बढ़ता रहा। घोटालेबाजों ने कम से कम दस मुख्यमंत्रियों के कार्यकाल तक यह घोटाला जारी रखा।

जब वी.एस. दुबे ने मुझे माफिया तत्वों की जानकारी दी, तब मैं हैरान भी था और क्रोधित भी। मैंने तुरंत वित्तीय मामलों की कैबिनेट कमेटी की बैठक बुलाई, जिसमें वित्त सचिव को सभी डीएम से घोटाले की जाँच करने का आदेश दिया गया। जाँच के दौरान पश्चिम सिंहभूम के डीएम ने जिला कोषागार में भारी अनियमितता पाई। राँची के डीएम को भी जाँच में भारी वित्तीय अनियमितता मिली। मेरी सरकार ने इन रिपोर्टों के आधार पर धोखाधड़ी से संबंधित 41 एफआईआर दर्ज की। मैंने कोषागार घोटाले की जाँच के लिए एक न्यायिक आयोग गठित किया। मैं इन माफिया तत्वों से सीधी लड़ाई लड़ना चाहता था। आखिरकार उन पैसों की लूट हुई थी, जो गरीब अनुसूचित जनजातियों के कल्याण के लिए आवंटित किए गए थे। मुझे इसका गर्व है कि मैंने उस घोटाले का भंडाफोड़ किया, जो पिछले कई साल से जारी था, और मुझसे पहले के कई मुख्यमंत्रियों ने इसे अनदेखा कर दिया था।

यहाँ मैं गलत काम के खिलाफ कार्रवाई कर रहा था, लेकिन मेरे विरोधी मुझे ही इस घोटाले का 'मास्टरमाइंड' बता रहे थे। सीबीआई ने घोटाले की जाँच शुरू भी नहीं की थी, लेकिन भाजपा और समता पार्टी के मेरे राजनीतिक विरोधी मुझ पर इस घोटाले में सीधे लिप्त होने का आरोप लगा रहे थे। भाजपा ने तो 'चारा चोर' नाम से एक बुकलेट भी निकाला, जिसके कवर पर एक कार्टून था, जिसमें मुझे भैंस की पीठ पर बैठकर चारा खाते दिखाया गया था। कोर्ट द्वारा मामले का संज्ञान लिए जाने से पहले ही सामंतवादी मीडिया ने मुझे फाँसी पर लटका दिया था। मुझसे पहले और किसी मुख्यमंत्री को

इस तरह जान-बूझकर और इतने बड़े पैमाने पर बदनाम करने का अभियान नहीं चलाया गया।

मेरे राजनीतिक विरोधियों-भाजपा के सुशील कुमार मोदी, समता पार्टी के लल्लन सिंह और दूसरों ने इस घोटाले के खिलाफ अदालत में एक जनहित याचिका दायर करते हुए सीबीआई जाँच की माँग की। मैंने इसका विरोध किया, क्योंकि एक नेता के तौर पर मैं यह नहीं चाहता था कि मेरे विरोधी अपनी पसंद की जाँच एजेंसी चुनें। मंत्रिमंडल के मेरे कुछ सहयोगियों और शुभाकांक्षियों ने मुझे सुझाव दिया कि मैं यह मामला सीबीआई को जाँच के लिए सौंपकर विरोधियों को झटका दूँ। लेकिन मैं उनसे सहमत नहीं था।

आखिरकार सुप्रीम कोर्ट ने यह मामला सीबीआई को सौंप दिया। जब निचली अदालत ने पहली बार मुझे सजा सुनाई, तब मुकदमे की चार्जशीट दाखिल किए 17 साल हो गए थे। उस समय मैं सारण से सांसद था। मेरी संसद सदस्यता छिन गई और मैं चुनाव लड़ने के अयोग्य करार दिया गया। बाद में निचली अदालत ने मुझे तीन और मामले में सजा सुनाई। मैंने अदालत के किसी फैसले पर कोई टिप्पणी नहीं की और आगे भी नहीं करूँगा। मैं अपना जीवन उसी तरह बिता रहा हूँ, जैसा सम्माननीय अदालत चाहती है।

हाल ही में, मई, 2018 में एक प्रसिद्ध पत्रकार और लेखक ए.जे. फिलिप ने, जो 80 के दशक और 90 के दशक की शुरुआत में वहाँ काम करते थे, मुझे एक खुली चिट्ठी लिखी। यह चिट्ठी 'इंडियन करेंट्स' में उनके कॉलम में छपी। मैंने इसे अपने ट्विटर हैंडल पर शेयर किया है। मैं यहाँ भी इसे फिलिप और 'इंडियन करेंट्स' की अनुमति से शेयर कर रहा हूँ।

लालू प्रसाद यादव को खुली चिट्ठी-

देश के कैदियों के सद्विवेक श्रीमान लालू प्रसाद यादव जी,

मैं बहुत भरे मन से आपको लिख रहा हूँ। मैं यह भी नहीं जानता कि राँची जेल में, जहाँ आपको रखा गया है, आपको यह चिट्ठी मिलेगी

भी या नहीं। मेरी प्रार्थना यही है कि यह चिट्ठी आपको मिले और आप इसे पढ़ें।

हमारी मात्र दो ही बार मुलाकात हुई है। पहली बार हमारी मुलाकात तब हुई थी, जब पटना स्टेट गेस्ट हाउस में हरियाणा के मुख्यमंत्री स्वर्गीय देवीलाल का, जो वहाँ ठहरे हुए थे, इंटरव्यू करने सुबह छह बजे पहुँच गया था। यह अस्सी के दशक की बात होगी। जब मैं उनका इंटरव्यू कर रहा था, तब आप मेरे पीछे इस कारण खड़े थे कि देवीलाल जैसे वरिष्ठ नेता असहज महसूस न करें। लेकिन तब आप मेरे प्रति असहज होने लगे, जब आपने पाया कि देवीलाल पूरे रौ में थे और मेरे सवालों के सहजता से जवाब दे रहे थे। तब एक या दो बार आपने मुझे इशारा भी किया कि मैं जल्दी से इंटरव्यू खत्म करके निकलूँ, ताकि आप देवीलाल से राजनीति पर बात कर सकें।

दूसरी बार हमारी मुलाकात मुख्यमंत्री आवास पर हुई, जो तब मुख्यमंत्री होने के नाते राबड़ी देवी के नाम पर एलॉट था। मैंने मुख्यमंत्री आवास पर पूरी दोपहरी बिताई। आप तब चारा घोटाला मामले में अदालत में हाजिरी लगाकर लौटे ही थे। इंटरव्यू के बाद मैंने 'टू डेज इन लालू लैंड' नाम से एक कॉलम भी लिखा। वह लेख प्रो. के.सी. यादव द्वारा, जिन्होंने चारा घोटाले के खोखलेपन को उजागर किया था, लिखी हुई एक किताब में भी लगा।

मैंने 'द इंडियन एक्सप्रेस' में भी 'ए हाउस फॉर मिस्टर बिस्वास' नाम से मुख्य लेख लिखा, जिसमें मैंने आपके खिलाफ जाँच करने वाले सीबीआई अफसर के साल दर साल सेवा विस्तार के औचित्य पर सवाल उठाया था। मुझे याद है कि आपने उस लेख का अनुवाद कराकर उसकी लाखों कॉपियाँ पूरे राज्य में, और खासकर पटना की उस गरीब रैली में बँटवाई थीं, जिसके आप आयोजक थे। द हिंदुस्तान टाइम्स, पटना ने एक बॉक्स छापा था कि कैसे मेरा लेख लाखों लोगों तक पहुँच गया था।

मेरे लेख का वह शीर्षक नोबेल पुरस्कार प्राप्त लेखक वी.एस. नायपॉल के एक उपन्यास के शीर्षक पर था। उस लेख के छपने के बाद ऐसी रिपोर्टें आईं कि पूर्वोत्तर के कुछ 'आतंकवादी' यू.एन. बिस्वास

के कोलकाता स्थित घर को अपने ठिकाने के तौर पर इस्तेमाल कर रहे हैं। यानी जिस सुपर अधिकारी को आपका पीछा करने के लिए लगाया गया, वह अपने घर को अपराधियों के गैंग का सुरक्षित ठिकाना बनने से नहीं रोक पाया!

हममें यह आदत है कि हम हर राजनेता पर भ्रष्टाचार का आरोप लगाते हैं, जबकि हम खुद आयकर रिटर्न भरते हुए अपनी आय छिपाते हैं या किसी संपत्ति को खरीदते-बेचते हुए उसका मूल्य कम लगाते हैं या अपने बच्चों की शादियाँ करते हुए दहेज लेते या दहेज देते हैं।

मैंने चारा घोटाले की राजनीति का अध्ययन किया है। हुआ यह कि कुछ भ्रष्ट सरकारी अधिकारियों ने उतने ही भ्रष्ट ठेकेदारों के साथ मिलकर फर्जी बिल पेश करके जिला सरकारी कोषागारों से पैसे निकाल लिए। यह घोटाला जगन्नाथ मिश्र के मुख्यमंत्री काल से शुरू हुआ और आपके मुख्यमंत्री बनने के बाद भी जारी रहा।

इस घोटाले का पता आपके मुख्यमंत्री काल में एक नौकरशाह ने लगाया। कायदे से आपको इस घोटाले का भंडाफोड़ करने का श्रेय मिलना चाहिए था, लेकिन यह कितना बड़ा मजाक है कि आप पर ही इस घोटाले के सूत्रधार होने के आरोप लगे और आपको जेल में डाल दिया गया!

मैं आपके उन दिनों को याद करता हूँ! तब आप बिहार के राजा थे, सिर्फ आपके सिर पर मुकुट नहीं था। आप जनता के चहेते थे और यहाँ तक कि देश की राजनीति को भी चलाते थे। आखिर क्यों कोई मुख्यमंत्री, जिसके राजनीतिक काम के लिए धन इकट्ठा करने की अपील पर जनता उतने ही पैसे इकट्ठा कर लेगी, छोटे शहरों में चारा आपूर्ति करने वाले लोगों के साथ साठगाँठ करेगा? इस तरह की बात सोचना ही हास्यास्पद है।

मैं जगन्नाथ मिश्र को जानता हूँ। लेकिन मैं कभी यकीन नहीं कर सकता कि कोषागार से फर्जी तरीके से लाखों रुपए निकालने के लिए उन्होंने चारा आपूर्ति करने वालों को प्रोत्साहित किया होगा। यह वैसी ही बात है, जैसे कि मणिपुर में केंद्र द्वारा आवंटित धनराशि का स्थानीय राजनेता–नौकरशाह–ठेकेदार लॉबी द्वारा गबन कर

लेने पर प्रधानमंत्री नरेंद्र मोदी को घोटाले के लिए जिम्मेदार ठहराया जाए!

या हाल का एक दूसरा उदाहरण लेते हैं। हीरा व्यापारी नीरव मोदी सरकारी बैंकों से हजारों करोड़ रुपए की धोखाधड़ी करने के बाद देश से भाग गए। विदेश भागने से कुछ दिनों पहले वह दावोस गए और वहाँ प्रधानमंत्री मोदी के साथ एक ग्रुप फोटो में उनकी मौजूदगी पाई गई। जब नीरव मोदी ने बैंकों से धोखाधड़ी की, तब अरुण जेटली वित्त मंत्री थे। जेटली का कहना है कि इस धोखाधड़ी की शुरुआत यूपीए सरकार के समय हुई थी।

फिर सीबीआई ने भाजपा के मोदी या जेटली या कांग्रेस के पी. चिदंबरम के खिलाफ कोई कार्रवाई क्यों नहीं की? इसके अलावा, विजय माल्या कई बैंकों से हजारों करोड़ रुपए का कर्ज लौटाए बिना, अपनी किंगफिशर एयरलाइंस के कर्मचारियों के पी.एफ. का पैसा लेकर कई सूटकेस लेकर देश से भाग गए। वह राज्यसभा के सदस्य भी थे! क्या वह सरकार की जानकारी के बगैर विदेश भाग सकते थे? फिर संबंधित मंत्रियों के खिलाफ कोई कार्रवाई क्यों नहीं हुई?

नहीं, सर आप अलग ही तरह के राजनेता हैं। मैंने यह पाया है कि हर राजनीतिक पार्टी, चाहे वह कांग्रेस हो या भाकपा या माकपा या सपा या बसपा, सबने संघ परिवार से नजदीकी बनाई, लेकिन आपने कभी ऐसा नहीं किया। एक खतरनाक मिशन पर निकले लालकृष्ण आडवाणी को बिहार में घुसने पर गिरफ्तार कर आपने जो साहस दिखाया था, वह मुझे आज भी याद है।

आडवाणी की रथयात्रा हिंदू-मुस्लिम एकता को तबाह कर रही थी, और उनको गिरफ्तार कर आपने निर्दोष लोगों का खून बहाने की साजिश पर विराम लगा दिया था।

तब आपने नहीं सोचा होगा कि आपने एक हाथी को घायल किया है, जो अपनी तबाही को नहीं भूल पाएगा। उन लोगों को चारा घोटाले के रूप में आपको राजनीतिक रूप से खत्म कर देने का शानदार हथियार मिला।

कोई भी समझदार आदमी आप पर लगे आरोपों को बकवास कहकर खारिज कर देता, क्योंकि यह तर्क की कसौटी पर खरा नहीं

उतरता कि एक मुख्यमंत्री चोर से साझेदारी करे और अपना हिस्सा ले। पूरे सरकारी तंत्र को आपको सबक सिखाने के लिए लगा दिया गया। उन्होंने क्या किया?

उन्होंने चारा घोटाले को कई मुकदमों में बाँट दिया। कोई 25 से 30 साल पहले आपके खिलाफ ये मुकदमे किए गए। सभी मुकदमों में सजा अभी तक नहीं सुनाई गई है। यह सारा कुछ बहुत सोच–समझकर किया जा रहा है। इस देश में कई सजाएँ एक साथ चलती हैं, लेकिन आपके मामले में हर सजा एक के बाद एक भुगतनी होगी। इसके पीछे यह सुनिश्चित करने का इरादा है कि आप अपने जीवन के आखिर तक जेल में रहें।

हाल ही में मैं आपकी एक फोटोग्राफ देखकर हैरान रह गया कि दिल्ली के एम्स में इलाज के लिए ले जाने के वास्ते आपको एक ट्रेन में धकेला जा रहा है। क्या आपको हवाई जहाज से नहीं भेजा सकता था? मेरा एक दोस्त है, जो मुझे आपके स्वास्थ्य की जानकारी देता रहता है। उसी से मैंने जाना कि आपकी किडनी सही तरह से काम नहीं कर रही। आपको हाई ब्लड प्रेशर और डायबिटीज भी है। मैं यह भी जानता हूँ कि आपके हार्ट की तीन बार सर्जरी हो चुकी है।

आप वह आदमी हैं, जिसने भारतीय रेल का कायाकल्प किया, और गरीबों के लिए अलग ट्रेन की शुरुआत की। आपने लाखों करोड़ रुपए खर्च करके पटना और दिल्ली के बीच बुलेट ट्रेन शुरू करने के बारे में नहीं सोचा। यही कारण है कि आपको हार्वर्ड के छात्रों के बीच भाषण देने के लिए बुलाया गया कि आपने घाटे में चल रही भारतीय रेल को लाभकारी संस्था में कैसे बदला!

अब आप सत्तर साल के हैं। आपने कभी जमानत का अनादर या दुरुपयोग नहीं किया, अदालती कार्रवाई के दौरान कभी गैरहाजिर नहीं रहे, कभी किसी अदालती आदेश की अवमानना नहीं की, इसके बावजूद आपको जमानत नहीं दी गई। कानून की किताब में यह कहाँ लिखा है कि एक 'दोषी ठहराए गए' कैदी का इलाज सिर्फ सरकारी अस्पताल में ही होता है? आपने केरल के आर. बालकृष्ण पिल्लई के बारे में सुना होगा। उन्हें भी भ्रष्टाचार की सजा मिली और जेल में

भेजा गया। उनका तिरुवनंतपुरम के एक निजी अस्पताल में इलाज चला, जहाँ वह एयर कंडीशंड रूम में थे।

बालकृष्ण को एक साल कैद की सजा मिली थी, लेकिन आपको पता है, वह कितने दिन जेल में रहे? मात्र कुछ ही सप्ताह। मुझे बहुत दुख के साथ कहना पड़ रहा है कि उनमें और आपमें यह फर्क है कि वह क्षत्रिय हैं और आप यादव। यहाँ मुझे मेरे एक दोस्त की टिप्पणी उद्धृत करने दें, जो गुस्से से ज्यादा निराशा में लिखी गई है:

'आइए इसे जाति, वर्ग और समुदाय के पक्ष में झुकी हमारी एलीट पुलिस, और प्रशासनिक व्यवस्था की रोशनी में देखें। यहाँ तक कि चारा घोटाले में दोषी साबित होने वाले आईएएस अफसर तक, जिन्हें अपनी लगभग पूरी उम्र जेल में बितानी पड़ी, निचली जातियों से थे। वित्त आयुक्त फूल सिंह कुर्मी थे, बेक जुलियस आदिवासी थे, के. अरुमुगम और महेश प्रसाद अनुसूचित जातियों से थे। तब के मुख्य सचिव विजय शंकर दुबे निर्दोष पाए गए, चाइबासा के तत्कालीन डीसी सजल चक्रवर्ती दोषी पाए गए, लेकिन उन्हें जमानत मिली और वह झारखंड के मुख्य सचिव के पद तक पहुँचे। और सह अभियुक्त व पूर्व मुख्यमंत्री जगन्नाथ मिश्र, जिनके कार्यकाल में यह घोटाला शुरू हुआ, और सह अभियुक्त आर.एस. दुबे और अनेक पाठक तथा दुबे को छोड़ दिया गया, वे उन मुकदमों में बरी किए गए, जिनमें लालू दोषी साबित हुए और उन्हें जेल में डाला गया।' रिकॉर्ड सही करने के लिए जगन्नाथ मिश्र को हाल के एक फैसले में जेल की सजा मिली।

जो आईएएस चारा घोटाले के शिकार हुए, उनमें से अरुमुगम से मुलाकात का एक मौका मुझे मिला, जिसका ऑफिस पटना में मेरे ऑफिस के पास था। मैं उन्हें हमारे चर्च में होने वाले एक आयोजन में न्योता देने गया था। उन्हें तब तक बिल्कुल पता नहीं था कि वह जल्दी ही जेल में डाल दिए जाएँगे!

मेरे समुदाय की एक महिला, जिन्हें मैं अच्छी तरह से जानता हूँ अदालत में गई और एक डिक्री ले आई, जिसके तहत अदालत में दोषी साबित हुए किसी व्यक्ति को उसके पद से हटाया जा सकता

है। उन्हें तमाम लोगों ने सम्मानित किया, क्योंकि उस आदेश के पहले शिकार आप हुए। मैंने एक कॉलम लिखा, जिसमें मैंने पूरी तरह उस आदेश की जाँच-परख के बाद पाया कि जिस आधार पर वह याचिका दाखिल की गई थी, वह गलत था।

कोई भी समझदार सरकार आपको जमानत दे देती, ताकि आपका परिवार आपका इलाज करवा सके। अगर (पूर्व) कांग्रेस अध्यक्ष सोनिया गांधी और गोवा के मुख्यमंत्री मनोहर पर्रिकर इलाज के लिए अमेरिका जा सकते हैं, तो कोई भी चीज आपके परिवार को वहाँ आपको इलाज कराने के लिए ले जाने से नहीं रोक सकती थी। लेकिन सीबीआई के वकील ने अदालत में आपकी जमानत याचिका का विरोध करते हुए क्या कहा?

उसने कहा कि आप एनडीए सरकार के कट्टर विरोधी हैं और इस मौके का इस्तेमाल सरकार के खिलाफ जनमत तैयार करने के लिए कर सकते हैं। क्या यह जमानत न देने का आधार हो सकता है? फिर भी आपको जमानत देने से इनकार किया गया। अब इस तथ्य पर विचार कीजिए, एक केंद्रीय मंत्री अपनी सरकारी मशीनरी का इस्तेमाल क्रिकेट से जुड़े एक भगोड़े प्रशासनिक अधिकारी ललित मोदी को ब्रिटेन से बाहर घूमने जाने देने के लिए करती हैं।

25 अप्रैल को आपके बेटे तेजस्वी यादव का ट्वीट पढ़ने के बाद मैं सचमुच बहुत दुखी हुआः 'दिल्ली के एम्स में लंबे समय बाद कुछ मिनटों के लिए पिता से मिला। उनके स्वास्थ्य के लिए चिंतित हूँ। मैंने उनके स्वास्थ्य में बहुत सुधार नहीं देखा। इस उम्र में उन्हें लगातार देखभाल और स्वास्थ्य से जुड़े महत्वपूर्ण संकेतकों पर लगातार नजर रखने की जरूरत है।'

इसके बावजूद केंद्र सरकार ने आपको वापस राँची भेज दिया, क्योंकि कथित तौर पर आपका स्वास्थ्य सुधर रहा था। ऐसा महसूस होता है कि वे आपको जेल से नहीं निकलने देना चाहते। उनको डर है कि अगर आप बाहर आ गए, तो बिहार में उनकी सरकार गिर जाएगी। जिस जनाधार पर नीतीश कुमार की सरकार टिकी हुई है, हाल के उपचुनावों में भाजपा-जदयू की हार से उसकी असलियत सामने आ गई।

यह सही है कि आप चुनाव नहीं लड़ सकते, लेकिन 2019 में एक खामोश प्रचारक की आपकी भूमिका भी भाजपा के लिए महँगी पड़ सकती है। इसीलिए आपको लगातार जेल में रखे जाने का इरादा है। वे आपके बेटे-बेटियों पर उन अपराधों के लिए भी, जब वे पैदा भी नहीं हुए थे, मुकदमा ठोकने की ताकत रखते हैं। और खुद उनका रिकॉर्ड क्या है? भाजपा अध्यक्ष के खिलाफ एक मुकदमे में, गवाह तो छोड़िए, उस जज की रहस्यमय परिस्थितियों में मौत हो गई, जो मुकदमे पर फैसला करने वाले थे!

और उत्तर प्रदेश के मुख्यमंत्री ने अपने और अपनी पार्टी के लोगों के खिलाफ मुकदमे वापस ले लिए। ये मुकदमे हत्या से लेकर दंगा भड़काने के थे। क्या मजाक है, ये 'वापस ले लिए जाने लायक' मुकदमे थे, जबकि आपसे जुड़े लगभग 32 मामले ऐसे हैं, जिनमें से एक को भी वापस नहीं लिया जा सकता! मैंने आपको सद्विवेक का कैदी कहा है, लेकिन आप इस तरह के पहले कैदी नहीं हैं।

हमने डॉ. विनायक सेन, सोनी सोरी और इरोम शर्मिला जैसों के लिए भी यही शब्द इस्तेमाल किया है। पर यह शब्द आप पर भी इसलिए लागू होता है, क्योंकि आपने सत्तारूढ़ दल से कभी कोई समझौता नहीं किया और जिससे संघ परिवार डरता है।

मैं सिर्फ यह उम्मीद कर सकता हूँ कि यह चिट्ठी पढ़ते हुए आपका स्वास्थ्य सही हो। आपको अपनी पत्नी और बच्चों द्वारा देखभाल की जरूरत है और नाती-नातिनों का साथ आपको खुश रख सकता है। मैं नाउम्मीदी के बीच भी यह उम्मीद करता हूँ कि आपका मौजूदा स्वास्थ्य सत्ता से जुड़े लोगों में आपको जमानत देने का फैसला लेने के लिए प्रेरित करे। बहुत लोग हैं, जो मानते हैं कि आप 'भ्रष्ट' हैं, लेकिन वे आपका मोल तब समझेंगे, जब आप नहीं होंगे। मैं उम्मीद करता हूँ कि ऐसा नहीं होगा और आप सार्वजनिक जीवन में लौट सकेंगे। इस समय मेरे विचार एकांत में विलाप की तरह ही लगेंगे।

मेरे कुछ दोस्त मुझे कहते हैं कि आपको अदालत ने दोषी ठहराया है। उन्हें मैं इतना ही कह सकता हूँ कि ईसा मसीह को भी दोषी ठहराया गया था!

शुभकामनाओं और प्रार्थनाओं के साथ,

आपका
एजेफिलिप / जीमेल.कॉम
(सौजन्यः इंडियन करेंट्स)

फिलिप की चिट्ठी पर टिप्पणी करने के लिए मेरे पास इसके अलावा कोई शब्द नहीं हैं: 'धन्यवाद, फिलिप साहब।'

अध्याय 8

भँवर में भी तैरते रहे

भाजपा और समता पार्टी दोनों मेरे खिलाफ लामबंद हो गए थे। विरोधी दलों ने मुझ पर चौतरफा हमला बोला हुआ था, और आरएसएस समर्थक पत्रकारों द्वारा स्थानीय और राष्ट्रीय मीडिया में मेरे खिलाफ ऊटपटांग अभियान भी चलाए जा रहे थे। मगर इन सबके बावजूद हमारे जनता दल ने बिहार में 1996 के लोकसभा चुनाव में काफी अच्छा प्रदर्शन किया। समता पार्टी की छह और भाजपा की 18 सीटों की तुलना में हमारी पार्टी ने अकेले 22 लोकसभा सीटें जीतीं। भाजपा ने जॉर्ज और नीतीश की मदद से मंडल ताकतों की एकता को कुछ हद तक चोट जरूर पहुँचाई थी। मगर फिर भी मैंने किसी तरह से बिहार में अपनी पार्टी का बेहतर प्रदर्शन सुनिश्चित कराया। काफी कम सीटों पर रहने वाली भाजपा ने नई दिल्ली में सरकार बनाने की कोशिश की। 1996 के चुनावों के बाद अटल बिहारी वाजपेयी प्रधानमंत्री बने, लेकिन सिर्फ 13 दिनों तक वे सत्ता में रहे। सरकार बनाने के लिए सदन में जरूरी आँकड़े जुटाने में नाकाम रहे वाजपेयी ने इस्तीफा दे दिया और इस तरह नई दिल्ली में हमारी पसंद की सरकार के गठन के लिए मार्ग प्रशस्त हुआ।

जनता दल के राष्ट्रीय अध्यक्ष के रूप में, मैं किंग मेकर की भूमिका में हुआ करता था। मैंने प्रधानमंत्री के रूप में कर्नाटक के मुख्यमंत्री एच.डी. देवगौड़ा का नाम प्रस्तावित किया। कांग्रेस और वामपंथी दलों

ने मेरी पसंद का समर्थन किया। लेकिन तत्कालीन कांग्रेस अध्यक्ष सीताराम केसरी के उलटे दाँव के चलते पार्टी ने उनसे अपना समर्थन वापस ले लिया। कांग्रेस ने जोर दिया कि उसे सहजता होगी अगर प्रधानमंत्री का पद किसी अन्य व्यक्ति को दिया जाए। फिर, जनता दल के अध्यक्ष होने के नाते, मैंने आई. के. गुजराल के नाम का प्रस्ताव दिया, अंततः वह देवगौड़ा के उत्तराधिकारी के रूप में 1998 तक देश के प्रधानमंत्री बने रहे। इस प्रकार मैंने भारत के दो प्रधानमंत्रियों के चयन में महत्वपूर्ण भूमिका निभाई थी। गुजराल को प्रधानमंत्री पद के उम्मीदवार के रूप में पेश करने से पहले, मैंने उन्हें पटना लोकसभा सीट से चुनाव लड़ाया था। लेकिन वह चुनाव रद्द हो गया था। फिर हमने उन्हें बिहार से राज्यसभा में चुनकर भेजा, ताकि उनके प्रधानमंत्री पद सँभालने में कोई अड़चन न आए।

राजद का जन्म

इसे मेरा आत्मसंतोष या जनता दल के नेताओं की महत्वाकांक्षाओं की टकराहट कहिए या फिर संघ परिवार की साजिश, वजह कुछ भी हो, लेकिन शरद यादव जुलाई 1997 में जनता दल के अध्यक्ष के चुनाव में मेरे खिलाफ खड़े हुए। मेरे लिए यह समझना मुश्किल था कि आखिर क्यों शरद जी ने एकाएक अपना पाला बदल दिया था, और वह भी मेरे खिलाफ। आखिर वह मैं ही था, जिसने पार्टी को एक के बाद एक जीत दिलाई थीं। इतना ही नहीं, बतौर मुख्यमंत्री यह मेरा ही नेतृत्व था, जिसकी बदौलत मैंने राज्य विधानसभा चुनाव में जनता दल को लगातार दूसरी जीत दिलाई थी। जब जॉर्ज फर्नांडीस आरएसएस–भाजपा के साथ अपना अलग खेल खेल रहे थे, तब मुझे पक्का भरोसा था कि शरद यादव मजबूती से मेरे साथ खड़े होंगे। लेकिन उनकी सोच अलग थी और इसी के चलते उनके भीतर मुझे जनता दल के अध्यक्ष पद से हटाने की महत्वाकांक्षा पनपी। मैं पहले से ही आरएसएस–भाजपा के षड़यंत्रों से तंग था। बरदाश्त करने की मेरी हद पार हो चुकी थी इसलिए मैंने फैसला किया कि बस अब बहुत हो गया।

मैंने जनता दल को छोड़ दिया और पाँच जुलाई, 1997 को राष्ट्रीय जनता दल का गठन किया। कर्नाटक के पूर्व मुख्यमंत्री और वरिष्ठ समाजवादी नेता रामकृष्ण हेगड़े ने मेरी प्रार्थना पर नया नाम सुझाया। आज यह आरजेडी या राजद के नाम से मशहूर है। पार्टी के 21 सांसदों और 137 विधायकों ने स्वयं को पार्टी के साथ खड़ा किया हुआ है। इससे यह तो पता चलता ही है कि बड़ी संख्या में अपने निर्वाचित साथियों की वफादारी और सम्मान मुझे मिला हुआ है। अन्य लोग शरद यादव की अध्यक्षता में जनता दल (यूनाइटेड) में शामिल हो गए, जो बाद में आरएसएस-भाजपा और जॉर्ज की अगुआई वाली समता पार्टी के साथ मिल गए, और मेरे खिलाफ जहर उगलने लगे।

ए.आर. किदवई तब बिहार के राज्यपाल थे। जब सीबीआई ने मुझ पर कार्रवाई करने की अनुमति के लिए राज्यपाल से संपर्क किया, तभी से किदवई, आरएसएस-भाजपा और मीडिया के निशाने पर आ गए। अखबारों में किदवई को लेकर तमाम कहानियाँ गढ़ी जा रही थीं, जिनका कुल जमा मकसद यही था कि राज्यपाल पर दबाव बनाया जाए। आरएसएस-भाजपा और सामंती मीडिया को संदेह था कि राज्यपाल सीबीआई की माँग को खारिज कर सकते हैं, इसीलिए वे लगातार आक्रामक रुख अपनाए हुए थे।

मेरे राजनीतिक विरोधी सभी तरफ से मुझ पर दबाव बना रहे थे, और मीडिया का एक शक्तिशाली वर्ग भी उनकी मदद कर रहा था। मुझे काफी सतर्क रहने की जरूरत थी।

यह मेरे लिए परेशानियों की शुरुआत थी। मगर मैं हर मुश्किल को झेलने के लिए तैयार था, क्योंकि मेरा नजरिया एकदम साफ था। जब चारा घोटाला मेरे संज्ञान में लाया गया, तो मैंने तुरंत इस मुद्दे की जाँच के आदेश दिए और यहाँ तक कि इसमें शामिल रैकेट की पड़ताल के लिए एक समिति भी गठित की थी। हालाँकि मेरे मुख्यमंत्री बनने से पहले भी घोटाले हो रहे थे, लेकिन यह मामला अब एक राष्ट्रीय घोटाले की शक्ल ले चुका था, और अदालत में भी पीआईएल (जनहित याचिका) दाखिल की जा रही थी। 1996 की शुरुआत में माननीय पटना उच्च न्यायालय ने इस मामले की सीबीआई जाँच का आदेश दिया था। समय के साथ, चारा घोटाले के सिलसिले में 60 से

ज्यादा मामले सामने आए थे। सीबीआई ने चार्ज लेने के तुरंत बाद अपनी पहली प्राथमिकी (एफआईआर) दर्ज की। और, नौ महीने बाद, जाँच एजेंसी ने आरोपपत्र दायर किया, मुझे और 55 अन्य लोगों को आरोपी के रूप में नामित किया–जिसमें पूर्व मुख्यमंत्री और कांग्रेस नेता जगन्नाथ मिश्रा को भी शामिल किया गया। भारतीय दंड संहिता की विभिन्न धाराओं के तहत इस मामले में फौजदारी से लेकर आपराधिक षड्यंत्र तक के मामले दर्ज किए गए। इसमें भ्रष्टाचार रोकथाम अधिनियम के अनुभाग भी जोड़े गए थे। काफी सारी चीजें मेरे खिलाफ चल रही थीं और मेरे विरोधी इसका मजा ले रहे थे।

वर्ष 1997 में मैंने लोकतंत्र और अपने राजनीतिक जीवन के संदर्भ में कुछ विचित्र घटनाएँ देखी। सीबीआई के संयुक्त निदेशक, यू.एन. बिस्वास, जो राष्ट्रीय महत्व के इस मुद्दे को सुलझाना चाहते थे और मुझे गिरफ्तार करने के लिए आतुर थे, ने 24 जुलाई, 1997 को जगन्नाथ मिश्रा और कई आईएएस और पशुपालन विभाग के अधिकारियों और आपूर्तिकर्ताओं के खिलाफ विशेष अदालत में चार्जशीट दायर की। विशेष अदालत ने संज्ञान लिया और मेरे अलावा सभी आरोपी लोगों के खिलाफ गिरफ्तारी के वारंट जारी किए। लेकिन सुप्रीम कोर्ट ने 29 जुलाई तक मेरी गिरफ्तारी पर रोक लगा दी। मैंने घोषणा की कि मैं निर्धारित तिथि को अदालत के समक्ष आत्मसमर्पण करूँगा। हालाँकि, मैं समझ नहीं पा रहा था कि आखिर क्यों बिस्वास मुझे उसी दिन गिरफ्तार करने के लिए दानापुर के सेना मुख्यालय पहुँचे और वहाँ के अधिकारियों से मदद माँगी। आखिर आत्मसमर्पण का वादा तो मैं पहले ही कर चुका था।

इस मामले में सेना के अधिकारी भी पूरी तरह से भौचक्के थे; क्योंकि इस तरह का कोई कानूनी प्रावधान नहीं था कि, किसी सामान्य आदमी के खिलाफ एक अधिकारी द्वारा सशस्त्र बलों से संपर्क और उनसे मदद माँगी जाए। उन्होंने (सेना अधिकारियों) बिस्वास के अनुरोध को खारिज कर दिया। मैं सीबीआई अधिकारी की कार्रवाई से पूरी तरह से हैरान था। मैं पसोपेश में था कि आखिर क्या वजह थी कि उन्होंने सीधे सेना से संपर्क किया था, जबकि मैंने सीबीआई अदालत के समक्ष निर्धारित तिथि पर आत्मसमर्पण करने की बात भी की थी।

विस्वास के इस दृष्टिकोण ने पूरे देश को चौंका दिया। संसद में अगले दिन तूफान आया हुआ था। कांग्रेस, वामपंथी और विभिन्न क्षेत्रीय दलों के सांसद सीबीआई अधिकारी के इस तरह के आचरण पर सवाल पूछ रहे थे। तत्कालीन केंद्रीय गृह मंत्री इंद्रजीत गुप्ता ने संसद को बताया कि सीबीआई अधिकारी ने सुरक्षा के मुद्दे पर राज्य के मुख्य सचिव से मिलने में विफल रहने के बाद ही सेना से संपर्क किया था। लेकिन गुप्ता ने इस बात को स्वीकार किया कि, बिस्वास मुझे गिरफ्तार करने की जल्दी में थे। उन्होंने टिप्पणी की, 'हम किसी भी ऐरे-गैरे को नागरिक प्रशासन की सहायता के लिए सेना की मदद लेने के लिए नहीं कहते हैं।'

केंद्र सरकार द्वारा शुरू की गई एक विभागीय जाँच के आधार पर, 1998 में केंद्रीय प्रशासनिक ट्रिब्यूनल (सीएटी) की कलकत्ता बेंच द्वारा पारित आदेश कलकत्ता उच्च न्यायालय के पास पहुँचा। इस विभागीय जाँच में बिस्वास पर दुर्व्यवहार का आरोप लगाया गया था। उसके बाद पीड़ित अधिकारी उच्च न्यायालय गए। निम्नलिखित आधार पर विभागीय जाँच आयोजित की गई थी, जिसे उच्च न्यायालय में सुनवाई के उद्देश्य के लिए रिकॉर्ड पर रखा गया थाः

'डॉ. यू.एन. बिस्वास, आईपीएस, (डब्ल्यूबीः 68), जो कि संयुक्त निदेशक (पूर्व), सीबीआई, कलकत्ता के रूप में तैनात थे, बिहार के एएचडी (पशुपालन विभाग से संबंधित) मामलों की देखरेख के दौरान अपनी कर्तव्य निष्ठा को बनाए रखने में विफल रहे और उन्होंने जो भी दुर्व्यवहार किया वह अखिल भारतीय सेवा के सदस्य होने के नाते अनुचित तरीके से जिम्मेदारी निभाने और अपनी अधिकार-सीमा के उल्लंघन का स्पष्ट मामला थाः

29/30.7.1997 को, उन्होंने सीबीआई के निदेशक के बिना पूर्व अनुमोदन के, नागरिक प्राधिकरण की सहायता में सेना की मदद प्राप्त करने के लिए कानून का उल्लंघन किया था और श्री लालू प्रसाद यादव के खिलाफ विशेष अदालत द्वारा जारी गैर जमानती वारंट के निष्पादन के मामले में सेना की तैनाती के लिए प्रयास किया था, जिसमें बिहार के पूर्व मुख्यमंत्री को सीबीआई केस संख्या आरसी–20 (ए)/96–पीएटी में आरोपी बनाया गया था।

पटना के एसपी, सीबीआई, एएचडी श्री वी.एस.के. कौमुदी ने अपने अवैध आदेश का अनुसरण करते हुए पटना में श्री लालू प्रसाद यादव के खिलाफ गिरफ्तारी के गैर जमानती वारंट के निष्पादन के लिए सेनाकर्मियों की तैनाती के लिए 30.7.97 को सुबह स्थानीय सेना के अधिकारियों को लिखित आवेदन सौंपा। यह आदेश डॉ. यू.एन. बिस्वास द्वारा उनके अधीनस्थ अधिकारियों को दिया गया था, जो कि पूरी तरह से अवैध था और वस्तुस्थिति को न समझ पाने का मामला था। इस प्रकार उनमें कर्तव्यनिष्ठा की कमी देखी गई और अखिल भारतीय सेवा (आचरण) नियम, 1968 के नियम 3 (1) के प्रावधानों का उल्लंघन किया गया था।

एक पूर्व वरिष्ठ पुलिस अधिकारी, ए.पी. दोराई ने, जिन्होंने उन परिस्थितियों की जाँच की, जिसमें सीबीआई अधिकारी ने गिरफ्तारी के गैर जमानती वारंट को निष्पादित करने के लिए सेना की मदद माँगने में अपनी सीमाओं का उल्लंघन किया था, न केवल बिस्वास बल्कि और मामले से जुड़े दो अन्य लोगों के खिलाफ आवश्यक कार्रवाई की सिफारिश भी की। दोराई ने अदालत की सुनवाई के दौरान, जहाँ उन्हें गवाह के रूप में बयान दर्ज करने के लिए बुलाया गया था, ये बातें कही थीं।

उच्च न्यायालय ने ऐसा कोई कारण नहीं देखा कि जिसमें केंद्र की तरफ से यू.एन. बिस्वास के खिलाफ कार्रवाई की जाए। फिर यह मामला विभागीय जाँच के लिए भेज दिया गया। ऐसा इसलिए भी था, क्योंकि अदालत इस बात को नहीं चाहती थी कि केंद्र जाँच के बीच आए जब संबंधित अधिकारी आपराधिक मामले की जाँच कर रहे थे। इसके अलावा, कलकत्ता उच्च न्यायालय ने बताया कि चारा घोटाला का बड़ा विषय पटना उच्च न्यायालय के समक्ष पहले से ही था और उसे बिस्वास मामले में अब तक जो कुछ भी हुआ, उसे लेकर कोई शंका नहीं है। जब अटल बिहारी वाजपेयी के नेतृत्व वाली भाजपा सरकार ने मार्च 1998 में पद सँभाला, तब प्रधानमंत्री ने कहा कि इस मामले में कानून की उचित प्रक्रिया का पालन किया जाए। लेकिन भाजपा की सहयोगी समता पार्टी ने पटना में आंदोलन किया और धमकी दी कि अगर बिस्वास के खिलाफ कार्रवाई की गई, तो वह गठबंधन

तोड़ देगी। साफ-साफ कहें तो बिस्वास को क्लीन चिट दी गई थी। मेरे पास बिस्वास के खिलाफ कुछ भी नहीं था, वह बाद में पश्चिम बंगाल से चुनाव लड़े और यहाँ तक कि मंत्री भी बने। हालाँकि उनके प्रति मेरे मन में कोई ग्लानि नहीं है और मैं उनके बेहतर जीवन की कामना करता हूँ।

सीबीआई ने जैसे ही मेरे और अन्य के खिलाफ आरोपपत्र दायर किए भाजपा और समता पार्टी के नेताओं ने जश्न मनाना शुरू कर दिया। इस्तीफा देने से इनकार करने पर उन्होंने बिहार में राष्ट्रपति शासन लागू करने की माँग शुरू कर दी। एक भाजपा नेता ने यह भी कहा कि, 'एक भ्रष्ट व्यक्ति को कार्यालय में रहने का कोई अधिकार नहीं है'—विडंबना यह है कि उन पर खुद हत्या के एक गंभीर मामले में चार्जशीट दायर की गई थी। भाजपा और समता पार्टी के कई ऐसे नेता थे, जो अपराध के कई मामलों में लिप्त और भ्रष्टाचार के खिलाफ तथाकथित अभियान में शामिल थे। इन सभी ने भ्रष्टाचार के खिलाफ अभियान में हाथ मिला लिया था। मेरे विरोधियों में कुछ गैंगस्टर भी शामिल थे, जो जमींदारों की अवैध सेना के तौर पर काम करने वाली रणवीर सेना के बैनर तले केंद्रीय बिहार में दलितों के नरसंहार करने के आरोपी थे।

शुभचिंतकों की सुनना

मेरे इस्तीफे की माँगों पर मेरी त्वरित प्रतिक्रिया उन्हें खारिज करने की थी। मैंने मुख्यमंत्री का पद इस आधार पर छोड़ने से इनकार कर दिया कि संविधान में मुख्यमंत्री को इस्तीफा देने संबंधी कोई उपबंध नहीं है, या चूँकि मुख्यमंत्री को इस मामले में फँसाया गया था, अतः संविधान की धारा 356 को लागू करने के लिए केंद्र अधिकृत था। मेरा विचार बिल्कुल स्पष्ट था। सीबीआई ने कई लोगों के खिलाफ चार्जशीट दायर की थी, जिसमें नेताओं सहित कई पार्टियों-भाजपा और कांग्रेस शामिल थे। अदालत ने उस वक्त मेरे खिलाफ कोई आरोप नहीं बनाया था। मैं मुख्यमंत्री के रूप में बने रहते हुए कानूनी रूप से अदालत में यह राजनीति से प्रेरित लड़ाई लड़ने के लिए दृढ़ संकल्पित

था। मैंने, आखिरकार, दो साल पहले 1995 में राज्य की सेवा करने के लिए लोगों का जबरदस्त जनादेश प्राप्त किया था। मैंने कहा कि अगर मतदाता मुझे बाहर जाने के लिए कहते हैं, तो मैं तुरंत मुख्यमंत्री पद छोड़ दूँगा। मैंने अपने विरोधियों को अदालत में हराने की चुनौती दी, क्योंकि लोकतंत्र में मुझे विश्वास था।

लेकिन यह मेरे प्रतिद्वंद्वियों को स्वीकार्य नहीं था। सबका ध्यान मुझ पर बना रहे, इसलिए आरएसएस-भाजपा-समता पार्टी के नेताओं ने सामंती तत्वों और मीडिया के निहित स्वार्थी वर्ग को साथ लेते हुए मेरी यह छवि बनाने की कोशिश की, कि मैं ही इस घोटाले में एकमात्र अपराधी था। हालाँकि मैंने यह कहना जारी रखा कि सरकारी खजाने से धोखाधड़ी की गतिविधियाँ पिछले 15-20 वर्षों के दौरान की थीं, जिसमें 10 से अधिक पूर्व मुख्यमंत्री के कार्यकाल के लोग शामिल थे, जिसमें कई नौकरशाहों, अधिकारियों, ठेकेदारों और आपूर्तिकर्ताओं को शामिल किया गया था। लेकिन मेरे राजनीतिक विरोधियों ने मेरे खिलाफ लोकतांत्रिक विकल्पों को अलग तरीकों से इस्तेमाल किया—इस मामले में घोटाले के मुख्य खलनायक के रूप में मुझे पेश करने के लिए पूरी मशीनरी को लगाया गया। आरएसएस ब्रिगेड के प्रति नरम रुख अपनाने वाले सामंती मीडिया ने मेरे खिलाफ षड्यंत्र को और बढ़ावा दिया।

यहाँ तक कि मेरे इस्तीफा देने से इनकार करने के बावजूद मेरे कई शुभचिंतक और दोस्तों, जिसमें तत्कालीन कांग्रेस अध्यक्ष सीताराम केसरी और तत्कालीन तमिलनाडु के मुख्यमंत्री एम. करुणानिधि भी शामिल थे, ने मुझे इस्तीफा देने के लिए कहा। बिहार के राज्यपाल ए.आर. किदवई ने भी सुझाव दिया कि अगर अदालत ने मुझे जमानत देने से इनकार कर दिया और मुझे न्यायिक हिरासत में जाने का आदेश दिया, तो मुख्यमंत्री के रूप में काम करना मेरे लिए व्यावहारिक रूप से असंभव होगा और ऐसी स्थिति में मुख्यमंत्री के लिए मेरी अपनी पसंद के व्यक्ति हेतु रास्ता तैयार किया जाएगा। ये सभी ठीक मेरी तरह सिद्धांततः सुलझे हुए लोग थे और उन्हें अनदेखा करना शायद मूर्खतापूर्ण होता।

बिहार में मेरे ऊपर परिवारवाद की राजनीति को बढ़ावा देने का

आरोप लगाया गया है। लेकिन सच्चाई यह है कि ऐसी शासन प्रणाली को बढ़ावा देने का मेरा कभी भी कोई इरादा नहीं था। मुझे केसरी के सुझाव की वजह से नई दिल्ली में मौका मिला था, जबकि मेरे पास उस समय काफी समर्थन था। यह वही थे, जिन्होंने मुझे निजी तौर पर सुझाव दिया कि मेरी पत्नी राबड़ी देवी मुख्यमंत्री के रूप में कार्य कर सकती हैं। मुझे उनके सुझाव पर हँसी आई। मैंने इन 25 वर्षों में कभी भी अपनी पत्नी राबड़ी के साथ राजनीति पर चर्चा नहीं की थी। मेरे नौ बच्चे थे। एक माँ के तौर पर राबड़ी उन बच्चों की देखभाल करती थी। वह बच्चों और घरेलू मामलों में बिना वक्त गँवाए व्यस्त रहती थी। इसके अलावा, मैंने सोच-समझ कर उन्हें कभी राजनीति में नहीं आने दिया था।

लेकिन वैसी स्थिति में तत्काल प्रतिक्रिया की जरूरत थी, क्योंकि कानूनी तलवार मेरे सिर पर लटक रही थी। शुभचिंतकों और दोस्तों के सुझावों का जवाब देते हुए, मैंने 24 जुलाई, 1997 की शाम को अपने आधिकारिक निवास पर राजद विधायी दल की एक बैठक बुलाई और घोषणा की, 'मैंने मुख्यमंत्री के पद से इस्तीफा देने का फैसला किया है। मैं आप सभी को संकट के इस समय में एकता बनाए रखने और अगले मुख्यमंत्री के रूप में अपनी पसंद के नेता का चयन करने का अनुरोध करता हूँ।' मैंने किसी भी नाम का सुझाव नहीं दिया, और राबड़ी का तो कतई नहीं। मैंने अपने निर्वाचित विधायकों के ऊपर फैसला लेने का जिम्मा छोड़ दिया। मेरी इस बात पर उनके मध्य उदासीनता छा गई। माहौल पूरी तरह से शांत था, और फिर मेरे मंत्रिस्तरीय सहयोगियों, रघुवंश प्रसाद सिंह, रघुनाथ झा, जगदानंद सिंह और महावीर प्रसाद ने मुझे मुख्यमंत्री के रूप में राबड़ी देवी के नाम का प्रस्ताव दिया। कोई भी मेरे पुराने मित्रों—जाबिर हुसैन और अन्य—जो उस बैठक का हिस्सा थे, से मेरी इस बात की सत्यता की जाँच कर सकता है। मेरे सभी विधायकों ने एकजुट होकर राबड़ी का नाम सुझाया। राबड़ी बैठक में नहीं थीं और स्पष्ट रूप से इस कार्यवाही से अनजान थीं।

राबड़ी देवी जिंदाबाद

तब मैं राबड़ी के पास गया और विधायी सदस्यों के फैसले को उनके समक्ष रखा। वह स्वाभाविक रूप से अनिच्छुक थीं। यह निर्णय उनके लिए अजीब था। वह रोई क्योंकि वह नहीं चाहती थीं कि मुझे पद छोड़ना पड़े और वह मानसिक तौर पर इसे स्वीकार भी नहीं कर पा रही थीं। मैंने उन्हें कई तरीकों से समझाने की कोशिश की। थोड़ी देर के बाद, मैं उन्हें विधानसभा की बैठक में लाया। वह अभी भी उदास थीं, और पूरी तरह से माहौल को झेलने में असमर्थ थीं। मेरे मनोबल को बढ़ावा देने के लिए, एकत्र हुए विधायकों ने 'राबड़ी देवी जिंदाबाद' के नारे लगाए। उन्होंने मुख्यमंत्री के रूप में उनके कार्यों के दौरान सहयोग देने उनके पूर्ण समर्थन और सहयोग का वादा किया। राबड़ी को बिना किसी विकल्प के छोड़ दिया गया था। हालाँकि वह अभी भी असमंजस में थीं। इसके बाद हमने राबड़ी देवी को नेता के रूप में चुनने के अपने फैसले से गवर्नर को तत्काल अवगत कराया। हम सदन में बहुमत में थे। राज्यपाल ने उन्हें अगले दिन कार्यालय की शपथ दिलवाई।

राबड़ी देवी पिछड़ी जाति से आने वाली बिहार की पहली महिला मुख्यमंत्री थीं। अब तक घर, बच्चों और रसोईघर तक ही सीमित राबड़ी देवी को राजनीति की ऊँचाई और गहराई का कोई अंदाजा नहीं था। मैंने 1966 बैच के एक मेहनती, कुशल और ईमानदार आईएएस अधिकारी मुकुंद प्रसाद से अनुरोध किया कि वह राज्य के मामलों के प्रबंधन में उनके साथ सहयोग करें। मैंने 1990 में चार्ज ग्रहण करने के बाद मुख्यमंत्री के प्रधान सचिव के रूप में उनको नियुक्त किया था। इससे पहले, प्रसाद वित्त सचिव थे। उन्हें 1966 से राज्य में काम करने का व्यापक अनुभव प्राप्त था। मुझे उन पर पूरा भरोसा था, क्योंकि उन्होंने कभी मुख्यमंत्री के कार्यालय में कुछ भी गलत होने की अनुमति नहीं दी। मुझे यहाँ खुलासा करने में गर्व है कि कई वरिष्ठ आईएएस अधिकारियों ने राबड़ी देवी के साथ सराहनीय तरीके और समर्पण के साथ काम किया था।

निहित हितों वाले लोग और सामंती मीडिया ने यह झूठी अफवाह

फैलाई थी कि मैं आईएएस अधिकारियों का अपमान करता था, लेकिन ये अधिकारी मुझे अच्छी तरह से जानते थे और मेरे तौर-तरीकों का बहुत सम्मान किया करते थे। मैंने अपने जनादेश के अनुसार काम किया, जिसके अंतर्गत दलित समुदाय को ऊपर उठाने, मंडल आयोग की रिपोर्ट को लागू करने और सांप्रदायिक तत्वों से निपटने आदि कार्य शामिल थे। मैंने नौकरशाही के नियमित मामलों में कभी हस्तक्षेप नहीं किया। कई वरिष्ठ आईएएस अधिकारियों की आँखें भी नम हुईं, जब मैंने 30 जुलाई 1997 को पहली बार अदालत में आत्मसमर्पण किया, और न्यायिक हिरासत में भेज दिया गया। उन्होंने मुझे हमेशा याद किया। मैं जेपी आंदोलन और लोकतंत्र के लिए संघर्ष की उपज हूँ। मेरे मुख्य विरोधियों, आरएसएस-भाजपा गठबंधन और उसके सहयोगियों ने शायद ही कभी मुझे लोकतांत्रिक तरीके से समझा हो। उन्होंने मेरे खिलाफ हमेशा साजिश के तहत काम किया। उन्होंने मेरा विरोध करते समय लोकतांत्रिक मानदंडों को दरकिनार करने में कभी हिचकिचाहट नहीं की है। लेकिन मैं लोकतांत्रिक तरीके से पीड़ित वर्गों और अल्पसंख्यकों के लिए अपने अभियान से एक इंच भी विचलित नहीं हुआ। सामाजिक न्याय और धर्मनिरपेक्षता के लिए लड़ने का उत्साह मेरे खून में है। मैं खुद को बेल फल जैसा समझता हूँ। ऊपर से कठोर, लेकिन अंदर से मेरा दिल हमेशा से हाशिए पर रहने वाले लोगों और गरीब-गुरबा जनता के लिए रोया है। जेपी ने मुझे यह सिखाया था कि चाहे कितना भी सहना पड़े, लेकिन सामाजिक-राजनीतिक रूप से पिछड़े लोगों के कल्याण से पीछे न हटना। उन्होंने मुझे यह भी सिखाया था कि सिर्फ विशेषाधिकारों के लिए सत्ता की चाह मत रखो, बल्कि इसे पीड़ितों के उत्थान का जरिया बनाओ।

जेल के अंदर और बाहर

सहायकों के सुरक्षा संबंधी जोखिम और मेरे सार्वजनिक ओहदे को ध्यान में रखते हुए, अदालत ने मेरे लिए बिहार सैन्य पुलिस गेस्ट हाउस को एक जेल में बदल दिया। वहाँ, मैंने सरकार के प्रमुख मामलों के मुख्य सचिव, प्रधान सचिव और अन्य सचिवों को अपने कार्यभार से

मुक्त किया, ताकि वे सभी नई राजनीतिक कार्यकारी प्रमुख राबड़ी देवी के नेतृत्व में उन्हें सहयोग कर सकें। मैंने सोचा कि मेरे प्रतिद्वंद्वियों, विशेष रूप से आरएसएस-भाजपा नेताओं ने अपना उद्देश्य हासिल कर लिया है, वे अब शांत हो जाएँगे, और कम से कम एक महिला के प्रति अपनी दया भावना दिखाएँगे, जोकि एक निर्दोष महिला है, और जिसे उसकी इच्छा के विरुद्ध नेतृत्व की कुर्सी दी गई है। मेरा मानना था कि उनके आने से मेरे विरोधियों पर गंभीर प्रभाव पड़ेगा। लेकिन शायद मैं गलत था।

हमारे विरोधियों ने हम पर अधिक परेशानी डालनी शुरू कर दी। मीडिया के लोग कहानियों के माध्यम से यह दावा करते थे कि मैं कुर्सी के पीछे से राज्य पर शासन कर रहा था। उन्होंने राबड़ी को 'छद्म' मुख्यमंत्री करार दिया। हर दिन, विभिन्न समाचार पत्रों में रिपोर्ट होती थी कि, मैं जेल में अधिकारियों से मुलाकात कर रहा हूँ और उन्हें निर्देश दे रहा हूँ। उन्होंने यह भी आरोप लगाया कि मैं जेल की सलाखों के पीछे राजसी जीवन जी रहा था। कुछ भाजपा-समता पार्टी नेताओं ने सुप्रीम कोर्ट से भी संपर्क किया और कहा कि मुझे जेल मैनुअल का दुरुपयोग करने के कारण 'उचित' जेल में स्थानांतरित किया जाए। इसके बाद मुझे पटना के बेउर इलाके में स्थित सेंट्रल जेल में स्थानांतरित कर दिया गया था। स्थानीय समाचार पत्रों ने विचित्र रिपोर्ट भी प्रकाशित की कि मैं एक कैदी के रूप में अपने सभी आगंतुकों के साथ गैर-शाकाहारी भोजन–मटन, चिकन और मछली–खा रहा था। न्यूज मीडिया की रचनात्मकता और कल्पना का कोई अंत नहीं था, जो मेरे प्रतिद्वंद्वियों द्वारा मुझ पर प्रक्षेपित की जा रही थी।

शुरू-शुरू में, मैं ऐसी रिपोर्टों पर गुस्सा हो जाया करता था। लेकिन जैसे-जैसे समय बीतता गया, मैंने इस तरह की फर्जी पत्रकारिता पर ध्यान देना बंद कर दिया। मैं समझ गया कि आरएसएस का रुझान रखने वाले संवाददाता और संपादक अपनी दुकान चमका रहे थे।

इसमें सामंती अभिजात वर्ग और शहरी मध्यम वर्ग शामिल थे। उत्पीड़ित वर्गों को सशक्त बनाने और उन्हें ऊपर उठाने के मेरे कार्यों को लेकर जो नफरत इस सामंती वर्ग में भरी थी, उसी वजह से उन्हें मेरे बारे में नकारात्मक रिपोर्ट लिखने और प्रसारित करने में

खुशी मिलती थी।

राबड़ी के मुख्यमंत्री बने अभी बमुश्किल दस दिन ही हुए होंगे कि पटना उच्च न्यायालय ने जर्जर लोक सुविधाओं के मुद्दे पर सरकारी अधिकारियों को लताड़ा और कहा कि अधिकारी अपना कर्तव्य सही तरीके से नहीं निभा रहे थे और शहर में 'जंगल राज जैसी स्थिति' बनी हुई थी। आरएसएस-भाजपा नेताओं ने मेरे शासन को पहले जंगल राज बोलना शुरू किया और अब उच्च न्यायालय के मौखिक अवलोकन का इस्तेमाल राबड़ी सरकार को बदनाम करने के लिए एक शक्तिशाली हथियार के रूप में किया गया था। उन्होंने मेरी अनुपस्थिति और अनुभवहीन राबड़ी की असमर्थता का गलत इस्तेमाल करते हुए उन पर हमला शुरू किया। उन्होंने चुनावी मुद्दे के रूप में अदालत की 'जंगल राज' की टिप्पणी का गलत इस्तेमाल किया। हर बैठक और प्रेस कॉन्फ्रेंस में, आरएसएस-भाजपा नेताओं ने इस 'जंगल राज' शब्द को दोहराया, और मीडिया ने इसमें उनकी मदद की जो सामंती अभिजात वर्ग और शहरी मध्यम वर्ग की गलत और अहंकारी सोच के अनुकूल थी।

मुझे 11 दिसंबर, 1997 को जमानत पर रिहा कर दिया गया। उत्पीड़ित वर्ग और अल्पसंख्यक, जो मेरी कैद से निराश थे, मेरे जेल से बाहर आने पर खुश हो गए। वे इस अवसर पर जश्न मनाने के लिए सड़कों पर आ गए। कई लोग तो सड़कों पर हाथियों और घोड़ों के साथ आए। उन्होंने कहा, 'जेल का फाटक टूट गया, लालू यादव छूट गया'। जेल से बाहर आने के तुरंत बाद मैंने सबसे पहले लोगों को जुलूस निकालने से मना किया। मैं अपने समर्थकों पर चिल्लाया। मैंने उनसे कहा कि मेरे विरोधी आपके इस उत्साह को गलत ढंग से चित्रित करेंगे और कानून की नजर में मेरी नकारात्मक छवि बनाएँगे। लेकिन मेरे लिए इस उत्साही भीड़ को नियंत्रित करना मुश्किल था। जैसा कि मैंने अनुमान लगाया था, मेरे विरोधियों ने मुझे 'बुरे आचरण के आरोपी' के रूप में चित्रित करने का यह मौका हाथ से जाने नहीं दिया। कुछ समाचार पत्रों ने खबर प्रकाशित की कि मैंने जेल से निकलने के बाद हाथी पर सवारी की थी। यह निहायत गलत खबर थी।

फिर मेरी चिंताएँ बढ़ाने वाली एक और घटना हुई, हालाँकि अच्छा

यह रहा कि यह ज्यादा लंबी नहीं खिंची। सीबीआई ने अवैध संपत्ति मामले में राबड़ी देवी के खिलाफ चार्जशीट दायर की। विपक्षी नेताओं ने इसे राबड़ी से छुटकारा दिलाने वाले अवसर के तौर पर देखा। जब सीबीआई ने उनके खिलाफ चार्जशीट दायर की तो मेरे विरोधियों नें खुशी मनाई। लेकिन उनका यह उत्साह ज्यादा लंबे समय बरकरार नहीं रहा, क्योंकि सीबीआई नामित अदालत ने राबड़ी को बरी कर दिया और सीबीआई की चार्जशीट रद्द कर दी। वह मुख्यमंत्री कार्यालय में बनी रहीं।

केसरिया तूफान

मैं तो अपनी चुनौतियों में उलझा हुआ था, उधर नई दिल्ली में तेजी से राजनीतिक परिवर्तन हो रहे थे। संयुक्त मोर्चा सरकार, जिसे हमारी पार्टी ने समर्थन दिया, गिर गई थी और ग्यारहवीं लोकसभा को चार दिसंबर, 1997 को भंग कर दिया गया था। देश ने 1998 की शुरुआत में मतदान किया था। मैंने सुदूर क्षेत्रों में जाना शुरू कर दिया। मैंने दृढ़ता से अपने विरोधियों के इस आरोप को कि मैं छद्म रूप से बिहार पर शासन कर रहा हूँ; दरकिनार कर दिया। मैं राजद का एक विधायक और राष्ट्रीय अध्यक्ष था, और अपनी सत्तासीन पार्टी को मार्गदर्शन देने का मुझे हर अधिकार था। लेकिन आरएसएस-भाजपा-समता पार्टी के नेताओं ने कहा कि मैं बगैर किसी जिम्मेदारी के सत्ता का सुख भोग रहा था। इन आरोपों से मैं ज्यादा परेशान नहीं हुआ। मुख्यमंत्री की जिम्मेदारियों से मुक्त, मैंने शरद यादव के खिलाफ मधेपुरा लोकसभा सीट से 1998 का लोकसभा चुनाव लड़ने का फैसला किया। भाजपा-समता पार्टी के द्वारा हर हथियार का उपयोग करने के बावजूद, राजद ने 17 लोकसभा सीटें जीतीं। मैंने मधेपुरा सीट जीती, शरद यादव को हराया, जिन्हें मेरे प्रतिद्वंद्वियों ने समर्थन दिया था।

इन चुनावों के साथ, भाजपा ने शिवसेना और समता पार्टी के अलावा— दक्षिण भारत के सभी सहयोगियों को जिसमें अखिल भारतीय अन्ना द्रविड़ मुनेत्र कड़गम (एआईएडीएमके) और तेलुगू देशम पार्टी (टीडीपी) थे, को आकर्षित करना शुरू किया।

इसके परिणामस्वरूप भाजपा के नेतृत्व वाले राष्ट्रीय जनतांत्रिक गठबंधन (एनडीए) का गठन हुआ और अटल बिहारी वाजपेयी प्रधानमंत्री बने।

भाजपा के उदय को मैं अनदेखा नहीं कर सकता था। बिहार के एक सांसद के रूप में, जिसमें राबड़ी देवी मुख्यमंत्री थीं, मैंने राष्ट्रीय स्तर पर आरएसएस–भाजपा के प्रति अपने विरोध को विस्तार देने का फैसला किया। 1990 में कांग्रेस को बदलकर हम सत्ता में आए थे। लेकिन हमारे पास कांग्रेस के खिलाफ कोई विचारधारात्मक मुद्दे नहीं थे। कांग्रेस देश के स्वतंत्रता संग्राम में सबसे प्रमुख संगठन रही थी, और हमारे संविधान के समाजवादी और धर्मनिरपेक्ष मूल्यों के प्रति प्रतिबद्ध थी। हम, जेपी आंदोलन के कार्यकर्ताओं और बाद में राजनीतिक कार्यकर्ताओं के रूप में, मूल्य वृद्धि, असमानता, वंचना और लोकतंत्र के लिए खतरों के मुद्दों पर काफी गंभीर थे। लेकिन हमने कभी भी कांग्रेस की राजनीतिक विचारधारा के खिलाफ लड़ाई नहीं लड़ी थी।

दूसरी ओर, भाजपा से हमारी वैचारिक प्रतिद्वंदिता थी। सांप्रदायिकता के प्रसार और समाज का ध्रुवीकरण करके यह दल ताकतवर हो गया था। हालाँकि वाजपेयी एक उदार नेता थे, लेकिन पार्टी के पास आरएसएस के हिस्से से कई हिंसक लोग थे, जिन्होंने सांप्रदायिक जुनून को बढ़ावा दिया और पूरे भारत में अल्पसंख्यक समुदायों के खिलाफ जहर फैलाया। 1996 में सत्ता खोने के बाद कांग्रेस ने भाजपा के नेतृत्व वाले एनडीए द्वारा सत्ता सँभालने से पहले, 1996 से 1998 तक देवगौड़ा और आई.के. गुजराल की दो संयुक्त मोर्चा सरकारों का समर्थन किया था। मैं 1990 से बिहार में आरएसएस–भाजपा के खिलाफ लड़ रहा था। स्वाभाविक रूप से, जब वाजपेयी के नेतृत्व वाले एनडीए ने 1998 में सरकार बनाई, भाजपा हमारी मुख्य राजनीतिक दुश्मन बन गई।

भारत की बहू की रक्षा में

कांग्रेस में भी परिवर्तन हो रहा था। 1991 में राजीव गांधी की हत्या के बाद सोनिया गांधी ने राजनीति में प्रवेश करने से इनकार कर दिया था, लेकिन 1997 में वह कांग्रेस के सदस्य के रूप में शामिल हो गई थीं और 1998 में इसकी अध्यक्ष बनीं। शरद पवार, पी.ए. संगमा

और तारिक अनवर समेत कांग्रेस के वरिष्ठ नेताओं ने उनके विदेशी मूल के मुद्दे पर विद्रोह किया और राष्ट्रवादी कांग्रेस पार्टी (एनसीपी) का गठन किया। हालाँकि सच्चाई यह है कि सोनिया गांधी ने कांग्रेस की बागडोर तब सँभाली, जब पार्टी गहरे संकट में घिरी हुई थी। वरिष्ठ कांग्रेस नेता माधवराव सिंधिया, राजेश पायलट, नारायण दत्त तिवारी, अर्जुन सिंह, ममता बनर्जी, जी.के. मूपनार और पी. चिदंबरम ने तत्कालीन कांग्रेस अध्यक्ष सीताराम केसरी के खिलाफ विद्रोह किया था और वे सभी सोनिया जी को यह जिम्मेदारी देना चाहते थे। इस माहौल में, पार्टी में सब कुछ सही करने और इसमें जान डालने के लिए सोनिया जी अपने एकांत से बाहर निकलीं और कांग्रेस अध्यक्ष का पद सँभाला।

कांग्रेस के भीतर चल रहे इन घटनाक्रमों में भाजपा भी अपने लिए मौके तलाश रही थी। सोनिया गांधी जब सांसद बनी भी नहीं थीं, कि कई भाजपा नेताओं ने उनके खिलाफ आपत्तिजनक शब्दावली का उपयोग करना शुरू कर दिया। सुषमा स्वराज ने घोषणा की कि अगर विदेशी मूल की सोनिया गांधी प्रधानमंत्री बनीं, तो वह अपना सिर मुँड़वा देंगी। प्रमोद महाजन ने अश्लील भाषा का इस्तेमाल किया। चुनाव में हार और आंतरिक कलह में फँसने के कारण कांग्रेस सांसद अपने आप को असहज महसूस कर रहे थे। वे सोनिया पर भाजपा नेताओं के हमले का सामना करने में सक्षम नहीं थे।

तब तक मैं सोनिया जी से नहीं मिला था। उस समय राबड़ी देवी सरकार को बिहार में बहुमत मिला हुआ था और कांग्रेस के ऊपर भी हमारी पार्टी निर्भर नहीं थी। लेकिन भाजपा नेताओं के दिन-ब-दिन सोनिया जी पर किए जा रहे हमलों ने मुझे नाराज कर दिया। मैं हमेशा से अपने दिल की आवाज सुनने वाला इंसान रहा, इसमें मैं अपना नफा-नुकसान नहीं देखता था। अमूमन मैं काफी शांत रहता हूँ, लेकिन भाजपा के इन असभ्य तौर-तरीकों ने मुझे असहज कर दिया था। मैंने भी उन्हें करारा जवाब देने के लिए अपने आप को तैयार कर लिया। मैं लोकसभा में खड़ा हुआ और घोषित किया, 'सोनिया गांधी भारत की बहू हैं। वो भारत के एक बलिदानी प्रधानमंत्री की विधवा हैं। उनके दो बच्चे हैं जो भारत की संतान हैं। मैं उन पर कोई भी

लांछन बरदाश्त नहीं करूँगा।' मेरी यह शानदार पहल निश्चित रूप से कांग्रेस के सांसदों को अच्छी लगी। मेरे इस कथन से उनके विरोधी भी प्रभावित हुए और विशेषकर वे जो उनके विदेशी मूल पर बार–बार सवाल उठा रहे थे।

इन शब्दों ने मेरे पार्टी के सांसदों को भाजपा सांसदों के खिलाफ लामबंद कर दिया। भाजपा शिविर में एक पल को मौन की स्थिति आ गई। राष्ट्रीय समाचार पत्रों ने अगले दिन अपने बयान प्रकाशित किए, इस मुद्दे पर बहस शुरू हुई। सदन के सत्र के बाद, मैं बिहार लौट आया और मेरे घटक दलों ने सोनिया गांधी पर हमला करने वाले आरएसएस–भाजपा के हमलों का पर्दाफाश करने की सलाह दी। राजद द्वारा बिहार में कांग्रेस के साथ औपचारिक गठबंधन करने से पहले, मैं उनसे व्यक्तिगत रूप से मिला। सोनिया जी के प्रति मेरा सम्मान कम नहीं था। हमारा संबंध पारस्परिक लाभ पर आधारित नहीं था; यह मूल मानव मूल्यों पर आधारित था, जो संघ परिवार के अंदर मौजूद नहीं हैं।

जब राज धर्म का नाश किया गया था

इस बीच, हम नई दिल्ली में भाजपा सरकार के साथ बिहार के मुद्दे पर मुश्किल दौर से गुजर रहे थे। केंद्र ने 27 अप्रैल 1998 को मुख्यमंत्री, राबड़ी देवी को सूचित किए बिना ही आरएसएस के अनुभवी सुंदर सिंह भंडारी को राज्य के राज्यपाल के रूप में नियुक्त कर दिया। मेरे विरोधियों ने अब राबड़ी देवी सरकार को बर्खास्त करने और राष्ट्रपति शासन लगाने की साजिश रची। ऊपर से आने वाले आदेश पर काम करते हुए, भंडारी ने सरकार की बर्खास्तगी और राष्ट्रपति शासन लागू करने की सिफारिश की। केंद्रीय मंत्रिमंडल ने राज्यपाल के प्रस्ताव को राष्ट्रपति के.आर. नारायणन के पास भेज दिया। लगभग सभी गैर-एनडीए दलों ने इस संकल्प का विरोध किया। राष्ट्रपति नारायणन ने बिहार में अनुच्छेद 356 को लागू करने की केंद्र की सिफारिश को मंजूरी देने से इनकार कर दिया, और इस तरह राबड़ी देवी सरकार बच गई। राज्यपाल और केंद्र मिलकर यह साबित करना चाह रहे थे

कि विभिन्न घोटोलों के प्रकाश में राज्य की ऐसी स्थिति नहीं रह गई है कि उसे संवैधानिक उपबंधों के अनुसार चलाया जा सके। मीडिया रिपोर्टों के मुताबिक, भाजपा और समता पार्टी के मंत्रियों ने जोर देकर कहा था कि कैबिनेट की औपचारिक बैठक बुलाई जाएगी और राबड़ी देवी सरकार की बर्खास्तगी वाले प्रस्ताव को राष्ट्रपति को फिर से भेजा जाएगा–उन्होंने तर्क दिया कि संविधान के अनुच्छेद 74–ए के तहत राष्ट्रपति द्वारा वापस किए गए विधेयक पर पुनर्विचार के बाद उसे 'सलाह' के अनुसार कार्य करने के लिए बाध्य किया जा सकता है। उसी मीडिया रिपोर्ट के मुताबिक, वरिष्ठ भाजपा नेता लालकृष्ण आडवाणी, जिन्होंने अनुच्छेद 356 को लागू करने का प्रबल समर्थन किया था, ने कहा कि अगर न्यायपालिका कहती है कि बिहार में यह अनुच्छेद लागू करना उन परिस्थितियों में अनुचित रहेगा, 'तो मैं इस प्रावधान को रद्दी की टोकरी में फेंकने के पक्ष में वोट करूँगा।'

इस तरह के दावपेंच के बावजूद राबड़ी सरकार के अस्तित्व ने भाजपा–समता पार्टी के नेताओं को वास्तव में हताशा में डाल दिया था। उन्होंने वर्ष 2000 के विधानसभा चुनावों में राबड़ी देवी को हराने के लिए नई दिल्ली से निर्देशित सभी उपायों और संसाधनों का इस्तेमाल किया। जब भी मैं जेल में या बाहर था, कई वरिष्ठ एनडीए नेताओं– लालकृष्ण आडवाणी, जॉर्ज फर्नांडीस, अरुण जेटली, प्रमोद महाजन, सुषमा स्वराज और मुरली मनोहर जोशी–ने आरजेडी के खिलाफ अभियान चलाया और मेरी आलोचना की। मैं अपनी पार्टी का एकमात्र स्टार–प्रचारक था। इन सभी कोशिशों के बाद भी राजद ने शानदार जीत हासिल की।

राजद ने भाजपा और समता पार्टी के 67 और 34 के मुकाबले 124 विधानसभा सीटें जीतीं। कांग्रेस के 21 विधायकों और वामपंथी दलों के समर्थन के साथ राबड़ी देवी ने बहुमत प्राप्त किया। हालाँकि, चौंकाने वाली बात यह थी कि राज्यपाल भंडारी ने 34 विधायकों के नेता नीतीश कुमार को, जो भाजपा के समर्थन के बावजूद बहुमत से कोसों दूर थे, मुख्यमंत्री के रूप में शपथ लेने के लिए आमंत्रित किया। उन्होंने स्वेच्छा से शपथ ली। उनकी पार्टी के सदस्य पूरी तरह से खरीद–फरोख्त में शामिल रहे। भाजपा–समता पार्टी के टिकटों या

निर्दलीय उम्मीदवारों के रूप में चुने गए कई हिस्ट्रीशीटर, नीतीश कुमार के कार्यकाल में जेल से बाहर आए और नीतीश के पक्ष में अपने बाहुबल का इस्तेमाल करने लगे। लेकिन इससे भी काम नहीं बना। आवश्यक संख्याबल हासिल करने में नाकाम रहने के बाद नीतीश ने एक सप्ताह के भीतर इस्तीफा दे दिया, और राबड़ी देवी ने मुख्यमंत्री के रूप में वापसी की।

बिहार की समकालीन राजनीति में यह एक विचित्र-सी बात थी। माफिया और सामंती तत्व बिहार में संघ परिवार में विभिन्न पदों पर अपना प्रभाव बनाए हुए थे। नौकरशाहों की मदद से राबड़ी ने सतर्कता से काम किया। संघ के नेताओं ने मुसलमानों के खिलाफ हिंदुओं और कमजोर वर्गों के खिलाफ सामंती ताकतों को उकसाया। भाजपा और समता पार्टी के कई विधायक थे, जो दक्षिण और मध्य बिहार में रणवीर सेना से जुड़े थे। लेकिन संघ परिवार ने सरकार पर कानून के अभाव और अशांति को बढ़ावा देने का आरोप लगाया। इतना ही नहीं, सामंती अभिजात्य वर्ग-प्रभुत्व वाली मीडिया ने बड़े पैमाने पर रिपोर्ट की कि संघ नेताओं ने इस राज्य के लिए काफी कुछ किया है।

इस बीच, नई दिल्ली में, एआईडीएमके ने वाजपेयी सरकार से समर्थन वापस ले लिया और बाद में 1999 में नए चुनाव के लिए मार्ग प्रशस्त कर दिया। भाजपा ने वापसी की और वाजपेयी प्रधानमंत्री के रूप में लौट आए। इस बार, मैं शरद यादव से मधेपुरा लोकसभा से सीट हार गया। इसके बाद, मैं राज्यसभा के लिए चुना गया। मेरा राज्यसभा का कार्यकाल इत्तफाक से तब शुरू हुआ जब नरेंद्र मोदी ने गुजरात के मुख्यमंत्री के रूप में अपनी पारी शुरू की ही थी और जब फरवरी-मार्च, 2002 में उस राज्य में अभूतपूर्व दंगे हुए। 2002 में गुजरात के अल्पसंख्यकों के खिलाफ जो हुआ, उसमें लगभग 2,000 लोग मारे गए थे। उस वर्ष फरवरी में गोधरा में एक ट्रेन में आग लगने की वजह से 58 लोगों की मौत हुई। इसी घटना को बाद में हुए दंगों की मूल वजह के रूप में उद्धृत किया गया था। लेकिन कई विद्वानों, पत्रकारों, लेखकों, नागरिक अधिकारों और राजनीतिक कार्यकर्ताओं ने अहमदाबाद और गुजरात के अन्य हिस्सों में निर्दोष अल्पसंख्यकों की हिंसा के लिए मोदी और संघ परिवार के कई अन्य नेताओं पर आरोप

लगाया। राज्य से बड़े पैमाने पर बलात्कार, आग लगने और लूट की घटनाओं की सूचना मिली थी। अदालत ने दंगे के मामलों में अमित शाह–राज्य के तत्कालीन गृह मंत्री–को गुजरात के बाहर निष्कासित कर दिया। कई पश्चिमी देशों ने मोदी को वीजा देने से इनकार कर दिया। हम अभी भी मानते हैं कि गुजरात में जो हुआ, वह पहले से विचारित और पूर्व-नियोजित, क्रूर और बर्बर था।

मैंने राज्यसभा में तत्कालीन गुजरात के मुख्यमंत्री के खिलाफ आवाज उठाई। मेरे पार्टी के सदस्य धरने पर बैठे और सदन में प्रदर्शन भी किया। यही नहीं, हमने मुख्यमंत्री मोदी और अन्य अपराधियों के खिलाफ कार्रवाई की माँग की। मेरी जानकारी के मुताबिक, प्रधानमंत्री वाजपेयी, जिन्होंने दंगों के समय गुजरात का दौरा किया और राज्य सरकार से 'राज धर्म' (शासक का कर्तव्य) का पालन करने के लिए कहा, वह इस घटना से काफी सदमे में थे। उन्होंने नरेंद्र मोदी सरकार को बर्खास्त करने के लिए अपना मन बना लिया था। लेकिन आडवाणी, तब पार्टी के दूसरे सबसे शक्तिशाली नेता थे, जिन्होंने आगे बढ़कर मोदी को बचाया। लेकिन हमने सांप्रदायिकता के खिलाफ अपनी लड़ाई जारी रखी, जो आज भी जारी है। कई एनडीए सहयोगियों ने भी दंगों की आलोचना की। राम विलास पासवान, जिन्होंने लोक जनशक्ति पार्टी (एलजेपी) का गठन किया था और वाजपेयी मंत्रिमंडल में शामिल हो गए थे, गुजरात दंगों के मुद्दे पर इस्तीफा दे दिया था। लेकिन जॉर्ज फर्नांडीस और नीतीश कुमार दोनों ने उस समय बहुत ही संदिग्ध भूमिका निभाई। उन्होंने घटना पर एक शब्द नहीं बोला और न ही विरोध में मंत्री पदों से इस्तीफा दिया। वे लोगों की नजरों में उजागर हो गए थे।

जॉर्ज-नीतीश ने बिहार के संदर्भ में भी नकारात्मक भूमिका निभाई थी। वर्ष 2000 में बिहार से झारखंड के बाहर निकलने के बाद प्रधानमंत्री वाजपेयी ने पटना में गांधी मैदान में एक सार्वजनिक बैठक को संबोधित किया। उस बैठक में एक आधिकारिक आमंत्रित सदस्य के रूप में राबड़ी देवी ने प्रधानमंत्री से बिहार के लिए एक विशेष दर्जे की माँग की। उन्होंने प्रधानमंत्री को इस तथ्य से अवगत कराया कि संथाल परगना और छोटा नागपुर क्षेत्र का–खनिज और उद्योग–समृद्ध

हिस्सा झारखंड में चला गया था, जिससे बिहार की आर्थिक स्थिति डावाँडोल हो गई थी। वाजपेयी ने राबड़ी की माँग पर ध्यान देने का वादा किया, लेकिन वाजपेयी मंत्रिमंडल में शामिल जॉर्ज और नीतीश ने राबड़ी के इस प्रस्ताव को रद्द कर दिया। दरअसल, उन्हें लगा कि ऐसा होने पर इसका श्रेय राजद को मिलेगा। बिहार के इन नेताओं द्वारा की जाने वाली यह एक ओछी राजनीति थी। हालाँकि, जब 2005 में नीतीश कुमार बिहार में सत्ता में आए, तो उन्होंने विशेष श्रेणी की माँग को पुनर्जीवित कर दिया, जिसे उन्हें अपनी पार्टी का एजेंडा बना दिया। उन्होंने अपनी छवि को बेहतर करने के लिए और अधिक काम किया था। यह दिखाने के लिए हमारे पास दस्तावेजी सबूत हैं कि यह राबड़ी देवी और आरजेडी ही थी, जिसने विभाजन के बाद पहली बार बिहार के लिए विशेष दर्जे की माँग की थी। हमने लगातार इसके लिए प्रयास किए हैं। हमने अपने राज्य के हितों की कीमत पर अपनी छवि को चमकाने का काम कभी नहीं किया।

अध्याय 9

दिल्ली में आगे, बिहार में पीछे

मैं केंद्र में बिहार की अगुआई वाली सरकार का पतन देखने के लिए प्रतिबद्ध था, क्योंकि मैं यह मानता था कि उसके उभार के कारण बिहार और बाकी देश को इसका खामियाजा भुगतना पड़ा था। खासतौर पर बिहार से ताल्लुक रखने वाले केंद्रीय नेता राबड़ी देवी के नेतृत्व में अच्छे से काम कर रही राज्य सरकार के कामकाज में लगातार अड़ंगा लगा रहे थे। देशभर में यह महसूस किया जा रहा था कि दबे-कुचले वर्गों और अल्पसंख्यकों के साथ अच्छा बरताव नहीं किया जा रहा है। इसके अलावा भाजपा को अति आत्मविश्वास हो गया था और इसके कई नेताओं में अहंकार आ गया था। इसी अति आत्मविश्वास और अहंकार के कारण भाजपा ने 'इंडिया शाइनिंग कैंपेन' शुरू किया। पार्टी इस भ्रम में थी कि 2004 के लोकसभा चुनावों में उसकी जीत सिर्फ औपचारिकता भर है और वाजपेयी निश्चित रूप से फिर से सत्ता में आ रहे हैं। दूसरी ओर वाजपेयी सरकार के पतन में मैंने अहम भूमिका निभाई। यह याद किया जा सकता है कि राजद और कांग्रेस के बीच मैंने साझेदारी करवाई। राज्य के लोगों के बीच मेरी लोकप्रियता, मेरे पार्टी कार्यकर्ताओं के अथक प्रयासों, और मेरे सहयोगियों के काम के संयुक्त प्रभाव का शानदार नतीजा निकला। हमने झारखंड के अलग राज्य बनने के बाद बिहार की 40 लोकसभा सीटों में से 29 सीटें जीतकर शानदार विजय हासिल की। राजद को

अकेले 22 सीटें मिलीं। रामविलास पासवान की लोकजनशक्ति पार्टी (लोजपा) और कांग्रेस को क्रमशः चार और तीन सीटें मिलीं। भाजपा और जनता दल (यू)–समता पार्टी का जद (यू) में विलय हो गया था–सिर्फ छह और पाँच सीटों तक सिमट गईं।

भाजपा की अगुआई वाले गठबंधन के बिहार में खराब प्रदर्शन ने राष्ट्रीय स्तर पर उसकी सीटें कम करने में अहम भूमिका निभाई, जिससे वह सत्ता से बाहर हो गया। मैंने ऐसे समय न केवल राजद का झंडा बुलंद रखा, बल्कि आठ साल बाद कांग्रेस की सत्ता में वापसी का रास्ता भी साफ किया, जब अधिकाँश पर्यवेक्षक सोच रहे थे कि वाजपेयी की अगुआई वाली भाजपा ही जीतेगी। कांग्रेस इससे पहले पी.वी. नरसिंह राव की सरकार के रूप में सत्ता में थी, जिसका कार्यकाल 1996 में खत्म हो गया था। शायद कुछ कांग्रेस नेताओं से भी ज्यादा, मैं सोनिया जी को देश का अगला प्रधानमंत्री बनाने के लिए उत्सुक था। पिछले कुछ वर्षों में कांग्रेस के साथ राजद के संबंध मजबूत हुए थे। ऐसे समय जब कांग्रेस नेताओं का एक वर्ग उनके नेतृत्व का विरोध कर रहा था और सहयोगी कांग्रेस खेमे में रहने को लेकर आश्वस्त नहीं थे, तब राजद कांग्रेस के सबसे विश्वसनीय सहयोगी के रूप में उभरा। कांग्रेस और राजद की साझेदारी धर्मनिरपेक्षता को मजबूत करने वाली और संविधान के अनुरूप भारत के विचार की रक्षा करने के साझा विचार पर आधारित थी और है।

कांग्रेस अध्यक्ष पद की कमान सँभालने के कुछ महीने बाद सोनिया गांधी ने उत्तर प्रदेश की रायबरेली लोकसभा सीट से सफलतापूर्वक चुनाव लड़ा और संसद में प्रवेश किया था। इस क्षेत्र का उनके लिए भावनात्मक महत्व था; उनकी सास और पूर्व प्रधानमंत्री इंदिरा गांधी ने इसका प्रतिनिधित्व किया था। इसके बाद 1999 में सोनिया गांधी लोकसभा में विपक्ष की नेता बनीं।

उन्होंने भाजपा के इंडिया शाइनिंग अभियान की हवा निकालने के लिए आम आदमी के मुद्दे के आधार पर देशभर में घूमकर प्रचार किया। चुनावी राजनीति का अपेक्षाकृत अनुभव होने के बावजूद उन्होंने 2004 में कांग्रेस की सत्ता में वापसी में अहम भूमिका निभाई। 'कॉमन मैन' यानी आम आदमी के अभियान की रीढ़ था; आखिर समाज के इसी

तबके यानी आम आदमी के कल्याण के लिए मैंने अपना राजनीतिक करियर समर्पित किया था। सोनिया जी ने एक परिपक्व नेता की तरह कांग्रेस के अभियान को आगे बढ़ाया और रास्ते की तमाम बाधाओं को दरकिनार कर दिया, जिसमें उनकी 'स्वीकार्यता' और 'भाषा संबंधी अड़चनें' भी शामिल थीं। इससे न सिर्फ उनके विरोधी, बल्कि उनकी अपनी पार्टी के भी अनेक लोग हैरत में पड़ गए।

जाहिर है, वाजपेयी को प्रधानमंत्री पद से विस्थापित करने के लिए वही सबसे योग्य थीं। हैरत नहीं कि कांग्रेस के नवनिर्वाचित सांसदों ने आम सहमति से उन्हें अपना नेता चुना और उन्हें अगला प्रधानमंत्री बनाए जाने की वकालत की। लेकिन सोनिया जी ने नाटकीय घटनाक्रम में इसे अस्वीकार कर दिया। इसके बाद से कई तरह की अटकलें लगाई गईं कि आखिर उन्होंने यह अवसर हाथ से जाने क्यों दिया। कारण चाहे जो भी रहे हों, उन्होंने प्रशासन का वृहत अनुभव रखने वाले वरिष्ठ अर्थशास्त्री डॉ. मनमोहन सिंह को प्रधानमंत्री बनाए जाने का सुझाव दिया। कांग्रेस सांसद इससे मायूस हो गए और बहुत ही अनमने ढंग से डॉ. सिंह के नाम पर सहमत हुए। पाठक उस नाटकीय दृश्यों को याद कर सकते हैं, जब सोनिया जी ने प्रधानमंत्री बनने से इनकार कर दिया था। ऐसा नहीं कि कांग्रेस नेता डॉ. सिंह को पसंद नहीं करते थे। उनके प्रति उनमें गहरा सम्मान था और वे भूले नहीं थे कि राव सरकार में देश के वित्त मंत्री के रूप में उन्होंने किस तरह से देश की अर्थव्यवस्था को बरबादी की कगार से निकालकर पटरी पर ला दिया था। मगर उन्होंने सोनिया गांधी के नेतृत्व में चुनाव लड़ा था और चाहते थे कि वही देश का नेतृत्व करें। कांग्रेस नेता बदले हालात से तालमेल बिठाने की कोशिश कर रहे थे, लेकिन मैं अड़ा हुआ था। मेरे पास राजद के 22 सांसद थे और मैं यह मानता था कि यदि सोनिया जी प्रधानमंत्री बनती हैं, तो यह मेरी विचारधारा की जीत होगी क्योंकि चुनाव प्रचार में विरोधियों ने उनके खिलाफ अस्वीकार्य भाषा का इस्तेमाल किया था और मेरे खिलाफ दुष्प्रचार किया था। उनके अलावा किसी और को स्वीकार करने का मेरा कोई इरादा नहीं था।

सबसे पहले सोनिया जी ने ही मुझसे बात की। उन्होंने जोर देकर

कहा कि मैं डॉ. सिंह को प्रधानमंत्री के रूप में स्वीकार कर लूँ। मैंने इनकार कर दिया। इसके बाद वह डॉ. सिंह के साथ मेरे आवास पर आईं और मुझसे कारण जानना चाहा। उन्होंने डॉ. सिंह को राजी किया कि वह मुझसे आग्रह करें कि मैं उन्हें प्रधानमंत्री के रूप में स्वीकार कर लूँ। मैं दुविधा में था। एक ओर तो मैं उन्हें नई प्रधानमंत्री के रूप में देखना चाहता था। दूसरी ओर मैं उनका आग्रह ठुकरा नहीं सकता था, जोकि कष्ट उठाकर डॉ. सिंह के साथ मेरे घर तक आई थीं। आखिरकार मैं नरम पड़ा और मनमोहन सिंह प्रधानमंत्री बन गए।

सोनिया जी ने कांग्रेस की अगुआई वाले संयुक्त प्रगतिशील गठबंधन यानी यूपीए (युनाइटेड प्रोग्रेसिव एलायंस) की अध्यक्ष की कमान सँभाली, जिसमें राजद सहित अनेक दल सरकार का हिस्सा बने।

बिहार में राजद की बेदखली

नई दिल्ली में मनमोहन सिंह की अगुआई में यूपीए सरकार के काम सँभालने और मेरे रेल मंत्री बनने के एक साल बाद 2005 में नीतीश कुमार ने भाजपा के समर्थन से बिहार में राबड़ी देवी की जगह ले ली। मगर एक साल हुए में दो विधानसभा चुनावों–फरवरी, 2005 और नवंबर, 2005–के बाद ही जद (यू) और भाजपा राजद को सत्ता से बेदखल कर सके। मगर इसकी एक बड़ी वजह मंत्रिमंडल के मेरे एक सहयोगी भी थे, जिन्हें मैं मौसम (राजनीतिक) वैज्ञानिक कहता हूँ। उन्होंने हमसे नाता तोड़ा और राबड़ी देवी को हराने के लिए उनके खिलाफ किए जा रहे अभियान में शामिल हो गए। वह राजनीतिक मौसम के हालात को पढ़ने में इतने माहिर हैं कि मौका देखकर पाला बदल लेते हैं, जिसमें उन्हें जीतने की संभावना दिखती है। वह अकसर ऐसा चुनावों से ऐन पहले करते हैं और शायद ही उनका गणित फेल हुआ।

इस मौसम वैज्ञानिक ने अजीब तरह से काम किया। वह यूपीए में मंत्री थे, लेकिन उन्होंने राजद को तोड़कर लोक जनशक्ति पार्टी (एलजेपी) बनाई और फिर 2005 में बिहार में राजद के खिलाफ विधानसभा चुनाव लड़ा और केंद्र में यूपीए का एक घटक भी बन गए। उनकी पार्टी को 29 सीटें मिलीं, जिससे राजद को बहुमत नहीं

मिल सका और विधानसभा त्रिशंकु हो गई।

राजद 85 विधायकों के साथ सबसे बड़ा दल था, इसके बावजूद मौसम वैज्ञानिक उसे समर्थन देने से इनकार कर दिया। वह भाजपा-जद (यू) को भी समर्थन नहीं कर सकते थे, क्योंकि वह कांग्रेस की अगुआई वाली यूपीए सरकार में मंत्री थे। इसलिए वहाँ राष्ट्रपति शासन लगाना पड़ा और फिर नवंबर 2005 में वहाँ फिर से चुनाव कराए गए जिसमें जद (यू)-भाजपा गठबंधन सत्ता में आ गया। मुझे नहीं लगता कि उनकी पहचान बताने के लिए मुझे उनके नाम का यहाँ जिक्र करना चाहिए? 2004 में मुझे कर्ज से लदी भारतीय रेलवे नीतीश कुमार से विरासत में मिली। लेकिन नीतीश को विरासत में ऐसा बिहार मिला जो 15 वर्षों के मेरे प्रयासों से सांप्रदायिक हिंसा से मुक्त हो चुका था और जो पिछड़ों और दलितों के पुनरुत्थान से मजबूत हो रहा था।

वाजपेयी की अगुआई वाली एनडीए सरकार (1998–2004) राबड़ी देवी सरकार के प्रति पूरी तरह से असंवेदनशील और पक्षपाती थी।

उसने 2000 में राज्य के विभाजन और झारखंड के बनने के बाद बिहार के लिए पिछड़ा वर्ग अनुदान कोष (बीआरजीएफ) के 900 करोड़ रुपए में से एक भी किस्त जारी नहीं की। उसके मंत्री जॉर्ज फर्नांडीस, नीतीश कुमार, लालकृष्ण आडवाणी और अरुण जेटली इत्यादि पटना के जयप्रकाश नारायण अंतरराष्ट्रीय हवाई अड्डे से बाहर निकलने से पहले ही राबड़ी देवी सरकार पर हमले करने लगते थे। राबड़ी देवी सरकार को वित्तीय संकट में उलझाने के साथ ही 'लालू-राबड़ी राज' के नाम पर गालियाँ देना ही उनका मुख्य एजेंडा था।

इसके उलट डॉ. सिंह बड़ी दृष्टि और उदार नीयत वाले प्रधानमंत्री थे, जिन्होंने एनडीए शासित और कांग्रेस शासित राज्यों में कभी भेद नहीं किया।

राजनीतिक पक्षपात के बिना उनकी सरकार ने उनकी उदारता के कारण बिहार के लिए बीआरजीएफ के करीब 4,000 करोड़ रुपए जारी कर शुरुआत में ही इस राज्य की मौद्रिक मुश्किलें आसान कर दीं। यह कांग्रेस की अगुआई वाली मनमोहन सिंह सरकार ही थी, जिसने बिहार में नेशनल लॉ कॉलेज, जिसे चाणक्य नेशनल लॉ यूनिवर्सिटी (सीएनएलयू) के नाम से जाना जाता है, एक आईआईटी, दो केंद्रीय

विश्वविद्यालय, एक भारतीय प्रबंधन संस्थान (आईआईएम) और अखिल भारतीय आयुर्विज्ञान संस्थान (एम्स) की स्थापना को मंजूरी दी।

अपने 22 सांसदों और रघुवंश प्रसाद सिंह और मेरे जैसे सक्षम मंत्रियों के साथ राजद का यूपीए पर पर्याप्त प्रभाव था, जिससे वह यह सुनिश्चित कर सका कि बिहार को उसका हिस्सा मिले। डॉ. सिंह की आर्थिक नीतियों ने यूपीए सरकार को सुधारों और वैश्विक अर्थव्यवस्था में आए उछाल का पूरा लाभ उठाने में मदद की। 2006–2007 के दौरान जीडीपी की विकास दर 10.08 फीसदी को छू गई थी, जोकि आर्थिक उदारीकरण के बाद सर्वाधिक थी, इससे देश और समृद्ध हुआ।[*] इसके फलस्वरूप बाढ़ में एक विशाल थर्मल पॉवर प्लांट की स्थापना हो सकी और दक्षिण बिहार के औरंगाबाद में नबीनगर सुपर थर्मल प्लांट को ग्रीनफील्ड प्रोजेक्ट के रूप में मंजूरी मिली, ताकि बिजली संकट से जूझ रहे बिहार की में बिजली का ढाँचा मजबूत हो सके। बिहार की राजद सरकार के प्रति बैर रखने वाले एनडीए के मंत्रियों के विपरीत यूपीए के वरिष्ठ मंत्रियों पी चिदंबरम, प्रणब मुखर्जी और जयराम रमेश ने राज्य के लोगों की चिंताओं के प्रति संवेदनशीलता का प्रदर्शन किया। बिहार के अपने प्रवासों के दौरान वे कारोबार और विकास की बात करते थे, जबकि एनडीए के मंत्रियों का एकमात्र एजेंडा राबड़ी और मुझे निशाना बनाना होता था। 2008 में उत्तरी बिहार के कोसी–सीमांचल क्षेत्र में अप्रत्याशित बाढ़ ने भारी तबाही मचाई थी। डॉ. सिंह हवाई जहाज से पूर्णिया पहुँचे और तुरंत बाढ़ पीड़ितों के लिए एक हजार करोड़ रुपए के पैकेज की घोषणा की। मैंने रेलवे कर्मचारियों और अपनी पार्टी कार्यकर्ताओं से 40 करोड़ रुपए जमा किए और उसे नीतीश कुमार को बाढ़ राहत में मदद के लिए दिया।

हालाँकि नीतीश दूसरों के किए काम का श्रेय लेने में सबसे आगे रहते हैं। उदाहरण के लिए जब यूपीए ने महात्मा गांधी राष्ट्रीय ग्रामीण रोजगार गारंटी अधिनियम (मनरेगा) लागू कर ग्रामीण क्षेत्र के गरीबों

---

*https://economictimes.indiatimes.com/news/economy/indicators/india-clocked-10-08-pc-growth-under-manmohan-singhs-tenure-shows-data/articleshow/65444247.cms

के लिए सौ दिन का रोजगार सुनिश्चित किया और गरीबी उन्मूलन के इस विशाल कार्यक्रम के लिए फंड जारी किया, तो उन्होंने ऐसा जताया मानो बिहार के ग्रामीण क्षेत्रों में उन्होंने रोजगार की हालात सुधारी है। यूपीए ने प्रधानमंत्री सड़क योजना के तहत सड़कों का जाल बिछाने के लिए और राजीव गांधी ग्रामीण विद्युतीकरण योजना के तहत बिजली का विस्तार करने के लिए भारी धन जारी किया। नीतीश ने कहा कि बिहार में सड़कों का निर्माण और विद्युतीकरण उन्होंने करवाया।

मनमोहन सिंह सरकार ने अशिक्षा को दूर करने और बुनियादी शिक्षा को बढ़ावा देने के लिए सर्व शिक्षा अभियान पर खासा जोर दिया और बिहार सहित सारे राज्यों के लिए पर्याप्त फंड जारी किया। इस परियोजना ने ऐसा मजबूत संदेश दिया कि भारत के पूरे ग्रामीण क्षेत्रों के अशिक्षित और गरीब अपने बच्चों को शिक्षा देने के लिए प्रेरित हुए। इसका इतना गहरा प्रभाव पड़ा कि दक्षिण में केरल से लेकर उत्तर में जम्मू-कश्मीर और पूर्वोत्तर में मिजोरम से लेकर पश्चिम में गुजरात तक लड़कियाँ साइकिलों से स्कूल जाने लगीं। बिहार में भी शिक्षा का प्रकाश फैला, जिससे गरीबों ने बेटों और बेटियों को स्कूल भेजना शुरू कर दिया। केंद्र ने राज्यों को उदारता से फंड दिया, जिससे वे स्कूल भवनों का जीर्णोद्धार, शिक्षकों की नियुक्ति और मध्याह्न भोजन की व्यवस्था कर सके। यूपीए शासन के दौरान लड़कियों को साइकिल, यूनिफार्म और मुफ्त मध्याह्न भोजन देने की व्यवस्था का पूरे देश में अनुसरण किया गया।

सोनिया गांधी ने आम आदमी को ध्यान में रखकर जिस दृष्टिकोण को आगे बढ़ाया और जिसे यूपीए सरकार ने उसी भावना से अमल में लिया, उसका लाभ बिहार को भी मिला। वास्तव में मनमोहन सिंह सरकार के सामाजिक रूप से संवेदनशील आर्थिक प्रबंधन के कारण ही भारत समग्रता में समृद्ध हो सका। बिहार सहित सारे राज्यों को इसका लाभ हुआ। डॉ. मनमोहन सिंह अहंकारी और शेखीबाज नहीं थे। वह पूरी संवेदनशीलता से काम करते थे और उन्होंने देश के सामने झूठ नहीं बोला। यह दुखद है कि यही बात बिहार के मुख्यमंत्री नीतीश कुमार के बारे में नहीं कही जा सकती। नीतीश केवल बात बनाते हैं।

अध्याय 10

भारतीय रेलवेः दिवाला से दिवाली तक[*]

मेरे जीवन में सफलता की बहुत कहानियाँ हैं, लेकिन जिस सफलता को मैं सबसे ज्यादा याद करता हूँ, वह केंद्रीय रेल मंत्री के रूप में मेरा कार्यकाल था। मेरी इस सफलता ने उन लोगों में भी मेरी पहचान बदल दी, जो मुझे कभी गंभीरता से नहीं लेते थे और मुझे 'जोकर लालू' कहते थे। लेकिन रेल मंत्री का अपना कार्यकाल पूरा करते–करते मैं 'प्रोफेसर लालू' बन गया था–भारतीय रेलवे की तकदीर नाटकीय ढंग से बदल देने के कारण लोग मुझे आदर और सम्मान देने लगे। यह एक ऐसी कहानी है, जिसे शुरू से अंत तक बताने की जरूरत है।

डॉ. मनमोहन सिंह ने अपने पहले प्रधानमंत्री काल में जब मुझे रेल मंत्रालय दिया, तो मैं बहुत खुश था। मैंने इसे एक मौके के रूप में देखा, ताकि उन लाखों भारतीयों के जीवन में वास्तविक बदलाव ला सकूँ, जो रेल सेवा का इस्तेमाल करते हैं। इसके अलावा, रेलवे सरकारी नौकरी देने वाला सबसे बड़ा उपक्रम है। इसमें रोजगार पैदा करने की क्षमता बढ़ाने की गुंजाइश बहुत अधिक है। एक दिलचस्प बात यह थी कि मैं लगातार दूसरा रेल मंत्री था, जो बिहार का था, मैंने नीतीश

---

[*]विस्तृत जानकारी के लिये देखें *दिवाला से दिवाली तकः भारतीय रेल के कायाकल्प की कहानी*, सुधीर कुमार और शगुन मेहरोत्रा, राजपाल एण्ड सन्ज़

161

कुमार की जगह ली, जो सत्ता से बाहर हुई भाजपा के नेतृत्व वाली एनडीए सरकार में रेल मंत्री थे। अभी मैं ठीक से मंत्रालय में बैठ भी नहीं पाया था कि एक समस्या मेरे सामने खड़ी थी। रेलवे एक तरह से दिवालिया हो चुका था। इसका नकदी संतुलन 259 करोड़ के खतरनाक निचले स्तर पर पहुँच चुका था, और इसकी परिचालन लागत 98 प्रतिशत के खतरनाक निचले स्तर पर पहुँच गई थी। यानी रेलवे को एक रुपया कमाने के लिए 98 पैसे खर्च करने पड़ रहे थे। सीधे, आम बोलचाल की भाषा में एक संगठन के परिचालन खर्च को उसके परिचालन आय से भाग देने से परिचालन अनुपात निकलता है। रेलवे पिछले काफी समय से बुरी हालत में थी, और अब उस पर हेमरेज का हमला होने वाला था। यह अपने प्रमुख पणधारी यानी भारत सरकार को लाभांश का भुगतान नहीं कर पाया था। मेरे आलोचक, और उनमें भी संभ्रांत और सामंत वर्ग के लोग किनारे खड़े अपने–अपने चाकुओं में धार दे रहे थे, उन्होंने जोकर लालू के हाथों रेलवे का पूरी तरह फेल होना तय मान लिया था।

पीछे मुड़कर आज भी मैं यह याद करके काँप जाता हूँ कि हालत कितनी खराब थी। प्रसिद्ध अर्थशास्त्री राकेश मोहन की अध्यक्षता वाले पैनल ने रेलवे के संकट पर अगस्त, 2001 में—यानी मेरे कार्यकाल से पहले ही—अपनी फाइनल रिपोर्ट सौंप दी थी। इसमें कहा गया थाः 'सीधे-सपाट शब्दों में कहें, तो हमेशा की तरह निचले स्तर की वृद्धि तेजी से 'आई आर' (इंडियन रेलवेज यानी भारतीय रेल) को दिवालिया कर देगी और पंद्रह साल में भारत सरकार पर 61,000 करोड़ रुपए से अधिक की अतिरिक्त वित्तीय जिम्मेदारी का भार बढ़ेगा...शुद्ध परिचालन स्तर के आधार पर देखें, तो भारतीय रेलवे कर्ज के जाल में है और लगातार साल दर साल केंद्र सरकार द्वारा सब्सिडी में वृद्धि करके ही इसे बचाया जा सकता है। और जैसा कि सभी जानते हैं, इस तरह की सब्सिडी उपलब्ध नहीं है।'*

रेलवे की आर्थिक सेहत को सुधारने के लिए तेजी से कुछ करने की आवश्यकता थी। राकेश मोहन जैसे विशेषज्ञों ने चार चरणों वाला

---

*The Indian Railways Report 2001; Expert Group on Indian Railways, New Delhi.

समाधान बताया थाः यात्री किराए में वृद्धि, छंटनी (या आकार कम करना), निगमीकरण और नियमन। ये बातें बताई गईं: यात्री किराया बहुत ही कम है और इसने एक मजबूत अर्थव्यवस्था के बुनियादी सिद्धांतों का मजाक बनाकर रख दिया है। पिछले कई दशकों से रेलवे ने अपने शरीर में फालतू चर्बी चढ़ा ली है, जिसे कम करने की जरूरत है, क्योंकि रेलवे में कर्मचारियों की संख्या बहुत अधिक है, और बहुत लोगों को मिले रोजगार का रेलवे को कोई लाभ नहीं हुआ है। यह विराट संगठन व्यापार से संबंधित जिम्मेदारी की समझदारी के बिना काम करता आ रहा है, और प्रबंधन के बुनियादी सिद्धांतों को भी नजरअंदाज करता रहा है, और इसलिए इसके निजीकरण की जरूरत है। इसके अतिरिक्त इसके किराए का ढाँचा तय करने के एक विशेषज्ञ विनियामक निकाय की भी आवश्यकता है, ताकि लोक–लुभावन फैसले न लिए जा सकें। नीतीश कुमार ने इन सिफारिशों पर अमल नहीं किया था, और ज्यादातर लोग मान रहे थे कि रेलवे को जिलाए रखने के लिए मेरे पास इन अलोकप्रिय फैसलों को मान लेने के सिवाय दूसरा चारा नहीं है। जरूरी कदम उठाने की जिम्मेदारी मेरी हो गई थी।

मेरे मन में उन विशेषज्ञों और जानकारों के प्रति बेहद श्रद्धा थी, जिन्होंने रेलवे के हितों को ध्यान में रखते हुए ये सुझाव दिए थे। लेकिन उनकी सिफारिशें और सलाहें उस राजनीतिक जनमत के विपरीत थीं, जो मुझे मेरे मालिकों—यानी देश की जनता से मिला था। इसलिए मैंने उन सलाहों को न मानने का फैसला किया। रेल मंत्री बनने के तुरंत बाद एक प्रेस कॉन्फ्रेंस में मैंने घोषणा की कि रेलवे का निजीकरण 'मेरी लाश पर होगा।' तमाम लोगों को आश्चर्य में डालते हुए मैंने कहा कि यात्री किराए में कोई वृद्धि नहीं होगी। इसके विपरीत मेरे हर रेल बजट में किराया कम किया जाएगा। मैंने घोषणा की कि रेलवे का आकार कम नहीं किया जाएगा। मैं आकार को सही करूँगा और खाली पदों को भरने के लिए नई भर्तियाँ करूँगा। मैंने कहा कि अनेक नई रेल लाइन शुरू की जाएगी और ज्यादा लोगों को रोजगार देने के लिए निर्माण की नई इकाइयाँ खोली जाएँगी। मैंने भारतीय रेल के लिए विनियामक की जरूरत को खारिज करते हुए यह कहा कि हमारी संसद सबसे बड़ी विनियामक है।

मेरी सरल और लोकप्रियतावादी घोषणाएँ अगले दिन अखबारों की सुर्खियाँ बनीं। मेरे आलोचकों ने इन घोषणाओं पर नाखुशी जताई। उनमें से कुछ का कहना था कि बिहार भवन अब नया रेल भवन बनेगा और रेल राज जंगल राज में बदल जाएगा। मैंने अभी जिम्मेदारी सँभाली ही थी, और कामकाज शुरू भी नहीं किया था कि कुछ लोग फेल बताकर मुझे खारिज कर दे रहे थे। इससे पता चलता था कि मीडिया का मेरे प्रति कैसा विरोधी रवैया था।

बदलाव की कहानी

लेकिन आखिर में जीत मेरी हुई। मैं जब तक रेल मंत्री था, तब तक भारतीय रेल ने हर साल मुनाफा कमाया—2004 से 2008 तक के मेरे बजट भाषणों में पाठक इससे जुड़े विवरण पा सकते हैं। रेलवे बोर्ड ने सुरक्षा के जरूरी पहलू पर अपना ध्यान बढ़ाया। गाड़ियाँ समय पर चलती थीं, इसलिए इस मामले में कोई विशेष चिंता की बात नहीं थी। मेरे पाँच साल के रेल मंत्री काल में अगर कोई बड़ी दुर्घटना नहीं हुई, तो इसके दो कारण थे: रेल पटरियों और रेल प्रणाली पर पर्याप्त ध्यान दिया गया, और बढ़े हुए वेतन-भत्ते और रेलवे का आकार छोटा करने के नाम पर छंटनी का भय न होने के कारण रेल कर्मचारियों का आत्मविश्वास बहुत बढ़ा हुआ था। वर्ष 2008 में रेलवे ने अपने आंतरिक संसाधनों से 4,000 करोड़ के अपने सालाना उधार से छह गुना नकदी पैदा की। जिस रेलवे को एक डूबता हुआ जहाज माना जा रहा था, वह अचानक अपनी क्षमता का पूरा इस्तेमाल न कर पाने वाला एक संगठन बन गया। यह अच्छी खबर तेजी से चारों ओर फैल गई। अमेरिकी विदेशी निवेशक दौड़े आए, और भारतीय रेल वित्त निगम के बांड कुछ ही घंटों में चार गुने दाम पर—2007 में इसकी कीमत में 5.94 प्रतिशत की वृद्धि हुई—बिक गए (तब तक यह साफ हो गया था कि रेलवे सुपर फास्ट की गति से सुधार के रास्ते पर है)। यह दर तब देश की बेहतरीन निजी कंपनियों को पेश की जाने वाली कीमत से भी बेहतर थी।

परिचालन अनुपात सुधरकर 76 प्रतिशत हो गया—यह अनुपात चीनी

रेल प्रणाली के साथ-साथ प्रथम श्रेणी के अमेरिकी रेल रोड प्रणाली से भी बेहतर था। भारतीय रेल को अपनी कुल आय पर 21 प्रतिशत का रिटर्न मिला, जो सेंसेक्स में सूचीबद्ध श्रेष्ठतम कंपनियों के सालाना रिटर्न से भी अधिक था। जिस रेलवे के पास अपनी पुरानी और कमजोर पड़ चुकी परिसंपत्तियों में निवेश करने के लिए पैसे नहीं थे, 2008 में उसी रेलवे के पास 20,000 करोड़ रुपए का अतिरिक्त फंड था। वर्ष 2004 से 2008 तक मालभाड़ा और किराया, दोनों में नौ प्रतिशत की वृद्धि हुई, जबकि इससे पहले इनकी वृद्धि की दर दो से चार प्रतिशत थी। श्रम उत्पादकता 1990 के दशक की दूनी दर से बढ़ी। राजस्व में खर्च की तुलना में पाँच प्रतिशत की तेजी से वृद्धि हुई। माल ढुलाई में तेजी आई, और मात्रा बढ़ने से ढुलाई की प्रति इकाई लागत में कमी आई (61 पैसे से घटकर 54 पैसे रह गई)।

यात्री किराए में बढ़ोतरी के बगैर, निजीकरण के बिना, रेलवे का आकार घटाए बिना, और कामकाज पर नजर रखने के लिए विनियामक के बगैर यह बदलाव किस तरह संभव हुआ? रेलवे आखिर किस तरह कर्ज के जाल से निकलकर 22,000 करोड़ के बैंक बैलेंस वाला धनी संगठन बन गया? मैंने लीक से हटकर जो तरीका अपनाया, वह काम कर गया। हालाँकि शुरू में अपनी योजना पर रेलवे के अधिकारियों को सहमत कर पाने में मुझे परेशानी हुई, लेकिन मैं इतना जरूर कहूँगा कि एक बार मुझसे सहमत होने के बाद उन्होंने लक्ष्य की पूर्ति के लिए पूरी मेहनत से काम किया। भारतीय होने के नाते हमें इस पर गर्व करना चाहिए कि हमारे रेलवे में कुछ श्रेष्ठ दिमाग वाले लोग हैं, और शानदार परिणाम पाने के लिए उन्हें प्रोत्साहित करने की जरूरत पड़ती है, ताकि वे रचनात्मक काम कर सकें और लीक से हटकर सोच सकें। रेलवे बोर्ड के सदस्यों से लेकर कर्मचारी संगठन तक सबने रेलवे को पटरी पर लाने के लिए मेरे लक्ष्य के अनुसार काम किया। यह आसान नहीं था, लेकिन यह रॉकेट साइंस के जैसा कठिन भी नहीं था। समस्याओं के बारे में सबको पता था, और उसका समाधान भी हर आदमी के चेहरे पर पढ़ा जा सकता था। इसके बावजूद मुझसे पहले किसी रेल मंत्री ने इस दिशा में कुछ ठोस नहीं किया था।

मैं यह समझ चुका था कि जनमत का सम्मान करना और

रेलवे की आर्थिक हालत सुधारना मेरे दो लक्ष्य थे। अब मुझे एक ऐसे आदमी की जरूरत थी, जिसका रिकॉर्ड शानदार हो, जो मेरे लक्ष्य को पूरा कर सके और जो रेलवे के सीनियर अधिकारियों के साथ तालमेल बैठा सके। मैंने एक आईएएस अधिकारी सुधीर कुमार को मेरा ओएसडी (ऑफिसर ऑन स्पेशल ड्यूटी) नियुक्त किया। आर्थिक मामलों और व्यापार में वह कुशल थे और बिहार सरकार में कमिश्नर और कॉमर्शियल टैक्सेस (फाइनेंस) विभाग में सचिव के तौर पर उनका कामकाज शानदार था। अक्तूबर, 2001 से मई, 2004 तक उनके कार्यकाल में कॉमर्शियल टैक्स विभाग की उगाही में भारी वृद्धि हुई थी और यह 1,000 करोड़ रुपए से बढ़कर लगभग 2,500 करोड़ रुपए हो गई थी। उगाही में यह वृद्धि इसलिए भी तारीफ के काबिल थी, क्योंकि राज्य के विभाजन के बाद बिहार की आर्थिक स्थिति खराब हो चुकी थी, क्योंकि ज्यादातर संसाधन नए बने राज्य झारखंड में चले गए थे।

सुधीर को कुछ चीजें मैंने साफ-साफ बता दी थीं। एक यह कि बैठकों में अपना मत नहीं थोपें और रेलवे अधिकारियों के अनुसार ही चलें। दूसरी बात यह कि विवाद से बचते हुए सहमति बनाने की कोशिश करें। तीसरी बात यह कि सीनियर अधिकारियों की बात कभी न काटें। चौथी बात, रेलवे के रोज-रोज के काम में दखल न दें—ट्रांसफर, पोस्टिंग और ठेका देने का फैसला जाति के गणित पर नहीं, बल्कि पूरी तरह योग्यता पर आधारित होगा। इन मंत्रों का मैंने खुद भी पालन किया। मेरा मानना था कि झगड़ा-विवाद से किसी नतीजे पर पहुँचना सबसे खराब है, क्योंकि मनमुटाव आदमी की ऊर्जा नष्ट कर देता है और इसका परिणाम यह होता है कि हमारा ध्यान कम महत्वपूर्ण चीजों पर चला जाता है। हमारी मुश्किल इतनी बड़ी थी कि मिल-जुलकर काम करने से ही परिवर्तन लाना संभव था। एक उदाहरण देता हूँ, 1990 के दशक में अर्थव्यवस्था की पाँच से सात प्रतिशत वृद्धि दर के विपरीत रेलवे के माल ढुलाई क्षेत्र में, जो लाभ कमाने का महत्वपूर्ण क्षेत्र है, वृद्धि दर मात्र दो से तीन प्रतिशत थी। दूसरी तरफ श्रम का उत्पादन उतना नहीं बढ़ा था, लेकिन मजदूरी बहुत तेजी से बढ़ गई थी—यह ऐसा मुद्दा था,

जिसे राकेश मोहन पैनल ने भी उठाया था। इस तरह पाँच साल में रेलवे का सालाना खर्च 13 प्रतिशत बढ़ गया, जबकि राजस्व की वृद्धि दर मात्र आठ प्रतिशत ही थी।[*]

जैसा कि विश्व बैंक ने 2005 में पाया कि रेलवे ने अगर संकट के दौर में अपने खर्च बढ़ाए होते, तो उसके खाते की हालत बहुत खराब होती। उसने कहा, 'अगर रेलवे ने सालाना संपत्ति के अपने नवीकरण में खर्च बढ़ाने के पर्याप्त प्रावधान किए होते, अगर उसने लंबे समय से जरूरी उपकरणों की खरीद और रेल पटरियों के नवीकरण और पेंशन में वृद्धि के लिए प्रावधान किए होते, तो बहुत संभव था कि भारतीय रेल घाटे में चली जाती, बल्कि अगर वह सरकार के स्वामित्व में नहीं होती, तो उसका दिवालिया होना तय था।'[**] दरअसल साल दर साल भारी बकाया राशि के भुगतान ने रेलवे के पूरे कामकाज को खतरे में डाल दिया था। आखिरकार भारत सरकार ने 17,000 करोड़ रुपए का एक विशेष रेल सुरक्षा फंड बनाया। इस कारण यात्री किराए में बढ़ोतरी हुई, क्योंकि इस फंड की एक तिहाई राशि सेफ्टी सरचार्ज से आनी थी, जो यात्रियों को देना था; शेष राशि केंद्र सरकार ने डिविडेंड-फ्री ग्रांट के तौर पर दी। कुल मिलाकर, यह कम समय के लिए एक तात्कालिक व्यवस्था ही थी, रेलवे को लंबी अवधि तक टिकाऊ बनाने के लिए आमूलचूल बदलाव की जरूरत थी। एक बार वे बदलाव लागू हुए, तो परिवर्तन होना लगा, हालाँकि ये आर्थिक बदलाव ही थे। 2008 के अपने बजट भाषण में मैं यह घोषणा करते हुए बहुत खुश हुआ कि रेलवे की सरप्लस (अतिरिक्त) नकदी 2005 के 9,000 करोड़ से बढ़कर 2006 में 14,000 करोड़ और 2007 में 20,000 करोड़ रुपए हो गई।

स्पष्ट था कि हमने एक बड़ी कठिनाई पर विजय पाई थी, जिसे जीतना असंभव लग रहा था। मैंने जरूरी दिशा-निर्देश दे दिए थे, और अब मेरा काम यह सुनिश्चित करना था कि नौकरशाह उन पर अमल कर रहे हैं। मैं इस बदलाव के लिए रेलवे के सीनियर अधिकारियों, सुधीर और रेलवे के काफी कर्मचारियों पर निर्भर था। जरूरी सुधारों

---

[*]Ibid
[**] ट्रांसपोर्ट नोट्स; विश्व बैंक, वाशिंगटन, डीसी; मार्च 2005

की गुंजाइश थी भी और नहीं भी। सुधार इसलिए संभव था, क्योंकि विशेषज्ञों ने ये सुझाव दिए थे कि अनेक ऐसे उपाय हैं, जिन्हें लागू करके रेलवे को पटरी पर लाया जा सकता है। दूसरी ओर, सुधार की गुंजाइश सीमित इसलिए थी कि उन्हें राजनीतिक रूप से भी स्वीकार्य होना था और इसका भी ख्याल रखना था कि कतार में खड़े आखिरी रेलयात्री पर इसका भार न पड़े। अब तक विशेषज्ञों ने व्यावसायिक और सामाजिक उद्देश्यों को एक दूसरे का विरोधी बताया था—एक का लक्ष्य दूसरे की कीमत पर हासिल होना था। राकेश मोहन पैनल ने इसे 'विखंडित व्यक्तित्व' का उदाहरण कहा था। मैं इसे पूरी तरह मानने के लिए तैयार नहीं था, और मानता था कि दोनों उद्देश्यों को एक साथ मिला देने से वे परिणाम आ सकते हैं, जो हम चाहते हैं। मैंने सुधीर और रेलवे के सीनियर अधिकारियों को इस मामले में गहराई से अध्ययन करने के लिए कहा।

उन अधिकारियों ने इस मामले के सभी उपलब्ध विकल्पों का विश्लेषण तो किया ही, लीक से हटकर भी सोचा। परिणाम स्पष्ट होने लगे थे। सबसे पहले हमने इस सोच को खारिज किया, जिसके तहत हम मानते आए थे कि अगर हम राजनीतिक जनादेश यानी सामाजिक उद्देश्यों का सम्मान करते हैं, तो रेलवे का घाटा तय है, और अगर व्यावसायिक उद्देश्यों (यानी मुनाफा हासिल करने के लक्ष्यों) को पूरा करते हैं, तो लाभ निश्चित है। हमने पहली श्रेणी में साधारण गाड़ियों की दूसरी श्रेणी के किराए में वृद्धि, लाभ न देने वाली रेल पटरियों को मंजूरी देने और घाटे में चल रही रेल पटरियों को जारी रखने जैसे फैसले किए। दूसरी श्रेणी में हमने कर्मचारियों की छँटनी, घाटे में चल रही इकाइयों को बंद करने और यात्री किराया बढ़ाने जैसे सख्त फैसले रखे। लेकिन न तो पूरी तरह सामाजिक लाभ से जुड़े पहली श्रेणी के फैसले को लागू किया जा सका, न ही पूरी तरह से व्यावसायिक लाभ को दृष्टि में रखकर किए जाने फैसलों पर अमल हो पाया। इसके अलावा भी दो विकल्प थे: इनमें से पहला न तो सामाजिक रूप से और न ही व्यावसायिक रूप से आदर्श था। इसके तहत रेलवे विभाग से जुड़ी एक नई रेल परियोजना को मंजूरी देना था, जो रेलवे के विराट उद्देश्यों से समझौता करता था।

लेकिन दूसरा विकल्प सचमुच में सुधार था और इसके बेहतर नतीजे आए। इस विकल्प के कुछ उदाहरण थेः लोकप्रिय पैसेंजर गाड़ियों में डब्बे बढ़ाना (इससे गाड़ियों में ज्यादा यात्रियों को जगह दे पाने से रेलवे का राजस्व बढ़ा, साथ ही, यात्रियों ने भी इसका स्वागत किया, क्योंकि इससे लंबी वेटिंग लिस्ट का सिलसिला खत्म हुआ), मालगाड़ियों में वजन बढ़ाना (इससे मालगाड़ियाँ पहले से ज्यादा वजन ढोने लगीं, जिससे आय बढ़ी)। इन दोनों ही उपायों में अतिरिक्त खर्च बढ़ाए बगैर राजस्व बढ़ गया। इस तरह दो लक्ष्य पूरे किए गए। इस विकल्प को अपनाने से अतिरिक्त आय के लिए यात्री किराए में वृद्धि की आवश्यकता नहीं रही। इसी तरह मालभाड़ा बढ़ाने की भी जरूरत नहीं रही। मेरे दिमाग में यह बात स्पष्ट थी कि किसी भी हाल में यात्री किराया या मालभाड़े में बहुत अधिक वृद्धि नहीं करनी है। एसी कोच के किराए, जिसमें बहुत ज्यादा वृद्धि की आलोचना होती, पहले ही इतने अधिक थे कि बजट एयरलाइन के किराए से उसकी तुलना की जाने लगी थी। इस बीच यात्री भी एसी कोच के बजाए बजट एयरलाइन को तरजीह देने लगे थे। मालभाड़े को भी सड़क परिवहन (यानी ट्रक) से तगड़ा मुकाबला करना पड़ रहा था। ऐसे में मालभाड़े में वृद्धि करने से माल की ढुलाई रेल के बजाए सड़क मार्ग में चले जाने का डर था।

तेज, बड़ा, भारी

तमाम चीजों को गहराई से देखने के बाद मैंने ज्यादा तेज, ज्यादा लंबी और ज्यादा भारी ट्रेनों को मंजूरी दी। यानी सिर्फ गाड़ियों की गति बढ़ाना काफी नहीं था, इसकी भी गारंटी जरूरी थी कि एक मालगाड़ी में ज्यादा से ज्यादा ढुलाई हो—इससे लगातार दो मालगाड़ियों में माल लादने के समय की बचत होती। इसके अलावा लोकप्रिय पैसेंजर ट्रेनों में कोचों की और मालगाड़ियों में डब्बे की संख्या बढ़ाई गई। इससे दो अरब डॉलर अतिरिक्त नकदी आई। ऐसे ही, मालगाड़ियों में ज्यादा माल की ढुलाई की जाने लगी। रेलवे द्वारा अपनी क्षमता का पूरा इस्तेमाल करते हुए अपनी आय बढ़ जाने का यह तरीका प्रभावी था। इस तरह

समाधान स्पष्ट भी था और इसका पालन किया जा सकता था।

पीछे मुड़कर देखने पर मैं महसूस करता हूँ कि दो चीजों पर अमल करने से ही सुखद नतीजा निकल आया था–ये थीं घटाना और बढ़ाना–साधारण श्रेणी के यात्री किराए में कटौती की गई और मालगाड़ियों में अधिक डब्बे जोड़ने के साथ उनमें माल की लदाई भी ज्यादा होने लगी। इन दोनों कदमों से रेलवे की आय बढ़ने लगी, और इसने मेरे दूसरे वायदों को पूरा करने में मेरी मदद की–जैसे नई इकाइयों की स्थापना और इससे अतिरिक्त रोजगार। यहाँ यह नहीं भूलना चाहिए कि रेलवे हमेशा ही विभिन्न तरह की सेवाएँ करता रहा है, जैसे अस्पतालों, पार्कों आदि का संचालन। इन गतिविधियों को जारी रखने के लिए धन का प्रावधान करना पड़ता था। हमारे सामने असली चुनौती सुधारों को लागू करने की थी। चूँकि लोकप्रियतावादी कदमों पर सवाल उठाए जाने लगे थे, इसलिए लीक से हटकर कदम उठाए जा रहे थे। डॉ. मनमोहन सिंह ने एक समारोह में भाषण देते हुए कहा था, 'सुधार अपने अंतिम विश्लेषण में दरअसल हमारी सोच बदलने का काम है। हममें लीक से हटकर सोचने का साहस होना चाहिए। हममें नई चीजें सोचने का साहस होना चाहिए। हमें पुराने विश्वासों पर सवाल उठाने चाहिए। हमें नए रास्ते खोजने चाहिए। जैसी कि एक पुरानी चीनी कहावत है–चलते हुए नए रास्ते बनते हैं। हमें नई दिशाओं में चलना सीखना चाहिए और प्रगति के नए रास्ते बनाने चाहिए।'

पिछले कुछ दशकों से इस लोकप्रिय धारणा ने मजबूती हासिल की है कि राजनीतिक लाभ–हानि की चिंता ने रेलवे को एक घाटे वाले संगठन में बदल दिया है। इस तरह राजनेताओं को खलनायक बना दिया गया है। उन्हें इस बात का भी जिम्मेदार ठहरा दिया गया है कि वे रेलयात्रियों पर ध्यान नहीं देते। लेकिन सच्चाई यह है कि रेलवे की अधिकाँश परियोजनाएँ राजनीतिक लाभ–हानि के आधार पर नहीं शुरू हुईं। जैसा कि 'बैंककरप्सी टू बिलियन्सः हाउ द इंडियन रेलवेज ट्रांस्फॉर्म्ड' (शगुन मेहरोत्रा और सुधीर कुमार, 2009 ओयूपी), किताब में दर्शाया गया है, रेलवे में निवेश के 80 प्रतिशत फैसले राजनीतिक आधार पर नहीं लिए गए। हाँ, नई रेल पटरियों और गेज

परिवर्तन के कुछ उदाहरण जरूर अपवाद हैं। अगर ज्यादातर निवेश उम्मीद के मुताबिक परिणाम नहीं दे पाए, तो इसके पीछे रेलवे की विभागीय सोच जिम्मेदार है, जहाँ रेलवे के विभागों के बीच व्यक्तिगत लाभ हासिल करने के लिए प्रगति के विराट उद्देश्यों को भुला दिया गया। रेलवे को इन जंजीरों से मुक्त करना भी मेरे लिए एक चुनौती था। यह खतरनाक स्थिति थी, लेकिन मेरे लिए यह काम और भी कठिन इसलिए हो गया कि बिहार के मुख्यमंत्री के रूप में मेरी छवि एक ऐसे व्यक्ति की बना दी गई थी, जो कानून-व्यवस्था की बहाली के बजाए जंगलराज को आगे बढ़ाता है।

इसके अलावा रेल मंत्री बनने के बाद कुछ ऐसे मामले सामने आए, जिसने मेरी पहले से बनाई गई खराब छवि को और खराब किया। जैसे कि एक मामले में मेरे सास-ससुर पर आरोप लगाया गया कि उन्होंने आखिरी वक्त में पटना में राजधानी एक्सप्रेस का प्लेटफॉर्म बदलवा दिया था; दूसरे मामले में मेरे कुछ पार्टी कार्यकर्ताओं को ट्रेन की उस श्रेणी में यात्रा करते हुए पाया गया, जिसका टिकट उनके पास नहीं था। इन मामलों ने मेरे विरोधियों को मुझ पर हमला करने के नए हथियार दिए, उन्होंने आरोप लगाया कि मेरे रेल मंत्री बनने के बाद रेल मंत्रालय में भी जंगल राज आ गया है। मीडिया ने इन मामलों को तो खूब तूल दिया, लेकिन उन्होंने इस बारे में कुछ नहीं लिखा कि मैंने रेल अधिकारियों को डरे बिना कानून का पालन करने के सख्त निर्देश दिए हैं। मेरी छवि के आधार पर मेरे आलोचकों ने यह आशंका जतानी भी शुरू कर दी कि मैं ट्रांसफर-प्रमोशन में एक खास जाति या उप-जाति के लोगों को ही प्रमुखता दूँगा। लेकिन इस तरह की आशंकाओं का कोई मतलब नहीं रहा, क्योंकि मैंने बहुत सख्त रवैया अपनाया और रेलवे बोर्ड के अधिकारियों को साफ-साफ कहा कि ट्रांसफर-प्रमोशन में योग्यता को ही आधार बनाया जाए। अपने रवैए से जल्दी ही मैंने उन डर और आशंकाओं को दूर कर दिया। रेलवे अधिकारियों को भी जल्दी ही समझ में आ गया कि मेरे बारे में जो खराब छवि बनाई गई है, वह बेबुनियाद है। रेलवे की नौकरशाही ने मेरे राजनीतिक जनमत और इस आधार पर मेरे द्वारा उठाए जा रहे कदमों का सम्मान किया, दूसरी ओर, मैंने उन अधिकारियों के उत्साह

और उनकी योग्यता को सम्मान दिया। इस तरह, कुछ समय बाद दोनों ही तरफ से सुधार के प्रति एक मजबूत धारणा पैदा हो गई।

चूँकि मैंने साधारण श्रेणी के रेल किराए में कटौती की घोषणा की, इसलिए मुझ पर आरोप लगाया गया कि मैं पहले से घाटे में चल रहे रेलवे पर और आर्थिक बोझ डाल रहा हूँ। इसके अलावा, मैंने प्रति यात्री हर साल एक रुपया किराया घटाने की जो घोषणा की, उस बारे में भी कहा गया कि इसका कोई खास मतलब नहीं है। जबकि सच्चाई यह है कि 2006 में रेलवे के पास जब 15,000 करोड़ रुपए की अतिरिक्त नगदी हो गई, जो मजबूत नीति लागू करने का नतीजा थी, तभी जाकर मैंने साधारण श्रेणी का रेल किराया घटाने की घोषणा की थी। मैं चाहता था कि रेलवे में आए सुखद बदलाव का लाभ साधारण रेल यात्रियों को मिले। लेकिन जब मैंने दूसरी श्रेणी के रेल किराए में प्रति यात्री एक रुपया घटाने की घोषणा की, तो रेलवे बोर्ड के सदस्य चकरा गए। उनमें से कुछ को यह जरूर लगा होगा कि मैं गलत फैसला ले रहा हूँ। उन्होंने मुझसे कहा कि किराए में इस बेहद मामूली कटौती से रेल यात्रियों को कोई लाभ नहीं होगा, उलटे रेलवे को इससे 250 करोड़ रुपए का नुकसान उठाना पड़ेगा। इनमें से ज्यादातर अधिकारियों को जमीनी हकीकत की कोई जानकारी नहीं थी, जबकि मैं हमेशा जमीनी हकीकत से ही जुड़ा रहा। मैंने खुद को सही ठहराने के लिए उन अधिकारियों के सामने बिहार का एक उदाहरण देते हुए कहा, 'हथुआ का ग्वाला अपना दूध दिल्ली में नहीं, बल्कि सीवान में बेचता है। और हथुआ से सीवान का किराया मात्र सात रुपए है।' मैंने उन अधिकारियों से कहा कि एयर कंडीशंड कमरों में बैठने के कारण आम आदमी की इच्छाओं और उम्मीदों से उनका कोई जुड़ाव नहीं रहा। इसलिए वे नहीं समझ सकते कि आम आदमी किराए में एक रुपए की कमी से भी कितना खुश हो सकता है। हथुआ के ग्वालों के परिवार के लोग किसी न किसी काम से सीवान जाते ही होंगे। ऐसे में रेल किराए में एक रुपए की कमी से उनके परिवार में ठीक-ठाक बचत हो जाएगी। आखिरकार वे अधिकारी मेरी बात से सहमत हुए और हमने वह योजना लागू की, जिसका नतीजा अच्छा रहा।

रेलवे बोर्ड के अधिकारियों को मेरी बात मनोरंजक लगी होगी, लेकिन इसके पीछे जमीनी हकीकत छिपी थी। रेल यात्राओं के एक अध्ययन से यह बात सामने आई कि सभी उपनगरीय और साधारण पैसेंजर गाड़ियों में 88 प्रतिशत रेलयात्री किराए में औसत 10 रुपए खर्च करते हैं। चार साल में रेल किराए में तीन रुपए की कटौती हुई। इस तरह 2008 में न्यूनतम रेल किराया सात रुपए से घटकर चार रुपए रह गया। सुनने में यह छोटी राशि लगती है, लेकिन किराए में यह कटौती 42 प्रतिशत थी, इसलिए इसे सिर्फ दिखावे का कदम नहीं कहा जा सकता था। राजस्व में कमी आने के बजाए इस फैसले से रेलवे की आय बढ़ी, क्योंकि किराया घटने से लोग साधारण श्रेणी में अधिक से अधिक यात्रा करने लगे। इसका नतीजा यह हुआ कि रेल कर्मचारियों का सालाना बोनस 59 दिन के वेतन से बढ़कर 73 दिन के वेतन के बराबर हो गया। और रेलवे की अतिरिक्त नगदी 2008 में बढ़कर 25,000 करोड़ रुपए हो गई। लेकिन सबसे महत्वपूर्ण यह था कि रेल यात्रा करने वाले गरीब लोगों को इससे बहुत लाभ हुआ। राजनीतिक रूप से भी इस फैसले का महत्व था। अब मैं अपने लोगों के बीच जाकर कह सकता था कि मैंने अपना वायदा निभाया है। अपने चुनाव क्षेत्र में एक बैठक में मैंने लोगों से पूछा कि क्या वे जानते हैं, रेलवे को 70,000 करोड़ का लाभ हुआ है? वे नहीं जानते थे। उसके बाद मैंने उनसे हथुआ से सीवान के बीच किराए में की गई कमी के बारे में पूछा। उन्होंने कहा कि किराया सात रुपए से घटकर चार रुपए हो गया है। जब मैंने उनसे और बात की, तो उन्होंने कहा कि इससे पहले किसी रेल मंत्री ने किराया इतना नहीं घटाया, 'ना साहेब, नहीं किया था।' फिर मैंने उनके सामने पंचलाइन जड़ा, 'हमने हर साल किराया कम किया, फिर भी 70,000 करोड़ कमाए।' लोग बहुत खुश हुए। इसलिए नहीं कि यह सब नाटकीय था, बल्कि इसलिए कि किराया घटाने के फैसले का उनको सीधा लाभ हुआ।

गरीब रथ—यानी गरीबों के लिए शाही ट्रेन चलाने का मेरा फैसला भी इसी तरह लोकप्रिय हुआ, और इसका रेलवे को लाभ भी मिला। मैंने रेलवे के अधिकारियों को अपने देहाती अंदाज में कहा कि गरीब रेलयात्रियों को भी पटना से दिल्ली तक एयर कंडीशंड कोच में मुर्गे

के दाम पर सफर करना चाहिए। हालाँकि मुर्गे वाली बात तो मैंने ऐसे ही कही थी—मेरे मन में एक ऐसी गाड़ी की कल्पना थी, क्योंकि मेरे मन में गरीबों द्वारा इतना पैसा खर्च करने की क्षमता, जीवन स्तर, बेहतरी की इच्छा और कुशलता की बातें थीं। और इस तरह गरीब रथ की शुरुआत हुई। अच्छी तरह से बनाई गई रणनीति के तहत, एसी टिकट का किराया घटाया गया, लेकिन कोच बढ़ा दिए गए, इसके अलावा प्रति कोच में यात्रियों के लिए बर्थ भी बढ़ाए गए। एक सामान्य ट्रेन में 17 कोच होते हैं, लेकिन गरीब रथ में 24 कोच लगाए गए। राजधानी एक्सप्रेस के एयर कंडीशंड थ्री-टायर कोच में 64 यात्री सफर करते हैं, जबकि गरीब रथ के एक कोच में 75 यात्री सफर कर सकते हैं। राजधानी एक्सप्रेस के चेयरकार में जहाँ 70 यात्री सफर करते हैं, वहीं गरीब रथ के चेयरकार में 102 यात्रियों की जगह होती है। एक अच्छी ट्रेन में 816 यात्री सफर करते हैं, जबकि गरीब रथ में इससे दोगुने यात्री सफर कर सकते हैं। गरीब रथ में यात्रियों की बढ़ी संख्या के कारण आय अधिक होती है, जिससे कम किराए पर एसी की सुविधा देने से कोई अतिरिक्त भार नहीं पड़ता। चूँकि गरीब रथ में कोई अतिरिक्त सुविधा नहीं है (जैसे—इसमें पैंट्री कार नहीं है), इसलिए इसकी आय और भी अधिक है।

दो और मुद्दे थे, जिन पर रेल अधिकारियों को राजी कराने में मुझे बहुत कठिनाई आई। एक प्रावधान वेटिंग टिकट को ऊँची श्रेणी में अपग्रेड करने की सुविधा का था, अगर ऊँची श्रेणी में बर्थ खाली हो। अधिकारियों का तर्क था कि इससे रेलवे दिवालिया हो जाएगा, क्योंकि यात्री निचली श्रेणी का टिकट लेकर ऊँची श्रेणी में यात्रा करेंगे। मैंने उनसे पूछा कि क्या वे इस सच्चाई के बारे में जानते हैं कि टीटीई आरक्षित श्रेणियों में पैसे लेकर यात्रियों को बर्थ देते हैं? और यात्रियों से ली गई वह राशि रेलवे के लिए घाटा ही है, क्योंकि वह टीटीई की जेब में जाती है। इसके अलावा टिकट कन्फर्म न होने पर अनेक यात्री टिकट कैंसिल करवाते हैं, जो रेलवे के लिए घाटा ही है। अगर हम वेटिंग लिस्ट वालों का टिकट अपग्रेड कर दें, तो इससे वेटिंग लिस्ट की संख्या कम होगी और ज्यादा से ज्यादा यात्री अपना टिकट कन्फर्म करवा सकेंगे और यात्रा कर सकेंगे। मैं अपने अधिकारियों पर

अपना फैसला थोपना नहीं चाहता था, इसलिए मैंने उनसे अनुरोध किया कि कम से कम एक ट्रेन में इस योजना का परीक्षण करके देखें। वे इस पर राजी हुए और उसका नतीजा इतना अच्छा आया कि कुछ समय बाद कई ट्रेनों में वेटिंग लिस्ट को अपग्रेड करने का फैसला लिया गया। रेलवे को इससे घाटा नहीं हुआ और यात्री भी इससे खुश हुए।

दूसरा मामला मालगाड़ियों में वजन बढ़ाने का था। मैं यहाँ उनके तकनीकी विवरणों में नहीं जाना चाहता। बस इतना कहना चाहता हूँ कि मालगाड़ियों में वजन और डब्बे बढ़ाकर रेलवे की आय बढ़ाई जा सकती है। लेकिन मालगाड़ियों में वजन बढ़ाने को सुरक्षा के मामले से भी जोड़कर देखना पड़ेगा कि वे किन पटरियों पर हैं, और किस रूट पर जा रही हैं। अधिकारियों को डर था कि डब्बे में वजन बढ़ाने से मालगाड़ी पटरी से उतर सकती है, जिससे दुर्घटना हो सकती है। वैसे तो मैं भी आय बढ़ाने के नाम पर बिना सोचे-समझे खतरा मोल लेना नहीं चाहता था, लेकिन मुझे माँ की कही गई एक बात याद आई, जो उन्होंने मुझसे कही थी, 'अगर तुम्हें बैल को पछाड़ना है, तो उसकी पूँछ नहीं, बल्कि उसकी सींग पकड़नी होगी।' मुझे विशेषज्ञों ने कहा कि मालगाड़ी में थोड़ा वजन बढ़ाया जा सकता है और इससे कोई दुर्घटना नहीं होगी। मैंने संबंधित अधिकारियों की एक बैठक बुलाई और उन्हें मालगाड़ी में वजन बढ़ाने की शुरुआत करने के लिए कहा—उसके बाद हम इस फैसले की समीक्षा कर सकते थे। इसके लिए एक ऐसी रेल पटरी चुनी गई, जिस पर से ज्यादातर मालगाड़ियाँ ही गुजरती थीं। इस रूट पर हमने एक मालगाड़ी में वजन थोड़ा बढ़ाया। यह प्रयोग सफल रहा, और कुछ समय के बाद दूसरी मालगाड़ियों में भी वजन बढ़ाए गए। इससे रेलवे की आय बढ़ी, जबकि खर्च में कोई वृद्धि नहीं हुई। यहाँ मैं यह जरूर कहना चाहूँगा कि मेरे रेल मंत्री बनने से पहले कई विशेषज्ञ एजेंसियों ने मालगाड़ियों में वजन बढ़ाने की सिफारिश की थी, और खासकर कुछ ट्रैक के बारे में कहा था कि उन पर मालगाड़ियों में 25 टन तक वजन बढ़ाया जा सकता है। इसके बावजूद रेल मंत्री बनने के बाद मैंने पाया कि मालगाड़ियों में 20.3 टन वजन की ही ढुलाई होती है। रेलवे अधिकारियों को इस

योजना के बारे में समझाने में थोड़ा समय लगा और फिर इस मामले में आवश्यक सुरक्षा मंजूरी मिली।

कुछ आँकड़े बताएँगे कि 'भारी और तेज' की धारणा से माल ढुलाई में किस तरह तेजी आई। 2004 में रेलवे रोज 30,000 वैगन में माल की लदान करता था; 2008 में इस आँकड़े को बढ़ाकर 40,000 वैगन किया गया। हर वैगन में अतिरिक्त छह टन माल की लदान शुरू हुई, जिससे सालाना नौ करोड़ टन माल की लदान बढ़ी—दूसरे शब्दों में इससे रेलवे की आय में 6,000 करोड़ की वृद्धि हुई। 2004 में रेलवे के पास 4,000 मालगाड़ियाँ थीं। और रेलवे रोज 570 मालगाड़ियों में माल की लदान करता था, जो सात दिन में अपनी मंजिल तक पहुँचती थी। मालगाड़ियों की संख्या बढ़ाकर और समय का ध्यान रखते हुए मालगाड़ियों के चक्कर पूरी करने की समय सीमा को सात दिन से घटाकर पाँच दिन किया गया—इसका नतीजा यह हुआ कि रेलवे अब रोज 800 मालगाड़ियों में माल की लदान करने लगा। रेलवे को कुछ खास नहीं करना पड़ा, लेकिन इसी तरह के कदमों से उसकी आय में 10,000 करोड़ की वृद्धि हुई।

मैंने एक और कदम उठाया था, जिसने नीति बनाने वाले और टिप्पणी करने वाले कुछ लोगों का ध्यान इसकी ओर खींचा। मैंने रेलवे कैटरिंग सर्विस से यह कहकर लाखों गरीब कुम्हारों को रेलवे से जोड़ा कि ये रेलवे प्लेटफॉर्मों में यात्रियों और दूसरे लोगों को कुल्हड़ों में चाय देते हैं। इसका विशेष अर्थ है—कुल्हड़ यात्रियों को पुराने दिनों में ले जाता है। प्लास्टिक के कप के आने से पहले लोगों को चाय और दूसरे पेय पदार्थ कुल्हड़ों में ही दिए जाते थे—और पुराने दिनों में ट्रेन में लंबी दूरी की यात्रा करने वाले परिवारों के पास मिट्टी के घड़े होते थे, जिनमें वे रेलवे स्टेशनों पर पानी भरते थे। लेकिन विशेष महत्व के अलावा भी यह देश के लाखों कुम्हारों को मौका देता था कि भारतीय रेलवे से जुड़कर वे अपनी आय बढ़ाएँ। फिर कुल्हड़ में परोसी गई चाय का अलग ही स्वाद होता था, जिसका मुकाबला प्लास्टिक का कप नहीं कर सकता था!

मंजूरी और तारीफ

अपनी किताब 'बैंककरप्सी टू बिलियन्स: हाउ द इंडियन रेलवेज ट्रांसफॉर्म्ड' (ऑक्सफोर्ड इंडिया पेपरबैक्स द्वारा 2009 में प्रकाशित) में सुधीर कुमार और सह-लेखिका शगुन मेहरोत्रा ने विस्तार से बदलाव की इस कहानी को तथ्यों, आँकड़ों और चार्टों के जरिए बताया है। जो इस विषय में गहराई से जानना चाहते हैं, मैं उन्हें और मेरे आलोचकों को भी, जो मेरी सफलता को मानने से इनकार करते आए हैं, यह किताब पढ़ने की सलाह दूँगा। इस किताब की भूमिका तब के प्रधानमंत्री डॉ. मनमोहन सिंह ने लिखी है। उन्होंने लिखा है कि भारतीय रेलवे ने 'तेज, लंबी और भारी' रेलगाड़ियाँ चलाकर अपनी क्षमता 'नाटकीय तरीके से बढ़ाई।' उन्होंने लिखा कि रेलवे द्वारा 'अपनी संपत्ति का पूरा इस्तेमाल करना' जितना महत्वपूर्ण था, 'भविष्य की जरूरतों को देखते हुए निवेश में वृद्धि के बारे में सोचना' भी उतना ही जरूरी था। उन्होंने यह भी जोड़ा कि (मेरे कार्यकाल में) रेलवे ने सुधारों की शुरुआत की थी, जिसमें 'पिछली धारणाओं, अभ्यासों और सोच पर सवाल उठाने की जरूरत थी।' उन्होंने बताया कि 'उपभोक्ताओं को आधार बनाकर गतिशील और विभिन्नता पर आधारित किराया तय करने के जरिए रेलवे ने खुद को बाजार केंद्रित बनाया और इससे भारी आर्थिक और सामाजिक लाभ हासिल हुए।'

इस तरह की प्रशंसा मेरे लिए बहुत अर्थ रखती है, क्योंकि ये बातें जिसने कही हैं, वह सिर्फ एक प्रधानमंत्री नहीं थे, बल्कि एक अर्थशास्त्री हैं, जो पूरी दुनिया में प्रसिद्ध हैं। डॉ. सिंह के अलावा, तब योजना आयोग के उपाध्यक्ष मोंटेक सिंह आहलुवालिया, कोलंबिया यूनिवर्सिटी के प्रोफेसर जगदीश भगवती, इनफोसिस के मुखिया एन.आर. नारायणमूर्ति और विश्व प्रसिद्ध और भी कुछ लोगों ने रेलवे के शानदार कामकाज की तारीफ की। मैंने इस किताब के लेखक और प्रकाशक से मंजूरी लेकर ही यहाँ उसके कुछ तथ्य और आँकड़े सामने रखे हैं।

भारतीय रेलवे ने जो चमत्कार किया, उसने भारत समेत दुनिया भर के नीति निर्माताओं और विद्वानों का ध्यान अपनी ओर खींचा। मुझे अचानक 'प्रोफेसर लालू प्रसाद' कहा जाने लगा। भारतीय प्रबंधन

संस्थान (आई.आई.एम.), अहमदाबाद, हार्वर्ड यूनिवर्सिटी और व्हार्टन बिजनेस स्कूल ने मुझे न्योता दिया कि मैं उनके छात्रों को संबोधित करूं। मैंने वहाँ जाकर भाषण दिया कि लोकप्रिय जनमत, व्यावसायिक लाभ, बाजार की जरूरतों और पेशेवर तौर-तरीकों से तय लक्ष्य हासिल किए जा सकते हैं। मैंने इस बनी-बनाई सोच को ध्वस्त कर दिया कि कामगारों की संख्या घटाकर, लागत कम कर और यात्रियों पर किरायों का बोझ बढ़ाकर ही मुनाफा हासिल किया जा सकता है। मेरे विरोधियों ने बिहार के मुख्यमंत्री के तौर पर मेरे नाकाबिल प्रशासक होने की जो छवि बनाई थी, उस छवि को तोड़ते हुए मुझे बहुत खुशी हुई। रेलवे में हुए बदलाव से लोग अब मेरी तारीफ कर रहे थे, इसलिए मेरे विरोधियों ने मेरे इस बड़े काम को कम करके बताने के लिए यह कहना शुरू किया कि मैंने आँकड़ों में हेरफेर करके ऐसा किया है। मेरी सफलता को स्वीकारने का कलेजा उनके पास नहीं था। आज तक वे लगातार रेल मंत्री के रूप में मेरे कामकाज में गलती निकाल रहे हैं, लेकिन मुझे बदनाम करने की उनकी कोशिशों पर किसी ने ध्यान नहीं दिया।

मैं 2006 में नई दिल्ली में हार्वर्ड और व्हार्टन के छात्रों से मेरी बातचीत को याद करता हूँ। तब तक रेलवे चमत्कारी ढंग से सुधार की पटरी पर आ चुका था। सवाल-जवाब का सत्र जीवंत था, जिसमें कुछ छात्रों ने विनम्रता से मुझसे रेलवे के बदलाव की कहानी को समझना चाहा। रेलवे के सीनियर अधिकारी और मेरे ओएसडी सुधीर कुमार भी वहाँ मौजूद थे, ताकि किसी सवाल का जवाब देते हुए अगर मुझे मदद की जरूरत पड़े, तो वे मेरी मदद कर सकें। एक समय मैं चकित रह गया, जब एक छात्र ने मुझसे खांटी भोजपुरी में बात शुरू की। उसने कहा कि आप यहाँ भारतीय रेलवे के शानदार प्रबंधन पर भाषण दे रहे हैं, जबकि आपका अपना राज्य बिहार, जहाँ आप वर्षों तक मुख्यमंत्री रहे, विकास के पैमाने पर पिछड़ा हुआ है। लेकिन इससे पहले कि मैं इसका जवाब देता, उसने कहा कि इस सवाल का जवाब उसके पास है। उसने कहा कि रेलवे में यह बदलाव शायद इसलिए संभव हो पाया कि आपके साथ सुधीर कुमार जैसा एक काबिल आईएएस अफसर है। इसलिए रेल मंत्री के रूप में आप इतने सफल

हो पाए। बिहार के मुख्यमंत्री और केंद्रीय रेल मंत्री के रूप में मेरी तुलना करना कठिन था। मैंने जवाब दिया कि आईएएस नौकरशाही ने बिहार में व्यवस्था को दीमक की तरह खोखला कर दिया है, जबकि रेल मंत्रालय में आईएएस की भूमिका मंत्री के निजी कर्मचारी होने तक सीमित है। बिहार में बाबू आलसी और अयोग्य हैं। सुधीर बाबू उसी बदनाम व्यवस्था से आए हैं, लेकिन उन्होंने नौकरशाही का जुआ उतार फेंका है! रेलवे बोर्ड के सदस्य मेरे जवाब पर मुस्कुराने लगे।

हमारी सोने की चिड़िया

हमने विचारों और परियोजनाओं को बहुत तेजी से लागू किया, और यही हमारी सफलता और सुधारों का मुख्य कारण था। रेलवे अब भी घाटे में पड़ा रह सकता था, लेकिन प्रबंधन की रणनीतियोंः जैसे लक्ष्य तय कर, मौजूदा क्षमता का अधिकतम इस्तेमाल करने के लिए संसाधनों में ढील देकर, विपरीत दिशाओं और लक्ष्यों पर काम करने वाली टीम के जरिए, गठजोड़ बनाकर और रणनीतिक रूप से निवेश कर—को लागू कर उसने जीत हासिल की।

मैं कभी-कभी भारतीय रेलवे और एक दुधारू गाय के बीच तुलना करता हूँ। दुधारू गाय की देखभाल करने की जरूरत पड़ती है, उसे पर्याप्त चारा चाहिए। उसे स्वस्थ रखने की जरूरत है, और गाय को अच्छे मूड में भी रखना चाहिए, नहीं तो उसका दूध दुह पाना कठिन होगा। हमारे रेलवे को भी लगातार स्वस्थ रखने की जरूरत है, इसके अलावा इसके कर्मचारियों की देखभाल करना भी आवश्यक है। लेकिन दुधारू गाय का दूध अगर रोज न दूहा गया, तो वह बीमार पड़ जाएगी। उसी तरह अगर रेलवे की ताकत और उसकी संपत्तियों का समय-समय पर उपयोग न किया गया, तो ज्यादा संभावना यही है कि वह घाटे के पुराने दिनों में पहुँच जाए। ऐसे ही, 'गाय को सूखा दूहना' बहुत खतरनाक होता है। ठीक ऐसे ही रेलवे को केवल दोहन की वस्तु नहीं समझना चाहिए। भारतीय रेलवे हमारी सोने की चिड़िया है।

150 साल पुरानी भारतीय रेल—जिसमें 14 लाख कर्मचारी और 11 लाख पेंशनर हैं, 63,000 किलोमीटर लंबी रेल पटरियों पर 13,000

रेलगाड़ियाँ रोज 1 करोड़ 70 लाख यात्रियों को ढोती और 7,000 स्टेशनों से गुजरती हैं–भारतीय मूल्यों और रिश्तों का प्रतिनिधित्व करती है–यह एक व्यावसायिक उपक्रम से ज्यादा है। भारतीय रेलवे, जो सबसे बड़ा सरकारी उपक्रम और आकार में चीन के बाद दूसरा है, का पीढ़ियों से भावनात्मक जुड़ाव है। यह हमारे जैसे देश में, जहाँ संस्कृतियों, परंपराओं और भाषाओं की विविधता है, जोड़ने का सबसे बड़ा माध्यम है। एक मंत्री के रूप में मैंने राजनीतिक जनादेश के अनुसार चलने, तकनीकी जानकारों की स्वतंत्रता को बरकरार रखने, जो कि रेलवे को चलाने के लिए बहुत जरूरी है, आधुनिक बाजार की समझ के अनुसार नई सोच वाली प्रबंधन प्रणाली को लागू करने की अपनी तरफ से पूरी कोशिश की, ताकि रेलवे को कर्ज के उस जाल से बाहर निकाला जा सके, जो मुझे विरासत में मिला था। इस तरह मैं रेलवे को मुनाफे और प्रगति की पटरी पर ले आया। मेरे रेल मंत्री काल में ही भारतीय रेलवे के बदलाव की कहानी सामने आई। हो सकता है कि मेरी बातें पाठकों को डींगें हाँकने जैसी लगें, लेकिन रेल मंत्री के रूप में अपने प्रदर्शन पर खुश होने के मेरे पास वाजिब कारण हैं।

अध्याय 11

छोटा भाई नीतीश

नीतीश से मेरी पहली मुलाकात हमारे आंदोलन के दिनों में हुई थी। समाजवादी सरोकारों की लड़ाई में वह साथी कार्यकर्ता थे। उनसे हुई मुलाकात की मुझे बहुत याद नहीं है, क्योंकि वह तब इंजीनियरिंग कॉलेज के एक छात्र ही थे, जबकि मैं पहले ही पूर्णकालिक राजनीतिक कार्यकर्ता बन चुका था। उस समय वह एक सामान्य और अनजान से व्यक्ति के रूप में नजर आए थे और मैं बिहार में समाजवादी आंदोलन का अग्रणी युवा चेहरा था। लेकिन मैं उनका इस मामले में ऋणी हूँ कि जब कर्पूरी ठाकुर के निधन के बाद बिहार विधानसभा में मैंने विपक्ष के नेता के रूप में अपना दावा पेश किया था, तो उन्होंने मेरा समर्थन किया था। लेकिन समय के साथ वह बदल गए। वैचारिक रूप से वह ढुलमुल हो गए। पहले वह मेरे साथ थे, फिर मुझसे अलग हो गए। इसके बाद वह जॉर्ज फर्नांडीस के खेमे में चले गए थे। इसके बाद खबरें आईं कि उनका अपने गुरु के साथ भी रिश्ता अच्छा नहीं रहा। बाद में उन्होंने भाजपा से गठजोड़ कर लिया और कई बरस की साझेदारी के बाद उन्होंने उस पार्टी से भी किनारा कर लिया। इसके बाद उन्होंने हमारे साथ यानी राजद के साथ गठबंधन कर लिया। हाल ही में उन्होंने इस गठबंधन को भी तोड़ दिया और भाजपा की अगुआई वाले एनडीए में लौट गए। नीतीश कुमार बंदर की तरह एक डाल से दूसरी डाल में

उछल-कूद करते रहते हैं।

जनता दल से नाता तोड़ने के बाद जॉर्ज और नीतीश ने सबसे पहले भारतीय कम्युनिस्ट पार्टी (मार्क्सवादी-लेनिनवादी) लिबरेशन यानी सीपीआई-लिबरेशन से गठजोड़ किया, जोकि 1990-91 में खुले में आने से पहले तक भूमिगत रूप से काम करने वाला नक्सल संगठन था। पार्टी के महासचिव विनोद मिश्रा समर्पित जन नेता थे और उन्होंने जमींदारों और सामंती ताकतों के खिलाफ गरीबों और दबे कुचले लोगों को संगठित किया था। जॉर्ज और नीतीश ने वाम राजनीति की ओर झुकाव दिखाया और 1995 में सीपीआई एमएल लिबरेशन के साथ गठजोड़ किया। लेकिन 1995 में समता पार्टी हमारे हाथों बुरी तरह पराजित हो गई और जॉर्ज तथा नीतीश ने नक्सल संगठन से नाता तोड़ लिया और कार सेवकों द्वारा किए गए बाबरी मस्जिद के विध्वंस के महज तीन साल बाद ही भाजपा का दामन पकड़ लिया। यानी जॉर्ज और नीतीश ने वामपंथ से दक्षिण पंथ की ओर पूरी तरह से पलटी खा ली और ऐसे समय भाजपा के खेमे में चले गए, जब महाराष्ट्र की शिव सेना के अलावा उसका कोई और सहयोगी नहीं था। यह नीतीश का राजनीतिक रूप से बिल्कुल भरोसेमंद न होने का शुरुआती संकेत था।

नीतीश और जॉर्ज के लिए सिर्फ भाजपा का सहयोगी बनना ही पर्याप्त नहीं था; अपने राजनीतिक एजेंडा को आगे बढ़ाने के लिए वह पूरी तरह दक्षिणपंथी खेमे से जुड़ गए। चूँकि उन दिनों आडवाणी भाजपा की अगुआई कर रहे थे, तो जॉर्ज और नीतीश ने आडवाणी और पार्टी में उनके समर्थकों के साथ करीबी बढ़ाई। उसके बाद के वर्षों में नीतीश नरेंद्र मोदी के करीबी हो गए, जोकि आडवाणी के दाएँ हाथ के रूप में उभर रहे थे और गुजरात में उनकी प्रमुख ताकत थे। आडवाणी ने मोदी की मदद से गांधीनगर लोकसभा सीट से सफलतापूर्वक चुनाव लड़ा। खबरें बताती हैं कि यह मोदी ही थे, जिन्होंने आडवाणी को गुजरात से लोकसभा का चुनाव लड़ने को राजी किया था। मोदी ने गुजरात के सोमनाथ से निकाली गई आडवाणी की अनेक रथयात्राओं में केंद्रीय भूमिका निभाई थी। आडवाणी मोदी के काम से इतना प्रभावित हुए कि उन्होंने अपनी राम रथ यात्रा के

दौरान गुजरात में प्रवास करते हुए मोदी को भी अपने साथ ले लिया। इसके कुछ वर्षों बाद 2002 के दंगों के चलते जब मोदी पर गुजरात के मुख्यमंत्री पद छोड़ने का भारी दबाव था, तब आडवाणी ने ही उन्हें बचाया था; वाजपेयी चाहते थे कि हिंसा की जिम्मेदारी लेते हुए मोदी को पद छोड़ देना चाहिए, लेकिन आडवाणी अड़े रहे। यह भी गौर करें कि धर्मनिरपेक्षता के अपने तमाम दावों के बावजूद नीतीश ने गुजरात में अल्पसंख्यकों पर हुए हमले के विरोध में वाजपेयी सरकार के मंत्री का पद नहीं छोड़ा था। यही नहीं, उन्होंने तो उस घटना के बारे में एक शब्द तक नहीं कहा। इसके बजाए 2003 में नीतीश गुजरात गए और वहां उन्होंने मोदी के कामकाज की तारीफ की थी। नीतीश ने मोदी से गुजरात से बाहर निकलने और देश की सेवा करने का आग्रह तक किया।

यह कोई छिपी बात नहीं है कि वाजपेयी सरकार में रेल मंत्री रहते नीतीश एनडीए खेमे में मुख्यमंत्री मोदी के सबसे बड़े प्रशंसक थे। नीतीश और मोदी अच्छे दोस्त बन गए। कुल मिलाकर मोदी के बचाव में वह आडवाणी जैसे लोगों के साथ ही थे और यह सुनिश्चित करवाया कि वह मुख्यमंत्री बने रहें। मैं तो उनका मुख्य विरोधी था और नीतीश बिहार में मेरा कद कम करना चाहते थे—भले ही इसके लिए उन्हें सिद्धांत के मामले में भारी समझौते करने पड़े—ऐसे में उनसे यह उम्मीद करना बेकार था कि वह गुजरात की हिंसा के बारे में कुछ बोलेंगे। इसके अलावा 1999 में रेल मंत्री बनने के बाद नीतीश ने भाजपा के कट्टरपंथियों से नाता जोड़ लिया था। उन्होंने अरुण जेटली से भी दोस्ती गाँठ ली; जो कि आडवाणी खेमे के खास आदमी थे और 2004–05 में भाजपा के बिहार प्रभारी थे। नीतीश और उनके समर्थकों ने जो वफादारी दिखाई थी, उसके एवज में आडवाणी ने 2005 के विधानसभा चुनाव से पहले उन्हें एनडीए का मुख्यमंत्री पद का उम्मीदवार घोषित कर दिया। वाजपेयी ने भी बिहार में भाजपा के लिए प्रचार किया, मगर उन्होंने कभी नीतीश को मुख्यमंत्री पद का उम्मीदवार घोषित नहीं किया। दरअसल उदारवादी स्वभाव के नेता वाजपेयी को न तो नीतीश पसंद थे और न ही उनके मित्र नरेंद्र मोदी।

नीतीश का ढुलमुल रवैया

मोदी–नीतीश की दोस्ती में तब खटास आ गई, जब मोदी ने संघ परिवार में अपनी स्थिति मजबूत की और उनमें प्रधानमंत्री बनने की आकांक्षा जाग गई। खुद के फायदे के लिए एक भी मौका न गँवाने वाले नीतीश ने भाजपा के भीतर बुजुर्ग लालकृष्ण आडवाणी और मोदी के बीच शुरू हुए सत्ता संघर्ष से भी फायदा उठाना चाहा। उन्होंने प्रधानमंत्री बनने की अपनी महत्वाकांक्षा को इस उम्मीद में तराशना शुरू किया कि मोदी की उम्मीदवारी को रोकने के लिए आडवाणी उनका समर्थन करेंगे। कहा जा रहा था कि आडवाणी उनकी अपनी पार्टी में आरएसएस के पूरे समर्थन के साथ मोदी के पक्ष में अचानक उभरी लहर से परेशान हो गए हैं। ऐसी चर्चा थी कि आडवाणी खेमा मोदी के उभार को किसी भी तरह से रोकना चाहता है और बुजुर्ग नेता के आशीर्वाद से सहयोगी दलों में से किसी उम्मीदवार को प्रधानमंत्री पद के लिए समर्थन दे सकता है। ऐसे में नीतीश ने संदिग्ध तरीकों से दूसरे के कामों का श्रेय लेकर और अपनी प्रचार मशीनरी के जरिए खुद को 'विकास पुरुष' के रूप में प्रचारित किया और खुद को ऐसे वरिष्ठ राष्ट्रीय नेता के रूप में प्रस्तुत किया जो कि जरूरत पड़ने पर प्रधानमंत्री पद की जिम्मेदारी सँभालने को तैयार है। वैसे भी पिछले कुछ वर्षों के दौरान नीतीश ने आरएसएस को बिहार में पूरी छूट देकर खुश कर रखा था, इसलिए वह मानकर चल रहे थे कि उनके इस नए सपने को हकीकत में बदलने में संघ उन्हें समर्थन दे सकता है। वैसे भी उनके भाजपा खेमे के सुशील मोदी से अच्छे रिश्ते थे, जो कि उनके नंबर दो थे और अपनी पार्टी की छात्र इकाई के लिए काम कर चुके थे।

लेकिन वैचारिक आधार पर वह मोदी के खिलाफ खुद की दावेदारी कैसे प्रस्तुत कर सकते थे? गुजरात के मुख्यमंत्री से न केवल उनकी दोस्ती थी, बल्कि 2002 की हिंसा के बाद कई अवसरों पर उन्होंने उनका समर्थन किया था। इसके बाद उन्होंने एक बार फिर अपनी कुख्यात पलटी खाई। उन्होंने अल्पसंख्यकों के उत्पीड़न और बाँटो और राज करो की संकीर्ण और विभाजनकारी राजनीति (जिसमें भाजपा की

मास्टरी है और आरएसएस जिसका समर्थन करता है) के खिलाफ बोलना शुरू कर दिया।

बिहार ने शायद ही कभी नीतीश को अल्पसंख्यकों के हक में और धर्मनिरपेक्षता के लिए लड़ते देखा। उन्होंने उत्पीड़ित तबकों के हक में जमींदारों और सामंती ताकतों के खिलाफ कभी आवाज नहीं उठाई। वह कभी प्रचंड समाजवादी या समाजवाद के लोहिया स्कूल के मुखर नेता नहीं थे। 1990 के दशक की शुरुआत में जब मंडल आयोग विरोधी ताकतें आगजनी और हिंसा में लिप्त थीं, तो वह चुप रहे। वह लंबे समय से सांप्रदायिक और सामंती ताकतों के साथ सहज महसूस करते आए हैं। और अब वह समावेशी विकास, अनेकता में एकता, अत्यंत पिछड़ा वर्ग (ईबीसी) और महा दलितों की बात करने लगे थे।

वह अचानक मोदी समर्थक हर चीज के विरोधी बन गए। जब यह साफ हो गया कि प्रधानमंत्री पद के उम्मीदवार के रूप में भाजपा में मोदी सबसे आगे हैं और आडवाणी पिछड़ गए हैं, तो उन्होंने अपना स्वर ऊँचा कर लिया। नीतीश ने यह कदम सोच समझकर उठाया, ताकि आडवाणी के कमजोर पड़ने से वैकल्पिक उम्मीदवार के रूप में उन्हें स्वीकार किया जा सके, कम से कम वह खुद ऐसा सोच रहे थे।

उन्होंने भाजपा की अगुआई वाले एनडीए में मोदी को दौड़ में पछाड़ने के लिए और गैर भाजपाई दलों का ध्यान अपनी ओर खींचने के लिए धर्मनिरपेक्षता और अपनी समाजवादी साख, जबकि इसे वह पहले ही दफन कर चुके थे, का इस्तेमाल किया। मीडिया नीतीश की पृष्ठभूमि का आकलन करने में नाकाम रहा और उसने ऐसी धारणा बनाई कि वह धर्मनिरपेक्षता और समावेशी विकास के ईमानदार योद्धा हैं। कुछ गैर भाजपा दलों ने भी नीतीश को मोदी के मुकाबले 'विश्वसनीय' दावेदार के तौर पर देखना शुरू कर दिया। मोदी को पछाड़ने में जी-जान से जुटे नीतीश ने अशालीनता दिखाने से भी गुरेज नहीं किया। राज्य विधानसभा चुनावों से पाँच महीने पहले भाजपा ने जून, 2010 में पटना में अपनी राष्ट्रीय कार्यकारिणी की बैठक आयोजित की। इसमें शामिल होने वाले भाजपा के शीर्ष नेताओं में मोदी भी शामिल

थे। नीतीश ने भाजपा नेताओं को औपचारिक रूप से अपने सरकारी आवास पर रात्रिभोज के लिए आमंत्रित किया। लेकिन आखिरी पलों में उन्होंने यह रात्रिभोज रद्द कर दिया।

अचानक उनके भड़कने की वजह थी अखबारों में छपा पूरे पेज का विज्ञापन, जिसमें नीतीश और मोदी को एक-दूसरे का हाथ पकड़े दिखाया गया था–दरअसल यह फोटो 2009 के चुनावों से पहले पंजाब में हुई एनडीए की रैली के समय की थी, जिसका इस्तेमाल इसमें किया गया था। नीतीश ने इस विज्ञापन को 'अनैतिक और असंस्कारी' करार दिया। मोदी और भाजपा नेताओं के लिए आयोजित रात्रिभोज रद्द करने के अलावा नीतीश कुमार ने बिहार में कोसी-सीमांचल क्षेत्र में बाढ़ से हुई तबाही के बाद 2008 में मोदी की अगुआई वाली गुजरात सरकार द्वारा बाढ़ राहत में मदद के रूप में भेजा गया पाँच करोड़ रुपए का चेक भी लौटा दिया था।

पूरी जिंदगी संघ परिवार से लड़ने के बावजूद मैं पहला आदमी था, जिसने रात्रिभोज का निमंत्रण रद्द करने जैसा तुच्छ फैसला करने पर नीतीश पर हमला किया था। मैंने कहा, 'नीतीश ने मोदी को नेवता दे कर पत्तल खींच लिया।' लोकतंत्र में हमारे बीच राजनीतिक मतभेद हो सकते हैं, लेकिन हमें अशालीन नहीं होना चाहिए। हमें कभी भी कमर से नीचे वार नहीं करना चाहिए। नीतीश के कुछ समर्थक अपने नेता द्वारा किए गए मोदी और भाजपा के 'अपमान' से खुश थे। वह सोच रहे थे कि नीतीश के इस कदम से उन्हें प्रधानमंत्री पद की दौड़ में मोदी को पछाड़ने में मदद मिलेगी। लेकिन मैं मानता हूँ कि रात्रिभोज रद्द करने का यह कदम बिहार के लोकाचार के खिलाफ था। हमारे लोग मेहमान का अपमान करने के लिए नहीं जाने जाते। हम अतिथि देवो भव की भावना के साथ रहते हैं। मेरे विचार से नीतीश ने बिहार का अपमान किया। इस पर मीडिया में कई तरह की कहानियाँ छपीं। कुछ ने कहा कि माहौल इतना विषैला है कि भाजपा के कई नेताओं ने नीतीश को बता दिया था कि वह रात्रिभोज में शामिल ही नहीं होंगे, इसलिए मुख्यमंत्री ने इसे रद्द किया। मामला चाहे जो भी रहा हो, लेकिन यह तथ्य है कि नीतीश के इतना नीचे गिरकर रात्रिभोज रद्द करने की वजह थी, सिर्फ एक व्यक्ति को निशाना बनाना और

वह थे, नरेंद्र मोदी।

मोदी के वह शुरुआती दिन थे और उन्होंने वह कद हासिल नहीं किया था, जैसा कि कुछ वर्ष बाद उन्होंने गुजरात विधानसभा चुनाव में अपने नेतृत्व में भाजपा को लगातार एक और जीत दिलाकर हासिल किया। इसलिए वह उस अपमान का बदला नहीं ले सके थे। इसके अलावा 2010 में भाजपा के कई नेता नीतीश कुमार की राज्य सरकार में मंत्री भी थे। इनमें से अधिकाँश आडवाणी खेमे से थे और अधिकाँश मामलों में नीतीश का समर्थन करते थे। उप मुख्यमंत्री सुशील कुमार ने तो नीतीश को प्रधानमंत्री पद का दावेदार तक घोषित कर मोदी के जख्मों पर नमक डालने का काम किया था। यहाँ मैं यह स्पष्ट कर दूँ कि मोदी या उनकी पार्टी के प्रति मेरी कोई सहानुभूति नहीं है, क्योंकि हमारी राजनीतिक विचारधारा में बिल्कुल अंतर है। राजद और संघ परिवार में किसी तरह का मिलाप हो ही नहीं सकता। मैं तो सिर्फ नीतीश का असली रंग बताने के लिए उस समय के घटनाक्रम के बारे में बता रहा हूँ कि किस तरह उन्होंने राजनीतिक रूप से आगे बढ़ने के लिए अपने इस रंग पर परदा डाल रखा है। मैं तो हमेशा से कहता रहा हूँ कि, नीतीश के पेट में दाँत हैं। मैंने उनके दोहरे व्यक्तित्व को बताने के लिए 1995-96 में पहली बार इस मुहावरे का इस्तेमाल किया था।

आरएसएस की 'घुसपैठ'

2009 में मैंने सारण (छपरा) लोकसभा सीट से चुनाव जीता था, लेकिन मैं सिर्फ एक सांसद भर था। यूपीए-दो में ममता बनर्जी मेरी जगह रेल मंत्री बनीं। इसके अलावा चार साल पहले ही राजद ने बिहार में भाजपा-जद (यू) के हाथों सत्ता गँवा दी थी। हमेशा की तरह मैं ग्रामीण क्षेत्रों में जाता था और नीतीश के खिलाफ प्रचार करता था कि किस तरह से उन्होंने सांप्रदायिक ताकतों को आगे बढ़ने का मौका दिया और राज्य के अमन और भाईचारे वाले माहौल को खराब कर दिया।

लोगों के बीच जाने पर मुझे बिहार में आरएसएस के अभियान के

बारे में कुछ खास जानकारियाँ मिलीं। 2005 में जब नीतीश ने कमान सँभाली थी, तब इस संगठन का बिहार में मामूली प्रभाव था। जब तक हम सत्ता में रहे आरएसएस के कार्यकर्ताओं में इतनी हिम्मत नहीं थी कि वे राज्य के किसी भी हिस्से में अपनी शाखाएँ लगा सकें। राजद की उत्तरोत्तर सरकारों ने यह सुनिश्चित किया कि संघ की बाँटने वाली विचारधारा को राज्य में जड़ जमाने का मौका न मिले।

संघ परिवार के अनेक दिग्गजों और जमीनी कार्यकर्ताओं ने आडवाणी की रथयात्रा की छाया में, जिसे मैंने रोक दिया था, और फिर बाबरी मस्जिद के विध्वंस के बाद बिहार में प्रभाव जमाने का भरसक प्रयास किया। आरएसएस को मैं नापसंद करता था (और करता हूँ) और मैंने इसके नेताओं पर कड़ा नियंत्रण रखा। मैंने अशोक सिंघल, गिरिराज किशोर और प्रवीण तोगड़िया के प्रवेश पर रोक लगा दी थी। भाजपा हालाँकि आरएसएस की राजनीतिक शाखा है और भारत के चुनाव आयोग ने उसे मान्यता दी है। इसलिए हम चुनावी संघर्ष में भाजपा की उपेक्षा नहीं कर सके। आरएसएस पर तीन बार प्रतिबंध लगाए गए। आखिरी बार बाबरी मस्जिद के विध्वंस के बाद उस पर प्रतिबंध लगाया गया था। लेकिन अपनी पूरी जिंदगी मैं इसे एक नाजायज संगठन ही मानता रहा हूँ। आरएसएस में गोडसे की मानसिकता के लोग भरे पड़े हैं। उन्होंने भाजपा के गुप्त सहयोग से मध्य प्रदेश में गोडसे के सम्मान में बनने वाले एक मंदिर का शिलान्यास तक कर लिया है। ऐसे तत्वों के खिलाफ मेरी लड़ाई जारी रहेगी।

2005 से 2013 के दौरान जब आरएसएस बिहार के अंदरूनी इलाकों में अपनी गतिविधियाँ बढ़ा रहा था और सांप्रदायिकता फैला रहा था, तब नीतीश निष्क्रिय बने रहे। उन्होंने समाजवाद और लोहिया के आदर्शों की शपथ ली, लेकिन यह सिर्फ अल्पसंख्यकों को भ्रमित करने के लिए था। वास्तव में उन्होंने आरएसएस के हित के लिए काम किया। नीतीश कुमार के खेमे के लोग अकसर बढ़ा-चढ़ा कर बताते हैं कि किस तरह उन्होंने 'बिहार की छवि को सकारात्मक तरीके से उभारा' और लोगों को बहुआयामी लाभ पहुँचाए। जबकि वास्तविकता यह है कि नीतीश के मुख्यमंत्री रहते सिर्फ एक ही संस्था को फलने-फूलने

का मौका मिला और वह है आरएसएस।

आरएसएस ने दरंभगा, मधुबनी और कोसी-सीमांचल क्षेत्र के बड़े हिस्से में अपने शिविर आयोजित करने शुरू किए जहाँ अल्पसंख्यकों की अच्छी आबादी है। मैंने चुपचाप राजद के कुछ युवा और समझदार कार्यकर्ताओं को आरएसएस कैडर के छद्म रूप में वहाँ भेजा और वे इस संगठन की योजना की जानकारी एकत्र करने के लिए सीमांचल क्षेत्र में आरएसएस के कुछ शिविरों में भी शामिल हुए। आरएसएस ऐसे गैर मुस्लिम गाँवों में अपनी शाखाएँ लगा रहा था, जहाँ अधिकाँश लोग पिछड़े और दलित जातियों के थे। मेरे 'भेदियों' ने कुछ सनसनीखेज खुलासे किए। आरएसएस अपने शिविर आयोजित करने के लिए जानबूझकर ऐसे गाँवों को चुनता था, जहाँ गरीब हिंदू रहते थे और जहाँ से कुछ मीटर की दूरी पर अल्पसंख्यकों की बस्तियाँ होती थीं। शाखा प्रमुख, जोकि आरएसएस का कोई समर्पित नेता होता था, सबसे पहले शारीरिक प्रशिक्षण देता था और फिर सांस्कृतिक और धार्मिक पाठ पढ़ाने लगता। वे लोग कुछ पुस्तिकाएँ भी बाँटते थे, जिनमें अल्पसंख्यकों के धर्म और संस्कृति की निंदा की जाती थी।

वह अपनी गतिविधियों को चलाने के लिए ऐसे हिंदू प्रभुत्व वाले गाँवों को चुनता था, जो ऐसे गाँवों के करीब होते थे जहाँ अल्पसंख्यक समुदाय की व्यापक बसाहट होती थी। बिहार में आरएसएस के ऑपरेशन की इन अंदरूनी जानकारियों को सुनकर मेरे रोंगटे खड़े हो गए। मैं जानता था कि सरकार से इस जानकारी का साझा करने से कोई लाभ नहीं होगा, क्योंकि मुख्यमंत्री खुद संघ परिवार की गतिविधियों के समर्थक थे। मैंने पूर्णिया, कटिहार, अररिया, किशनगंज, भागलपुर, मधेपुरा, सहरसा और खगड़िया से मिलकर बने कोसी-सीमांचल क्षेत्र में अनेक सभाओं को संबोधित किया और मेरे पास जो भी जानकारी थी, उसे साझा कर लोगों को आरएसएस द्वारा गरीब और भोले-भाले लोगों के बीच फैलाए जा रहे जहरीले घृणा फैलाने वाले विचारों के प्रति आगाह किया। मैंने उनसे कहा कि वे आरएसएस के शिविरों में न जाएँ और भाईचारे और सद्भाव का माहौल बनाए रखें। नीतीश कुमार और भाजपा के नेताओं ने आरएसएस के खिलाफ मेरी कठोर बातों को यह कहकर प्रचारित किया कि मैं तथाकथित जंगल राज या आतंक

का राज वापस लाना चाहता हूँ। मुझे देख कर आरएसएस वाले ऐसे भड़कते थे, जैसे लाल रंग देख कर सांड़ भड़कता है।

तथ्य यह है कि नीतीश ने चुपचाप और मजबूती के साथ राज्य में आरएसएस के विस्तार की सुविधा प्रदान की है। मुख्यमंत्री के रूप में उन्होंने पूरा ध्यान रखा है कि आरएसएस के नेताओं को पूरा अवसर और सम्मान मिले, जिससे वे राजद के शासन में वंचित थे। आरएसएस प्रमुख मोहन भागवत और कई अन्य नेता नियमित रूप से बिहार आते हैं और शिविर आयोजित करते हैं।

हमेशा मदद को तैयार रहने वाली बिहार सरकार ने आरएसएस की गतिविधियों की सुरक्षा और अन्य तरह की सुविधाओं का पूरा खयाल रखा।

आज आरएसएस को राज्य में पूरी छूट मिली हुई है। वह बजरंग दल, विहिप, गौरक्षक मंडल, एबीवीपी, संस्कार भारती और एकल विद्यालय और इसी तरह के अपने ढेर सारे संगठनों के जरिए अपनी गतिविधियाँ चला रहा है। जमीनी स्तर पर इसकी करीब 2000 शाखाएँ काम कर रही हैं और लोगों में अतिवाद का पाठ फैला रही हैं। आरएसएस की आधी शाखाएँ उत्तरी बिहार में स्थित हैं और विचार यह है कि इनकी संख्या बढ़ाई जाएँ और इस क्षेत्र में ध्रुवीकरण को और बढ़ाया जाए। कुछ खबरों के मुताबिक आरएसएस राज्य के उत्तरी राज्य में कई गुना विस्तार करना चाहता है और मुजफ्फरपुर उसकी इस महत्वाकांक्षी योजना का केंद्र है। 2018 की शुरुआत में भागवत ने बिहार की दस दिन की यात्रा शुरू की थी, जिसका मकसद था 2019 के लोकसभा चुनावों को ध्यान में रखकर उत्तरी बिहार में इस संगठन का और विस्तार करना।

सरकार की दरियादिली के फलस्वरूप संघ सांप्रदायिक माहौल को भड़काए हुए है और भाजपा की मदद कर रहा है। दरअसल संगठन का नीतीश पर काफी एहसान था, इसलिए बदले में नीतीश को उनकी अगुआई वाली सरकार का समर्थन करने के लिए उसका आभारी होना ही था।

विधानसभा चुनावों के बाद बदलते समीकरण

2010 में मोदी का अपमान करने के बाद नीतीश ने संघ परिवार के कार्यकर्ताओं का कहीं और अधिक खयाल रखना शुरू कर दिया, जिससे भाजपा ने सोचा कि उस अपमान को पीछे छोड़कर 2010 का विधानसभा चुनाव जद (यू) के साथ गठबंधन कर लड़ना अधिक फायदेमंद होगा। जद (यू)-भाजपा गठबंधन ने सत्ता बरकरार रखी। जीत के बाद नीतीश ने मोदी के खिलाफ अपना अभियान तेज कर दिया। वह बार-बार कहते थे कि यदि भाजपा ने मोदी को प्रधानमंत्री पद के उम्मीदवार के रूप में आगे बढ़ाया, तो वह उसके साथ गठबंधन तोड़ देंगे। मोदी पर हमला करते हुए नीतीश के मन में दो उद्देश्य थेः पहला, वह भाजपा के भीतर के मोदी विरोधी तत्वों के समर्थन से मोदी को दौड़ में पछाड़ देंगे। दूसरा, उन्होंने गणित लगाया कि यदि वह भाजपा की अगुआई वाले एनडीए में प्रधानमंत्री पद के उम्मीदवार के रूप में उभरने में नाकाम रहते हैं, तो वह गठबंधन से नाता तोड़ देंगे और मोदी का विरोध करेंगे, जिससे वह अल्पसंख्यकों की सहानुभूति जीतने में सफल हो जाएँगे और गैर भाजपा दलों के बीच वह मोदी के खिलाफ प्रधानमंत्री पद का चेहरा बन जाएँगे।

नीतीश और मोदी के झगड़े से दूर मैं लगातार लोगों के बीच जाता रहा और मैंने जमीनी स्तर पर आरएसएस-भाजपा के खिलाफ अपना अभियान जारी रखा। मेरे कार्यकर्ता और समर्थक हालाँकि 2010 के विधानसभा चुनाव में मिली हार से थोड़ा मायूस हो गए थे। अपनी पार्टी का नेता होने के नाते मैंने उन उपायों पर ध्यान केंद्रित किया, जिससे मेरे कार्यकर्ताओं और समर्थकों में नई ऊर्जा का संचार हो। हमने आरएसएस-भाजपा के खिलाफ कई आंदोलनों की रूपरेखा बनाई और जमीनी स्तर पर उन पर अमल भी किया।

मैं नियमित रूप से अपनी पार्टी के नेताओं और कार्यकर्ताओं के साथ पटना में बैठक करता था और उन्हें प्रेरित करता था कि वे लोगों के बीच जाएँ और सामाजिक न्याय के मंत्र और धर्मनिरपेक्षता के लिए संघर्ष करें, जिसे जद (यू)-भाजपा शासन में निशाना बनाया जा रहा था।

जद (यू) और भाजपा सरकार ने सामंती और सांप्रदायिक ताकतों

को फिर से उभारने की कोशिश की, जोकि राजद शासन के दौरान पस्त पड़ गए थे। बिहार के नए मंत्रिमंडल में ऐसे मंत्रियों की भारी मौजूदगी थी, जिनकी रणवीर सेना या आरएसएस के प्रति वफादारी थी। अल्पसंख्यकों पर अपने हमलों के कारण कुख्यात हो चुके गिरिराज सिंह ने नीतीश के संरक्षण में ही प्रशिक्षण प्राप्त किया। मोदी के अगुआई वाले मंत्रिमंडल में शामिल होने से काफी पहले गिरिराज नीतीश के मंत्रिमंडल में मंत्री रह चुके थे। वह लगातार जहर उगलते रहते हैं।

नीतीश लोगों में राजद का भय दिखाकर ही अपनी कुर्सी बचाए हुए थे। इसने कुछ समय तक ही काम किया, क्योंकि मेरे शासनकाल में सांप्रदायिक तत्वों और सामंती ताकतों को लंबे समय तक नियंत्रित कर दिया गया था। मैंने कमजोर तबकों और अल्पसंख्यकों में साहस भर दिया, जिससे उन्होंने खुद के हक के लिए जोर देना शुरू कर दिया। सांप्रदायिक तत्वों और सामंती ताकतों को जद (यू)–भाजपा शासन में काफी राहत मिली, जिसकी वे लंबे समय से प्रतीक्षा कर रहे थे। हमेशा की तरह सामंती मीडिया ने जद (यू)–भाजपा शासन के पक्ष में उपयुक्त माहौल बनाया, जिसने पहले राजद शासन को 'जंगल राज' करार देकर भाजपा–जद (यू) को मदद पहुँचाई थी।

नीतीश और उनके भाजपा समर्थकों ने ही मुझे कमजोर करने के प्रयास में एम–वाई (मुस्लिम–यादव) का मिथक गढ़ा; सामंती मीडिया ने इसे संकेत समझकर इस तथाकथित एम–वाई गठजोड़ के बारे में लिखना शुरू कर दिया। नीतीश सहित मेरे अनेक विरोधी अपनी जाति के लोगों के कार्यक्रम में शामिल होने पर गर्व महसूस करते हैं, जबकि उनके उलट अपने 50 साल के सार्वजनिक जीवन में मैं कभी भी किसी यादव सभा या यादव महासभा में शामिल नहीं हुआ। नीतीश और भाजपा नेताओं के उलट मैंने कभी भी जाति की राजनीति नहीं की। मैं यादव जाति से आता हूँ, जो कि संख्या के आधार पर बिहार की सबसे बड़ी जाति है। मेरे संस्कार ने मुझमें निडरता पैदा की। मैंने यदि यादवों का आह्वान किया है, तो सिर्फ इस बात के लिए कि वे अपनी जान की परवाह किए बिना अल्पसंख्यकों और दबे–कुचले तबकों की रक्षा करें। अपने यादववंशी भाई से यही कहता हूँ कि जान की बाजी लगा कर माइनरिटीज और दबे–कुचले की रक्षा करनी है। जो

लोग मुझ पर जातिवाद का आरोप लगाते हैं, वही लोग ऊँची जाति के नेताओं को सम्मान से संबोधित करते हैं, मसलन जगन्नाथ मिश्रा को वह पंडितजी कहते हैं, और उनके लिए मैं सिर्फ 'लालू हूँ।

2014 की तैयारी

2012 के बाद के वर्षों में, मोदी के लिए कुछ भाग्यशाली और मेरे लिए दुर्भाग्यशाली घटनाक्रम हुए हैं। मोदी के खिलाफ दर्ज दंगों से संबंधित मामले भाजपा की ओर से उनके प्रधानमंत्री पद का उम्मीदवार बनने में बड़ी बाधा थे। लेकिन सुप्रीम कोर्ट द्वारा बनाए गए विशेष जाँच दल (एसआईटी) ने उन्हें 2012 में आरोपों से मुक्त कर दिया। दूसरी ओर राँची के एक सीबीआई कोर्ट ने मुझे 2013 में षड्यंत्र के एक मामले में पाँच साल की सजा सुना दी। नतीजतन मैंने लोकसभा की सदस्यता खो दी और मेरे चुनाव लड़ने पर रोक लगा दी गई। 2013 में सजा सुनाए जाने के बाद मुझे जेल जाना पड़ा। दूसरी ओर मोदी को भाजपा के प्रधानमंत्री पद के उम्मीदवार के रूप में अपनी दावेदारी को आगे बढ़ाने का मौका मिल गया। भाजपा ने गोवा में हुई अपनी बैठक में नरेंद्र मोदी को 2014 के चुनाव में पार्टी के प्रचार समिति का अध्यक्ष घोषित कर दिया। इसके बाद पार्टी ने औपचारिक रूप से उन्हें अपना प्रधानमंत्री पद का उम्मीवार भी घोषित कर दिया। भाजपा की अगुआई वाले एनडीए के इस उभार से नीतीश का सपना ध्वस्त हो गया। भाजपा के भीतर के उनके शुभचिंतक, खास कर आडवाणी खेमा उनकी कोई मदद नहीं कर सके। हर तरफ से हार जाने के बाद नीतीश ने 2013 के पूर्वार्द्ध में भाजपा नीत एनडीए से नाता तोड़ लिया और 2014 का लोकसभा चुनाव अपने दम पर लड़ा।

2013–14 के दौरान मेरी गैरमौजूदगी में भाजपा के प्रधानमंत्री पद के उम्मीदवार के रूप में मोदी के लिए बिहार में एक तरह से कोई चुनौती नहीं रह गई थी। उन्होंने कांग्रेस की अगुआई वाले यूपीए के खिलाफ भ्रष्टाचार के मुद्दे पर दुष्प्रचार छेड़ दिया, जिसे कभी प्रमाणित नहीं किया गया, और 'कांग्रेस मुक्त भारत' का आह्वान किया। उन्होंने बड़े-बड़े वादे किए, जैसे हर साल दो करोड़ युवाओं को रोजगार

देना, विदेशों में जमा काले धन को वापस लाना और प्रत्येक भारतीय के खाते में 15 लाख रुपए जमा करना, देश के मजबूत चौकीदार के रूप में काम करना, पेट्रोल-डीजल के दाम घटाना और किसानों के लिए समर्थन मूल्य को दोगुना करना इत्यादि। लोगों ने उनके वादों पर भरोसा कर लिया, क्योंकि यह सुनने में अच्छे लगते थे। मोदी जबरदस्त और आक्रामक प्रचारक साबित हुए।

उनकी तुलना में नीतीश बेहद कमजोर प्रचारक थे। जमीनी स्तर पर उनकी पार्टी का कोई बड़ा आधार भी नहीं था और उन्होंने अपने दम पर विधानसभा या लोकसभा का कोई बड़ा चुनाव जीता था। उन्होंने जमीनी स्तर पर भी कभी काम नहीं किया था। उन्होंने खुद को एक धर्मनिरपेक्ष नेता के रूप में पेश करने की कोशिश की और समावेशी विकास की बात की, लेकिन उनकी बातों और उनकी प्रतिबद्धता में कोई मेल नहीं था, क्योंकि उन्होंने संघ परिवार के साथ 20 साल तक सत्ता में साझेदारी की थी। मीडिया के एक वर्ग और शहरी बुद्धिजीवियों ने नीतीश को मोदी के खिलाफ उभरता सेक्यूलर चेहरा बताना शुरू कर दिया, लेकिन अल्पसंख्यकों और पिछड़े तबकों की बड़ी आबादी ने इस पर यकीन नहीं किया। यही नहीं, नीतीश ने प्रचार के दौरान मोदी के बजाए मुझे निशाना बनाया, ताकि वह अल्पसंख्यकों और पिछड़े वर्गों के हितैषी के रूप में मेरी जगह ले सकें। यह उनके खिलाफ गया। भाजपा गठबंधन ने 2014 के आम चुनाव में बिहार की 40 में से 33 सीटें जीत लीं। जद (यू) महज दो सीटों में सिमट गया और उसे सिर्फ 15 फीसदी वोट मिले। राजद का प्रदर्शन भी खराब था, मगर उसने जद (यू) से कुछ अधिक सीटें जीतीं। महज 31 फीसदी वोट जीतकर भाजपा ने सीटें अधिक जीतीं, क्योंकि नीतीश ने मुकाबले को त्रिकोणा बना दिया था, जिससे भाजपा विरोधी वोट बँट गए। राजद अधिकाँश सीटों पर दूसरे स्थान पर थी, और यदि जद (यू) ने मोदी विरोधी वोट में सेंध नहीं लगाई होती, तो हम ये सीटें जीत सकते थे। इस तरह से भाजपा के विरोधी के रूप में भी अंततः नीतीश ने बिहार में इस पार्टी की मदद ही की!

नीतीश की बेताबी

अपमानजनक पराजय के बाद नीतीश ने कुछ नैतिक जिम्मेदार दिखाने का प्रयास किया और भाजपा के हाथों हुई पार्टी की हार की नैतिक जिम्मेदारी लेते हुए मुख्यमंत्री पद छोड़ दिया। उन्होंने आरोप लगाया कि समाज का सांप्रदायिक आधार पर ध्रुवीकरण करके भाजपा ने 2014 का चुनाव जीता था और फिर उन्होंने सबसे बड़े विपक्षी दल राजद की ओर दोस्ती का हाथ बढ़ाया। इस बीच, उन्होंने महादलित नेता जीतन राम मांझी को अपनी जगह मुख्यमंत्री चुना।

2014 की भाजपा और मोदी 2010 से बिलकुल अलग थे, जब उन्होंने रात्रिभोज का निमंत्रण रद्द करने से हुए अपमान को बर्दाश्त कर लिया था। लोकसभा चुनाव जीतने के बाद भाजपा ने नीतीश के जद (यू) में तोड़फोड़ की जिससे जून, 2014 में हुए राज्यसभा के उपचुनावों में उनकी पार्टी के उम्मीदवारों पवन के. वर्मा और गुलाम रसूल बलियावी के लिए मुश्किलें खड़ी हो गईं। उन्होंने मुझे फोन किया और अपने उम्मीदवारों को जितवाने के लिए मेरी पार्टी का समर्थन माँगा। राजद विधायकों ने वर्मा और बलियावी के पक्ष में मतदान किया, जिससे वे जद (यू) के छह-सात विधायकों के भाजपा समर्थक उम्मीदवारों के पक्ष में वोट देने के बावजूद जीत गए। जद (यू) के भाजपा से नाता तोड़ने के बाद जीतन राम मांझी की सरकार अल्पमत में आ गई। मेरी पार्टी ने सांप्रदायिक ताकतों को सत्ता से दूर रखने के अपने बुनियादी मकसद को ध्यान में रखकर जद (यू) सरकार का समर्थन किया। यह कहना अतिश्योक्ति नहीं है कि राजद के समर्थन के बिना जद (यू) सरकार गिर जाती और उसके दो उम्मीदवार राज्यसभा के उपचुनाव में जीत नहीं सकते थे।

ये दो घटनाक्रम राजद और जद (यू) के बीच की व्यवस्था को समझने के लिए काफी हैं। लेकिन इससे कोई टिकाऊ और दीर्घकालीन लाभ नहीं हुआ। नीतीश को जद (यू) को सत्ता में बनाए रखने के लिए हमारी जरूरत थी, जबकि हमने आरएसएस-भाजपा को बिहार में अपनी स्थिति को मजबूत करने से रोकने के लिए उनके साथ काम किया। 2014 के लोकसभा चुनाव में बिहार में भाजपा को मिली

भारी जीत के तीन महीने बाद ही अगस्त, 2014 में राज्य की दस विधानसभा सीटों पर उप चुनाव तय थे। नीतीश को एहसास हुआ कि यदि उनकी पार्टी अकेले लड़ती है, तो उसका सफाया हो जाएगा। वह हमारे साथ गठबंधन के इच्छुक थे। 2014 में भाजपा के हाथों हुई पराजय का बदला लेने के लिए मेरी पार्टी ने भी जद (यू) के साथ मिलकर उप चुनाव लड़ने का फैसला किया। हमारा यह फैसला दोनों के लिए फायदेमंद साबित हुआ। हमने छह सीटें जीतीं। उप चुनाव में भाजपा के खिलाफ हमारी जीत ने 2015 के विधानसभा चुनावों के लिए राजद, जद (यू) और कांग्रेस के महागठबंधन की भूमिका तैयार कर दी।

इस बीच, एक बेकार और पूरी तरह से टालने लायक घटनाक्रम हुआ। दरअसल नीतीश ने जीतन राम मांझी को मुख्यमंत्री पद का प्रभार सौंपते समय घोषणा की थी कि विधानसभा चुनाव में वह जद (यू) की अगुआई करेंगे और यदि उनकी पार्टी सत्ता में आती है, तो वह फिर से मुख्यमंत्री बनेंगे। लेकिन जैसे ही हमने जद (यू) को समर्थन देने की घोषणा की नीतीश ने मांझी को किनारे कर दिया। फरवरी, 2015 में इस महादलित नेता को हटा कर वह खुद मुख्यमंत्री बन गए। व्यक्तिगत तौर पर नीतीश के इस व्यवहार और मुसहर समुदाय से ताल्लुक रखने वाले मांझी के इस अपमान को मैंने स्वीकार नहीं किया। उन्होंने मुख्यमंत्री के रूप में अपेक्षाकृत अच्छा ही काम किया था, जबकि उन्हें नीतीश की छाया में काम करना पड़ा था। इस मुकाम पर मांझी को हटाए जाने का दलित समुदाय में अच्छा संदेश नहीं गया। मैंने नीतीश को सलाह दी थी कि वह मुख्यमंत्री की जिम्मेदारी के रूप में खुद पर बोझ डालने के बजाए महागठबंधन को मजबूत करने के बड़े लक्ष्य पर ध्यान केंद्रित करें। मैंने जोर देकर कहा कि हम दोनों बिहार की भलाई के लिए कहीं अधिक बड़े काम में जुटे हुए हैं।

हालाँकि मैंने एक हद से अधिक इस मुद्दे पर जोर नहीं दिया, क्योंकि मुझे भय था कि इससे गठबंधन लटक सकता है और आरएसएस-भाजपा पर नकेल कसने की मेरी योजना खतरे में पड़ जाएगी। इसके अलावा मैं यह भी नहीं चाहता था कि किसी अन्य पार्टी के आंतरिक मामले में 'दखलंदाजी' करने का आरोप मुझ पर लगे। हकीकत यह है कि नीतीश शाश्वत रूप से असुरक्षित महसूस करते आए हैं। वह विधानसभा

चुनाव में महागठबंधन की भारी जीत की स्थिति में अपने लिए मुख्यमंत्री पद सुरक्षित रखना चाहते थे।

सत्ता की राजनीति के चालाक खिलाड़ी नीतीश की नजर हमेशा सत्ता में बने रहने के अवसरों पर रही, ताकि वह खुद के फायदे के अपने एजेंडे को आगे बढ़ा सकें। वह समाजवाद या धर्मनिरपेक्षता नहीं, बल्कि अवसरवाद के लिए प्रतिबद्ध थे और हैं।

अध्याय 12

महागठबंधन का प्रयोग और मुसीबतें

मैं लोगों को गालियाँ नहीं देता, हाँ मेरा हाव-भाव गँवारू है, जिससे लोगों से जुड़ने में सुविधा रहती है। लेकिन एक मौका ऐसा भी आया, जब मेरा दिमाग गरम हो गया था। किसी ने नरेंद्र मोदी की बात की, तो मैंने कहा, 'ये ब्रह्म पिशाच है, भगाओ इसको।' मुझे ऐसा कहने के लिए मजबूर किया गया, क्योंकि बिहार की एक चुनावी रैली में मोदी ने मुझे 'शैतान' कहा था। मोदी ने मुझ पर हमला किया था और 2014 के चुनाव अभियान में मैंने उसका करारा जवाब दिया।

2014 में भाजपा केंद्र में आ गई और मोदी प्रधानमंत्री बन गए, तो मैंने खुद को एक बड़ी राजनीतिक तैयारी में झोंक दिया, जिसकी लंबी योजना में भाजपा को हराने का लक्ष्य था। चूँकि निचली अदालत ने मुझे दोषी ठहरा दिया था, इसलिए मैं चुनाव नहीं लड़ सकता था, इसलिए मैंने अदालत द्वारा मुझ पर लाद दी गई सीमाओं के अंदर ही सामंती और सांप्रदायिक ताकतों के खिलाफ राजनीतिक लड़ाई शुरू करने का फैसला कर लिया।

राजद का पहले से ही कांग्रेस से गठजोड़ था। हमने बिहार में भाजपा को दूर रखने के लिए नीतीश कुमार के जद (यू) को बाहर से समर्थन दिया था। दरअसल नीतीश ने बहुत भावुक होकर कहा था, 'मिट्टी में मिल जाएँगे, लेकिन बीजेपी के साथ वापस नहीं जाएँगे।' वह मोदी के 'कांग्रेस मुक्त भारत' के नारे के जवाब में 'संघ मुक्त भारत'

की बात करने लगे थे। इस कारण नीतीश के प्रति मेरी कटुता खत्म हो गई थी। मैंने पुराने जनता दल से टूटकर बने छह दलों–जद (यू), जद (सेक्यूलर), राजद, इनेलो, सपा, और समाजवादी जनता पार्टी (राष्ट्रीय) को एक साथ लाने के बारे में सोचा। 14 अप्रैल, 2015 को इन छहों दलों के नेताओं की बैठक में हमने सबसे वरिष्ठ समाजवादी नेता और सपा के मुखिया मुलायम सिंह यादव को इस एकजुट हुए जनता परिवार का अध्यक्ष घोषित किया।

उसी साल नवंबर में बिहार में विधानसभा का चुनाव होना था, जो बहुत महत्वपूर्ण था, और मुझे पूरा यकीन था कि एकजुट हुआ जनता दल भाजपा को सिर्फ बिहार में ही नहीं, बल्कि देश के बड़े हिस्से में पछाड़ देगा। लेकिन उस वक्त हमारा पूरा ध्यान बिहार के चुनाव पर ही था। अभी चुनाव की तैयारी शुरू ही हुई थी कि नीतीश ने जोर दिया कि उसे मुख्यमंत्री पद का प्रत्याशी घोषित कर दिया जाए। मुझे दो कारणों से उनकी यह बात अच्छी नहीं लगी। एक तो इसलिए कि यह घोड़े के सामने गाड़ी रख देने जैसा है। हमारे गठबंधन सहयोगियों में से जिसको चुनाव में सबसे अधिक सीट मिलती, उसी के प्रत्याशी को मुख्यमंत्री बनने का मौका मिलता। मेरी दूसरी आपत्ति की वजह यह थी कि नीतीश बीस साल से आरएसएस–भाजपा की संगति में थे और इस कारण अल्पसंख्यकों और दलितों के जमीनी तबके के बीच, जिनसे हमारा जनाधार बनता था, नीतीश की बहुत अच्छी छवि नहीं थी। मैं मुख्यमंत्री पद के प्रत्याशी की घोषणा को फिलहाल टालने के पक्ष में था, और यह साफ कर देना चाहता था कि यह घोषणा सही समय पर ही की जानी चाहिए।

लेकिन अपनी असलियत दिखाते हुए नीतीश ने पर्दे के पीछे का खेल शुरू किया और कांग्रेस के वरिष्ठ नेताओं को बरगलाने में वह सफल हुए; जो कि हमारे सहयोगी थे। नीतीश कांग्रेस नेतृत्व पर यह असर डालने में सफल हुए कि वह देश की सबसे पुरानी पार्टी के 'बेहतर और ज्यादा भरोसेमंद सहयोगी' साबित होंगे। उन्होंने कांग्रेस को अपनी मीठी बातों में फँसा लिया और अपनी साख तथा महागठबंधन के प्रति अपने भरोसे के बारे में बताया। नीतीश ने कांग्रेस से अनुरोध किया कि वह लालू से उन्हें मुख्यमंत्री पद का उम्मीदवार घोषित करने

के लिए कहें। नीतीश ने कांग्रेस को यह भी कहा कि मुख्यमंत्री के रूप में उनका नाम गठबंधन के लिए मददगार साबित होगा, क्योंकि सरकार चलाने के उनके तौर-तरीके को लोग पसंद करते हैं। कांग्रेस नीतीश की बातों में आ गई और उसने मुझसे कहा कि मैं मुख्यमंत्री के रूप में उनके नाम की घोषणा करूँ। 7 जून को मुलायम सिंह जी के घर में मुख्यमंत्री पद पर विचार-विमर्श के लिए हमारी बैठक हुई। जद (यू) के तब के अध्यक्ष शरद यादव उस बैठक में मौजूद थे, लेकिन नीतीश उस महत्त्वपूर्ण बैठक में आने के बजाए कांग्रेस नेतृत्व से बातचीत करने में लगे हुए थे और बार-बार उनसे अपने निजी हितों के बारे में बात कर रहे थे। थोड़ी देर के लिए वह बैठक में आए, फिर चले गए।

हमारी बारात का दूल्हा

बंद कमरे में हुई उस बैठक में मुलायम सिंह जी ने मुझसे कहा कि बिहार को सांप्रदायिक ताकतों से बचाने के बड़े उद्देश्य को देखते हुए मैं मुख्यमंत्री पद के उम्मीदवार के लिए नीतीश कुमार के नाम पर राजी हो जाऊँ। मैं भाजपा जैसी विभाजनकारी ताकत को हराने के लिए कुछ भी करने के लिए तैयार था, लेकिन इतनी जल्दी मुख्यमंत्री पद के उम्मीदवार का फैसला करने के लिए तैयार नहीं था। ऐसे में बेमन से बुजुर्ग नेता का कहना माना और उनसे कहा कि वह गठबंधन के मुख्यमंत्री के रूप में नीतीश कुमार का नाम घोषित करें। अगले दिन यानी 8 जून को मुलायम सिंह जी ने घोषणा की, 'मैं नीतीश कुमार और लालू प्रसाद की एकता देखकर बहुत खुश हूँ। बिहार विधानसभा चुनाव में नीतीश कुमार गठबंधन की तरफ से मुख्यमंत्री पद के उम्मीदवार होंगे। लालू जी ने मुख्यमंत्री के रूप में उनका नाम प्रस्तावित किया है।' मैंने कहा, 'सांप्रदायिक ताकतों को सत्ता से बाहर रखने के लिए मैं जहर-महर खाने के लिए भी तैयार हूँ। नीतीश कुमार हमारे मुख्यमंत्री पद के उम्मीदवार हैं।'

राजनीतिक विद्वानों ने मेरी अनिच्छा को तुरंत भाँप लिया था–उन्होंने मुख्यमंत्री पद के लिए नीतीश कुमार के नाम पर मेरी 'जहर' संबंधी

टिप्पणी को पकड़ लिया था।

मुलायम सिंह जी द्वारा नीतीश कुमार को मुख्यमंत्री पद का उम्मीदवार घोषित करने के बाद मैं यह कहते हुए पटना लौटा कि नीतीश हमारी बारात के 'दूल्हा' हैं, जबकि भाजपा की बारात में तो कोई दूल्हा ही नहीं है। भाजपा के खिलाफ मैंने उत्साह के साथ अभियान की शुरुआत की। हमने अपने विरोधी को हराने के लिए राजद–जद (यू)–कांग्रेस का महागठबंधन बनाया और 30 अगस्त, 2015 को एक स्वाभिमान रैली आयोजित की। रैली में लाखों लोग आए; मैंने रैली में मुख्यमंत्री पद के लिए नीतीश कुमार के नाम पर पूरा समर्थन देने की घोषणा की और पिछड़े, दलित और अल्पसंख्यक समुदायों से अपील की कि वे भाजपा को दिल्ली से बाहर कर दें। 'बिहार की लड़ाई हम जीत गए हैं। झूठ बोलकर ये लोग दिल्ली पर कब्जा कर लिया है–भगाओ।' भीड़ ने मेरा साथ दिया। यूपीए अध्यक्ष सोनिया गांधी, पश्चिम बंगाल की मुख्यमंत्री ममता बनर्जी और उत्तर प्रदेश के मुख्यमंत्री अखिलेश यादव जैसे वरिष्ठ नेता इस रैली में आए थे। उन सभी ने मुख्यमंत्री के रूप में नीतीश कुमार की दावेदारी का समर्थन किया।

निभाया अपना वादा

राजद के बड़े वोट आधार के बावजूद, जो कि इससे पहले के लगातार चुनावों में साबित हो चुका था, हमने विधानसभा चुनाव में जद (यू) से ज्यादा सीटें नहीं माँगी। जद (यू) ने हमें 101 सीटें दीं और हम इतनी सीटों पर ही चुनाव लड़ने पर राजी हो गए। उसने कांग्रेस को 40 सीटें दीं। नीतीश ने कांग्रेस के सामने ऐसा जताया, जैसे कि उसी ने मुझ पर दबाव डालकर कांग्रेस को इतनी सीटें दीं। जबकि इससे बड़ा झूठ और कुछ नहीं हो सकता था। जबकि कांग्रेस को 40 सीटें दिए जाने पर मैं बहुत खुश था।

चुनाव नतीजों ने हमें खुश कर दिया। 80 सीटें जीतकर राजद सबसे बड़ी पार्टी बनकर उभरी, जबकि जद (यू) के हिस्से में 71 सीटें आईं। विजेता कौन है, यह साफ था, दोनों ने बराबर-बराबर सीटों पर चुनाव लड़ा था, और हमारे हिस्से में ज्यादा सीटें आईं। कांग्रेस का

प्रदर्शन भी अच्छा रहा, उसने 27 सीटें जीतीं। भाजपा, जिसने करीब एक साल पहले हुए लोकसभा चुनाव में अपने सहयोगी दलों के साथ मिलकर ज्यादातर सीटें जीती थीं, वह मात्र 53 विधानसभा सीटों पर सिमट गई। मोदी और उनके सहयोगी अमित शाह ने बिहार में भारी चुनाव प्रचार किया था। शाह ने प्रचार के दौरान कई जगहों पर कथित 'जंगल राज' का जिक्र छेड़कर मतदाताओं को डराने की कोशिश की थी, लेकिन बिहार ने उन्हें नहीं स्वीकारा। उन्होंने यहाँ तक कहा कि 'अगर भाजपा बिहार में हारती है, तो पाकिस्तान में खुशियाँ मनाई जाएँगी और पटाखे छोड़े जाएँगे।' यह माहौल में सांप्रदायिकता घोलने की घिनौनी कोशिश थी।

भले ही राजद सबसे बड़ी पार्टी बनकर उभरी, लेकिन मैंने नीतीश कुमार को मुख्यमंत्री बनाने का अपना वायदा निभाया। मेरे दोनों बेटों तेज प्रताप यादव और तेजस्वी यादव ने क्रमशः महुआ और राघोपुर से विधानसभा चुनाव जीता था। तेजस्वी नीतीश मंत्रिमंडल में उपमुख्यमंत्री बने और उन्हें पीडब्ल्यूडी मंत्रालय मिला। जबकि तेज प्रताप स्वास्थ्य मंत्री बने। मंत्रिमंडल में जद (यू), राजद और कांग्रेस को समान प्रतिनिधित्व मिला। सरकार बनने के बाद मैंने अपने विधायकों की बैठक बुलाई और उन्हें साफ-साफ कह दिया कि वे नीतीश का पूरा सहयोग करें। मेरी पार्टी ने नीतीश को पूरी आजादी दी और उनके किसी फैसले में दखल नहीं दिया। महागठबंधन की शानदार जीत के बाद मैंने अपनी पहली प्रेस कॉन्फ्रेंस में घोषित किया कि 'नीतीश बिहार में बगैर किसी बाधा के सरकार चलाएँगे और मैं नरेंद्र मोदी सरकार के झूठ का भंडाफोड़ करने और वायदों पर अमल न कर पाने की असलियत बताने देश भर में घूमूँगा।' नीतीश को आरामदेह हालत में छोड़कर मैं देश भर में धर्मनिरपेक्ष पार्टियों से मिलकर भाजपा के नेतृत्व वाली भाजपा सरकार के खिलाफ गठजोड़ बनाने के काम में लग गया।

दुर्भाग्य से मुख्यमंत्री बनने के बाद नीतीश बेचैन हो गए। वह खुद को भाजपा के खिलाफ विपक्षी गठबंधन के 'मुख्य चेहरे' के रूप में खुद को स्थापित करना चाहते थे, ताकि 2019 के लोकसभा चुनाव में अगर विपक्ष एकजुट होकर मोदी सरकार को हटाने में सक्षम हो, तो नीतीश कुमार की प्रधानमंत्री बनने की इच्छा पूरी हो सके। मुख्यमंत्री की अपनी

भूमिका और जिम्मेदारी पर अपना ध्यान केंद्रित करने के बजाए उनके पार्टी प्रवक्ता जद (यू) की लगातार बैठकों में नीतीश को प्रधानमंत्री के रूप में 'सबसे योग्य' नेता के रूप में घोषित करने लगे। नीतीश ने विपक्षी समन्वय समिति के नेता के रूप में अपनी दावेदारी हासिल करने के लिए सोनिया गांधी से मदद माँगी। हम सब नीतीश का अच्छा ही चाहते थे, लेकिन भाजपा के खिलाफ लड़ रही विपक्षी पार्टियों को एक ऐसे व्यक्ति को नेता के रूप में स्वीकार करना कठिन था, जो बीस साल तक भाजपा का सहयोगी रहने के बाद अब विपक्षी एकता का 'चेहरा' बनना चाहता था। इसके अलावा इतने लंबे समय तक भाजपा के साथ रहने के बाद, जो अल्पसंख्यक और दलित विरोधी है, नीतीश अल्पसंख्यकों, दलितों और शोषित समूहों के बीच अपनी साख खो चुके थे। देश के अलग-अलग हिस्सों के वरिष्ठ नेता उनकी जल्दबाजी पर हँस रहे थे, क्योंकि राजद के सहयोग से—जो बिहार की सबसे बड़ी पार्टी थी, बिहार का मुख्यमंत्री बनने के बाद वह विपक्ष का चेहरा बन गए थे, जबकि राष्ट्रीय स्तर पर कांग्रेस विपक्ष की सबसे बड़ी पार्टी थी। लेकिन नीतीश के प्रवक्ता लगातार 'नीतीश के प्रधानमंत्री मैटिरियल होने' की बात करते हुए नहीं थक रहे थे। यह एक सोची-समझी रणनीति थी। नीतीश मानते थे कि उनकी बहुत 'साफ-सुथरी और मजबूत छवि' है, जबकि सच्चाई यह थी कि विपक्ष के कई नेताओं की निजी बातचीत में नीतीश मजाक के पात्र थे।

खतरनाक नीतिगत फैसले

उसी दौरान मुख्यमंत्री नीतीश कुमार ने कुछ गलत फैसले लिए, जो समाज के कमजोर तबकों और गरीबों के लिए खतरनाक साबित हुए। उदाहरण के लिए, वह शराब पर प्रतिबंध लगाने के लिए इस तरह से एक कानून लेकर आए, जिसने गरीबों की कमर तोड़ दी। मुख्यमंत्री बनने के छह महीने के बाद उन्होंने एक ऐसा कानून बनाया, जिसके तहत किसी के घर में अगर शराब की खाली बोतल भी मिलती, तो आठ-दस साल की कैद और 10 लाख के जुर्माने का प्रावधान था। इस कानून ने पुलिस को इतना अधिकार दे दिया कि अगर कोई

आदमी शराब पीता हुआ या नशे में पाया जाता, तो वह महिलाओं समेत पूरे परिवार को गिरफ्तार कर सकती थी। इस कानून ने डी.एम. और जिला पुलिस को इतने अधिकार दिए कि अगर गाँव में कोई शराब पीता पाया जाता, तो वे पूरे गाँव पर सामूहिक जुर्माना लगा सकते थे। इस कानून से संबंधित अधिकारियों को इतने अधिकार मिल गए कि वे शराब पीने वालों को छह महीने के लिए जिला बदर कर सकते थे।

इस नुकसानदेह फैसले पर बहुत कुछ लिखा जा सकता है, और इस पर अलग से एक किताब लिखी जा सकती है। समाज के गरीब और पिछड़े तबके को जहाँ इस कानून का खामियाजा भुगतना पड़ रहा था, वहीं बिहार के शराब माफिया और स्मगलर इस कानून का फायदा उठाने लगे। लेकिन मैं यहाँ सिर्फ उन्हीं घटनाओं का जिक्र करूँगा, जिससे बिहार की बदनामी हुई और गरीबों की मुश्किल बढ़ गई। बिहार में शराबबंदी लागू करने के दो साल बाद—यानी मई, 2018 तक कुल 1.41 लाख लोग इस कानून के तहत गिरफ्तार किए गए।[*] जिन लोगों को गिरफ्तार किया गया, और जो बिहार की अलग-अलग जेलों में कैद हैं, उनमें से ज्यादातर निचली जातियों और गरीब परिवारों से हैं। इस कानून के तहत गिरफ्तार अमीर लोग पैसा खर्च करके और बड़ा वकील करके छूट गए, लेकिन गरीब लोग तो इतना खर्च नहीं कर सकते। पुलिस ने पूरे राज्य में गरीबों की लाखों झुग्गियों और झोपड़पट्टियों में छापा मारकर बेसहारा गरीबों को पीटा और उन्हें गिरफ्तार किया।

मीडिया के जिन लोगों ने नीतीश की शराबबंदी के फैसले का समर्थन किया, उन्होंने यह खबर भी चलाई कि मैं इस कानून से नाराज हूँ, और इसके पीछे मेरे निहित स्वार्थ हैं। यहाँ मैं अपने पाठकों को यह याद दिलाना चाहता हूँ कि जेपी के नेतृत्व वाली संपूर्ण क्रांति और समाजवादी आंदोलन की उपज होने के कारण मैंने अपने पूरे जीवन में शराब का विरोध किया है। मुख्यमंत्री बनने के बाद मैंने गरीबों से जो पहली बात कही थी, वह यह थी कि 'ऐ गरीबो, मदिरालय छोड़ो, विद्यालय जाओ।' मैंने खुद झुग्गी-झोपड़ियों और बस्तियों में शराब के

---

[*]स्रोतः आबकारी विभाग के दस्तावेज।

खिलाफ सामाजिक जागरूकता पैदा करने—लोगों के स्वास्थ्य की चिंता, परिवारों की सामाजिक बेहतरी और आर्थिक स्थिति सुधारने—का अभियान चलाया है। मैंने कभी शराब पर शुल्क बढ़ाने या उस पर प्रतिबंध लगाने की बात नहीं सोची। जब हमारा दल राजद सत्ता में था, तब शराब की ज्यादातर दुकानें शहरी इलाकों में थीं। हमारी सरकार को शराब की बिक्री से 250 से 300 करोड़ से ज्यादा की आय कभी नहीं हुई।

वह नीतीश कुमार ही थे, जिन्होंने 2005 में राबड़ी देवी से सत्ता हथियाने के बाद नई उत्पाद नीति लागू की और शराब की 5,000 नई दुकानों को लाइसेंस दिया, जिनमें इंडियन मेड फॉरेन लिकर (आईएमएफएल) और देसी शराब, दोनों थीं।

कुछ दुकानों में दोनों तरह की शराब बिकती थी। 2006 के बाद नीतीश कई जनसभाओं में गर्व के साथ कहते थे कि शराब की बिक्री से मिलने वाला राजस्व बढ़कर 5,000 करोड़ रुपए से अधिक हो गया है, जिससे अब वह 'विकास कार्यों पर ज्यादा खर्च' कर सकते हैं। नीतीश के मुख्यमंत्री बनने से पहले बिहार के अनेक गाँवों में शराब को खराब नजरों से देखा जाता था। लेकिन नीतीश सरकार द्वारा निर्लज्जता के साथ शराब का प्रचार और बिक्री करने के कारण लाखों लोग शराब के आदी बन गए। यह कितना बड़ा मजाक है कि नीतीश को अचानक शराब पीने से होने वाले नुकसान के बारे में पता चला और वह जग गए। एक सामाजिक बुराई पर लगाम लगाने के लिए दूसरा तरीका अपनाना चाहिए था, कानून के जरिए इस पर रोक लगाना गलत था। सामाजिक बुराइयों को सकारात्मक सामाजिक हस्तक्षेप और समझदारी के साथ दूर करना चाहिए। लेकिन नीतीश ने शराब पीने को अपराध बनाकर गरीबों और बेकसूर लोगों को पुलिस के जुल्मों का शिकार बना दिया। मैं उन कानूनों के खिलाफ हूँ, जो गरीबों के जीवन और उनके रोजगार पर विपरीत असर डालते हैं।

हालाँकि मैं शराबबंदी के फैसले से खुश नहीं था, लेकिन मैंने सरकार के फैसले में दखल नहीं दिया, क्योंकि मैं महागठबंधन की एकता में दरार नहीं पैदा करना चाहता था। शुरू में नीतीश ने ताड़ी पर भी प्रतिबंध लगा दिया था। लेकिन मैंने उनको बताया कि पासी समुदाय के लाखों गरीब लोग सैकड़ों साल से ताड़ी उतारने का काम

करते हैं, और यही उनका रोजगार है। मैंने नीतीश को यह भी याद दिलाया कि जब मैं मुख्यमंत्री था, तब मैंने ताड़ी का काम करने वाले गरीब लोगों को शोषण और गुलामी से बाहर निकालने के लिए ताड़ी पर लगने वाला टैक्स खत्म कर दिया था। उसके बाद ही उन्होंने ताड़ी के मामले में कानून में कुछ छूट और ढिलाई दी थी। लेकिन शराब के खिलाफ वह जिस तरह का कानून ले आए, वह कठोर और गरीबों के प्रति अमानवीय था। 'गरीबों की प्रताड़ना पर मैं दिल मसोस कर रह जाता था, फिर भी मैंने सरकार का सपोर्ट किया।' भाजपा को सत्ता से बाहर रखने के लिए राजद राजनीतिक रूप से महागठबंधन का समर्थन करने के वायदे से बँधा हुआ था। हम गठबंधन धर्म का पालन कर रहे थे।

पुराने रास्ते पर लौटे पलटूराम

बहुत ज्यादा और गहराई से सोचने के बावजूद मैं यह समझ नहीं पाता कि नीतीश के दिमाग में महागठबंधन को छोड़कर भाजपा के नेतृत्व वाले गठबंधन में फिर से शामिल होने का विचार कब आया। मुख्यमंत्री बनने के कुछ दिनों के बाद से वह मोदी सरकार के विवादास्पद फैसलों का समर्थन कर रहे थे। लेकिन हमने ऐसा सोचा कि चूँकि उनके समर्थक उनकी अलग छवि का प्रचार करते हैं, इसलिए नीतीश अपनी स्वतंत्र सोच का परिचय देना चाह रहे हैं। हमारा मानना था कि यह सिर्फ उनके देखने का अलग नजरिया ही है। जुलाई, 2017 से पहले, जब वह महागठबंधन छोड़कर भाजपा के नेतृत्व वाले गठबंधन में शामिल हुए, यह बात हम सपने में भी नहीं सोच सकते थे कि वह महागठबंधन से अलग हो सकते हैं। उन्होंने अचानक ही 'यू टर्न' लिया और उसका कोई ठोस कारण भी नहीं था। हालाँकि हम राजद के लोग उनके पिछले रिकॉर्ड से परिचित थे, इसके बावजूद उनके इस फैसले ने हमें हैरान कर दिया था।

26 सितंबर, 2016 को भारतीय सेना ने एलओसी के उस पार पाक अधिकृत कश्मीर में सर्जिकल स्ट्राइक की थी। भाजपा के वरिष्ठ नेताओं और मंत्रियों ने इसे भुनाना शुरू किया और आतंकवाद के

खिलाफ भारतीय सेना की कार्रवाई का वे श्रेय लेने लगे। अधिकतर गैर-भाजपा दलों ने, जिनमें कांग्रेस और राजद भी शामिल थे, भाजपा की इस अपनी प्रशंसा वाले प्रोपेगेंडा और अपनी पीठ थपथपाने की प्रवृत्ति का विरोध किया, क्योंकि तारीफ सेना की होनी चाहिए थी। आतंकवाद के खिलाफ किसी सैन्य कार्रवाई का राजनीतिक लाभ किसी को क्यों लेना चाहिए? भाजपा नेताओं ने गैर जिम्मेदारी का परिचय दिया और उनमें से कुछ ने तो हमें राष्ट्र-विरोधी तक कह दिया, क्योंकि हम उनके व्यवहार पर सवाल उठा रहे थे। भाजपा-आरएसएस जहाँ हम पर हमले कर रहे थे, वहीं सर्जिकल स्ट्राइक के चार दिन बाद नीतीश ने अचानक भाजपा के नेतृत्व वाली सरकार के इस फैसले का समर्थन किया। उन्होंने कहा, 'केंद्र सरकार ने सर्जिकल स्ट्राइक का जो फैसला लिया था, वह सफल साबित हुआ। मैं इसका स्वागत करता हूँ।' नीतीश ने केंद्र सरकार के एक और विवादास्पद फैसले-नोटबंदी का स्वागत किया-जिसमें 8 नवंबर, 2016 की आधी रात से 1,000 और 500 रुपए के नोट गैरकानूनी करार दिए गए।

यह फैसला अर्थव्यवस्था, बैंकों और आम आदमी के लिए विनाशकारी साबित हुआ। नीतीश कुमार तब भी इसे दूसरी तरह से देख रहे थे। नीतीश ने कहा, 'मैं इसका स्वागत करता हूँ। यह लंबे समय में देश की अर्थव्यवस्था के लिए मददगार होगा। शुरुआत में इससे लोगों को परेशानियाँ हो सकती हैं, लेकिन लंबी अवधि में इसके अच्छे परिणाम आएँगे।' नोटबंदी को एक 'बहुत बड़ा संकट' बताते हुए पूर्व प्रधानमंत्री मनमोहन सिंह ने इसे 'संगठित लूट और कानूनी डाका' कहा, जो देश के आर्थिक स्वास्थ्य की बर्बादी का बड़ा कारण बनी और इसने देश की विकास दर को कम किया।*

कांग्रेस, राजद और कुछ दूसरी पार्टियों ने नोटबंदी के विरोध में देश भर में प्रदर्शन किया। इससे पूरे देश के एटीएम खाली हो गए। लाखों लोगों को अपनी गृहस्थी चलाने के लिए रुपए निकालने के लिए कई दिनों तक एटीएम की लाइन में लगना पड़ा। रुपए की कमी पैदा

---

*https://www.thehindu.com/news/national/Manmohan-calls-demonetization-a-'monumental-disaster'/article16696637.ece

हो जाने के कारण गरीब और निम्न मध्यवर्ग के लोगों को शादियों के लिए धन जुटाने में परेशानियों का सामना करना पड़ा। लेकिन नीतीश मोदी के इस फैसले, जिसे मैंने 'तुगलकी फैसला' कहा, के समर्थन में अड़े रहे और उन्होंने कांग्रेस, ममता बनर्जी की तृणमूल कांग्रेस और दूसरी पार्टियों द्वारा इसके खिलाफ आयोजित विरोध प्रदर्शनों से खुद को दूर रखा। प्रधानमंत्री ने इस आधार पर अपने इस फैसले का समर्थन किया कि इससे देश में छिपाया गया काला धन बाहर आ जाएगा। लेकिन जैसा कि हम जानते हैं, ऐसा आज तक नहीं हुआ। अपनी बेवकूफी को समझने के बाद नीतीश ने बाद में इस फैसले पर अपनी राय बदली, लेकिन तब तक बहुत देर हो चुकी थी।

इसके बावजूद जून 2017 में राष्ट्रपति चुनाव के अवसर पर नीतीश ने भाजपा के प्रायोजित उम्मीदवार रामनाथ कोविंद का समर्थन किया, जो उस समय बिहार के राज्यपाल थे। नीतीश ने दूसरी प्रत्याशी मीरा कुमार को समर्थन नहीं दिया, जो पूर्व लोकसभा अध्यक्ष थीं और महान नेता बाबू जगजीवन राम की बेटी थीं। जगजीवन राम बिहार में पैदा हुए पहली पीढ़ी के दलित नेता थे। मीरा कुमार सिर्फ कांग्रेस की प्रत्याशी नहीं थीं। उन्हें ज्यादातर गैरभाजपा दलों का समर्थन प्राप्त था। इसके अलावा कांग्रेस बिहार सरकार में सहयोगी साझीदार भी थी। इस तरह नीतीश राजद और कांग्रेस के समर्थन से सरकार चलाते रहे और गठबंधन धर्म का लगातार उल्लंघन करते रहे और महागठबंधन के हितों को चोट भी पहुँचाते रहे। शायद वह भाजपा के पाले में जाने का कोई बहाना ढूँढ़ रहे थे। लेकिन हमने नीतीश के उन लगातार फैसलों पर कुछ नहीं कहा, जिससे महागठबंधन को शर्मिंदा होना पड़ रहा था। हम नहीं चाहते थे कि हमारी कोई बात से उन्हें महागठबंधन से छिटकने का मौका मिले। वह केंद्रीय वित्त मंत्री अरुण जेटली के साथ कई बार डिनर कर चुके थे, लेकिन हर बार इन बैठकों को एक निजी दोस्त के साथ सौजन्यतावश मुलाकात बताते थे। तब भी हमने उस पर कोई प्रतिक्रिया नहीं दी। नीतीश ने गोरक्षक समूहों द्वारा मुसलमानों की हत्याओं तथा उत्तर प्रदेश, राजस्थान, झारखंड और देश के दूसरे हिस्सों में दलितों, पत्रकारों और लेखकों पर आरएसएस के अतिवादियों द्वारा किए गए अत्याचार पर चुप्पी साधे

रखी। असहिष्णुता के बढ़ते मामलों और विरोध की आवाजों को दबाए जाने पर भी वह खामोश थे।

घटनाओं में नाटकीय मोड़

सीबीआई ने इंडियन रेलवेज कैटरिंग एंड टूरिज्म कॉरपोरेशन (आईआरसीटीसी) टेंडर के मामले में 5 जुलाई, 2017 को मेरे अलावा राबड़ी देवी, मेरे बेटे तेजस्वी और दूसरों के खिलाफ एक एफआईआर दर्ज की और हमारे घर पर छापा मारा। सीबीआई के अफसरों ने हम तीनों से पूछताछ भी की। अफसरों ने हमें बताया कि उन पर हमारे खिलाफ मुकदमे दर्ज करने के लिए सत्ता में बैठे लोगों का दबाव है। विपरीत स्थितियों में घिरे नीतीश ने जद (यू) की बैठक बुलाई। उनके पार्टी प्रवक्ता ने कहा, 'मुख्यमंत्री चाहते हैं कि उप-मुख्यमंत्री (तेजस्वी) अपने ऊपर लगे आरोपों पर अपना पक्ष रखें।' हम घबरा गए। सीबीआई ने अभी सिर्फ एफआईआर दर्ज की थी और शुरुआती पूछताछ ही की थी। एजेंसी ने तेजस्वी या हमारे खिलाफ आरोप तय नहीं किए थे। ऐसे में नीतीश तेजस्वी से किस बात का स्पष्टीकरण चाहते थे? उनके पार्टी प्रवक्ता अब तेजस्वी से इस्तीफा माँगने लगे थे। मैं शांत रहा और तेजस्वी से कहा कि वह मुख्यमंत्री से मिलकर उनके सामने विस्तार से अपना पक्ष रखें। तेजस्वी नीतीश से मिले और उनके सामने अपना पक्ष रखा। उसने मुख्यमंत्री को बताया कि जिस समय का यह मामला है, उस समय वह 15 साल के स्कूली लड़के थे, जिसकी मूँछें भी नहीं आई थीं। उसने आगे यह भी कहा कि यह विश्वास करने लायक बात नहीं है कि 15 साल का कोई किशोर आईआरसीटीसी का टेंडर हासिल करने के लिए आपराधिक षड्यंत्र रच सकता है। लेकिन तब नीतीश ने कोई संकेत नहीं दिया कि वह महागठबंधन से अलग हो रहे हैं।

हालाँकि उसी दिन वह किसी बीमारी के इलाज के लिए राजगीर गए। वहाँ वह अपने सहयोगियों से घिरे बैठे रहे। अपने अनुभव के आधार पर मैं कह सकता हूँ कि वह गठबंधन से अलग होने के लिए रणनीति तय कर रहे थे। मैंने उस दिन दो बार उन्हें फोन किया। उनके

सहायक ने फोन उठाया और कहा, 'साहब पहाड़ पर टहलने गए हैं। आएँगे तो बात कर लेंगे।' नीतीश ने पलटकर मुझे फोन नहीं किया।

27 जुलाई को 24 घंटे चले लंबे नाटकीय घटनाक्रम में नीतीश ने पहले सरकार से इस्तीफा दिया, फिर भाजपा के साथ हो गए, जिसने तुरंत ही उसे समर्थन देने की घोषणा कर दी, और नई सरकार का गठन हो गया। नीतीश ने महागठबंधन को धक्का पहुँचाया, और अपनी ही घोषणा से पलट गए–कि भाजपा के साथ जाने के बजाए वह मिट्टी में मिल जाना ज्यादा पसंद करेंगे। लेकिन अब भाजपा के साथ जाने वाले नीतीश के पास एक नया तर्क था– उनका फैसला इस 'सिद्धांत' के तहत था कि वह भ्रष्टाचार के मुद्दे पर कोई समझौता नहीं करेंगे। उन्होंने साथ में यह भी कहा कि 'अंतरात्मा की पुकार' पर ही वह गठबंधन से बाहर निकल आए हैं। सिर्फ नीतीश ही जानते हैं कि वह अपनी अंतरात्मा की पुकार सुनते हैं या अंतरात्मा को बुलाकर कहते हैं कि जब वह इधर से उधर पलटी मारें, तो वह उनकी सुनें। मुझे इस पर भी आश्चर्य हुआ कि अगर भ्रष्टाचार की धारणा ही उन्हें इतना परेशान करती है, तो एक अदालत द्वारा मुझे दोषी ठहराए जाने बाद उन्होंने राजद के साथ गठजोड़ क्यों किया था? अगर भ्रष्टाचार उनके लिए सचमुच इतना बड़ा मुद्दा था, तो उन्होंने राजद और कांग्रेस के साथ गठजोड़ क्यों किया था, जिन्हें भाजपा भ्रष्ट कहती है? उनकी तथाकथित अंतरात्मा तब गहरी नींद में सोने चली गई थी, जब एक के बाद एक घोटाले ने, जिनमें करोड़ों रुपए के सृजन घोटाले से लेकर छात्रवृत्ति घोटाला था, उनकी सरकार को मुश्किल में डाल दिया।

2014 के लोकसभा चुनाव में सत्ता में आने के एक साल बाद ही 2015 में जब भाजपा बिहार में हारी थी, तब देश भर की धर्मनिरपेक्ष पार्टियों ने राजद, जद (यू) और कांग्रेस को बधाई दी थी। जब हमने भाजपा को हराया था, तब धर्मनिरपेक्ष और उदारवादी ताकतों ने राहत की साँस ली थी। तब पूरे देश के धर्मनिरपेक्ष और प्रगतिशील लोगों ने खुशियाँ मनाई थीं। बिहार ने उन्हें संघ परिवार से टक्कर लेने का रास्ता बताया था। दरअसल वह जीत बिहार के मतदाताओं–मुख्यतया दलितों, अल्पसंख्यकों और पिछड़ों के कारण संभव हुई थी, जिन्होंने भाजपा के खिलाफ हमें वोट दिया था। ऐसे में, महागठबंधन का साथ

छोड़ने का फैसला कर नीतीश ने बिहार के लाखों मतदाताओं की भावना को चोट पहुँचाया था। उन्होंने जनमत का मजाक उड़ाया था। धर्मनिरपेक्ष सोच वाली पार्टियाँ और लोग हैरान थे, लेकिन मुझे आश्चर्य नहीं हुआ। मैं नीतीश के बारे में अब तक जो कुछ भी जानता था, वह यही था कि वह पूरी तरह एक आत्मकेंद्रित राजनेता हैं, जो खुद को हमेशा असुरक्षित महसूस करता है, और जो कुर्सी से चिपके रहने के लिए कुछ भी कर सकता है। मैंने उन पर व्यंग्य करते हुए कहा था, 'पलटू राम फिर पलट गए।'

उथल पुथल और 'कुर्सी' कुमार

इस बीच, अजीब बात यह रही कि नीतीश के इस्तीफा देने के बाद बिहार के राज्यपाल केशरी नाथ त्रिपाठी ने राज्य की सबसे बड़ी पार्टी राजद के सरकार बनाने के दावे के बारे में, जिसके पास 80 विधायक थे, जानने की भी जरूरत महसूस नहीं की। उन्होंने बेहद जल्दबाजी में इस्तीफा दे चुके नीतीश को एक बार फिर मुख्यमंत्री पद की शपथ दिलाई, जिन्हें अब भाजपा का समर्थन हासिल हो गया था। गोवा और कर्नाटक समेत दूसरे कई राज्यों में भाजपा द्वारा नियुक्त राज्यपालों ने अपनी पार्टी को सत्ता दिलाने में संविधान के नियमों और परंपराओं का उल्लंघन किया। फिर से मुख्यमंत्री बनने के बाद नीतीश ने एक ऐसे आईपीएस अफसर को डीजीपी बनाया, जो 1989 के भागलपुर दंगे में वहां का एसपी था, और एक न्यायिक आयोग ने राज्य में हुए उस भीषणतम दंगे में उसकी भूमिका पर सवाल उठाया था। आरएसएस और उनके अनगिनत सहयोगी संगठनों ने बिहार में हिंसा और घृणा का अभियान चला रखा था। 2015 में महागठबंधन के सत्ता में आने के बाद सांप्रदायिक तत्वों की गतिविधियाँ बंद हुईं। लेकिन नीतीश की नई सरकार में भाजपा के आने से वैसे तत्व अब ज्यादा सक्रिय हो गए। राज्य पुलिस के आँकड़ों के मुताबिक, नीतीश के दोबारा भाजपा के साथ मिलकर सरकार बनाने के छह महीने में राज्य में लगभग 30,000 धार्मिक जुलूस निकले—बिहार के इतिहास में कभी इतने धार्मिक जुलूस नहीं निकले। इस दौरान करीब दो लाख तलवारें बाँटी गईं। उन

जुलूसों में शामिल लोगों ने तलवारें लहराईं। गोरक्षकों के समूह सक्रिय हो गए और बेतिया व भोजपुर में चार जगहों पर उन्होंने अल्पसंख्यकों के घरों पर हमला किया।

भागलपुर में धार्मिक भावनाएँ भड़काने और दंगा फैलाने के जुर्म में पुलिस ने एक केंद्रीय मंत्री के बेटे के खिलाफ एफआईआर दर्ज किया। उस मंत्री के बेटे ने एक महीने तक सड़कों पर हंगामा किया। लेकिन पुलिस ने उसे गिरफ्तार नहीं किया। एफआईआर दर्ज होने के एक महीने बाद मंत्री के बेटे ने पटना में आत्मसमर्पण किया। कम से कम आठ जिले—भागलपुर, जमुई, शेखपुरा, नवादा, औरंगाबाद, भोजपुर, समस्तीपुर और गोपालगंज—सांप्रदायिक तनाव की गिरफ्त में आ गए। इन सभी जिलों में अर्धसैनिक बल तैनात किए गए। बिहार की सड़कों पर सांप्रदायिक तत्व नंगा नाच कर रहे थे, लेकिन 'कुर्सी' कुमार यह सब कुछ टुकुर-टुकुर देख रहे थे।

भाजपा के साथ मिलकर सरकार बनाने के छह-सात महीने के बाद नीतीश असहज और बेचैन होने लगे। भाजपा ने उन्हें अपमानित करना शुरू कर दिया था। लोकसभा चुनाव में भाजपा के नेतृत्व वाले एनडीए ने जहाँ 33 सीटें जीती थीं, वहीं नीतीश की पार्टी को मात्र दो सीटें मिली थीं। जुलाई-अगस्त, 2017 में प्रधानमंत्री मोदी बाढ़ग्रस्त कोसी और सीमांचल के दौरे पर आए, लेकिन नीतीश के डिनर के न्योते को ठुकरा कर उन्होंने उन्हें अपमानित किया। पटना यूनिवर्सिटी के शताब्दी समारोह के अवसर पर प्रधानमंत्री ने इसे केंद्रीय विश्वविद्यालय का दर्जा देने की नीतीश की माँग को भी खारिज कर दिया। लंबे समय तक नीतीश को मोदी और अमित शाह तक सीधे पहुँचने से रोका गया। इस दौरान नीतीश को फिर चिंता के साथ-साथ असुरक्षा का एहसास भी हुआ। उन्होंने जून, 2018 में अपने पार्टी नेताओं की बैठक बुलाई और अपने प्रवक्ताओं से कहा कि वे उन्हें बिहार में एनडीए का 'बड़ा भाई' घोषित करें। गुस्से में उन्होंने बिहार को विशेष राज्य का दर्जा देने की माँग उठाई, साथ ही साथ यह भी कहा कि—'तीन 'सी' के मामले में हम कोई समझौता नहीं करेंगे—कम्युनलिज्म, क्राइम और करप्शन (सांप्रदायिकता, अपराध और भ्रष्टाचार)।' उन्होंने अचानक ही जोर देकर कहना शुरू किया कि वह सांप्रदायिक तत्वों के खिलाफ कार्रवाई करेंगे। भाजपा

पर दबाव डालने के लिए उन्होंने सब कुछ किया। उसी दौरान उन्होंने पाँच विभिन्न मौकों पर अपने दूत प्रशांत किशोर को मेरे पास भेजा।

किशोर ने मुझे यह संकेत दिया कि अगर मैं लिखकर दूँ कि मेरी पार्टी जद (यू) का समर्थन करेगी, तो जद (यू) भाजपा गठबंधन से निकल कर महागठबंधन में फिर शामिल हो जाएगा। हालाँकि नीतीश के प्रति मेरा मन खट्टा नहीं हुआ था, लेकिन उनके प्रति मेरा भरोसा पूरी तरह टूट गया था। इसके अलावा मैं यह भी नहीं जानता था कि अगर मैंने किशोर के प्रस्ताव को स्वीकार कर लिया, तो जिन लोगों ने 2015 में महागठबंधन के पक्ष में वोट दिया था, वे लोग और देश भर में जो पार्टियाँ भाजपा के खिलाफ एकजुट हुई हैं, वे इस पर किस तरह की प्रतिक्रिया देंगी। महागठबंधन में नीतीश को वापस लाने के लिए किशोर ने मेरे बेटे और बिहार विधानसभा में नेता विपक्ष तेजस्वी से भी मुलाकात की। प्रशांत ने हमें कहा कि अगर हम नीतीश की वापसी के प्रस्ताव को स्वीकार करें, तो हम बिहार और उत्तर प्रदेश में 60 सीटें तक जीत सकते हैं और हिंदी पट्टी में भाजपा को धूल चटा सकते हैं। लेकिन मैंने किशोर के प्रस्ताव को खारिज कर दिया। मैंने किशोर को कहा कि नीतीश की धोखेबाजी से मतदाता नाराज हैं, और जनता के बीच मुख्यमंत्री की कोई साख नहीं बची है।

हमसे अनुकूल जवाब न पाने के बाद नीतीश के पास भाजपा के साथ अपना रिश्ता बनाए रखने के सिवा कोई चारा नहीं था। उधर गुजरात में उम्मीद से खराब प्रदर्शन करने, कर्नाटक का नतीजा उलट जाने, उत्तर प्रदेश में तीन उपचुनावों में हार जाने और राजस्थान, मध्य प्रदेश और छत्तीसगढ़ के चुनाव में हार जाने की आशंका ने भाजपा को भी रक्षात्मक बना दिया था। कुछ समय तक नीतीश को झुलाए रखने के बाद अमित शाह 12 जुलाई, 2018 को पटना आए और 2019 के लोकसभा चुनाव के लिए सीटों के बँटवारे पर बात करने के लिए उन्होंने नीतीश को न्योता दिया।

नीतीश एक बार फिर से बेचैन आत्मा हो गए हैं, और इन मुसीबतों के लिए वही जिम्मेदार हैं। अब उनके लिए फिर से अपनी साख और दलितों, अल्पसंख्यकों और समाज के पिछड़े समुदायों का, जो आरएसएस–भाजपा के अति कर देने के कारण पूरे देश में परेशान

हैं, भरोसा हासिल कर पाना लगभग असंभव है। लोगों और धर्मनिरपेक्ष पार्टियों में नीतीश के प्रति भरोसा घट गया है, तो इसके लिए हम किसी भी तरह से जिम्मेदार नहीं हैं।

अध्याय 13

बिहार की राजनीति के चमकते सितारे

हमारे सबसे छोटे बेटे, तेजस्वी का जन्म 11 नवंबर 1989 को हुआ था, और मार्च 1990 में मेरे मुख्यमंत्री बनने के समय वह सिर्फ छह महीने का था। बचपन से ही वह खेलों में खासी रुचि रखता है। उसने पाँच या छह साल की उम्र से ही क्रिकेट खेलना शुरू कर दिया था। वह काफी मिलनसार रहा है और दोस्त बनाने की प्रवृत्ति तो उसमें बचपन से ही है। जब मैं अपनी सामाजिक, राजनीतिक और प्रशासनिक गतिविधियों में व्यस्त रहता था, तो वह 1 अणे मार्ग के परिसर में अपने दोस्तों के साथ क्रिकेट खेला करता था। मैं खुद अपने स्कूल के दिनों में एक अच्छा फुटबॉल खिलाड़ी था और कबड्डी, चिक्का और गुल्ली-डंडा जैसे कई देसी खेलों में रुचि रखता था। लेकिन मुझे क्रिकेट के बारे में कुछ भी पता नहीं था और जो भी थोड़ी-बहुत जानकारी थी, वह तेजस्वी की वजह से हुई। मुझे नहीं पता कि, वह क्रिकेटर के रूप में कैसे सफल हुआ। उसने झारखंड से भारतीय क्रिकेट कंट्रोल बोर्ड (बीसीसीआई) की अंडर-13, अंडर-15, अंडर-17 और अंडर-19 टीमों में भाग लिया। उसने रणजी ट्रॉफी के लिए भी खेला और अंडर-19 टीम के सदस्य के रूप में उत्तरी जोन का प्रतिनिधित्व किया। वह 2007 से 2011 तक इंडियन प्रीमियर लीग (आईपीएल) में दिल्ली डेयरडेविल्स टीम का हिस्सा था। यह बात मुझे काफी परेशान करती है कि 2011 तक कोई व्यक्ति क्रिकेट खेलता

है, तब वह कैसे वह 2004–05 के बीच कथित आपराधिक षड्यंत्र में शामिल हो सकता है। मैंने उसके साथ कभी भी क्रिकेट के बारे में ज्यादा चर्चा नहीं की, क्योंकि मैं इस विषय पर अनजान था। तेजस्वी भी दिल्ली और दूसरी जगहों पर अपने टीम के सदस्यों के साथ अधिकतर समय तक खेल में व्यस्त रहा। हमें एक–दूसरे से मिलने और बात करने के लिए ज्यादा समय नहीं मिला। तेजस्वी हमेशा से आज्ञाकारी और विनम्र बच्चा रहा है। जब वह क्रिकेट खेल रहा था, तो शायद ही कभी उसने मुझसे पैसे मांगे होंगे। वह पैसे भी कम ही खर्च करता है। उसकी जीवनशैली सरल है। उसने ट्रेनों, बसों में यात्रा की और यहाँ तक कि कभी हवाई जहाज से यात्रा की, तो वह भी अपनी कमाई से। न तो राबड़ी और न ही मुझे याद है कि उसने कभी भी यात्रा के टिकट खरीदने या फिर अपनी व्यक्तिगत जरूरतों के लिए पैसे मांगे हों। उसने क्रिकेट से मिले पैसों से ही अपने खर्चों का प्रबंधन किया। वह एक विनम्र और अच्छा क्रिकेटर रहा है। एक बार, 2010 के विधानसभा चुनावों से पहले, मैं पटना में बेरचंद पटेल मार्ग पर राजद कार्यालय में एक प्रेस कॉन्फ्रेंस को संबोधित कर रहा था।

तेजस्वी उस समय घर आया हुआ था, वह पार्टी के कार्यालय में यह देखने के लिए चला आया कि वहां क्या हो रहा है। वह एक जिज्ञासु लड़का था, जो अपने तरीके से चीजों को समझने की कोशिश कर रहा था। जब वह प्रेस कॉन्फ्रेंस के बीच में हमारे पास आया, तो मैंने उससे बैठने के लिए कहा, और वहां पर मौजूद पत्रकारों से उसका परिचय कराया कि, यह 'मेरा बेटा है, क्रिकेट खेलता है।' इसके तुरंत बाद, टेलीविजन चैनल वालों ने तेजस्वी की फोटो दिखानी शुरू कर दी और उसे मेरे उत्तराधिकारी के रूप में पेश करना शुरू कर दिया! अगले दिन के समाचार पत्र रिपोर्ट से भरे हुए थे, जिसमें यह लिखा गया था कि, मैंने तेजस्वी को अपने उत्तराधिकारी के रूप में तैयार करना शुरू कर दिया था। उस समय तक, मेरी सबसे बड़ी बेटी मीसा (एमबीबीएस डॉक्टर) ने अपनी माँ राबड़ी देवी और पार्टी की भी सहायता करना शुरू कर दिया था। वह राजनीति में काफी सक्रिय हो गई थी। मेरा सबसे बड़ा बेटा तेज प्रताप पटना विश्वविद्यालय के बीएन कॉलेज में छात्र था। वह भी राजद के युवा विंग के साथ सक्रिय था।

लेकिन राजनीति से दूर और मीडिया वालों से भी बिल्कुल अप्रभावित। इसी बीच, तेजस्वी अपनी दिल्ली डेयरडेविल की टीम के साथियों के साथ खेलने के लिए नई दिल्ली लौट आया। समय के साथ, हम मीडिया रिपोर्ट के बारे में भी भूल चुके थे। 2013 में, उसे कुछ चोटों का सामना करना पड़ा। उसी वर्ष राँची में सीबीआई अदालत ने मुझे साजिश के मामले में पाँच साल की सजा सुनाई, और पहली बार मुझे जेल भेज दिया। मैंने लोकसभा की सदस्यता और चुनाव लड़ने का अधिकार खो दिया। यह पार्टी और परिवार के लिए एक बार फिर से संकट का समय था। राबड़ी देवी अकेलापन महसूस कर रही थीं। तेजस्वी मेरी अनुपस्थिति में घर आया और अपनी बहन और बड़े भाई के साथ मिलकर अपनी माँ और पार्टी की गतिविधियों की देखभाल में लग गया। मेरे पास इस बारे में बहुत कम जानकारी है कि, पिछले पाँच सालों में उसने राजनीति में खुद को कैसे ढाला है। वह इस समय बिहार विधानसभा में राजद विधायक दल का नेता और विपक्ष का नेता है। वह सार्वजनिक जीवन जी रहा है। यह जनसमुदाय के ऊपर निर्भर है कि, लोग उसे कैसे लेते हैं।

वंशवादी राजनीति

मेरे तीन बच्चों, मीसा, तेज प्रताप और तेजस्वी के राजनीति में सक्रिय होने के नाते, मेरे विरोधियों ने मुझ पर वंशवादी राजनीति को बढ़ावा देने के आरोप लगाने शुरू कर दिए। ये आरोप पूरी तरह से निराधार और फिजूल हैं। माता-पिता के रूप में, हम अपने बच्चों को उनके लक्ष्य को पूरा करने में मदद करना चाहते हैं। आमतौर पर, बच्चे उस माहौल से प्रभावित होते हैं जिसमें वे पैदा और पले-बढ़े होते हैं। मुझे वकील, डॉक्टरों, लेखकों और प्रोफेसरों की संतानों के साथ कुछ भी गलत नहीं लगता, जब वे अपने माता-पिता के व्यवसाय को अपनाते हैं। माता-पिता का यह कर्तव्य होता है कि, वे अपने बच्चों को उनकी पसंद के करियर में आगे बढ़ाने में मदद करें। मीसा जब एमबीबीएस कोर्स कर रही थी, तब राबड़ी और मैंने कभी भी उसके किसी कार्य में हस्तक्षेप नहीं किया। हमने क्रिकेट के प्रति तेजस्वी की लगन में

कभी हस्तक्षेप नहीं किया। तेज प्रताप पार्टी के लिए काम करने के अलावा, अच्छा बाँसुरी वादक है। वे सभी वयस्क हैं और अपनी मर्जी से काम करते हैं। जब उन्होंने राजनीति की ओर अपना झुकाव दिखाया, तो हमने निश्चित रूप से उनका समर्थन किया और सही दिशा में निर्देशित किया। अन्य पार्टियों में भी कई उदाहरण हैं, जहाँ नेताओं ने अपने बच्चों को राजनीति में बढ़ावा दिया है। मुझे इसमें कुछ भी गलत नहीं लगता है। मैं एक गरीब चरवाहे का बेटा था। मुझे अपने पूर्वजों से राजनीति विरासत में नहीं मिली थी। मैंने लोगों से स्वीकृति और मान्यता प्राप्त करने के लिए कड़ी मेहनत की। कुछ चुनाव मैंने जीते, कुछ में हार भी मिली। लेकिन राजनीति में मैंने कभी भी अपने राजनीतिक विरोधियों का अपने बेटों और बेटियों को बढ़ावा देने के किसी कदम का विरोध नहीं किया, हालाँकि तब मेरे बच्चे युवा थे और राजनीति में नहीं आए थे।

अगर पाठकों को याद हो, तो राबड़ी देवी से शादी करने से पहले मैं छात्र राजनीति में शामिल हो गया था। मीसा का जन्म 1975 में हुआ था, उस वक्त मैं जेल में था। जब मैं वर्ष 1977 में छपरा से सांसद के रूप में चुना गया, तो वह मुश्किल से दो साल की थी। अन्य बच्चे अभी तक पैदा नहीं हुए थे। मैं अपने विरोधियों पर हमला करने की ओछी राजनीति में विश्वास नहीं करता, वह भी सिर्फ इसलिए कि उनके बेटे और बेटियाँ राजनीति में हों। मुझे कोई परवाह नहीं है कि कोई मुझ पर हमला करता है, क्योंकि मुझे पता है कि वयस्कता प्राप्त करने के बाद ही मेरे बच्चों ने अपनी पसंद का व्यवसाय चुना है।

इसके अलावा, मैंने राजनीति में सैकड़ों युवाओं को विशेष रूप से उत्पीड़ित और अल्पसंख्यक समुदायों से संबंधित लोगो को शामिल किया है। हमारी पार्टी के 80 विधायकों में से 60 प्रतिशत राजनीति में नए हैं। मैंने कमजोर वर्गों से आने वाली राजनीतिक प्रतिभाओं की पहचान की है और उन्हें संरक्षित किया है। साथियों का नाम लेना उचित नहीं है, लेकिन मैंने चुनाव लड़ने के लिए अपने कई समकालीन लोगों के बेटों और बेटियों को टिकट दिए हैं। हम बदलावों को रोक नहीं सकते हैं। यह सच है कि नई पीढ़ी बेहतर ढंग से युवाओं से जुड़ सकती है और उनकी आकांक्षाओं को समझ सकती है। मीसा ने 2014

में पाटलिपुत्र लोकसभा सीट पर चुनाव लड़ा और भाजपा उम्मीदवार से हार गई। लेकिन उसने हार नहीं मानी और 2015 के विधानसभा चुनावों में दोगुने उत्साह के साथ बिहार की धरती की धूल फाँकते हुए कई सार्वजनिक सभाओं को संबोधित किया और पार्टी के लिए काम किया। लोगों ने उसे उत्साहपूर्वक जवाब दिया। पार्टी विधायकों ने उसे 2016 में राज्यसभा में चुना। वह एक सांसद के रूप में अच्छी तरह से काम कर रही हैं।

तेज प्रताप और तेजस्वी ने 2015 में क्रमशः उत्तर बिहार की महुआ और राघोपुर विधानसभा सीटों पर चुनाव लड़ा था। उन्होंने भाजपा के नेतृत्व वाले गठबंधन के खिलाफ महागठबंधन के उम्मीदवारों के रूप में अच्छी तरह से जीता। तेजस्वी और तेज प्रताप राजद कोटा के एक दर्जन मंत्रियों में शामिल थे, जिसके पास सबसे ज्यादा विधायक थे। तेज प्रताप और तेजस्वी दोनों ने शपथ लेने के बाद मुख्यमंत्री नीतीश कुमार के पैर छुए। मैंने अपने बेटों से नीतीश को पूरा सम्मान देने के लिए कहा था। मैंने उनसे मुख्यमंत्री से शासन का कौशल सीखने के लिए कहा, जिन्हें सार्वजनिक जीवन और प्रशासन में लंबा अनुभव था। असल में, मैंने सभी राजद विधायकों और मंत्रियों से मुख्यमंत्री का सहयोग करने के लिए कहा था। लोक निर्माण विभाग के मंत्री के रूप में तेजस्वी ने बिहार में विभाग से संबंधित कार्यों में तेजी लाने का जो काम किया, उसकी केंद्रीय मंत्रियों ने भी प्रशंसा की। सड़क परिवहन राजमार्गों के केंद्रीय मंत्री नितिन गडकरी और फिर रेल मंत्री, सुरेश प्रभु के साथ उसकी कुछ बैठकें हुईं। भाजपा के होने के बावजूद गडकरी ने नई दिल्ली में तेजस्वी के आचरण की सराहना की थी। मैंने गडकरी से तेजस्वी को प्रशासन और प्रशासन की कला में मार्गदर्शित करने के लिए अनुरोध किया था। सुरेश प्रभु ने भी तेजस्वी की प्रशंसा की, जो दीघा-पटना ट्रैक (रेलवे संपत्ति) के बिहार सरकार को स्थानांतरण के सिलसिले में प्रभु से मिलने गए थे। मुझे यह स्वीकार करने में कोई संकोच नहीं है कि नीतीश को तेजस्वी और तेज प्रताप के खिलाफ कोई शिकायत नहीं थी, दोनों ने मंत्रियों के रूप में ठीक प्रदर्शन किया था।

उम्र का तकाजा

मुझे यह जानकर खुशी हुई कि सड़क निर्माण विभाग में टेंडरों पर अमल पर निर्णय लेने के लिए मंत्रिमंडल से मंजूर नियमों को तेजस्वी ने अच्छी तरह से समझा। इससे अनियमितताओं में कमी आई, और कई वरिष्ठ आईएएस अधिकारियों ने तेजस्वी के प्रशासनिक कौशल की प्रशंसा की। लेकिन उन्होंने बतौर नेता अपना असल कौशल तब दिखाया, जब नीतीश कुमार ने 2015 के जनादेश को धता बताते हुए फिर भाजपा का दामन थामने का फैसला कर लिया। इसके बाद तेजस्वी सदन में विपक्ष के नेता बन गए। 28 जुलाई, 2017 को नीतीश कुमार के विश्वास प्रस्ताव का विरोध करते हुए, उन्होंने जिस तरह से अपनी बातें रखीं, उससे उनकी राजनीतिक प्रतिभा और दृष्टि का संकेत मिलता है। मैं यहाँ एक-एक करके उन बिंदुओं को गिना रहा हूँ, जो तेजस्वी ने नीतीश के सामने रखे थे:

- आपने संघ-मुक्त भारत के बारे में बात की थी। फिर पलटकर भाजपा के खेमे में वापस जाने पर आप क्या कहेंगे?
- आपने कहा था, 'मिट्टी में मिल जाएँगे, भाजपा में नहीं जाएँगे।' अब ऐसा क्या हो गया?
- राजद अध्यक्ष लालू प्रसाद पहले से चारा घोटाले के मामलों में 'दागी' थे, इसके बावजूद आपने उसके साथ गठबंधन किया था। क्या आप राजद के बारे में नहीं जानते थे? आपने मेरे और मेरे परिवार के खिलाफ एक जाँच एजेंसी द्वारा एफआईआर दर्ज करने के बहाने राजद का साथ छोड़ दिया। क्या आप प्रधानमंत्री से ऐसा कानून बनाने के लिए कहेंगे कि कोई भी व्यक्ति जिसके खिलाफ एफआईआर दर्ज हो, वह मंत्री नहीं बन सकता?
- अचानक महागठबंधन छोड़ने और भाजपा के साथ जाने से पहले तक आप भाजपा के खिलाफ विपक्षी एकता की बात करते रहते थे। आप अपने इस कदम को कैसे जायज ठहराएँगे?

- 2015 में जिन दलितों, पिछड़े और अल्पसंख्यकों ने भाजपा के खिलाफ महागठबंधन को वोट दिया, उनके सामने आप अपने आचरण की व्याख्या कैसे करेंगे?

नीतीश जवाब देने में नाकाम रहे। उन्होंने कहा कि वह उचित समय पर तेजस्वी के सवालों के लिए एक बिंदुवार जवाब प्रस्तुत करेंगे। नीतीश ने महागठबंधन छोड़ने के एक साल बाद भी तेजस्वी के सवालों का कभी जवाब नहीं दिया। शायद वह कभी जवाब दे भी नहीं पाएँगे। वह अपने द्वारा बोले जाने वाले झूठ की व्याख्या नहीं कर सकते। मतदाता, निश्चित रूप से जेडी (यू)—बीजेपी के खिलाफ वोट करके, उन्हें दिल्ली और पटना से क्रमशः 2019 और 2020 में सत्ता से बाहर करके सबक सिखाएँगे।

मैं तेजस्वी के आत्मविश्वास और सुसंगत तरीके से उत्साहित था कि उसने अपना सर्वश्रेष्ठ दिया। भाषण की तैयारी करते समय उन्होंने मुझसे कभी परामर्श नहीं किया था। सार्वजनिक जीवन में मेरे सभी अनुभवों के साथ, मैं कह सकता हूँ कि, बिहार की राजनीति में वह एक उभरते सितारे हैं। वह एक ईश्वरीय प्रतिभा वाला बच्चा है। उनके अंदर नेतृत्व की प्रतिभा है। पार्टी के मेरे वरिष्ठ सहयोगियों ने उन्हें अगली पीढ़ी के नेता के रूप में स्वीकार कर लिया है। वह जनता के साथ प्रभावी तरीके से संवाद करने और पार्टी के कार्यकर्ताओं का नेतृत्व करने में पूरी तरह से सक्षम है।

तेजस्वी टेलीविजन चैनलों के प्रिय भी बन चुके हैं, जहाँ उन्हें नियमित रूप से खास कार्यक्रमों में आमंत्रित किया जाता है। उन्हें हाल ही में एनडीटीवी द्वारा आमंत्रित किया गया था, जहाँ शो के एंकर ने इतने कम समय में प्रभावी ढंग से कैमरे के सामने अपने विचार रखने में तैयार होने के लिए तेजस्वी की बार-बार प्रशंसा की थी। हाल ही में इंडिया टुडे माइंड रॉक्स यूथ समिट 2018 के दौरान, एंकर ने टिप्पणी की कि तेजस्वी के पास अपने पिता की तरह ही विनोदी और खुद को जमीन से जुड़ा दिखाने की सहज प्रतिभा है।

दरअसल, वह शुरुआत से ही काफी सरल स्वभाव वाला और जमीन से जुड़ा था। वह शायद ही कभी किसी पर नाराज या चिल्लाया होगा।

एक बच्चे और एक क्रिकेटर के रूप में, वह शांत और रचनात्मक था। शायद क्रिकेट के संपर्क ने उन्हें जीवन में जल्दी परिपक्व कर दिया था। मुझे अब उससे बहुत ज्यादा बातचीत करने का समय नहीं मिलता है, क्योंकि वह पार्टी की गतिविधियों और विधानसभा कार्रवाई में व्यस्त रहता है। लेकिन मुझे टेलीविजन चैनलों पर उसके साक्षात्कार को सुनने का मौका जरूर मिलता है। जब भी वह मुझसे मिलता है, तो मैं उसे सलाह देता हूँ कि, उसे गरीबों के प्रति दयालु होना चाहिए; जितना संभव हो उतना लोगों की सेवा करे और हमेशा उपेक्षित और दलित लोगों के पीछे खड़े रहें। इसके अलावा मैं उसे सलाह देता हूँ कि, अपने विरोधियों के झूठे आरोपों पर ज्यादा ध्यान नहीं देना। युवाओं के साथ अपनी बातचीत बढ़ाते रहना, उनकी आकांक्षाओं को समझना, और उनके दिल और भरोसे को जीतना। मैं उन्हें सलाह देता हूँ कि गांधी, नेहरू, अंबेडकर, लोहिया और जेपी के दार्शनिक विचार को हमेशा पढ़ना और अध्ययन बंद न करना। भारत की सांस्कृतिक विविधता का सम्मान और प्यार करना, अपने जीवन के माध्यम से सामाजिक न्याय और धर्मनिरपेक्षता की अवधारणाओं से जुड़े रहना, और अपने स्वास्थ्य का ख्याल रखते हुए खुश रहना और दूसरों को भी खुश करना।

अभी भी एक लंबा रास्ता तय करना है

तेजस्वी एक बड़े नेता बनने की दिशा में हैं। आरजेडी के नेता के रूप में उनके पास पहले से ही कुछ शानदार उपलब्धियाँ हैं। देर से ही सही, उन्होंने पार्टी का तीन उप-चुनावों में जीत के लिए नेतृत्व किया। हमारी पार्टी के अनुभवी नेता मोहम्मद तस्लिमुद्दीन की मौत के बाद अररिया लोकसभा सीट खाली हो गई थी। आरजेडी ने बीजेपी के प्रदीप कुमार सिंह के खिलाफ चुनाव लड़ने के लिए तस्लिमुद्दीन के बेटे सरफराज आलम को टिकट दिया। मुझे मुंबई में एशियाई हार्ट अस्पताल में भर्ती कराया गया था, जहाँ मेरा दिल और गुर्दे से संबंधित बीमारियों का इलाज चल रहा था। मेरी अनुपस्थिति में, तेजस्वी ने सरफराज के लिए प्रचार किया, जिन्होंने 60,000 से अधिक वोटों के जबरदस्त अंतर से अपने बीजेपी प्रतिद्वंद्वी को परास्त कर दिया।

आरजेडी ने मार्च 2018 में जोकिहाट और जहानाबाद विधानसभा सीट भी जीती थीं। नीतीश के महागठबंधन छोड़ने और एनडीए में शामिल होने के बाद भाजपा-जेडी (यू) के खिलाफ पार्टी के अभियान का नेतृत्व भी तेजस्वी ने किया। बिहार में जोकिहाट विधानसभा उपचुनाव में आरजेडी की भारी मार्जिन से जीत ज्यादा महत्वपूर्ण है क्योंकि यह सीट एक दशक से अधिक समय से जेडी (यू) का गढ़ रही है। कई बड़े उपचुनाव में पार्टी का सफलतापूर्वक नेतृत्व करके, तेजस्वी ने किए गए वायदे को निभाया है।

मई 2018 में, उसने अनुभवी समाजवादी नेता और हमारे विचारधारात्मक सहकर्मी, पूर्व प्रधानमंत्री एच.डी. देवगौड़ा के बेटे कर्नाटक के मुख्यमंत्री एच.डी. कुमारस्वामी के शपथ ग्रहण समारोह में आरजेडी का प्रतिनिधित्व किया। तेजस्वी को भारत की सबसे प्रसिद्ध और अनुभवी नेता सोनियाजी, ममता बनर्जी, बहुजन समाज पार्टी (बीएसपी) के प्रमुख मायावती और अखिलेश यादव जैसे वरिष्ठ नेताओं के साथ बातचीत करने का मौका मिला। वह राष्ट्रीय स्तर पर बीजेपी के खिलाफ विपक्षी दलों को एकजुट करने के हमारे प्रयासों का पालन कर रहे हैं। वह 2019 के आम चुनावों और बिहार में 2020 के विधानसभा चुनावों में तेजी से आरजेडी को तैयार कर रहे हैं। उसने बिहार में अपराध की बढ़ती घटनाओं, महिलाओं पर संवेदनहीनता और राज्य सरकार की विफलता पर प्रकाश डालने के कई अन्य मुद्दों के खिलाफ कई विरोध कार्यक्रमों की योजना बनाई और उन्हें निष्पादित किया है। नई पीढ़ी के मार्गदर्शन के लिए इस समाजवादी आंदोलन में आरजेडी के कई अनुभवी नेता भी शामिल हैं।

एक पिता के रूप में, मैं केवल उन्हें आशीर्वाद और शुभकामनाएँ देता हूँ। कम समय में उन्होंने कई उपलब्धियाँ हासिल की हैं और अब वह सक्रिय राजनीति में लंबे सफर पर जाने के लिए तैयार हैं। वह अभी युवा हैं। उनका आचरण और प्रदर्शन राजनीति में उनके अस्तित्व और सफलता की कुंजी साबित होंगे। तेजस्वी को लोगों के प्रति ईमानदार होना चाहिए, अपने सार्वजनिक आचरण में शांत होना चाहिए, और वर्षों तक इसे बनाए रखने के लिए उन्हें लगातार कड़ी मेहनत करनी होगी।

उपसंहार

अभी तो मैं जवान हूँ!

'जब इंसान ही नहीं रहेगा तो मंदिर में घंटी कौन बजावेगा
जब इंसान ही नहीं रहेगा, तो मस्जिद में इबादत कौन करेगा
आम आदमी की जान उतना ही कीमती है जितना नेता/पीएम का
चाहे मेरा राज रहे या जाए
मैं दंगा फैलाने वालों से समझौता नहीं करूँगा।'

मैंने 1992 में पटना में हुई विशाल जनसभा में यह शब्द तब कहे थे, जब आडवाणी अपनी एयर कंडीशंड टोयोटा कार–जिसे रथ के जैसे सजाया गया था–से अयोध्या जा रहे थे और उनके पीछे कार सेवकों से भरे अन्य वाहनों का काफिला उनके पीछे चल रहा था। लेकिन भाजपा के वरिष्ठ नेता ने बिहार में घुसने की हिम्मत नहीं की। आडवाणी के काफिले के अयोध्या पहुँचने के बाद कार सेवकों की उन्मादी भीड़ ने 16 वीं सदी की बाबरी मस्जिद ढहा दी।

मैंने आडवाणी से कहा, 'आपने मस्जिद गिरा दी; आप कभी प्रधानमंत्री नहीं बनेंगे।' आज मैं मोदी को आगाह करता हूँ, आप लोगों की ध्वस्त हो चुकी उम्मीदों, झूठ और अपने नाकाम वादों के ढेर पर बैठे हो। आपको इस ढेर के नीचे कुचल दिया जाएगा।'

उस घटना के पच्चीस साल बाद मैंने 1992 के मेरे शब्दों को दोहराया है। इसलिए क्योंकि आज मानवता खतरे में है। और इसी

तरह हमारा संविधान और लोकतंत्र भी खतरे में है। मैं आज खुद को उन्हीं ताकतों से लड़ते पा रहा हूँ, जिनसे मैंने 1990 के दशक में मुकाबला किया था। मेरी यात्रा ही मेरा गंतव्य बन चुकी है। मैं तब मुख्यमंत्री था, जब मैंने यह कहा था, चाहे मेरा राज रहे या जाए...। जब तक खून का एक बूँद भी इस शरीर में रहेगा, दबे-कुचले और अकलियतों की लड़ाई लड़ता रहूँगा। अभी तो मैं जवान हूँ।

मोदी ने लोगों से जो वादे किए थे, उन पर बातें करने के बजाए भाजपा नेता इमरजेंसी की ज्यादतियों की बात कर रहे हैं और ऐसे अनेक महान नेताओं पर हक जता रहे हैं या उनकी निंदा कर रहे हैं, जिनका आज के भारत के निर्माण में योगदान था।

जेपी की अगुआई वाली संपूर्ण क्रांति के दौरान इमरजेंसी के खिलाफ संघर्ष में मैं अग्रिम पंक्ति में शामिल था और मेरे खिलाफ मीसा (मेंटनेंस ऑफ इंटरनल सिक्योरिटी एक्ट) के तहत मामला दर्ज किया गया था। मुझे दो साल तक जेल में रहना पड़ा। अपनी पूरी जिंदगी मैं इमरजेंसी का घनघोर आलोचक बना रहा हूँ। मैंने इमरजेंसी को कभी जायज नहीं ठहराया और न ठहराऊँगा। लेकिन भाजपा के राज में हालात 1975 की इमरजेंसी से भी बदतर हैं।

भारत के विचार को खतरा

वास्तव में आज भारत अघोषित इमरजेंसी से जूझ रहा है। संविधान ने भारत के जिस विचार को स्थापित किया है, वह आज खतरे में है। लोग और राजनीतिक पार्टियाँ इस अघोषित इमरजेंसी के खिलाफ एकजुट हो रहे हैं। आधिकारिक रूप से भले ही इमरजेंसी लागू न हो, लेकिन बड़े कॉरपोरेट के मालिकाना हक वाले अनेक बड़े मीडिया हाउस मोदी सरकार को असहज करने वाले विचार या शो प्रसारित करने में हिचकते हैं। सुप्रीम कोर्ट के चार वरिष्ठ जजों को अप्रत्याशित तरीके से प्रेस कॉन्फ्रेंस करनी पड़ी, जिसमें उन्होंने कहा कि यदि वह सामने नहीं आएँगे, तो आने वाली पीढ़ियाँ उन्हें माफ नहीं करेंगी और कहा कि लोकतंत्र खतरे में है। अब जरा 1975 की इमरजेंसी और आज की अघोषित इमरजेंसी की तुलना कीजिए। तब की प्रधानमंत्री इंदिरा गांधी

ने भारत में इमरजेंसी घोषित करने के लिए कम से कम सांविधानिक प्रावधानों का तो इस्तेमाल किया था। वह इमरजेंसी आज के दौर से इस मायने में अलग थी कि इंदिरा गांधी ने हममें से अनेक लोगों को जेल के सींखचों के पार डाल दिया था, लेकिन उन्होंने हमें कभी गालियाँ नहीं दीं। न तो उन्होंने और न ही उनके मंत्रियों या उनकी पार्टी के नेताओं ने कभी हमें 'राष्ट्रविरोधी' या 'देशद्रोही' कहा। उन्होंने कभी भी उपद्रवियों को हमारे संविधान निर्माता आंबेडकर की स्मृतियों को कमतर करने की इजाजत नहीं दी। उन्होंने कभी भी हिंसक भीड़ को धर्म और जाति के नाम पर अल्पसंख्यकों और दलितों की हत्या करने या उन्हें शारीरिक नुकसान पहुँचाने की इजाजत नहीं दी। गोमांस रखने के संदेह में पशु कारोबारियों का पीछा कर उनकी हत्या नहीं की गई। पत्रकारों और लेखकों को जेल में डाला गया, मगर बाद में उन्हें रिहा कर दिया गया। जेल में हो सकता है कि उन्हें प्रताड़ित किया गया हो, लेकिन बर्बरतापूर्वक उनकी हत्या नहीं की गई। उनके मंत्री जवाहरलाल नेहरू यूनिवर्सिटी (जेएनयू) और अन्य शैक्षणिक संस्थाओं के आसपास गश्त लगाकर युवा विद्यार्थियों की नैतिकता को लेकर सवाल नहीं करते थे। सामाजिक-राजनीतिक कार्यकर्ताओं, लेखकों और लोगों ने व्यापक रूप में इमरजेंसी का प्रतिरोध किया और इंदिरा जी और उनकी नीतियों से असहमति जताई। लेकिन उन्होंने किसी से पाकिस्तान जाने के लिए नहीं कहा। उस समय मैं युवा छात्र नेता था और तानाशाही के उग्र आलोचकों में शामिल था। लेकिन इंदिरा जी और उनकी सत्ता को लेकर मेरी अपनी समझ से मैं पक्के विश्वास के साथ कह सकता हूँ कि वह यह कतई बर्दाश्त नहीं करतीं कि उनके मंत्री और पार्टी के कार्यकर्ता लोगों से पाकिस्तान जाने को कहें। 1975 इमरजेंसी में महात्मा गांधी के हत्यारों को पूजा नहीं गया था। लड़के और लड़कियाँ अपनी पसंद का साथी चुनने के लिए स्वतंत्र थे। 'लव जेहाद' के नाम पर उन्हें निशाना नहीं बनाया गया। इंदिरा गांधी ने कभी अंधविश्वास नहीं फैलाया। उन्होंने कभी यह नहीं कहा कि भगवान गणेश की सूँड़ प्लास्टिक सर्जरी के जरिए लगाई गई थी। उन्होंने भारत को परमाणु शक्ति संपन्न बनाया। उनके शासनकाल में 1971 में भारतीय सेना ने पाकिस्तान को पराजित कर बांग्लादेश का निर्माण करवाया था।

लेकिन उन्होंने राजनेता की तरह व्यवहार किया। हमारी जनता पार्टी ने 1977 में उन्हें पराजित कर दिया। उन्होंने हमारे खिलाफ कड़ा संघर्ष किया और 1980 में फिर सत्ता हासिल कर ली। उन्होंने बिहार और भारत के अन्य हिस्सों में यात्राएं कर प्रचार किया, लेकिन उन्होंने झूठी बातें नहीं कीं। उन्होंने झूठे वादे नहीं किए। उन्होंने कभी भी हर साल युवाओं के लिए दो करोड़ रोजगार पैदा करने या हर भारतीय के खाते में 15 लाख रुपए जमा करने जैसी बात नहीं की। उन्होंने अच्छे दिन का वादा नहीं किया और न ही अल्पसंख्यकों और दलितों के लिए 'बुरे दिन' लाने के लिए उन्मादी भीड़ को छुट्टा छोड़ दिया। जेपी आंदोलन किसी व्यक्ति के खिलाफ नहीं, बल्कि एक विचारधारा के खिलाफ था। संघ परिवार के नेताओं ने उस समय संदिग्ध भूमिका निभाई थी और जेपी उन्हें कभी पसंद नहीं करते थे। उन्होंने उनसे कहा था कि वे आरएसएस से नाता तोड़कर समाजवाद, समता और न्याय के उनके सिद्धांतों के आधार पर जनता पार्टी में आए। संघ परिवार की जेपी में कभी निष्ठा नहीं थी। उन्होंने समाज में स्वीकृति पाने के लिए आंदोलन का इस्तेमाल किया था। वे जेल जाने से डर रहे थे। उन लोगों ने जेल भरो आंदोलन में हिस्सा नहीं लिया। और आज वे खुद को इमरजेंसी के पीड़ित के रूप में पेश करते हैं। जब कई केंद्रीय मंत्री यह कहते हैं कि उन्होंने किस 'बहादुरी' के साथ इमरजेंसी के खिलाफ लड़ाई लड़ी, तो मुझे हँसी आती है। जेपी ने आंदोलन के लिए जिस संचालन समिति का गठन किया था, मैं उसका अध्यक्ष था। संचालन समिति के मेरे सहयोगी और मैं इमरजेंसी के बारे में बढ़-चढ़कर बातें करने वाले मोदी सरकार के कई मंत्रियों को तब जानते तक नहीं थे। इमरजेंसी के दौरान हमने मोदी, जेटली या वेंकैया नायडु के बारे में सुना तक नहीं था।

जब कभी विपक्ष मोदी द्वारा 2014 में प्रधानमंत्री पद के उम्मीदवार के रूप में और फिर प्रधानमंत्री के रूप में किए गए भारी भरकम वादों को पूरा नहीं किए जाने का मुद्दा उठाता है, अमित शाह सहित भाजपा नेता तिलमिलाकर कहते हैं, 'राहुल बाबा, आप हमसे चार सालों का हिसाब माँगते हो, जब देश आप जैसे नामदारों से यह जानना चाहता है कि आपने पिछले सत्तर सालों में क्या किया।' अपने वादों

को पूरा करने में बुरी तरह नाकाम भाजपा सरकार अब उलटे विपक्ष से सवाल कर अपने बचाव की कोशिश करती है। यह अपने खराब प्रदर्शन से ध्यान भटकाने की भाजपा की रणनीति है। इसने किसानों, भूमिहीन मजदूरों, व्यापारियों और उद्यमियों और उद्योग सहित हर तबके को मायूस किया है। इसने महिलाओं, युवाओं और बुजुर्गों की उम्मीदों के साथ भी छल किया। भाजपा यह भूल गई कि आप लोगों को कुछ समय तक तो मूर्ख बना सकते हैं, लेकिन हमेशा ऐसा नहीं कर सकते। और अब मोदी सरकार ने अपनी खोखली उपलब्धियों को प्रचारित करने के लिए भारी मीडिया अभियान छेड़ दिया है, जिसके इंडिया शाइनिंग अभियान की तरह नाकाम होने की पूरी संभावना है।

संघ का हिंसक तरीका

लैपटॉप बैग और मोबाइल फोन लिए अनेक युवा लड़के और लड़कियों ने 2014 में बिहार और अन्य जगहों में मोदी की चुनावी रैलियों में शामिल हुए थे। ये युवा हर साल दो करोड़ रोजगार पैदा करने के लुभाने वादे से आकर्षित हुए थे। उन्होंने बार-बार कहा था कि भारत में 40 फीसदी युवा आबादी है और वह युवाओं के सपनों को हकीकत में बदल देंगे। लेकिन प्रधानमंत्री के रूप में उनके शपथ लेने के बाद बजरंग दल, विहिप और एबीवीपी के उपद्रवियों ने कॉलेज परिसरों में घूमना शुरू कर दिया और अकेले में बात करने वाले लड़के और लड़कियों को धमकाने लगे और उनके पहनावे पर भी एतराज करने लगे। जिन्होंने उनके फरमान मानने से इनकार किया उनके साथ बदतमीजी की गई। अनेक मंत्रियों ने खुलेआम ऐसे तत्वों का समर्थन किया और प्रधानमंत्री ने इस पर मौन साधे रखा। प्रधानमंत्री बनने के कई साल बाद मोदी ने यहाँ तक कह दिया कि सड़कों पर पकोड़ा बेचना भी एक तरह का रोजगार है। यह युवाओं के साथ क्रूर मजाक के अलावा कुछ नहीं। तो क्या लैपटॉप और मोबाइल फोनधारी युवा 2014 में उन्हें यह सुनने के लिए गए थे कि उन्हें आगे चलकर पकोड़ा बेचकर जीवन चलाना पड़ेगा? उन्होंने युवाओं को मूर्ख बनाया, भ्रमित किया और अब उनके जख्मों पर नमक डाल रहे हैं। खुद को गोरक्षक

बताकर गरीबों तथा अल्पसंख्यकों में आतंक पैदा करने वाले अधिकाँश लोग कुत्ते पालना पसंद करते हैं। गाय के प्रति उनमें कोई प्रेम नहीं है। ये बेकाबू लोग हैं। लेकिन प्रधानमंत्री ऐसे गुंडा तत्वों द्वारा भोले भाले लोगों को मार डालने पर चुप्पी साधे रखते हैं और कभी कभार हलके शब्दों में प्रतिक्रिया व्यक्त करते हैं, जिसका कोई असर भी नहीं होता। लोग इस पर नजर रख रहे हैं और भाजपा को सबक सिखाने के अवसर का इंतजार कर रहे हैं।

आगे का रास्ता

मोदी के 26 मई, 2014 को प्रधानमंत्री बनने के तुरंत बाद मैंने दिखा दिया था कि भाजपा को किस तरह से हराया जा सकता है। चुनाव आयोग के रिकॉर्ड्स देखने पर मुझे पता चला कि भाजपा को सिर्फ 31 फीसदी वोट मिले थे, जिससे उसे लोकसभा में बहुमत मिल गया। यह इस अर्थ में चमत्कार था कि स्वतंत्र भारत के इतिहास में किसी भी पार्टी ने इतने कम प्रतिशत वोट के साथ लोकसभा में कभी बहुमत हासिल नहीं किया था। मुझे जल्द ही महसूस हो गया कि 'मोदी लहर' की बात भ्रामक थी। भाजपा इसलिए जीती, क्योंकि भाजपा विरोधी वोट ढेर सारी भाजपा विरोधी पार्टियों में बँट गए, क्योंकि इन सारी पार्टियों ने पूरे भारत में अलग-अलग होकर और प्रायः एक दूसरे के खिलाफ चुनाव लड़ा था। आगे का रास्ता भी यही हैः विपक्ष को एकजुट होना ही होगा और भाजपा विरोधी मतों के विभाजन से बचना होगा। सिर्फ तभी लोगों को ऐसी सरकार मिलेगी, जो गरीबों का खयाल रखे और उत्पीड़ितों और अल्पसंख्यकों के अधिकार और उनके जीवन को सुरक्षित रखे। हाल ही में बिहार और उत्तर प्रदेश के अनेक उपचुनावों में यह देखा जा चुका है।

उत्तर प्रदेश में सपा, बसपा और अजीत सिंह के आरएलडी ने हाथ मिलाया और गोरखपुर, फूलपुर और कैराना लोकसभा सीटों पर भाजपा के उम्मीदवारों को पराजित कर दिया। ये भाजपा के गढ़ थे। मुख्यमंत्री योगी आदित्यनाथ ने लोकसभा में गोरखपुर का प्रतिनिधित्व किया था। ये नतीजे इस बात का संकेत हैं कि 2019 के लोकसभा

चुनावों में भाजपा को इस राज्य में भारी नुकसान होगा।

मैंने तमाम क्षेत्रीय दलों को सलाह दी है कि वे कांग्रेस के साथ सहयोग और समन्वय कर काम करें और भाजपा और उसके सहयोगियों के साथ सीधा मुकाबला सुनिश्चित करें, ताकि सेकुलर वोटों का बँटवारा न हो।

इस बीच, भाजपा ने अपने 47 सहयोगियों के साथ ही कुछ नए साथी भी हासिल कर लिए। उसके ये नए सहयोगी हैं केंद्रीय अन्वेषण ब्यूरो (सीबीआई), प्रवर्तन निदेशालय (ईडी) और आयकर (आईटी) विभाग, और अपने कुटिल राजनीतिक फायदे के लिए वह इन एजेंसियों का भारी दुरुपयोग कर विपक्षी एकता को तोड़ना चाहती है। फासिस्ट ताकतें एकता को तोड़ने के लिए किसी भी हद तक जा सकती हैं, क्योंकि वह सिर्फ 31 फीसदी वोटों के आधार पर भारत पर राज कर रही हैं और हमेशा विरोधियों को कमजोर करने की कोशिश में रहती हैं।

अगस्त, 2018 में मैं बीमार पड़ गया, जिसकी वजह से मेरे दिल के कई ऑपरेशन करने पड़े। इसके अलावा हाई ब्लड प्रेशर, शुगर का बढ़ता स्तर और किडनी में खराबी तथा फिस्तुला जैसी अनेक बीमारियाँ मुझे लगातार परेशान कर रही हैं, जिससे मुझे डॉक्टरों की देखभाल और अस्पतालों में रहने की जरूरत पड़ी। इसके बाद से मेरा अस्पताल आना जाना लगा हुआ है। डॉक्टर और मेरे घर के लोग मेरे स्वास्थ्य की देखभाल कर रहे हैं। अखबार और खबरिया चैनल लगातार मेरे स्वास्थ्य की जानकारी से लोगों को अवगत कराते रहते हैं। मैं अपने स्वास्थ्य के बारे में और बात नहीं करना चाहता।

अस्वस्थता के कारण करीब एक वर्ष से मैं काफी हद तक अपने बिस्तर और व्हीलचेयर तक ही सीमित हूँ। इसी वजह से मैं राजनीतिक गतिविधियों में हिस्सा नहीं लेता और लोगों या मीडिया को संबोधित करने से बचता हूँ। इसके अलावा मुझे बार-बार जेल से बाहर और अंदर जाना पड़ रहा है।

लेकिन लोगों को जब भी मौका मिलता है, वे मुझे देखते हैं और मुझसे मिलते हैं। मैं तमाम गैर भाजपा नेताओं के संपर्क में हूँ। मुझे इस बात की खुशी है कि राजस्थान, मध्य प्रदेश और छत्तीसगढ़ में भाजपा की हार हुई है। इससे 2019 के आम चुनावों मे भाजपा की

हार का बिगुल बज चुका है। नीतीश के महागठबंधन से अलग होने के बाद से राजद, कांग्रेस, जीतन मांझी का हिंदुस्तानी अवाम मोर्चा (एचएएम) और लेफ्ट पार्टियाँ–सीपीआई, सीपी(एम) और सीपीआई–एम एल लिबरेशन बिहार में 2019 में भाजपा को हराने के लिए एक साथ मिलकर काम कर रही हैं। वहाँ भाजपा गठबंधन के खिलाफ राजद की अगुआई वाला गठबंधन होगा।

दीवार पर लिखी इबारत

मोदी और नीतीश को बिहार में भारी नुकसान होगा। मोदी ने 2015 के विधानसभा चुनावों में महागठबंधन को हराने के लिए तूफानी प्रचार किया था। मध्य बिहार के भोजपुर जिले के मुख्यालय आरा में 18 अगस्त, 2015 को एक चुनावी सभा में उन्होंने कहा, 'मैं बिहार के लिए 1.25 लाख करोड़ रुपए के पैकेज की घोषणा कर रहा हूँ। आप मुझे अपना आशीर्वाद दीजिए ताकि बिहार की सूरत बदल सके...सिर्फ विकास से राज्य को लाभ होगा और गरीबी दूर होगी। बिहार विकास की नई ऊंचाइयाँ छुएगा। 'मोदी ने बहुत नाटकीय अंदाज में यह घोषणा की थी। उन्होंने लोगों से पूछा, 'पचास हजार करोड़ दे दूँ, पचहत्तर हजार करोड़ दे दूँ, लो एक लाख पच्चीस हजार करोड़ दे दिया।'

कुछ दिन बाद नीतीश ने प्रेस कॉन्फ्रेंस कर प्रधानमंत्री की घोषणा को झूठ करार दिया। नीतीश ने रिकॉर्ड का हवाला देकर साबित किया कि मोदी ने बिहार के लिए विभिन्न मदों में पहले से मंजूर हिस्सों को जोड़ दिया जो कि 1.25 लाख करोड़ रुपए होते हैं और इसे विशेष पैकेज बता दिया। जैसा कि मैंने पहले लिखा है कि नीतीश इसके बाद भाजपा के प्रति नरम पड़ गए। कुछ महीने बाद वह भाजपा के पाले में चले और बिहार को विशेष दर्जा दिए जाने का मुद्दा उठाया। तेलुगू देशम पार्टी ने जब आंध्र प्रदेश को विशेष दर्जा दिए जाने की माँग को लेकर एनडीए से नाता तोड़ा था, तो उन्होंने उसकी तरफदारी की थी। लेकिन बिहार को विशेष दर्जा दिए जाने से साफ इनकार करने के बावजूद खुद नीतीश एनडीए से चिपके रहे। उन्होंने विशेष दर्जे का मुद्दा सिर्फ मोलभाव करने के लिए उठाया था, ताकि उनकी

पार्टी को 2019 का लोकसभा चुनाव लड़ने के लिए अधिक सीटें मिल सकें। बिहार के मतदाताओं ने मोदी-नीतीश का नाटक देख लिया है। वे जानना चाहते हैं कि मोदी के 1.25 लाख करोड़ रुपए के पैकेज का क्या हुआ जिसकी नीतीश ने निंदा की थी। चुनावों से पहले मतदाता पूछ रहे हैं कि उनके खाते में पंद्रह लाख रुपए देने का वादा किया गया था, उसका क्या हुआ!

हर तरफ असंतोष है। जो युवा 2014 में मोदी की चुनावी सभाओं में बड़ी संख्या में जुटते थे, वे आज दुखी हैं। रोजगार दिए जाने के वादे से आकर्षित होकर उन्होंने उन्हें वोट दिए थे। लेकिन रोजगार पैदा करने के बजाए मोदी के आर्थिक कुप्रबंधन ने निजी और सरकारी क्षेत्र की कंपनियों में छँटनी की है और नौकरियाँ कम कर दी हैं। युवा अब बेहद नाराज हैं और वे उन्हें सत्ता से बाहर करना चाहते हैं। दलितों और अल्पसंख्यकों को चुनकर मारा जा रहा है। दूसरी ओर सेना के जवान कश्मीर में आतंकवाद बढ़ने के कारण रोजाना अपनी जान गँवा रहे हैं, वहाँ भाजपा के शासन में हालात और खराब ही हुए हैं।

विपक्षी पार्टियों की यह जिम्मेदारी है कि वे यह सुनिश्चित करें कि मतदाता 2019 में वोटिंग मशीन के जरिए अपनी साझा नाराजगी व्यक्त कर सकें। लोकसभा चुनावों को लेकर मैं परेशान नहीं हूँ, क्योंकि नेताओं की नई पीढ़ी ने कमान सँभाल ली है और वे एक नए भारत के निर्माण के लिए मिलकर कठोर परिश्रम कर रहे हैं। राहुल गांधी कांग्रेस अध्यक्ष के रूप में सराहनीय काम कर रहे हैं। अखिलेश और तेजस्वी भी अच्छा काम कर रहे हैं। दूसरी ओर भाजपा घृणा फैलाने और हिंदू-मुसलमान आधार पर मतदाताओं का ध्रुवीकरण करने के अपने पुराने एजेंडे के भरोसे है। काठ की हांडी चूल्हे पर दोबारा नहीं चढ़ती।

सीमित जीवन जीने की वजह से मैं अब ज्यादा अखबार और किताबें नहीं पढ़ पाता। मुझे यह देखकर खुशी होती है कि मोदी के शासन में आने से पहले जो पत्रकार मेरी तीखी आलोचना करते थे, मेरे प्रति उनका रुख नरम हो गया है। मीडिया की अनेक रिपोर्ट्स में सांप्रदायिकता और फासिस्ट ताकतों के मेरे निरंतर विरोध को सराहा गया है। मोदी युग से पहले मीडिया में मुझे व्यापक रूप से एक खलनायक और 'जंगल राज' के वास्तुकार के रूप में पेश किया

जाता था। पत्रकारों और लेखकों पर बढ़ते हमलों से उन्हें एहसास हो गया है कि असली खलनायक कौन है। उन्होंने असहमति व्यक्त करने और सवाल करने का अधिकार खो दिया है। मेरी जानकारी के हिसाब से आरएसएस की मानसिकता के लोग पत्रकारों को 'सिकुलर' और 'प्रेस्टीट्यूट' कहकर गालियाँ देते हैं। लेखकों पर हमले हो रहे हैं और उनमें से कई की हत्या भी हुई है। इसके विरोध में कुछ लोगों ने राष्ट्रीय पुरस्कार लौटाए हैं। मैंने देश में बढ़ती असहिष्णुता के बारे में लगातार बात की है। मेरे खिलाफ अप्रिय कहानियाँ लिखने पर भी मैंने कभी पत्रकारों को न तो गालियाँ दीं, न ही उन पर हमले किए। मैंने एक भी पत्रकार के खिलाफ मानहानि का मुकदमा नहीं किया, जबकि मुझे कई बार बदनाम किया गया।

मैं महाभारत भी पढ़ रहा हूँ और भगवान कृष्ण के जीवन और उनकी शिक्षा को समझने की कोशिश कर रहा हूँ। मैं भगवान कृष्ण के यदुवंशी गोत्र से आता हूँ। भगवान कृष्ण के बारे में मुझे जो बात सर्वाधिक प्रेरित करती है, वह यह कि उन्होंने जेल से बाहर आने के बाद उन्होंने असुर और अत्याचारी राजा कंस का नाश किया था। उन्होंने बुराई का प्रतिनिधित्व करने वाले कौरवों को परास्त करने के लिए अच्छाई का प्रतिनिधित्व करने वाले पांडवों की अगुआई की थी। मैं आंबेडकर और मंडेला के जीवन के बारे में भी पढ़ रहा हूँ जिन्होंने अपनी पूरी जिंदगी नस्लवाद और भेदभाव के खिलाफ संघर्ष करते हुए बहुत कष्ट सहे थे। आंबेडकर और मंडेला के बारे में जितना अधिक पढ़ता हूँ, सामंतवाद और सांप्रदायिकता से लड़ने की मुझे और ताकत मिलती है।

मैं डॉक्टरों के बताए प्रिसक्रिप्शन के आधार पर दवाएँ लेता हूँ। लेकिन मुझे लोगों से मिले प्यार और लगाव से असली ताकत मिलती है।

अस्पताल या जेल से बाहर आने पर जब मैं यह देखता हूँ कि मुझे देखने और मुझसे मिलने के लिए हजारों लोग मेरा इंतजार कर रहे हैं, तो मैं ऊर्जा से भर जाता हूँ। लोगों की भावनाओं से मैं अभिभूत हो जाता हूँ। जब मैं खेतिहरों, झुग्गी में रहने वालों, साइकिल मैकेनिक, रिक्शा और ठेला चलाने वालों, बुनकरों और मजदूरों के चेहरों पर मुस्कराहट देखता हूँ, तो मैं खुशी से भर जाता हूँ। भूख, भूख से

हुई मौतों, किसानों की आत्महत्या और फर्जी गोरक्षकों द्वारा गरीब पशु कारोबारियों की हत्या किए जाने की खबरें मुझे कमजोर और दुखी कर देती हैं। मैं उनके लिए जीने और काम करने के लिए प्रेरित होता हूँ।

डॉक्टरों ने मुझे सलाह दी है कि संक्रमण से बचने के लिए मुझे लोगों के स्पर्श से बचना चाहिए। मेरे परिवार के सदस्य और सुरक्षाकर्मी लोगों को मुझसे दूर रखने की कोशिश करते हैं। लेकिन मैं इसकी परवाह नहीं करता। लाखों लोग, जिनमें हिंदू, मुस्लिम, गरीब और दलित शामिल हैं, मेरे स्वस्थ होने के लिए प्रार्थना करते हैं। मुझे दवाओं से अधिक उनकी प्रार्थनाओं पर भरोसा है।

जीवन ईश्वर के हाथ में है, वही तय करता है कि हमें कब तक जीना है और कब यहाँ से जाना है। मेरे जीवन का दर्शन है अपने कर्म करते रहो। और मेरा कर्म है गरीब और उत्पीड़तों को बेड़ियों से मुक्त करना। मैंने खुद को एक व्यक्ति के रूप में नहीं देखा कि बस अपनी ही चिंता करता रहूँ। करोड़ों गरीब, पीड़ित और अल्पसंख्यकों की उम्मीदें और आकांक्षाएँ मेरे भीतर जीवित रहेंगी।